雪尔的心迹

余雪尔 著

经济管理出版社
ECONOMY & MANAGEMENT PUBLISHING HOUSE

图书在版编目（CIP）数据

雪尔的心迹/余雪尔著. —北京：经济管理出版社，2011.12

ISBN 978-7-5096-1675-8

Ⅰ.①雪…　Ⅱ.①余…　Ⅲ.①散文集—中国—当代　Ⅳ.①I267

中国版本图书馆 CIP 数据核字（2011）第 239509 号

出版发行：**经济管理出版社**

北京市海淀区北蜂窝 8 号中雅大厦 11 层

电话：(010)51915602　　　邮编：100038

印刷：三河市海波印务有限公司　　　经销：新华书店

组稿编辑：高 蕙　　　责任编辑：张 艳 高 蕙

责任印制：黄 铄　　　责任校对：陈 颖

720mm×1000mm/16　　　23.75 印张　　492 千字

2011 年 12 月第 1 版　　　2011 年 12 月第 1 次印刷

印数：1—6000 册　　　定价：39.00 元

书号：ISBN 978-7-5096-1675-8

雪尔和Washington University in St. Louis校长夫妇
Mark S. Wrighton & Risa Zwerling Wrighton一起在
他们家过感恩节

Chancellor Mark S. Wrighton和他最喜爱的小狗

雪尔在St. Louis Arch

雪尔万圣节前在圣路易斯的Eckert's, Illinois 农场摘南瓜

雪尔在Washington University in St. Louis

序

从科学的角度来说，人的一生是一个角色不断转变的过程。因此，在不同的年龄阶段，对人、事和社会，都有着不同的认知和感悟。我们通常认为，成年人所见到的世界才是成熟和完整的，其实未必，少年的世界同样精彩纷呈，别有洞天。多元的社会需要多元化的视角，本书便是从一个少年的眼光，来透视和分析这个纷繁复杂的世界，其中可能有不少幼稚和偏激，但显得非常真实，甚至独具视角。

我与雪尔很有渊源：一方面，我曾经兼任她的母校上海外国语大学附属中学的校长，后来因职务变动，尽管没有在附中任职，但对这所培养了杨洁篪等许多名人的著名学校，一直有一份割舍不了的感情。雪尔从2005年9月到2011年6月在这所学校读完了中学六年的课程，我作为学校的一分子，对这位非常优秀又很有特点的学生自然有着较多的关注，一直注意着她的思考和成长轨迹。另一方面，我一直很关注该校的学生杂志《青青草》。雪尔从高一开始就担任这本杂志的主编，并对原有的编辑模式与用稿风格进行了大胆的改革，让这本学生杂志充满了校园清新的朝气与少年独特的视角。由此，我跟雪尔便又有了一份联系。所以，当雪尔邀请我为她第三本书《雪尔的心迹》作序时，我便欣然答应了。

本书是笔者的同龄人很好的参考读物，这本书记载了雪尔三年来的所思所想，是一个高中生心灵轨迹的真实描述。她酷爱文学，读了很多中外经典作品，写了许多颇有见地的随笔；她酷爱诗词格律，创作了很多格律诗词，有着独特的意境和风格；她酷爱旅游，跟随父母游历过几十个国家，把她所看所思的都记录了下来，构成对环境、历史和人文的独特感悟。这些思考对于她的同龄人来说，都有很好的借鉴和参考价值，其视野和语言风格更容易被同龄人所接受。

本书同样非常适合青少年的父母来阅读，现在的"90后"孩子在充斥着互联网的环境下成长，有着许多成人不同的视角与思考。许多父母总是感慨对孩子不了解，与孩子有代沟，阅读这本书可以让你真实地感知高中生的想法和心态。能更好地了解孩子、引导孩子，与孩子成为真正的朋友。

本书也非常适合给进行青少年研究的人士阅读，现在的青少年国际化眼光显著，同时对中国传统文化也有很多的关注。他们是祖国的未来，今后将是中华民族走向复兴的生力军，只有了解了他们，才能真正把握国家和民族的未来。这本书所体现出来的便是这群人中某些思想的代表。

雪尔是个很优秀的孩子，拿过许多国内外奖项，学习成绩也非常优秀，现已经被国内外 13 所学校所录取和加分，最终她选择了在美国排名第 13 位的圣路易斯华盛顿大学，8 月，年仅 16 岁的雪尔将成为一名大学生。我更关注的不是她优秀的学业，而是她发展轨迹的独特。青少年的多元发展应当是素质教育中的重要一环，但人们往往只关注像韩寒这样文学天赋出色，但无法适应应试教育的较为极端的案例。其实社会上有很多既能把学业经营得非常优秀，又能持续保持自己兴趣和爱好的学生。我作为一名教育工作者，很乐意看到有更多的青少年都能够个性化地成长、成才。为此，我把这本书推荐给广大青少年朋友，推荐给青少年朋友的家长，也推荐给对中国青少年事业进行研究和有所关注的人士。

上海外国语大学党委书记、校务委员会主任、教授、博士生导师

吴友富

2011 年 5 月 31 日

自序

古希腊哲人说过：知道得越多越无知。

虽然这只是一个悖论，却是一个让人深有感触的悖论。

从单纯到成熟，从懵懂无知到初识社会，我们似乎是了解了越来越多的东西，却同时也看到了越来越广阔的天地，而更加觉得自己弱小与无知。在这种不安之中，我们慢慢改变着自己，看着身边事物的变化，慢慢忘却了很多曾经视之为理所当然的东西，也开始习惯曾经不敢想象的生活。

我们不能抓住也无法改变的，唯有时间的流逝。

不知不觉，此去经年。

回首之时，丢掉了太多从前的东西，难免留恋，却不伤感。

毕竟，当它们散落在过去的日子里时，早已不可能再寻回。与此同时，也有那么一些东西经过了时间的洗礼，依然存在着、鲜活着，一如既往。

这寥寥不变的一些东西，就包括对写作的热爱。

也许只是喜欢那种简单吧，一支笔、一张纸就可以得来的属于自己的简单的记录，远离尘嚣、远离纷扰，用文字写下属于自己的欣喜若狂、长歌当哭、黑云压城，一种在这个文化常常悲哀地面临被复制的年代中一点微不足道的却是真真切切属于自己的记忆。

希望，当终有一天曾经的青涩与单纯都已远去，远得仿佛它们从未存在过之时，我能够从书架的最里面，抑或是从抽屉的最深处，抑或是从木箱的最底端，取出些许已经古旧蒙尘的东西，一些能够让我忆起曾经的故事，然后会心一笑，将从前那些烦恼与纠结、小小的感伤与小小的伤痛都重新见诸天日，嘲笑着自己曾经的幼稚，看着它们是如何随风逝去，不留一点痕迹。

希望那时我看到的，是曾经属于自己的文字：

"拥抱你生命里痛酿成的奇迹，拼到最后，明天定会站起。"

——《相信自己》

破茧成蝶，风雨后见彩虹。

谨以此书，纪念这些年的成长。

余雪尔
庚寅年九月初十记

目　录

目录

格物致知

一花一世界，一树一菩提。
以小见大，是也。

那一道最美的光彩

　　每天清晨，我总是在半苏醒的匆忙中赶轻轨上学；每天傍晚，我总是在人海中挤进轻轨回家。如上课铃般规律的轻轨，在我的心中除了是必备的交通工具外，实在想不出还有什么值得我喜欢、值得我热衷的理由。

　　日复一日，月复一月，每天近似于麻木地上轻轨、下轻轨，直到有一天，我在轻轨上看到了一道美丽的光彩。

　　我一直习惯坐在轻轨车内的向西面，迷迷瞪瞪地随着车的摇晃继续那还未完成的美梦。有一天很不凑巧，上车后居然靠西面的位子都坐满了人，为了让沉重的脑袋有个可以依靠的地方，我顺势坐在了车的向东面。人是坐下来了，可心里还是挺不满，不停地抱怨着：今天真是不好运，这么早就有这么多的人，真不知他们为什么不喜欢多睡会？难道床上有刺吗？因为烦，反而睡意没有了，眼睁睁地看着窗外飞驰而过的街景，很无聊，也很麻木。当列车驶出上海站不久，眼前本是灰蒙蒙的天空一下子放亮了，一片红霞在天边慢慢散开，一个小红点突然从那一片红霞中跳了出来，在冉冉上升中渐渐变成红弧线，半个圆、大半个圆，刚一眨眼，那红红的圆就一跃而出，光芒万丈，霞光瑞气，照彻天际。原本毫无生机的大地顿如换上新装，添上神采，意气风发。

　　坐在霞光环绕的列车中，一种从未有过的感觉在心中升起：很温暖、很快乐、很满足，原来简单的生活也会如此的幸福！

　　从没想过在枯燥的轻轨上会有如此的"艳遇"，从没想过在单调的清晨会有如此的奇观，从没想过乏味的路途会有如此的精彩，原来真如王阳明所说：没有人去发现和欣赏，羞答答的玫瑰也只能静悄悄地开。

　　感动并不一定要惊天动地，平平淡淡的生活中也能让你动容，因为"世界上并不缺少美，只缺少发现美的眼睛"。

　　好好用心去感受生活，你会发现那里会有最美的光彩；好好珍惜身边的一切，你会发现那里会是你一生的感动。

格物致知

西湖的绿

我去过杭州西湖四次，都是在冬天，因为要回宁波老家过年。虽然西湖的雪景让我赞叹不已，但心中还是一直挂念春天的西湖，据说那才是西湖赛似天堂的美。

一年之计在于春。花开了，树绿了，鸟儿唱了，人也忙了。总是没办法在春天抽出时间来看看西湖的美，只好在六月趁着假期，踩着春的尾巴，迎着夏的阳光，去一了心愿。

没有像前几次那样匆匆忙忙，起了个早，悠闲地慢步在初夏的西湖。晨熙的薄雾还未退尽，没有太多喧闹的声音，放眼望去，山光水色俱是一片的绿，迷迷蒙蒙的绿，安安静静的绿。不远处，层层叠峦的山丘满眼是绿，那绿绿得发黑，深极了、浓极了，仿佛如油墨画般。还有山腰丝丝缕缕似烟似雾飘散着的薄雾，就如一条白色的柔纱轻轻地缠绕在藏青的山中；堤岸边，垂杨拂水、绿柳含烟、青翠柔美，微风拂过，轻丝渺渺，这儿的绿是那么的娇柔，是那么的清新，让人忍不住停下了脚步；小道上，草儿在清晨张开了胳臂，夹着一颗颗晶莹剔透像水晶钻的露珠，展示着绿的鲜嫩，绿的可爱；而苏堤上，那些高大的香樟树覆盖着的浓密绿荫苍翠欲滴，给人一种莽莽苍苍的感觉，在一片绿色中更显深沉，更显稳重；满湖的水也是碧澄澄的，绿阴阴的，远水如烟，近水如绸，在一层层的晨雾中，泛起一抹银绿，宛如深海中的绿珍珠，更如缓缓流动的一湖碧云，静静地，优雅地演绎着西湖清晨绿的飘逸。

西湖清晨的绿是宁静的，是梦幻的。

薄雾散了，太阳出来了，西湖一下热闹起来了。人多了，车多了，笑声、车铃声，把整个西湖都唤醒了，再看看那绿，不觉也生动了起来。退掉了晨雾的层峦，豁然开朗了，一片金色的阳光跳跃在丛林层层叠叠的深墨绿中，就如同一个个金色的光环，在这片绿色的影中显得分外夺目；白堤虽然没有了桃红柳绿，但堤中央栽有许多不知名的花儿，紫的、黄的、草绿的、粉红的，五颜六色地闪烁在随风曼舞的柳树之间，幽静中跳跃出明媚的色彩，给这里的绿平添了些妩媚；苏堤上的参天大树，透过阳光，绿得也有些层次了，树梢的绿，浅浅的、亮亮的，绿得发蓝；树中段的绿，深深的、浓浓的，绿得发黑；树底的绿，嫩嫩的、青青的，绿得鲜嫩。走近才发现，树底那特殊的绿原来是布满了青苔，从树底一直把绿延到石头缝里。三三两两的雀儿从这片绿叶跳跃到那片绿叶，不时还会有几只灰喜鹊飞过，停在树梢上整理着羽毛。偶尔还能看见一两只小松鼠从一棵树跳到另一棵树上去串门，十里长堤上到处都可听到它们的欢叫声，给苏堤略显冷清的绿增添了几分热闹；花港的绿则是最活泼、成熟、生机勃勃的。整个水池是"接天莲叶无穷碧"，那一个个带着水珠的荷叶，引得青蛙从水中跳出来，蹲在上面"呱呱"地叫着，跳着欢快的舞蹈，唱着优美动听的歌。鱼儿也被吸引过来，听着青蛙的歌声，兴奋地在水里游来游去。水珠儿滴溜溜地滚着，荷叶不觉也裙袂飞扬、翩翩起舞了；碧澈的湖水也来凑热闹，原本安静的湖中突然布满了各式各样的小舟、画舫，舟上的花伞、舫上的花衫，就像一朵朵开在湖中的花儿，万绿丛中点点红，煞是好看。船在水中划过，泛起阵阵涟漪，"惊起一滩鸥鹭"，在天空中划出了一道道美丽的弧线，那绿便摇晃得厉害了，夹杂着几声惊叫、一阵笑声，此时的绿更显活泼了。

西湖白天的绿是生动的，是热闹的。

◎ 九溪十八涧其实很美，可惜在杭州只能沦为二三线的景观了。◎

夕阳西下，黄昏渐退，夜幕来临，西湖渐渐远离了喧闹，我依然舍不得离开，只因这一片绿。

挑个湖边的长凳坐下，四周那多彩的绿在夜幕中慢慢穿上了浓装，山呀、树呀、草呀，都变成了墨绿色，黑油油的，似要滴下来般，如一饱经风霜的老人，在缓缓讲述着耐人寻味的往事；湖呢，却是绿中带黑，黑中带亮，如一凄婉的女子，在静静诉说着催人泪下的思念，西湖的绿承载了太多故事。唐时明月宋时情怀，大若帝相达官，小如平民歌伎，文如白乐天苏东坡，武若精忠岳飞行者武松，都融入西湖的万顷碧波；碧波湖影中，断桥上的白娘子和许仙相伴款款走来，油纸伞下千古的爱情故事，依然那么缠绵动人；长桥上青石、蝴蝶、桥洞、回栏，都记载着那为爱纵身桥下的梁山伯与祝英台，他们幻化成的朵朵青莲，虽荷叶上还滚动着他们晶莹的泪珠，但却紧紧依偎，如依稀旧梦；"山有木兮木有枝，山魂水魂皆诗魂。"西湖夜晚的绿，就好似一幅轻轻着墨的山水画卷，如梦如幻，拓伸在幽幽的时空之中。

西湖夜晚的绿是深沉的，是凝重的。

西湖是绿色的，绿得耐人寻味，令人陶醉。

西湖的绿，让苏东坡感叹道："天下西湖三十六，就中最好是杭州。"西湖的绿，使白居易流连忘返："忆江南，最忆是杭州。山寺月中寻桂子，郡亭枕上看潮头。何日更重游？"西湖的绿，更是我魂牵梦萦的情思。

格物致知

游绵山有感

　　教址是教民心中的圣地，就如耶路撒冷的麦加对于伊斯兰教徒、西奈半岛摩西山对于基督教徒、恒河对于印度教徒一般，独一无二而又神圣不可侵犯。不仅圣地如此，所有的教址也都是独立的，绝不与其他的教址相连、相近，以示其纯洁与尊贵。

　　这是在全世界教徒心中不成文的惯例，没有人打破，也没有人愿意打破。但在中国山西的绵山，却出现了例外——那里一直同时侍奉着教义完全不同的道教与佛教。

　　产生于中国春秋时代距今已有 1800 余年历史的道教，是以"道"或"道德"为核心，认为天地万物都由"道"而派生，即所谓"一生二，二生三，三生万物"，社会人都应法"道"而行，最后回归自然。道教的三清殿中间一般供奉的是玉清元始天尊；而产生于印度的佛教是在唐代后才在中国流行起来，佛教的基本教义主要是"四谛"、"八正道"等，即要人们把现世看成是痛苦的，产生这种痛苦的原因是人本能的欲望，只要消除这种欲望，每个人都可以得到"解脱"而成佛，进入"西方大道极乐世界"。其大雄宝殿中央一般供奉的是释迦牟尼佛。

　　从本质到形式上都完全不同的两种教址居然可以千年共存，而且是从被世人称为闭关自守、狂妄自大的中国封建社会开始到现在。

　　这不能不引起我们的反思，中国的封建社会真的就完全是闭关自守、狂妄自大，中国人的性格真的就全是"围城文化"的烙印吗？

　　从汉朝到隋唐，再到宋、元、明和清初，中国不仅是世界上最强大的国家，还同样是世界上最开放的国家。自汉代开辟的"丝绸之路"一直是世界的黄金走廊；当时的京都长安、大都、开封都如今天的美国纽约一样，各国人士争先前往。唐朝政府还设立流所（和现在的使馆差不多），开放边境和关口，极尽吸收外来文化和物质文明。唐朝时仅日本官派来学习的人士就达几千人次，民间交流的人数更是远远超过此数。这些日本留学生学成归

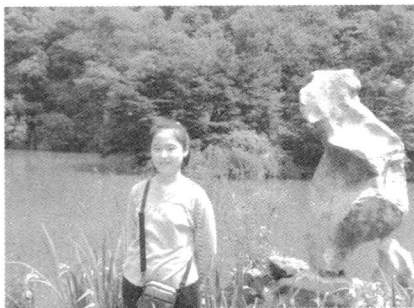

◎ 怎么样，有点小作家的感觉吧！◎

后，成为日本第一次现代化运动——"大化改新"的主力军，其改革的内容上至典章制度，下至服饰风俗，全部仿效当时的贞观王朝。这一成功的改革使日本从原始部落状态向前跃进了一千年。

明朝同样不遗余力派出使节传递友善。积极推行进取的"锐意通四夷"政策，极力扭转"自元政失纲，天下兵争者十有七，四方遐远，信不好通"的不利局面，向各国宣传明王朝"远迩相安于无事，以共享太平之福"。1405~1433年，郑和七次下西洋更是当时世界上规模最大的官方外访活动，展现了明初宏大的对外开放规模和层次。

中国的民族特性也同样不完全如柏杨先生在《丑陋的中国人》中所言一般，中国传统的民族特性还是包容、开放而非"围城"心理。最古的史籍《尚书》记述："四夷咸宾，无有远迩，毕献方物，惟服食器用。"中国是丝织品的故乡，远销古罗马的丝绸价钱比金子还要贵，但是中国人穿用最多的棉布原料棉花则是传自异邦，到元明才普及；胡琴、琵琶并非国产，戏曲器乐60%以上是从西域传入；而敦煌壁画、大同云冈石窟、乐山大佛的辉煌成就则来源于印度佛教艺术；就连月宫神话故事中那个白毛、红眼、长耳朵的可爱玉兔形象，也是从罗马野兔驯养中培育的家生品种，而白兔与月亮相联系的构图是来自印度庙宇的壁画；正如古人所言："东海有圣人焉，此心同，此理同也；西海有圣人焉，此心同，此理同也。"只要具有"理"的真谛，不管是来自西方或东方，都可尊为圣人，奉为楷模。因此"万物并育而相容，道并行而不相悖"成为中国士大夫治学处世的传统，能集大成者称之为大学问。正所谓"四海之内皆兄弟"、"天下一家"、"夷狄进中国则中国之"，这些都表明中华民族文化的兼采并容、纳众流而入大海的恢弘气魄。

毫无疑问，清朝后期因国力衰竭，中国开始走向了闭关自守的年代，"围城文化"开始形成。但不能因一朝的风格、一时的特性就否定了几千年来的传统与烙印，就认定了中华民族的性格是封闭、自大，就认为西方就比中国要开放、包容。中国文化是内敛，是中庸，是温和，但也不缺乏开拓与创新、不缺乏宽容与接纳，如果没有中国的四大发明，欧洲文艺复兴的兴起和传播恐怕不会这样快、这样顺利；如果没有中国的接纳与传播，佛教绝不可能拥有这么多的信徒。

在正视我们的不足时，千万不要忘了我们的根基，不要忘了我们有五千年的文化积淀，不要忘了在抛弃中学会保留。

全世界的教徒做不到的，在中国做到了，原因只有一个——我们的民族性格是包容与开放。

刀削面之外

刀削面哪儿的最好？当然是太原。

所以到了太原，一定要吃刀削面。

刀削面很让人回味无穷，刀削面的表演更让人惊赞不已。

第一次边吃面边看师傅的表演，很有兴趣——只见师傅左手托住揉好的面团，右手持着特制的弧形削刀，对着汤锅，嚓、嚓、嚓地一刀接一刀，削出的面片儿一片连一片，恰似流星赶月，在空中划出一道一道的银弧；坠入汤锅，又似银鱼戏水，煞是好看。

忍不住想试试，于是走向前学着师傅的样子，一手拿面一手拿刀，希望也能将这看着并不太难的活儿学个八九不离十。可在师傅手中灵巧的刀、柔软的面，一到我这里就不听话了，不是一刀下去什么也没削下，就是削下的面粗得可以做面疙瘩了，当然更不用说形如弧线，落入锅中，我就根本没有一条面是飞到锅里的，全掉到地上的塑料纸上了。

在大家善意的笑声中我狼狈不堪地回到位子上，听妈妈问道："师傅，这功夫你练了多久？"

"八年！"师傅回答道。

"要八年吗？"我忍不住质疑道。

"好的师傅每分钟都能削二百刀左右，而且每个面叶的长度恰好都是六寸。这需要时间呀！"爸爸的一位当地朋友解答道。

"反正都是吃的，要这么精确吗？"我不服地辩解。

"因为这样才对得住自己的良心，对得起这个职业呀！"爸爸很严肃地答道。

职业与良心，就在一碗面中体现。不曾注意，却是事实。

八年的苦练，没有太多惊人的挑战，只是为了手腕要灵，出力要平，用力要匀；只是为了落点的准确，速度的提升。很枯燥，也一定很乏味，可因为心在，一切也就快乐无比！

全国五一劳动奖章获得者北京公共汽车

◎ 品位和格调通常不在于奢华而在于细节。◎

售票员李素丽说过："认真做事可以把事情做对，用心做事才能把事情做好。"用心，是坚持的动力；用心，是成功的基石；用心，是精致的源泉。因为，一切皆源于心。难怪古人陆游早就感叹道："汝果欲学诗，功夫在诗外。"

面是死的，人是活的。要让面在人的手中雕刻出惊世的佳作只有一个途径——用心！

只要心想，只要心在，任何的枯燥与乏味都会成为快乐与幸福，柔软而没有生命的面也会由人化为美丽而精致的艺术瑰宝。

刀削面如此，生活也如此！

心向五台

趁着假期到山西的五台山去，一是旅游，二是想多了解一下佛教。

说实话，从太原到五台山的路并不好走，要开 5 个多小时车，沿途还有好多地方在修路，坑坑洼洼的，坐在车里同坐过山车一般，一会儿被抛到前，一会儿被颠到后。因为旅行是爸爸单位组织的，所以坐的是大旅行车，尽管开车的师傅一路上小心翼翼，我还是被撞得晕头转向、七荤八素。

听开车的师傅说这还是修好了的路，以前从太原到五台山要走一天呢。

"那为什么还有这么多人去呀？"我忍不住问道。因为听导游说每年从春天到秋天五台山都是黄金旅游路线，无论是从东部的上海还是西部的四川，抑或是从北方的东三省还是南方的海南岛，人们络绎不绝地拥向五台山，就连天寒地冻的春节，比太原还要低 10 摄氏度左右的五台山，还是人声鼎沸。

"因为要来拜佛！"师傅随口答道。

只因拜佛，多么简单而又深刻的理由——目的很单纯，只是希望在这里祈福平安、健康、好姻缘、好财运。可其中的含义却很深奥，因为这是一个民族文化特性最直接的表达方式，是流传千年的信仰。

就如西方人对基督教的虔诚、印度人对印度教的膜拜、回民对伊斯兰教的追随一样，好多中国人对唐代从印度传来的佛教也很信奉，这是他们的精神寄托与精神期望，是世代相传的对未来的托付。

是因为中华民族的中庸与平和，是因为统治阶级的大力推广，是因为对这世界的失望和对来世的期望，提倡宽厚而又寄予来世的佛教成为好多中国人不灭的信仰。他们把自己的痛苦与灾难告诉菩萨，希望得到菩萨的庇护与解救；他们把对未来的希望与重托交付给菩萨，希望借助菩萨的力量去圆自己的梦。

幸福、快乐、苦难、郁闷，人生所经历的一切都想告诉菩萨，许愿的、还愿的，蜂拥而入。菩萨成为好多中国人心中万能的神，无论真实与否，却是一种心灵的安慰与庇护，一剂摆脱痛苦的良药，一种对美好未来的寄托。

◎ 我去过五台山、普陀山、九华山、峨眉山四大佛教名山，也去过青城山、武当山、崂山等道教名山。细品之后，方悟"山不在高"之真谛。◎

五台山，尊为世界五大佛教圣地之一、中国四大佛教名山之首，自然是人们所向往的地方。无论是过去还是现在的、是富裕的还是贫穷的人，都怀着一样虔诚的心前往黛螺顶、五爷庙、殊像寺……

　　哪怕路再难走也难不倒前去的人，因为那是通往心灵的路。

格物致知

舞随心动

西宁，晚上，人民广场。一大群人在随着音乐跳舞，很是热闹。于是我停下脚步，观看起来，发现汉族、藏族、土族的人都在一起跳。这种舞蹈是一种松散性的集体舞，人们可以任意地加入，也可以随意地走开，舞姿简单却很具有感染力。一打听才知这叫"锅庄"，是藏族的一种舞蹈。

我终于忍不住也加入其中。看似很简单的上下、左右舞动的舞蹈，我却怎么模仿也不到位。虽然没有人在意你跳得怎样，但僵硬的手脚让我很不好意思，只好退出，认真地旁观。

我对这种集体舞产生了兴趣，于是专门请教了我们的藏族朋友拉毛，才知这是藏族人民在节日或农闲时跳的舞蹈。男女围成圆圈，自右而左，边歌边舞，也称为"果桌"。《清史稿·乐志》音译为"郭庄"，近代有称"歌庄"，唯《卫藏通志》说它是"围着支锅石桩而舞"的意思。《西藏舞蹈概说》载："以前的康定一带，有一种商业性组织叫'锅庄'，这类商行收购土产，代办转运设有客栈，沿途过往的藏族商贾常携骡宿帮居其中。晚上，他们往往在院内旷地，垒石支锅，熬茶抓糌粑，茶余饭后不时围着火塘歌唱跳舞，以驱一天的劳累与疲乏、保持旺盛的精力、适应恶劣环境。所以要舞群和着歌曲作'甩手颤踏步'沿圈走动，当唱词告一段落后，众人一齐'哑'的一声呼叫，顿时加快速度，撒开双臂，侧身拧腰，大搓步跳起，挥舞双袖载歌载舞，奔跑跳跃变化动作。""锅庄"基本动作并不多，却是人们情感、心境的一种表达方式，所以没有人在意别人跳得怎样，只要愿意任何人都可以加入进来，把自己的心情用"锅庄"展示出来。

听完介绍，一个词突然跳入脑海：舞随心动。不用刻意、不用做作、不用在意别人的眼光，可以很激情，可以很兴奋，也可以很放纵，自然地、随意地让舞姿随心而动，很流畅、很放松。把生活中所有的快乐与幸福演绎出来，把路途中所有的烦恼与疲惫宣泄出来。在没有精致舞台、没有悠扬音乐的氛围中，还生活以本原、还人性以张扬。

因为太在意别人的看法、太在意自己的笨拙，这可能就是我无法融入"锅庄"的原因。

舞随心动，这也许就是"锅庄"的魅力所在。

其实，做任何的事，不也都是随心而动吗?!

西宁日月山

　　人生的价值到底是成就功名还是平淡舒适，抑或随性所为，这是我一直在思考的问题。几乎每一种模式都是一部分人生活的意义，无可厚非。但马克思曾说过，人是社会的人，是社会关系的总和。人离不开社会，所以个人的价值自然就同社会价值联系到了一起，生命的意义就体现在社会发展之中。那么，什么样的生命是对社会、对个人都最有价值的呢?

　　我对这个问题一直疑惑不解，四处找人询问。当然，得到的答案也是五花八门，但我一直不太满意，因为这些答案都有太多的个性，我需要寻找有共性的答案，因为社会是人类所共有的。

　　直到假期我到了青海西宁的日月山，才真正找到了想要的答案：责任，才是生命存在的价值所在!

　　我们的西宁之行本是没有计划去日月山的，但因顺路，在当地朋友的推荐下，我们乘车去了那里。日月山属于祁连山脉，平均海拔 4000 米左右，山脊柔和雄浑，红砂裸露，红岩垒垒，在古代有"赤岭"之称，为中原通向西南地区和西域等地的要冲。

　　日月山山顶有一块刻有"日月山"三字的大石碑，两个山头上分别建着两个同样的亭子，分为日亭和月亭，它们遥相呼应，仿佛两个凄婉的女子在静静诉说着催人泪下的思念，在缓缓讲述着耐人寻味的往事。

　　看介绍才知道："当年文成公主远嫁吐蕃时曾驻驿于此，她在峰顶翘首西望，远离家乡的愁思油然而生，不禁取出临行时皇后所赐日月宝镜观看，镜中顿时出现长安的繁华景色。公主悲喜交加，又想到联姻通好的重任，毅然将'日月宝镜'甩下赤岭，宝镜就变成了碧波荡漾的青海湖。""山下有一条倒淌河，相传公主继续西行，却又忍不住西走东顾，遥望故乡，关山阻隔、前途漫漫，公主悲伤的泪水幻化成了一条向西倒流的小河，伴随着她西行的脚步。后人为纪念文成公主，就把赤岭改名日月山，并在日月山脚下建成文成公主庙。"

　　站在日月山上，听着凄美的故事，看着山下经幡飘舞的文成公主庙，有一种悲凉在心中升起。堂堂大唐王朝的公主、享尽荣华富贵的千金小姐，因为要"和番"，不得不离开繁华似锦的长安城，远嫁西藏，从此告别了熟悉的奢华生活。等待她的将是陌生的牧民生活，很有可能她的这一生再也回不了长安城、再也见不到养育她的亲人，我很难体会到那是一种什么样的凄凉与痛苦，但此时，心中的酸楚已经让

格物致知

我满脸是泪。

望着远处通向西藏的道路，想着文成公主用了三年的时间跋山涉水才到达拉萨的不易，一种崇敬顿时在心中升起。她用了自己一生的韶华去完成历史的使命，这又是一种何等的伟大！我知道，日月山曾是农牧生活的分水岭，"过了日月山，两眼泪不干"，文成公主在此是最后一次见到农耕的景象了，这时的她只要有一丝的犹豫就可以转身而去；只要有一点的后悔就可以止步不前，但文成公主却将"日月宝镜"甩下了山，毅然前行。也许此时的她很难舍，因为眼前的景致会是她最后见到的大唐风光；也许她很担忧，不知前面会是怎样的人生路；也许她很伤感，繁华之后的冷清将会是什么样？……有着太多的也许，但它们都没有阻止文成公主前进的脚步，因为她知道，自己肩上有国家的使命，自己的生命价值是担负起社会的责任。

其实，这也是生命最大的价值。

对一个人来说，最重要的是生命价值的体现，而个人对社会最好的价值承诺就是承担起社会的责任，大到如文成公主一般担负国家的使命，小到如随手拾起地上的一张废纸，关注社会生活中的点点滴滴，因为社会的进步是靠每个公民的共同努力，是人们履行自己的社会责任后社会的良性发展。抛开所有个人的喜恶，按社会发展的需求勇敢地担负起自己的责任，这样的人生才会过得有意义，这样的生命才会光彩夺目。

看着日月山上那随着祁连山脉一直延续到天际而望不到尽头的路，我仿佛看到了文成公主当年前行的车队，很缓慢但很坚定，就如我们身上的社会责任，那是需要用一生来证实的价值，那将是青春无悔的追求。

救救我们的古迹
——访"龙门石窟"

　　始凿于北魏公元 494 年前后的龙门石窟是我国著名的三大石刻艺术宝库之一，我一直很想去那里参观，终于趁着假期到了洛阳。

　　走近位于洛阳南郊 12 公里处的龙门石窟，我在惊叹古人的高超技艺之余，更多的却是心痛。自北魏至北宋 400 余年间开凿的龙门石窟至今仍存有窟龛 2300 多个、造像 11 万余尊、碑刻题记 3600 余品，数量位于全国各大石窟之首，可许多窟龛围岩崩塌、窟内壁面剥落、已生裂缝。有的佛像由于风化严重，已看不清原来的模样；有的石窟内许多佛像被盗只剩半截；还有的窟龛甚至空空如洗……石窟保护中心技术人员马朝龙曾说过："这里每一个窟龛内都曾有过至少一尊佛像，而现在整个龙门石窟中有一半以上的窟龛都是空的，或者里面的佛像已经不完整，还有许多石刻品因受风化剥蚀而脱落，只有少部分窟龛石像及装饰艺术基本保持原来风貌。"

　　一个被联合国教科文组织列入《世界文化遗产名录》的艺术宝库竟被如此地破坏，除了历史与自然的原因，作为炎黄子孙的我们是否还应该反思一下，我们到底为此做过什么样的保护措施？我们到底有没有用心去挽救我们的古迹？

　　据专家考证，1907~1918 年是龙门石窟近现代被大规模破坏、盗凿的开始阶段，而 1918~1935 年是龙门石窟有史以来遭劫难最为严重的时期。日本学者关野贞当时两次实

◎ 在埃及，不光是金字塔，到处都洋溢着古老的气息，不知道是保护得好还是发展得慢。◎

地考察龙门后在一本书中写道："洞窟雕刻的佛头能取下的都被取掉卖给外国人。"由于西方文化强盗、古董商以及利欲熏心的当地人大肆的偷盗，大量的石窟佛雕艺术品流向了欧美和日本等地。1965 年我国文化部有关部门调查统计显示，石窟集中的龙门西山被盗痕迹多达 780 余处。另据石窟专家王振国调查，仅被破坏最严重的 96 个窟龛中就遗失佛、菩萨等主像 262 尊，毁坏造像 1063 尊。这种人为的破坏——而且很多还是国人肆意的偷盗——目的仅仅是钱财，想起来是否感觉很寒心，很悲哀？

　　百年的修建，千年的积淀仅仅因为眼前物质的诱惑就被毁坏，不知那些偷盗者们是否看到了佛像的愤怒？是否想到了子孙的谴责？看看保存完好的卢浮宫，想想罗马西斯廷教堂美妙如初的壁画《最后的审判》，我们的内心还能平静吗？一旦毁坏

格物致知

就不可再修复的艺术珍品就在我们的手中丧失，我们有何脸面面对子孙？

听说龙门石窟还是我国三大石窟中保存最为完好的，另两个石窟的厄运可想而知。1999 年 7 月，联合国教科文组织利用日本政府为保护丝绸之路地域文化遗产提供的 500 万美元经费修复龙门石窟和新疆库木吐喇千佛洞，其中龙门石窟工程总投资 125 万美元，分两个阶段进行。这对龙门石窟的保护意义重大。

龙门石窟是世界的宝藏，更是中国文化的瑰宝。我们为什么不能用我们的心、用我们的手、用我们的财力还世界一个惊喜，还民族一份财产？

救救我们的古迹吧，这是我们对祖先最诚挚的尊重，也是给后代最好的礼物！

遥看利玛窦墓

我在北京曾到过一个很特别的地方，那就是利玛窦墓。

参观的起因很偶然：我在西城区车公庄大街路南，看见路牌上标注着"利玛窦墓"，心想：这不是最早寻访中国的传教士吗？于是欣然前往。

很不凑巧，当时墓园并没有开放。但站在不高的墓墙前，透过铁条门可以看见墓碑、盈盈绿草和间或跳出的黄色野花。碑身正中刻有"耶稣会士利公之墓"，虽然墓主是外国传教士，但还是入乡随俗，墓碑上盘环绕着的是很中国化的龙身，只是在碑额镌刻着"十"字，表明墓主是虔诚的基督教徒。

有点遗憾，但更多的却是感叹：按照封建社会中国的规矩，外国传教士死后要运到澳门神学院安葬。虽然中国在明朝已接受了传教士，但基督教并没有在中国取得合法地位，而明神宗万历皇帝却对此破例恩准；利玛窦的遗体入土为安时，明朝的文武百官参加了葬礼。这样的胸怀，就连当时号称开放的西方国家也未必能做到！

◎ 渥太华城市风格特征，与华盛顿、堪培拉有某种基因的近似，说不清是严肃还是冷漠。◎

正是拥有这样开放的胸怀，使中国一度成为世界经济文化的中心。早在秦汉之际中国就与朝鲜半岛的国家友好往来，唐朝的留学生来自新罗的最多，而新罗立国，参用唐制、教授儒学；两汉时期与日本交往，到了隋唐时更是互遣使臣十多次；唐朝制度、文化、建筑等对日本影响很大，推动日本大化改新；吉备真备和鉴真的互访带动了文化的交流；"丝绸之路"的开通加速了汉朝与中亚、西亚欧非各地的往来；隋朝时就与波斯互遣使节，唐代时波斯国王和王子来华，"波斯店"很多；明代政府对于东南亚各国的来华贸易更是不作限制，"任其时至入贡"，永乐元年政府"依照洪武初制，于浙江、福建、广东设市舶提举司"，并不断派遣使臣到安南、占城、琉球、暹罗、真腊、西洋、苏门答腊等国作友好访问，邀请他们来中国进行贸易。在当时的开封府就有许多在欧洲深受排挤的犹太人，他们在大明的首府经商生活，没有被歧视或排挤；郑和经历三十多个国家和地区的七次下西洋，更是加强了与东南亚、西亚各国的经济贸易关系，增进了科学技术与文化交流，推进航海的发展，创造了世界航海史上的盛举。这样

格物致知

的开放与交融，必然会带来社会进步与发展。元朝如此成为世界版图最大的国家，唐朝也成为当时世界最强盛的国度。

所以，可以毫不夸张地说，"中国中心论"的封建社会是建立在开放与交融的基础上的，离开了这一基准，很可能带来的就是国家的衰落、发展的停滞。从清朝开始，中国封建社会就开始走向了闭关自守，强大的东方雄狮从此停止了咆哮，而紧接着的就是八国联军的入侵，领土的割让，血与泪的耻辱教训深刻地阐述着：打开国门，走进世界村，"师夷之长以制夷"才是发展进步之道。

走过历史，记住教训。这就是"利玛窦墓"给我最好的启迪。

中原三古城

中原，乃是华夏文明的发源地。趁着假期，我背上行囊去寻找昔日的辉煌。从西到东，顺着古黄河道，我走访了古都商丘、开封和洛阳。每到一处，我都被旧时的繁荣震惊，为昔日的昌盛称道，那可谓世上少有的盛景，也是人类智慧精华的写照。

据史书记载：从阏伯的第 13 世孙商汤伐桀来夏、建立商朝、定南亳（今商丘）为都至商朝灭亡的 1025 年中，历六世十帝，以商丘为都的时间达 800 余年。此后，春秋宋国，汉代梁国皆在此建都。南宋时，康王赵构在商丘即皇帝位，商丘遂又成为国都。数千年来，商丘一直是国都和州、郡、府所在地，当时那里的繁华可想而知。就建于明朝正德六年的商丘古城来说，城墙、城湖、城郭三位一体，外圆内方，形如古铜钱，不仅取"天圆地方、阴阳合气"之意，而且有金戈之形、招财进宝之象。城内设施按八卦修建，街道条数取吉数九十三，水井呈梅花形布局，地势呈龟背形，既合五行相生之道，又含"三水济火"之意，设计之精巧让现代人都为之惊叹。再看芒砀山文物旅游区的西汉梁国陵墓群，斩山为廓，穿石为藏，结构复杂，气势恢宏，宛如庞大的地下宫殿，让人惊诧不已。

汴京（今河南省开封市）也是我国七大古都之一，有 2700 多年的历史。它曾是战国魏，五代后梁、后晋、后汉、后周以及北宋和金朝末年的建都之地，故称七朝古都。史上，北宋在此建都 168 年，历 9 代皇帝，是当时国家的政治、经济、文化中心。明代《明成化河南总志》中对"汴京八景"的记载说明了古都在当时就是旅游的名胜之地，朱仙镇伊斯兰文化和宗教建筑区和开封古犹太人主要定居区见证了"汴京"的繁荣，而《清明上河图》描绘的开封府内热闹的场景恐怕是当时世界上最繁华的景象了。

洛阳古代也叫雒阳，是一座有 3000 多年历史的古城，先后有东周、东汉、曹魏、西晋、北魏（孝文帝之后）、隋（炀帝）、武周、后梁、后唐 9 个王朝在此建都，共计长达 934 年，所以称"九朝古都"，它也是我国的七大古都之一。秦国初年，身为秦国宰相的吕不韦被封为洛阳十万户侯，他大肆修缮洛阳城，洛阳遂逐渐繁华。以汉熹平四年（公元 175 年）蔡邕立石碑为例，当蔡邕得到灵帝的许可把刻有五经的石碑立于太学门外时，前来观看及摹写的人很多，来往车子每天有千余辆，致使街道堵塞不通。大运河修成后，自洛阳出发，西到长安、南到杭州、北抵涿郡、东入海，水路运输四通八达，使洛阳的交通更加便利，经济更加繁荣。洛阳是唐代丝绸之路的东端起点，又是水陆交通的枢纽，外国商人经由广州、扬州而抵达洛阳，然后才能去长安，由此可以想象当时洛阳的盛况。白马寺的建立、龙门石窟的开凿、唐三彩的问世等，都足以说明古都洛阳的重要地位。

然而曾经如此繁华的三大古都却在明清之后慢慢衰落，细细琢磨个中缘由，才发现科学技术竟会对城市的兴旺与发展产生如此大的影响。

明清时代，由沈括改进而制成的指南针开始被广泛应用于航海。海运的发展也大大缩短了各地区之间交流的时间和贸易的成本，特别是郑和下西洋，开了中国与东南亚甚至欧洲各国之间的交流之先河，开辟了"海上丝绸之路"，沿海的城市因此而繁荣。与此同时，内陆的城镇开始衰落，楼兰古城的消失就是典型的例子。

指南针传到欧洲航海家的手里，使美洲的发现和环球航行的实现成为可能，为资产阶级奠定了世界贸易和工场手工业发展的基础，而火药的使用最终使完成了工业革命的殖民者开始向世界进行掠夺，千年古城自然是被掠夺的重点。殖民者的烧杀抢掠把宏伟的古都和百年的宫殿变为了废墟，圆明园的毁灭就是如此！正如马克思所说："指南针打开了世界市场并建立了殖民地。火药和火器的使用摧毁了封建城堡，帮助资产阶级去战胜封建贵族。"

事实上，现代社会也是如此，世界上最繁华的都市——纽约、东京、上海等都是地处交通特别是河海运发达的地区，这是因为交通的发达带来了贸易额的增长和人力资源的增加，贸易额的增长促进了经济的发展，人力资源的增加扩大了人才的储备，强化了区域科技的进步，所以沿海地区的崛起和内陆地区的衰落与科技的发明创造转化为生产力的速度是成正比的。

千年的古城步伐已放缓，而要奋起直追只有加强科学技术的运用能力，因为现代社会是高科技社会，没有科技水平只有文化内涵则无法厚积薄发。在发展速度日新月异的今天，只有把握时代的脉搏，培养科技经贸的能力，千年古城才能再现昔日的辉煌。

青海湖之魂

趁着假期去了西宁，飞机一落地我就急切地想去青海湖——西宁的地标性旅游景点。听当地的朋友说，沙岛是青海湖中最美的地方，被誉为"青海湖之魂"，于是我满怀期望地奔向沙岛。

一路上听着、看着沙岛的介绍，知道沙岛原来是湖中的小岛，因青海湖水位逐年下降和湖沙垄凸出水面接受风沙堆积而成。据说这里的沙细而软，比北海银滩的沙还要细，比珠海金海滩的沙还要软。特别是夕阳西下时，整个小岛笼罩在一片金色之中，每一粒沙中都透着金光，就如一座座金字塔般，美丽而神秘。头顶着朵朵的白云，身伴着蔚蓝的湖水，踏着软软的黄沙，走在一片金色的阳光之中，没有太多的游人，没有太多的喧闹，只有羊群、牛群在远处的草原上悠闲地漫步。天高云淡，任由鸟儿翱翔，这是一幅多么让人心动的画面！随着心绪，我迫不及待地来到了黄昏中的沙岛。

一进大门我就东张西望地找心中的景象，可除了一座座爬着小草的沙丘之外，根本看不到夕阳金沙的美景。虽然很失落，但我还是不断地鼓励自己：也许"无限风光在险峰"，最美的一定是在最后，大门离湖边不是还有7公里吗？可是随着车离湖边越近，失落就越大，直到车停下来，我们走到湖边：夕阳是有的，幽静也存在，羊群、牛群在远处的草原上也没跑掉，可满目的黄沙没有了！原本金色的沙丘上斑斑点点地布满了绿色的青草，有的是黄色、绿色还有白色，犹如一头头壮实的花奶牛般，实在无法与美丽、迷人相联系，就如同一幅少了魂的油画，很是空洞，很是乏味。

原来这就是"青海湖之魂"。早知如此，我根本没必要专门花几个小时的时间乘车来这里，这样的景象新疆有、内蒙古也有！带着失望，带着不满，我愤然离开了沙岛。

在车即将驶出大门时，我无意地张望，竟然看见一座沙丘上有用绿草写出的这么一行字："让沙漠变绿舟！"我的心突然随之震动，把"沙漠变绿舟"是多少代人的希望，他们为此奉献了青春，奉献了生命，那沙丘上一颗颗的小草不就是人们心中燃起的一点点希望吗？

夕阳西照，黄沙宁静，沙漠的景致是没有了，可绿色的生命发芽了，布满沙丘的青草正把它们旺盛的生命力一点点地献给整个沙岛，把沙岛变绿舟，让黄昏的宁静在这里是绿草葱茏，水美草肥。

想到这里，所有的失望、不满与愤怒顿然消失，剩下的就是希望，希望下次再来时，黄沙会变为青草，沙岛会变为绿岛。

再见了，沙岛！虽然我没有见到你美丽的沙漠景象，但我一定会再来，因为我要看你"天苍苍，野茫茫，风吹草低见牛羊"的迷人画面！

武义龙山的告示

到了浙江的武义，去了郭洞的龙山。

这是一个海拔只有 390 米，面积只有 100 多公顷的小山。没有什么名望，也没有什么独特之处，我还是到达武义才知道这里有龙山。

因为看过的名山太多，起初龙山对我并没有太大吸引力，我只想跟在妈妈的后面完成这个项目的旅游程序罢了。

因为无聊，所以就四处乱看，在入山口看到这样一个告示：

"龙山古树保持至今，贵在千年严厉族规：'上山砍柴罚拔指甲，毁其小树罚断一指，砍伐大树罚断一臂，砍倒古树逐出族门。'敬请游客入乡随俗，严守登山规章：①不吸烟，不用火，严防森林火灾；②不攀藤爬树，不采花摘果，珍爱古树名木；③不采挖药材，不捕杀动物，呵护生态平衡；④不离开游线，不踩入草丛，严防蛇虫咬伤；⑤不损坏设施，不乱扔废物，维护洁美环境。"

看后敬佩与自豪感油然而生，我们的祖先对于一个小小的山岭都如此的爱护，我们谁还能不注意环保、不爱护环境？

◎ 新加坡圣淘沙岛是人造景观的典范，但那是 20 世纪的典范。那么 21 世纪的典范在哪里？◎

边走边看，才知道龙山虽小，但却保存了浙中最完整的原始森林，这里的树龄全在六七百年以上，有千年活化石红杉，银杏、虎皮楠等几十种珍贵的树种，还有黄麂、野猪等动物，据说在二十世纪五十年代还有过老虎。

听着鸟鸣，看着参天的古树，我觉得很震撼、很感动，也很骄傲，为龙山、为这里的村民，也为自己，因为我们都是中国人。

这样得意的感觉还没有持续太久，我就看见在一个参天古树的树缝中嵌着两个矿泉水瓶子，就如同古树身上的两个毒瘤，很刺眼。

心沉了、脸红了，因为这瓶子，因为那告示，因为这满山的古树。

生活在高度文明的现代社会中的文明人，怎么还不如封建社会的那些大字不识的村民？怎么一个小小的告示可以让森林绵延六七百年而不能阻挡现代游客的随手行为？怎么千年的古树就能成为当时人们心中的宝贝而在现代就一文不值？是社会退步了还是人们无知了？要知道这些森林都是我们赖以生存的基本条件，是中华民族的宝贝呀！

同为中华民族的传人，我们为什么就不能如先人那般珍惜身边的一切，爱护上天赐给我们的宝藏？我们要记住，一棵树、一棵草、一只小鸟，都是祖先留下的，是要被保护的，因为民族的香火是不能断的、我们的森林是不能荒的。

为什么我们祖先曾是世界上最文明、最强大的民族？为什么我们的国度曾是世界的经济文化中心？在思考之中是不是应该低下头来看看我们的一言一行，也许从中就可以感到羞愧并得到些启迪。

回过头看看我们的先人，在骄傲五千年的辉煌时，是不是更应该学到点什么？

哥德堡号的秘密

作为虹口区"红领巾记者团"的记者，我有幸成为"哥德堡号"在上海的最后一批记者之一登上了这艘美丽而神秘的仿古帆船，去寻觅那让世人魂牵梦绕的神秘世界。

慢慢走在橡木和松木建造而成的总长度不足 60 米、完全按照 1745 年 9 月瑞典东印度公司从广州港驶回的"哥德堡号"原样复制的船上，我一直在寻思着为什么"哥德堡号"会有如此大的魅力，能让每一停靠站的人们都为之着迷、为之兴奋？

带着疑问，我采访了船员。本以为不会有太多的人愿意与我们这样的学生记者交流，出乎意料的是，几乎所有被采访的船员都表现出了巨大的热情，他们不停地用英语告诉我："我们的船是世界上最漂亮的船，是那个时代很难见到的。""我们的线路是完全按 18 世纪行驶的，比现在的好多船的航行都要艰难。""我们的笑容很灿烂！""我们船上有别的国家看不到的瑞典纪念品。""我们还会给小朋友送瑞典儿童文学大师林格伦的《长袜子皮皮》。"……答案虽然五花八门，但他们身上却都

◎ 哥德堡号雄姿。◎

体现出了一种风格——友善，展现出了一种精神——坚韧。

远行的船我们见过不少，但只有"哥德堡号"给我们带来了一种前所未有的风尚——那是一个遥远国度的文化与精髓。这种风尚把原本冷冰冰的木船变成了一个国家的象征，一个文化的使者。在"哥德堡号"长达一年多的航程中，它走访了不同国家的 8 个港口，每到一处他们就用自己独特的方式向世界各地推广自己的文化：他们通过与企业合办展览、邀请游客上船参观、招募自愿者参与部分的行程、赠送纪念品、赠送图书等形式让人们了解那个远在斯堪的那维亚半岛上的民族，传播那具有独特风情的民俗，让东西文化的交融成为和谐、友善"世界村"的基石。

从古到今，能在历史上打下深深烙印的一定是长传的文化，让世人痴迷不忍舍弃的一定是民族的精髓。"哥德堡号"不仅再现了它在 18 世纪的辉煌，更传承了它作为文化使者的使命——把瑞典民族的精神带到世界的不同角落；而这种文化与精神也汇成了"哥德堡号"的灵魂，让她如斯堪的那维亚半岛那迷人的景致，让人着迷，让人痴。

认真的 Mike

假期，妈妈的几位德国、美国和韩国朋友的孩子来到上海。大家找了个周末，举行了一次家庭 Party。一阵寒暄之后，我们这些同龄的孩子们各自表演起了节目，有跳芭蕾的、有弹钢琴的、有拉小提琴的、有唱歌的……大家各尽所长，玩得很开心、很尽兴。

聚会中，有一个小的细节让我很受震动：在德国的巴伐利亚州钢琴大赛中获第二名的 Mike 为我们演奏了李斯特的《匈牙利狂想曲》，他娴熟的指法恰到好处地演绎了拉绍的缓慢庄重和弗里斯的轻快愉悦，把匈牙利民族热烈、豪放的性格，乐观、幽默的气质和李斯特强烈的爱国热情淋漓尽致地在琴声中释放出来，让我们都随着他的琴声走进了那美妙的国度。在一阵掌声中，Mike 结束了演奏，大家不断地拍手称好，可 Mike 却不好意思地说："中间有一小节没弹好，我再来一遍吧！"

◎ 送书给我的两位来自外国的朋友，但他们的英文远比中文好，不知是否看得下去? ◎

本只是玩耍的演奏，更何况好多人根本没听出不妥，没想到 Mike 却如此认真，这让我很诧异，也很佩服，因为他做到了我平时根本不会做到的事。

很早就听爸爸讲过"细节决定成败"的道理，虽然爸爸是中国最早提出这个概念的学者（比汪中求《细节决定成败》一书还要早得多），但作为女儿的我却不以为然，认为大事做好了，小的细节犯点错又何妨？就如考试，只要大题对了，小的填空、选择题错两三道也不会影响成绩，何必如此之严谨、如此之认真，那样的生活多乏味，那样的学习多辛苦！

小时候还不觉得，可年级越高问题就越大，考试时大题倒基本上对了，可小题的错误却越来越多，有时甚至连大题也会看少一个条件、点错一个标点或忘了时间状语，小题的错误多了，成绩自然就不理想了。于是，我下决心考试时要注意细节，可不知怎么的一到考试时就忘，还是一样粗心。爸爸说：凡事得从小事入手，要从平时抓起。但我平时就是容易忘记这一点，而且也认为麻烦，总存有侥幸心理，认为下一次考试能改正。但事实也是残酷的，我平时没有改好的小错误在考试时被无限地放大，导致我总是很懊恼，也很沮丧。

但今天之后，我不再难受，也不再抱怨，因为我知道了走出困境的秘诀：一点一滴积累起来的认真与严谨，才是成功的关键。

格物致知

我们的活动，我们说了算！

　　曾经很羡慕大人能裁定任何的事；曾经很嫉妒国外的同龄人，能自己的事自己说了算。家长对我们有太多的保护、太多的担心，让我们如温室的花朵，不知如何应对不同季节的变化。

　　可是我们很希望能如雄鹰一般去奋勇搏击，很希望能像海燕一样去自由翱翔，因为我们相信，我们可以主宰自己的命运。给我们一点空间，给我们一点时间，让我们证明：中国的少年是最棒的！

　　没想到这样的事来得还真快。我们学校一年一度的"民族魂活动"拉开了"我们的活动，我们说了算！"的序幕。

　　老师告诉我们今年的"民族魂"中的所有活动都需要我们自己设计、自己实施，老师仅做观众和特邀评委，除此之外不参与任何的准备活动，因为我们是活动的主人。

　　自主筹备活动是我们梦寐以求的事。于是大家摩拳擦掌，热火朝天地干了起来。准备"我们的经典"短剧汇演的同学一有时间就在教学楼内、操场边认真地准备着，要知道，连剧本都是我们自己根据历史故事改编的；服装、音乐当然也是我们按照自己的风格挑选的。《虎门销烟》、

◎ 尼亚加拉大瀑布是加拿大的标志之一，气势磅礴、振奋人心。◎

《昭君出塞》、《屈原投江》、《文姬归汉》、《草原英雄小姐妹》、《惠安馆》、《红岩魂》、《生命的签证》等22个精彩的短剧在一个月内全部完成。2007年4月9日在校大礼堂进行了汇报演出，热烈的气氛自然是不言而喻了，因为我们在追捧自己的杰作，就连评委也是由同学和老师共同组成的，记分员、核分员毫无例外地也都是我们同学自己担任。

　　义卖活动更是大家展示才能的好机会。各班的同学早早就把自己的爱心搬到了学校，在义卖场上，卖书的、卖文具的、卖小饰品的……各种叫卖声此起彼伏，仿佛一个热闹的大卖场。进行买卖的同学商讨着价格；挑选商品的同学与摆摊的同学讨论着商品的特性……虽然大家都忙得满头大汗，但快乐与满足在每个同学的脸上荡漾，因为义卖活动是我们说了算的。

　　没有领导的指示，没有老师的参与，我们靠自己的智慧与才干办起了一台内容丰富、热闹非凡的"民族魂活动"。也许有很多的不足甚至漏洞，但这是我们成长的标志，是我们创造生活的起点，它将与美好的少年记忆一起留在我们的心中。

　　因为，我们从此知道，我们是有能力去主宰自己的生活的！

世博小志愿者夏令营拾趣

    2007 年 7 月 18~21 日，上海市青少年活动中心举办了以"我与'世博'共成长"为主题的"上海市青少年'世博'小志愿者夏令营"活动，来自上海市 18 区 1 县的 60 多名世博小志愿者和 20 多名各区县的优秀少先队员前往浙江萧山，向当地小朋友宣传 2010 年上海世博会和讲解世博知识。

    2007 年 7 月 18 日上午 8 点，开营仪式在上海青少年活动中心四楼展览室正式举行。上海市世博局新闻宣传部宋老师致开营词，他要求所有营员在三天短暂的夏令营交流活动中要传播"城市，让生活更美好"的"世博"主题精神，把上海的风貌展示给萧山的小朋友，同时也要向其他的营员学习他们的长处，在互动中进步、在交流中传播。随后，上海市青少年活动中心主任汤君老师将营旗授给了曹国乐同学，夏令营正式开营。

◎ 参加全国青少年英语口语电视大赛时与其他选手在一起，尽管只拿了个银奖，但玩得很开心。◎

    营员们乘坐两辆大巴从上海出发，驶向浙江萧山青少年宫。午饭之后，我们上海的营员与萧山青少年宫的少先队员们开展了联谊活动。唱歌、跳舞、演讲、演奏，大家各显其能，把最拿手的、最有意思的节目全都奉献了出来。《扇子舞》的精彩、《喜洋洋》的活力、《河马的牙刷》的幽默……让大家看得入迷、听得起劲。最有趣的是每个人都能参加的"运乒乓球"游戏，由于游戏规则要求在球不掉下来的情况下尽快把乒乓球运到终点，于是大家"各显神通"，小心翼翼的、快步奔跑的、战战兢兢的、大步流星的，凡是能想象出的行走姿势这里都有，看得大家是笑声阵阵，陌生、不安在这欢笑声中消失，友谊、交流也在联欢中建立。

    第二天，营员们早早就起身整装待发，因为今天我们要去感受杭州世界休闲博览园的欢乐。一到园区门口，大家就你拉着我、我牵着你，朝各自喜爱的游乐项目奔去。瞧，那边的旋转飞椅，用一条条绳子吊起的椅子随着中轴的旋转在空中飞舞，十来个营员快乐地坐在飞椅上，双手挥舞着，像一只只在空中自由飞翔的雏鹰，飞椅旋转、笑容灿烂；还有玩海盗船的，月牙状的木船犹如在大海的风浪中搏击一般

格物致知

起起落落，高时像要直插云端，落时又如跌下低谷，这样的摇晃让营员们边笑边叫"头晕"，笑声、叫声伴着木船的上下一起飘向天际；最刺激的当数过山车了，高悬的轨道、快速的翻转吓得人们一阵阵的尖叫，好多人都闭上了眼睛，只感觉世界末日来到，但有几个胆大的却不但不闭眼，还放声高歌，把热坏了的知了都吵醒了，跟着他们一起"知了，知了"地叫起来。下来的人虽然多是脸白唇青，但一个个都只嚷道："过瘾，好玩！"……玩着、叫着、笑着、跳着，欢乐就如夏日的阳光，灿烂而明亮。

对杭州最深切接触的是第三天，营员们与杭州的心脏——西湖 face to face（面对面）。每一个城市都有它的标志，它是城市文化的象征、精神的展示，就如上海的东方明珠、新天地、外滩，杭州的城市文化精髓就是西湖，营员们在张扬"城市，让生活更美好"的同时也在深深地体会它。苏堤春晓、曲苑风荷、平湖秋月、断桥残雪、柳浪闻莺、花港观鱼、雷峰夕照、双峰插云、南屏晚钟、三潭印月，西湖的每一个景、每一棵树、每一寸地、每一潭水都在诉说着无尽的情愫，西湖承载了太多故事。岳飞精忠报国的气概、武松潜心向佛的修炼、苏东坡诗情洋溢的情怀、白娘子和许仙千古缠绵的恩爱、山伯英台悲愤化蝶的绝唱，还有那拥有"梅妻鹤子"，会写诗、会种梅、会养鹤的林和靖……西湖用自己的诗篇滋养了杭州，杭州以西湖为魂演绎了经典。城市，就是如此这般地注释着生活，让生活更加美好！

看到的、听到的、想到的，都在每个晚上汇成了无数的文字，《心情日记》记载着每个人的感悟，快乐与遐想；《给父母的一封信》把营员的思绪、幸福与平安都交给了那传书的鸿雁。文字记录着心情、传递着快乐、分享着感动。

三天的"上海市青少年'世博'小志愿者夏令营"播撒了美好的种子，营员们在交流中传播城市的文化，在玩耍中体验城市的活力，在参观中感受城市的内涵。伴着欢声，伴着笑语，营员们深深领悟了"Better city，better life"！

向对手致敬！

"You are my adversary.

But you are not my enemy.

For your resistance,

Give me strength.

Your will gives me courage,

your spirits enable me,

and though I aimed to defeat you.

Should I succeed,

I will not humiliate you.

Instead, I will honor you.

For without you,

I am a lesser man."

（"你是我的对手，但你不是我的敌人。因为是你的抵抗，给了我力量。你的意志给我以勇气，你的精神使我能做到许多。所以，虽然我立志击败你，即使我能成功，我也不会羞辱你，因为若没有你，我将不会成为一个如此重要的人。"）

两年前我第一次听到这段话后，就再也没有忘记过。

两年了，风雨之中，总是会想起它。

———题记

曾经，我也意气风发。不会骄傲到认为自己天下无双，但至少会永远认为，自己可以做到最好。

曾经，我也少年不羁。不会自负到恃才傲物，但至少会相信，自己可以在一个领域是最好之一。

曾经，我也自视不低。不会轻狂到把自己看做天才，但至少会觉得，自己还是在某些方面有些天分。

但那只是曾经。

直到遇到你。

乍看之下，你是如此平和，似乎永远不会被注意。

但是，我错了。

墙上的光荣榜，老师的赞许，同学的羡慕……

格物致知

你在享受努力换来的荣光，我在角落静静地看着，想着，甚至恨着。

一切的一切，都告诉我，我错了！

我们是朋友，是很好的朋友，一块讨论，一起练习。是我说切磋才能提高，没想到的是，你比我更会领悟学习的真谛。

我庆幸有你这样的朋友。但是，因为你，我被迫感受到了那些不愿接受的理念，感受到了不曾有过的烦恼与不安。

就像看喜爱的阿森纳队一次次的败北，在感叹世界的残酷，在无奈于"成王败寇"的自然法则之余，一向不服输的我赌气写下了：我不和你比！

认识你的这些年，我真的成熟了很多。

在我写下"没有你，我会是最强的；但有了你，我都不会是第二的！"之后，我曾经认为，我们的友谊完了，我们的情谊断了。因为，我恨你，恨你的自信、你的淡定、你的毅力、你的所有一切，哪怕明知道你没有错，但我还是恨你，你毁掉了我的梦！

只不过，那也是一个曾经，一个错误的曾经。

有一个晚上，我突发奇想：如果你不再这么优秀了，我会是怎样？

发现自己竟然没有半点的兴奋，居然是有一股不安与难受在心中翻涌。我永远不会忘记认识你后的快乐与满足，那是知己的交流；我永远也不会忘记认识你后的痛苦与挣扎，那是对手的较量。泪水与欢笑交织在一起，是一种无法忘记的酸楚，是一种难以解脱的牵挂。

要把你从记忆中抹去，真的好难！

因为我们是对手，更是朋友！

如果没有了你，我会是怎样？

没有了我们的竞争，我还会如此的努力？

没有了你成功的刺激，我还会如此的用心？

没有了你淡定的微笑，我还会如此的冲刺？

……

我又一次错了！

虽然你现在是一个强者，我依然留在自己的角落，但是，如果没有你，我或许走不到今天。你就像一面镜子，让我看到你的成绩，也看到了自己的缺陷。在这个世界上，最弄不懂的是自己，最难明白的是自己，最看不出缺点的也是自己。难得有一面镜子，让我能清醒地看清楚自己，这难道不是上天赐给的一个机会与福分吗？

正因为如此，我要对你说：

谢谢你，我的朋友！谢谢你，我的对手！

——谨以此文献给我的朋友兼对手

◎ 后面那家伙显得憨态可掬，是不是我太调皮？◎

后记：

这是一个困扰我很久的问题，自己也说不清到底花了多少睡前的时间来思考，最后只是在一首偶得的歌中觅出答案。

我们常说，体育精神中的精髓之一就是尊重对手，而我看来，不仅应是尊重，更重要的是感谢对手。因为对手在潜意识里激起了你所有奋进的意志，唤醒了你所有拼搏的潜能，一个好的对手，带给你的不仅是失败后的痛苦，而且更多的是向新纪录挑战的雄心。没有了对手，生命中一定会少一道亮丽的风景线。

不由想起了美国总统奥巴马演说中的一句话：

"不管你们是否是我的朋友，至少，你们肯定不是，也永远不会是我的敌人。"

格物致知

真实地活着

　　人生应该怎样度过？是碌碌无为？是奋发上进？是随遇而安？是永不放弃？……答案有千万种，因人而异，各有所好。路是人走的，"走自己的路，让别人打的去！""活出你的精彩，活出你的个性，活出你的快乐"是现代社会最推崇的人生模式，可人生真正的快乐到底是什么？前几天《湖南日报》（2007年7月20日）一篇名为《73岁王蒙：明年参加"快乐男声"》的专访让我豁然顿悟：人生的快乐就是真实地活着！

　　专访里，王蒙爷爷对记者表示自己喜欢看"超级女声"，还当场展示了自己的才艺：一段新疆民歌。他兴致很高地提出明年要参加"快乐男声"，并开心地问记者："你们看我行吗？"

　　看着照片上王蒙爷爷灿烂的笑容，我想，他说的一定是真实的想法！无论他明年是否真的参加"快乐男声"，我都会为他喝彩，因为他是真实地活着，他活得快乐而幸福，轻松而有价值。

　　论影响力，从1956年9月《组织部来了个年轻人》发表于《人民文学》上，到2005年11月作家出版社推出的《尴尬风流》，王蒙爷爷对中国文坛乃至人们的文化生活整整影响了半个多世纪，是中国文学史上的重量级人物，其"粉丝"的数量之多绝对不亚于如今的当红作家、学者；论级别，王蒙爷爷曾当过文化部部长，是中央级领导，也是现当代作家中官位最高的一位；论年龄，王蒙爷爷已是73岁高龄，算老年人的范畴。怎么看、怎么想，王蒙爷爷也不会去参加是非争论颇多的选秀节目"快乐男声"。

◎ 乌镇寄托了许多人的童年梦想，祖籍宁波的我自然也喜欢这种江南风情。◎

　　可王蒙爷爷就是愿意去，而且面对采访他的媒体表达了这个意愿。试想想，在传媒如此发达的今天，一位73岁的前文化部部长，一位中国文坛的重要人物所说的这番话会引起多大的轰动，有称赞的，也有反对的，但王蒙爷爷似乎并不在乎这些，他只是真实地表达了自己的想法，他让自己生活在了真实的快乐之中。

　　人的生命在宇宙中只是一瞬间，为了生存，为了责任，人们已耗费了太多的时光。在仅存留给自己的那么一点时间里，为什么不让自己按自己的方式，按自己的喜好生活？为什么一定要给自己套上无数的枷锁，让自己每天生活在沉重与郁闷之中？为什么非得在乎别人的眼光而约束自己的情感？只要不违反社会的道德法规，每个人都有追求个人幸福的权利。

　　幸福不是一种模式，而是因人而异的，不必去模仿，不必去套用，朝自己认为是最快乐的方向走，不要看两边，**Enjoy the life**，活出你的真实，走出你的快乐！

格物致知

放弃，成功的另一种途径

几年前，参加过在上海交通大学举办的一个企业论坛，大会的具体内容不太记得了，但有一段对话却一直记忆犹新：

一个与会者问台上的一位成功的企业家："如果您做了一件事或一个投资，但没有成功，您会怎么做？"

"再试一次。"

"再做仍不成功呢？"

"再试。"

提问人笑着再问："还是不成功呢？"

"放弃！"

问话者惊呆了。

企业家说："如果一件事我认真做了三次还是没有成功，那么要么我没有这方面的天分和能力，要么我没有这方面的运气，那我为什么不给自己重选一条更合适自己的路呢？"

在一片掌声中，我知道了：放弃，是成功的另一种途径。

这也许不是我们常常听到的常规成功模式，因为行为经济学家曾指出：人的本性是对失去的比得到的要敏感得多。通过放弃而得到，不是每个人都能想到，都能做到的。网络上有个调查，在"你认为世界上最难的两个字是什么"的投票中，"放弃"的得票率最高。放弃，对于人们而言，永远比得到要难。这也许就是这位企业家成功的原因，这也许就是让问者惊讶的原因，这也许就是我能记忆犹新的原因。

人生的旅途中，并不是所有的探索都能发现鲜为人知的奥秘，并不是所有的跋涉都能抵达胜利的彼岸，并不是每一滴汗水都会有收获，并不是每一个故事都会有美丽的结局。因此，如果我们努力不能达到理想的境界，何不学会放弃？明白这点，也许你就会在失败、迷茫、愁闷时，找到自信，找回属于自己的人生坐标。

放弃其实也是一种人生选择。走在人生的十字路口，你必须学会放弃不适合自己的道路；面对失败，你必须学会放弃懦弱；面对成功，你必须学会放弃骄傲；面对老弱病残，你必须学会放弃冷漠，实施救助……人生中有很多的无奈，就如爱因斯坦永远都成不了一流的小提琴家、戴维只能做蹩脚的牧师和平庸的医生、钱钟书一定不会有华罗庚的成就一样，人们不可能在每一个努力的路上都有炫耀的光芒。所以，学会在困境中放弃沉重的负担，才会拥有必胜的信念。放弃我们必须放弃的、应该放弃的，甚至比拥有更重要。

　　不懂得放弃的人，总将人生的不如意绕在心灵的枝干上，感觉就如生活在没有阳光的寒冬腊月，自怨自艾，挥之不去。这样的人生就如泰戈尔所说："当鸟翼系上了黄金时，就飞不远了。"我们应该学习古人的"两弊相衡取其轻，两利相权取其重"。明白放弃，是生活需要时时面对的清醒选择，学会放弃才能卸下人生的种种包

◎ 马来西亚槟城的寺庙充满着东南亚的韵味。◎

袱，轻装上阵，安然地等待生活的转机，度过风风雨雨；懂得放弃，才拥有一份成熟，才会活得更加充实、坦然和轻松。"塞翁失马，焉知非福"，才能彻悟人生，笑看人生，拥有海阔天空的人生境界。

　　放弃，是痛苦的，但也可以是甜蜜的，因为不管昨天的阴霾是否还在心中徘徊，不管昨天的艰辛是否还在心中隐痛，学会放弃会让你在失意时恢复自信、在跌倒时重新爬起、在消沉时拾起斗志，在对过去的反思中寻找人生新的光明。

　　坚持是一种伟大；其实，放弃是另一种的伟大。就如歌中所唱：有一种爱叫放手。

　　也许，有时，需要的只是放手！

请关注第二

假期闲着，去旁听了一堂爸爸给 CEO（Chief Executive Officer）上的 Brand Management。具体内容我不太记得，但爸爸在开篇的一席话却深深地留在了我的心中，让我触动很深，浮想联翩。

爸爸一上课就问大家："谁都知道，世界上最高的山是珠穆朗玛峰，海拔 8844.43 米，我今天问的是世界第二高峰叫什么，海拔是多少；谁都知道，第一个登上月球的是美国人，叫尼尔·奥尔登·阿姆斯特朗（Neil Alden Armstrong），那第二个登上月球的人叫什么？"上百人的 CEO 班中大家面面相觑，居然没有一个人能完整准确地给出答案。爸爸笑道："世界第二高峰是乔戈里峰，它的海拔是 8611 米，它是喀喇昆仑山脉的主峰，国外又称 K2 峰；第二个登上月球的人也是美国人，叫奥尔德林（Edwin B. Aldrin），是阿波罗 11 号（Apollo 11）登月飞船上的宇航员，他在阿姆斯特朗登上月球 19 分钟之后成为第二个踏上月球的登月英雄……""第一，大家都耳熟能详，但一说到第二，未必时时大家都能想到、记得。所以，请大家记住，在品牌运作中，做第二、第三往往会被市场忽视，因为人的记忆有限，而每天接受的信息又太多……"

不敢说爸爸说的一定对，但现实中的确如此。人们记住的一定是成功者、夺冠者，忘掉的一定是失败者，哪怕是拿亚军、季军的，就如大家记住了 1984 年第 23 届奥运会上首获奥运金牌的许海峰，但第二个为中国拿金牌的吴小旋又有多少人记得？同样都在为国争光，为什么人们就会选择性的记忆，所以，不得不承认，现实社会就是一个大舞台，所有的人都争着跑上台，站在镁光灯下，挤进去了的，受人尊敬、追捧、敬仰，没有挤进去的只会被遗忘，不管过程是否是一样，不管付出的努力是否是一样，甚至不管经历的磨难是否对等。"成者为王，败者为寇"，这就是生活，历史本身就是由胜利者书写的。

很残忍，也很无奈。

曾经自己也是如此。支持了多年与冠军无缘的阿森纳，忍受了多年被对手球队的球迷奚落的难堪；经历了从万人捧爱的明星学生到转学后因地域差异带来的落差，品尝了努力后无缘成功的痛楚；感受了优秀学生的无视和同级同学的嫉妒；羡慕过一直站在镁光灯下而并不在意的同学；隐藏过痛苦的泪水，戴上过无所谓的面具……所有的一切都是因为无奈与痛苦。

我们努力过，我们奋斗过；我们甚至花了比优胜者更多的时间、精力和心血，

· 36 ·

但因为运气、天赋、原本的基础等，我们还是输了，哪怕输的只是结果！

就如乔戈里峰只是比珠穆朗玛峰低 233.43 米，奥尔德林只比阿姆斯特朗晚 19 分钟踏上月球一样，不管实质是否一样，它们永远只能排在第二，也注定了永远会被大多数人忽视。可这个世界上能真正永远排在第一的到底有多少？我们是否可以把眼光多一些放在被遗忘的角落，也许人们的关注能唤醒并激发另一个第一的产生？

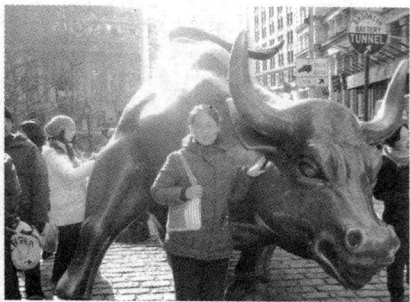

◎ 华尔街街头这头牛，被多少人寄托着牛市财富的巨大期望，不过怎么看都觉得艺术性一般。◎

清代剧作家李渔在《意中缘传奇》中曾说过："只喜锦上添花，谁肯雪中送炭！"虽然他是以"锦上添花"比喻给富贵者捧场，以"雪中送炭"比喻给穷困者救济，说的是人情淡薄，世态炎凉。但细想想，和现在人们只以结果论英雄是否也有异曲同工之处？

真的很希望，以后能有多一些人，特别是老师，能在关注成功者的同时，也关注一下"失败者"，他们才是真正需要宽容、慈祥目光的一群人。也许，就是你们不太多的关注，能造就出更多第一，更多的成功者。

相信丑小鸭变天鹅不一定只是在安徒生的童话，现实中也会有——如果有多一点宽容与鼓励的目光。

开 卷 有 益

了解世界，也许并不一定要踏遍山水。

在良辰美景之外，也许还有另一维的世界。

书籍、音乐、电影、电视……它们都承载着不同时期、不同个体在精神上的声音。

从这一切之中汲取养分，感受灵魂与灵魂的碰撞。

每一次阅读都是一次成长。

生活如细水长流

——读《城南旧事》

很随意，拿起《城南旧事》，因为要完成老师的作业，因为要打发假期的悠闲。

很难舍，还是《城南旧事》，因为书中思绪里那淡淡的哀愁、浓浓的乡思，更因为那无法割舍的缱绻。

那份缱绻从何而生，并不清楚，只知道：

冬日里，暖暖的太阳。远方的驼铃声越来越近了，那一队表情安详的骆驼缓缓地走在悠长悠长的路上……那里有老北京老城墙、四合院水车辘轳井、街上起伏的叫卖声、学校的钟声和孩子们的歌声、在烈日下吐着舌头的狗和那条幽静而蝉声如雨的小巷，还有总会看到的会馆门前痴立的"疯女人"秀贞、遍体鞭痕的小伙伴妞儿、出没在荒草丛中的小偷、朝夕相伴的乳母宋妈、沉疴染身而终眠地下的慈父和那个梳着小黄辫子，闪着好奇的大眼睛，白净可爱、富有童心、爱问贪睡的小英子……

一件件很普通的事、一个个很平凡的人，在上个世纪二十年代的北京是随处可见，并不值多提。可在《城南旧事》里这缓缓的流水、缓缓的驼队、缓缓而过的人群、缓缓而逝的岁月……就似一首淡雅而含蓄的诗篇，让人着迷、让人动容。

细细想过，猛然领悟：还生活的本原，让生活在说它自己，平平淡淡才是真！

生活本身就如细水长流，不会有太多的轰动，也没有太多的壮烈，汩汩潺潺，在每个人的心中慢慢地流淌，带着欢乐、带着痛苦，也带着不解，牵系着你，一直回眸、回眸。

只有在这里你才能看到真实的"城南旧事"，才能触动你心底的感动，让那一份思念、那一份牵挂、那一份温暖，在心中荡漾，不疾不徐、温厚醇和、纯净淡泊、弥久恒馨。

在满是人间烟火的世界中寻找真实的人生，不一定要轰轰烈烈，不一定要宏图大志，好好地珍惜平凡生活中的点点滴滴同样也是美。

因为生活本就如此！

因为平凡的生活、平凡的人们才是最让人无法割舍的缱绻！

童年的怀念

——再读《城南旧事》

在每个人的心中都有一个抹不去的思念，那就是童年。

童年如同记忆中一瓣瓣挥散不去的馨香，藏在了心底。人们用自己的心滋润着回味着品尝着那段"城南旧事"。城南是心灵的城堡，城南旧事就是那深深的怀念。不经意间，一件小事、一本小书，就能把你带回那最纯真无瑕的年代，就如"冬阳下的骆驼队走过来，听见缓慢悦耳的铃声，童年重现于我的心头"。

跟着"冬阳下的骆驼队"，走进了小英子的童年，也回到了我的童年。虽然两段经历相隔七十余年，我却惊奇地发现居然还有那么多的相似，那么多的巧合。是很纳闷，认真地琢磨了好几天，终于明白：原来人们童年都有一样清澈的眼睛，一样纯真的心。

冬阳底下，傻傻地学骆驼咀嚼的小英子和妞儿无忧无虑地荡秋千玩油鸡儿；会馆门前，同情"疯女人"秀贞的英子四处帮助她寻找女儿小桂子；在荒草园里，与小偷哥哥聊天，英子并不认为他是个坏人，因为他曾说过自己是为了"奔窝窝头和供弟弟上学，不得已才走了这一步"的。英子对他们没有任何世俗的成见和歧视，就如她与小偷的对话：

"小偷：小妹妹，你说我是好人，还是坏人？

英子：人太多了，我分不清。我们有一篇课文叫《我们看海去》。可我没见过海，我分不清海跟天，也分不清好人跟坏人。你分得清海跟天吗？"

干净的眼神、干净的心，没有任何的杂念，没有任何的功利，没有任何的偏见，就像冬日里的阳光，照亮了寒冷的世界，温暖了冰冷的心，这就是童年的真，这就是童年的纯，这就是童年的美！

冰心到人生的晚年总是做梦回到她童年生活的帽子胡同，因为那里有她最纯真的童年时代，哪怕是走遍世界，最终她仍然要回家，回童年的家——那才是心灵的故乡，那才是魂牵梦绕的家园。童年时代的纯真无邪是不受任何世俗的干扰、用人的本真和天性看世界，那是世间最珍贵的情感，是成人之后再难以感受的真情。

正如鲁迅的《故乡》中童年两小无猜的"我"与闰土，却在成年后产生了巨大的隔膜。成人世界人与人之间的隔膜常常有着巨大的力量，产生让人难以逾越的鸿沟，把原本的纯真慢慢侵蚀，只在心底暗藏童年那一抹的美。

可人性本善，只要有牵动情意缱绻的思绪，人们总是会想到"我要看海去"的纯真年代，总会在那淡淡的哀愁、浓浓的乡思中追忆童年的无瑕，总会在无限的怀念中再次感受人间的真情。

童年的怀念是美好的，更是纯真的！

悠悠乡情
——读《湘行散记》

"七十年前，爷爷沿着一条沅水，走出大山，走进那所无法毕业的人生学校，读那本未必都能看懂的大书……

七十年后，我第一次跑到湘西山地，寻到沅水的上游，寻找爷爷一生都离不开的故水故乡。"

很奇怪，如今想来，让我记住沈从文先生的并不是那脍炙人口的《边城》，而是沈虹女士这篇不太引人注目的《湿湿的想念》。

因为《湿湿的想念》，我找来《湘行散记》阅读，一种浓浓的乡愁席卷而来，在心中翻滚荡漾，让我至今难以忘怀。

总觉得，自己或许应该感谢当时出这道阅读题目的老师，因为就是这篇文章，让我从此向往起了沅水边那一个个的故事，感受到了一个不同于《边城》的沈从文先生。

—— 题记

有一种文字，会让人沉醉。

它是长篇，却无浓墨重彩；它是悲歌，却非滥卷愁情。细腻不让易安，深刻堪比鲁迅；没有华丽的词藻，没有耀眼的堆砌。乍看，它只是随手挥笔而就，漫谈身边闲事，但生活的真实与哲理就在这简单得如一张白纸的文字中跃然而出，让人回味无穷，难以释怀。

这就是沈从文先生的《湘行散记》。

很难想象，一条小小的河，一座默默的大山，一条静静的石板路，一个简单的吊脚楼，竟能这样滋养一个人、孕育一本名作、影响一代人。

自己也去过许多地方，游历过不少名山大川，但没有一个地方能激起我太多的感触。认真地思考才发现，只因为，山就是山、水就是水；只因为，思绪与心境没有任何感情的色彩；只因为，我仅仅是在游玩。

当将山赋予了生命，让水承载了记忆，这里的山水就远非山水这样的简单了！

就如沈从文先生的《湘行散记》。

◎ 三峡工程举世瞩目，但旅游的人文开发就显得功力不足。◎

开卷有益

当离乡数十年，再踏上这片土地、再看到这些山水的时候，当儿时的记忆再现眼前的时候，思绪与情感就被牵回了那久远的时代。

一切的一切，是那么的熟悉，是那么的亲切，又是那么的平淡。

沅水还在静静地流淌，"全河都是大石头，水却平平的，深不可测，石头上全是细草，绿得如翠玉，上面盖了雪"；船只还在慢悠悠地行驶，"在这左右是石头的河中行走"；船老大还在卖力地撑杆，客人还在有一句没一句地闲聊；岸边偶尔出现以吊脚楼和石板街组成的村墟市镇，还是那么的热闹……

水还是那水，小划子还是那时的模样，水边的吊脚楼也没有改变，那些有了酒喝就兴高采烈、行船如飞的纯朴的船夫，那些住在吊脚楼里敢爱敢恨、情意绵绵的女人，那些看到龙船比赛就高兴得大喊大叫的孩子，那些在矿山挖煤的"黑脸黑手脚"的汉子都还是那样，甚至连空气都是那时的味道，好熟悉！

这里的一草一木还如当年一般，清新、朴质、温暖。

"一列青黛崭削的石壁夹江高矗，被夕阳烘炙成为一个五彩屏障。""四点左右，黄昏已逐渐腐蚀了山峦与树石轮廓，占领了屋角隅。""船停了，真静。一切声音皆为大雪以前的寒气凝结了，只有船底的水声，轻轻地、轻轻地流过去，使人感觉到它的声音，几乎不是耳朵却只是想象。"那飘香的橘柚，那飘红的橘林接踵而来；那裹着布头背着竹篓的矮小的女人便从那好似自己的记忆深处，从那石垒的吊脚楼上袅袅而至；"三株枫木一样高，枫木树下好恋娇……"是谁在唱，那样的撩拨，撩拨起当年的记忆，轻叩起悠悠乡情。

那舟、那水手、那山、那林、那吊脚楼，还有那无论何时听着都亲切的乡音，一起融进了山里、水里，一起镶进了先生的心里，化为一幅淡淡的山水画，在凤凰城的大街上，在沅水的河面上，在吊脚楼的歌声里，肆意播撒着浓浓的乡情。

"为什么我的眼里常含泪水？因为我对这土地爱得深沉……"

从桃源沿沅水而下到铺市，亦不过十一二天的路程，沈先生却走了二十八天。从那干净得如沅水的文字中，我看到的却是化不开的乡情、舍不得的情愫。这乡情浓到沁入心脾，融入血液；这情愫深到包容一切，不计粗俗。就连当地水手的粗野对话，在先生的笔下也极具温情和惬意。"河面静静的，木筏上火光小了，船上的灯光也很少了，另外一处吊脚楼上，又有了妇人唱小曲的声音，灯光摇摇不定，且有猜拳的声音……"

这里的一切，无论是闲淡、清澈、纯稚、简单，还是粗俗、无知、愚昧，都是《湘行散记》的魂，都是沈从文先生的根。

这是一种只有经历过的人，才有的思恋；只有思恋过的人，才有的心动；只有心动过的人，才有的感悟。

有人说，沈先生和他的文字已经离我们很远了，但读过《湘行散记》的我，却总觉得，那岩壁、那石窟、那码头、那河道、那渔网、那船橹、那白帆、那落日、那云影、那暮色、那薄冰、那水手，那妹子……恍惚间竟好像就在身边。

或许，悠悠乡情，真的是可以分享的。

突然间，又想起了刘半农的《教我如何不想她》：

> 天上飘着些微云，
> 地上吹着些微风。
> 啊！
> 微风吹动了我的头发，
> 教我如何不想她？
>
> 月光恋爱着海洋，
> 海洋恋爱着月光。
> 啊！
> 这段蜜也似的银夜，
> 教我如何不想她？
>
> 水面落花慢慢流，
> 水府鱼儿慢慢游。
> 啊！
> 燕子你说些什么话？
> 教我如何不想她？
>
> 枯树在冷风里摇，
> 野火在暮色中烧。
> 啊！
> 西天还有些残霞，
> 教我如何不想她？

"獒性"永存
——读《藏獒》有感

最初看《藏獒》是出于机缘巧合。当时正处在一片"狼文化"的热炒中，但我在看过《狼图腾》之后却并不喜欢这本书，因为狼的凶狠、狼的阴险，还有因为利益才形成的所谓"狼团队"。在这时，居然从茫茫书海中找到了一本与《狼图腾》完全不一样的书，我自然欣喜非常。于是，我带着几分期待打开它，本是无目的地翻阅，却被它一点点地抓住，先被它的大气而震撼，进而为它的悲壮而心痛。一边看，一边感动，一边反思。

感动，是因为发现在藏獒凶猛可怕的外表下藏着的是一颗永远不变的善良而忠诚的心。"你仅仅喂了它一个月，十四年以后它还把你当作亲人；你做了它一天的主人，它都会牢记你一辈子。"由一千多万年前的喜马拉雅巨型古鬣犬演变而来的高原藏獒曾是青藏高原横行四方的野兽，是"举世公认的最古老、最稀有、最凶猛的大型犬种"，是"世界猛犬的祖先"，但它们从不乱咬人，从不争抢别人的食物，只有当它认为主人要受到侵犯时，才会毫不犹豫地扑向敌人。被"父亲从死亡边缘救回"的藏獒冈日森格在父亲朝枪口跪下的时候怒吼了，它朝向枪口，奋力一扑……15杆叉子枪飞射出的15颗子弹，无一脱靶地落在它身上……为了回到主人身边，藏獒多吉来吧带着累累伤痕，历尽千辛万苦，从西宁城跋涉1200多公里，终于回到西结古草原。还没来得及见上主人一面，它就为保护学校孩子而与狼群殊死搏斗，到死都巍然屹立。在藏獒面前，狼群也肃然匍匐。它们用自己的忠诚和凶猛为人们在草原的生活打下了基础、铺平了道路，同时，它们也在一望无际的草原大舞台上演绎着自己生命的高贵。

反思，是因为发现一群高原藏獒的身上集中了人类所应具备的几乎所有的美好品德：冷静、威猛、忠诚、勇敢、献身以及耐饥、耐寒、耐一切磨砺。它们伟岸健壮、凛凛逼人、疾恶如仇、舍己为人，无论是雪山狮子冈日森格还是獒王虎头雪獒，无论是白狮子嘎保森格还是饮血王党项罗刹，无论是大黑獒果日还是那日，都具有了这种藏獒古老的遗传所表现出的精神，即使面对死亡，它们仍然守卫着这一古老的本性。冈日森格扑向试图杀死主人的仇人的枪口"是死不瞑目的，望着恩人汉扎西（父亲）的眼睛里，依旧贮满了热烘烘的亲切、清澈如水的依恋和智慧而勇敢的星光般的璀璨"；多吉来吧为了保护学校里的孩子而独自面对成群结队的狼群，拼命抵抗，甘冒被无数狼牙切割的危险；在惨烈的厮杀中，很多藏獒都带上了大大小小的伤口，血洒战场甚至丧命……藏獒用生命与鲜血在承担着它们认为自己应尽的责任，捍卫着千古流传的"獒性"。而我们，身为生物链中最高级的动物的我们，又用什么在维系着我们的人性？

五千年的文化积淀留传给我们"人之初，性本善"、"永言孝思，孝思维则"、"仁者，爱人"、"无求生以害仁，有杀身以成仁"、"天地不仁，以万物为刍狗，圣人不仁，以百姓为刍狗"的人性准则。可在面对利益、面对诱惑、面对生死的时候，我们有犹豫、有彷徨、有迷失，我们可能会忘记千年传承的美德、可能会显示出丑恶的"狼性"：不同狼群之间猜疑不断，发生利益冲突时不惜相互撕咬；头狼为了逃生可以决绝地将母狼抛弃；饥饿的壮狼可以拿弱狼、老狼和小狼来果腹……自私、狡猾、卑鄙、奸诈和残忍都暴露无遗。

"人总想把自己变成狼，人性就只好让狗来替我们珍惜？"

人可以是人、是狼，也可以是藏獒；而藏獒却永远是藏獒。人性是多变的，而獒性却是一出生就注定永远不变的。不管环境多恶劣、生活多残酷，藏獒对主人的忠、对朋友的义、对敌人的勇，都始终如一。

这就是獒性与人性的区别，这就是人们膜拜藏獒的原因。

最终，一切归于沉寂。藏獒死了，死在厮杀中，死在"文革"时期红卫兵的枪口下，死于瘟疫。种群消失了，但它们留下了一个个坚强而高傲的背影。它们至死都不会低头、不会后退，当它们知道死期将近时，就会到孤寂的荒野中独自度过生命中最后的时刻，为的只是不给主人带来麻烦，不让主人为自己伤心。它们所有的忠勇最终只换来了一个悲壮的结局，但它们无怨无悔。

那一刻，我不禁潸然泪下。

故事结束了，生命结束了，但"獒性"永存。

最后的悲壮
——再读《藏獒》

再动人的缠绵情感，也总有人能嗤之以鼻、弃之不顾。但是，有一种文字却能勾出最铁石心肠的人的泪水，让它慢慢地浸透纸张。

那是悲壮，深入骨髓的悲壮。

——题记

藏獒没有亮丽的皮毛，没有温驯的撒娇，也许，它们天生注定被人忽视。

古往今来，人们只是听闻它们的丑陋而闻之色变。但是，又有几个人能真正了解这种生在美丽圣洁的高原的动物？

因此，它们或许也是被误解最多的动物。

第一次读完杨志军的《藏獒》大概是在两三年前了。但是，从此，任凭家中的其他书都已看得几乎能将所有的情节背出，依然一直不敢重拾起这套书。每每走近书柜，想要拿起它重读时，总会不由自主地退缩。

也许因为我隐约记得它是个悲剧吧，而我一直害怕读到悲剧。也许只是奇奇怪怪的心理暗示作祟，也许只是莫名地、没有原因地排斥。

直到今天，挟着考试结束后的一种特别的天不怕地不怕的豪气，重新拾起这套书。静静地读完，才终于明白，自己对这套书敬而远之的原因。

浸透在文字里的，是一种高傲以及高傲背后注定的悲壮。

一切，从最开始就注定了。注定，这本书必得是一个悲剧，而且是一个比一般的悲剧更加令人情伤的悲剧。

它们是这样的一种动物：对主人的忠和对敌人的勇与生俱来。它们光明磊落，绝不欺凌弱小。无论是同类还是其他的动物，即使对手是狼，它们都一视同仁；它们有着与生俱来的责任感和奉献精神，它们可以用自己的体温去温暖冻僵的主人，而不惜冻死自己；它们在主人饥饿时，在冰雪中跋涉千里给主人找来食物而自己再饿也不肯吃上一口；它们会争先恐后地托起援助的物资，却不顾自己已是饥乏交困……

知其不可为而为之。总觉得，它们活在这个世界，就是为了别人！

可最后决定它们悲壮命运的，也是它们的这种性格。它们即使再累也不会在主人面前露出倦容，硬撑着也要完成主人交给的任务；它们在明知道必死时依然冲上前去与任何的猛兽厮杀，只因为要保护主人和牛羊群；它们会在恶战中因救不回主人一头撞死或是独自躲到一个无人知晓的地方，在羞愧和耻辱中了却余生；它们在年老体弱、接近死亡的时刻，远离主人，静静地倒在高原……

一切的一切，只因为它们高尚而尊贵，自律也自尊。

◎ 神农架真的有野人吗？我更相信这只是一个传说。◎

这样的性格注定是悲壮的，因为它们无法原谅自己的失败，更不会在别人的面前认输。它们会在一切都无可挽回之时转身而去，留给所有人一个落寞、倔犟而孤傲的背影。

它们把所有的眼泪都留给了自己，只因为，它们不希望把悲伤留给别人。

人类如此，藏獒更是如此！因为所有的藏獒都具有这样的性格，而人类有多少是如此呢？

人们常认为，藏獒再优秀也是畜生，是生物链中低于人类的动物。可在拥有了文字的人类之中到底有多少是连品质一起进化的呢？阴险狡诈、坑蒙拐骗、损人利己，在人类的世界中随处可见。难怪有人说：人之初，性本恶！可悲的是，性本善的藏獒，确是在为性本恶的人类服务。所以，在人类唆使的厮斗中、在人类的猎枪下，常见藏獒的血，不知这是藏獒的悲哀还是人类的悲哀？

也许有人会说，人类总体还是好的，可性本恶的仍然占一定的数量，比起几乎完全具有一样品质的藏獒来说，人类是否还是卑劣多了些？

也许偏激，是因为痛心；也许极端，是因为无奈。为藏獒，也为人类。难道我们真要让狗来保持我们的人性与品格吗？

看《藏獒》的落泪，想《藏獒》的心痛，也许正是来源于此。

从任务到使命

——读《藏地密码》有感

有这样一种力量，它可以使人在荆棘中不停探索，在困境中不弃奋斗，在挫折中不忘追求；在它面前，无论什么样的困难都微不足道，无论什么样的艰险都不足为奇。这种力量就叫信念。

——题记

《藏地密码》最初是因为"藏地"二字的吸引而购买，因为从小就听妈妈讲她两次进藏的神奇经历，很向往。在我的心里，西藏千百年来都一直被一种神圣而又神秘的氛围所笼罩，平静而宽容地接受着人们的虔诚仰望。因为心愫，所以只要同西藏有关的事物，我都会特别的关注。

随意地翻阅买下的《藏地密码1》，却再也放不下，于是一次买下了其他6部。

这是很疯狂的行为，对于我这个根本不喜欢读冒险题材书籍的人来说，《藏地密码》仿佛有一种魔力在牵动着我，让我不能停止阅读，就如同我对西藏的痴迷一般。那种魔力就是贯穿第1~7部《藏地密码》的精神理念：信念。

也许是一个老生常谈的话题，但在《藏地密码》中就是因为它让我欲罢不能，再一次感受到了信仰对于人的启迪与激励。就如同人们在降生的时候，上帝给每个人都带上了一个美丽的盒子，里面装着斑斓的梦想。很多时候人们只能看到那些美好的梦想，却无法打开盒子，因为这需要时间与磨难去配制打开锦盒的钥匙，而引导人们穿过无数黑暗之夜的明灯就是信念——一种圣洁的信仰。

像《藏地密码》中的卓木强巴，本来有着平静快乐的生活，因为寻找传说中守护帕巴拉神庙的圣兽——藏獒"紫麒麟"，开始了艰辛的探险。他们穿过了热带雨林，却又遇上了莫金——一个同样去寻找"紫麒麟"的对手。在穿越雨林的时候，遭到了美洲杀人蜂的攻击；进入了通往帕巴拉唯一线路上的拦路虎"巨佛"中遇到了食人虫；在雪山上遇到了雪怪、大风暴，在雪崩中失去了珍贵的蓝海兽（藏獒）和一位友好的藏族朋友；在经历千辛万苦登上山顶的时候，那"紫麒麟"用雪粉给自己加了最后一道牢牢的防线，但是卓木强巴却没能突破它。虽然这次放弃了，但身中蛊毒、生命还剩下一年的卓木强巴仍然决定再次寻找。

很奇怪经历这么多的磨难就是为了一条"紫麒麟"，是不是代价太大？直到看到书中岳阳的一句话："最开始，它是我的任务；但现在，它是我的使命。"豁然解惑：当一个目标坚持太久，就变成一种信念，就是这个信念支撑着他们哪怕九死一生，哪怕团队中只有一个人，也不会放弃，因为信念有时候会与人的灵魂合二为一，那时候的灵魂不叫灵魂，那时候的信念不叫信念。它们彼此融合的新生，叫做拼搏，一把开启灿烂明天大门的钥匙。就如汉朝著名史学家司马迁，在"李陵事件"下狱并受了宫刑之后，依然忍辱含垢、披肝沥胆，专心著述整整十一年，终于写成了《史记》那部五十二万字的鸿篇巨著一般，如果没有"究天下之际，通古今之变，成一家之言"的信念支撑，恐怕早就自尽身亡了。

《藏地密码》中的卓木强巴和他的团队，出生入死、经历常人无法想象的艰险而没有一人退却，也就是因为：帕巴拉神庙已成为他们心中不灭的信念。

在人生前行的征途中，雪雨暴风总是常常突发而至，有时甚至是致命的重袭，如果没有信念的支撑，是很难熬过这无数的艰难困苦的。信念如灯，照亮前行的路；信念如火，温暖冰冷的心房；信念如泉，滋养着生命的力量；信念如脊，支撑着不倒的灵魂。就如俄国的列宾所说："没有原则的人是无用的人，没有信念的人是空虚的废物。"

人，是需要一点精神来支撑的，信念就是人精神支柱的核心价值。

十年辛苦不寻常*
——论《红楼梦》中的诗词

前　言

它是中国历史上的一本奇书。

谁能想到，位列四大名著之首，长期以来被称为是中国古典小说巅峰之作的书，所描写的主体竟是在古代被轻视的女性？

谁能想到，如此一本几乎字字饱含深意的书，竟是成书于文字狱最盛的清朝？

谁能想到，会有这么一本书，在数百年之后，仍有无数后人努力地依着作者原定的思路去接近那原定的结局，甚至为此产生了一个全新的学派？

漫漫千年中国历史中，如此之书，独一无二。

曹雪芹——《红楼梦》。

一、删繁就简论诗词

"草蛇灰线，伏脉千里。"

在诸多对《红楼梦》的评价中，我一直觉得，这是最贴切的一个。

走过了小学初读《红楼梦》时只关心故事情节的阶段，待到再读《红楼梦》之时，目光便往往放在了对书中文字的精读之上。加之我对诗词一直有着特别的兴趣，便往往格外仔细地品味书中诗词的韵味。

感受过黛玉的忧伤、宝钗的温婉、宝琴的见多识广之后我慢慢地发现，其实书中这些女子的诗词往往比她们的神态、动作、语言等更能触动我的心弦，让我觉得她们仿佛不只存在于发黄的书页中，而是真实地存在于我的身边。

从此，我便有了细究《红楼梦》中诗词的念头。①

---

* 注：本文部分段落与吴越同学合作而成。

① 为了更尊重曹雪芹的原意，以下所分析讨论的诗词全部选自《红楼梦》前八十回，且第三、第四部分不收录由家长等命题而写的诗作。我认为，只有自由的创作才能真正反映我接下来将要讨论的由诗词之中看出的人物的性格与命运。

二、文学角度赏诗词

《红楼梦》之中，我印象最深的两首诗词都出自黛玉。

第二十七回，黛玉葬花成为了《红楼梦》中也许是最经典的场景之一，有些评论家甚至将其称为"我国最早的行为艺术"。而单看诗词，也是一首佳作。

葬花词的体裁是古风，读来有种仿乐府诗的味道，却又不拘泥于乐府诗的风格，自成一家。全诗由葬花之事写起，从头至尾并没有离开"葬花"这个主题，却又在葬花之外表达了无尽的忧思，感慨时光易逝、命运无常。用字绝不俗气，读来朗朗上口。

这些特点几乎也是全书中所有黛玉诗词的特点，满纸忧伤，却没有无病呻吟之感，也没有了她素来的那种有些伤人的尖刻，留下的只是她因寄人篱下而产生的不安定与自卑感。她感叹，感叹时光流逝，感叹人生无定，感叹一种发自内心深处也许并没有明显根源的神伤。而她的诗词作品的韵味，就尽在这淡淡的神伤之间。

黛玉在《红楼梦》中最为人传诵的三首作品中，这葬花词为其一，另两首则都出自第七十回：《林黛玉重建桃花社 史湘云偶填柳絮词》。一首《桃花行》，风格与葬花词神似，也是句句不离主题，却又句句超脱于主题，并不为其所限，所表达的思想也极为相近。至于另一首诗社所作的咏柳絮的《唐多令》，则因其词的体裁而又显得别有一番风味。

对于其他人所作的诗词，除了诗社所作之外，就只有两次联诗了。联诗因为追求速度，多用功于对仗等方面之上，并没有太高的文学价值，而至于薛宝钗、薛宝琴、史湘云等人所作的诗社诗词，则在一定程度上主要反映了人物性格。下面将要展开具体论述，此处便不赘述。

三、诗词之中见性格

如上所述，《红楼梦》全书除了林黛玉的以上提到的几首诗作及《秋窗风雨夕》、《五美吟》之外，其他人大部分的诗作都来自诗社活动，比如第三十七回海棠社时的《限韵咏》，第三十八回咏菊花及螃蟹，第七十回海棠社改为桃花社之后的《柳絮词》……这些诗词虽然有限题限格，但与第七十八回中贾政命宝玉所作姽婳词不同，这些词作并没有给长辈看的必要，所以能比较自由地反映每位作者的性格。

以第七十回的柳絮词为例，各人词作如下：

史湘云《如梦令》："岂是绣绒残吐，卷起半帘香雾，纤手自拈来，空使鹃啼燕妒。且住，且住！莫使春光别去。"

贾探春半首《南柯子》："空挂纤纤缕，徒垂络络丝，也难绾系也难羁，一任东西南北各分离。"

贾宝玉续后半首："落去君休惜，飞来我自知。莺愁蝶倦晚芳时，纵是明春再见隔年期!"

林黛玉《唐多令》:"粉堕百花洲,香残燕子楼。一团团逐对成毬。飘泊亦如人命薄,空缱绻,说风流。草木也知愁,韶华竟白头! 叹今生谁舍谁收? 嫁与东风春不管,凭尔去,忍淹留。"

薛宝琴《西江月》:"汉苑零星有限,隋堤点缀无穷。三春事业付东风,明月梅花一梦。几处落红庭院,谁家香雪帘栊? 江南江北一般同,偏是离人恨重!"

薛宝钗《临江仙》:"白玉堂前春解舞,东风卷得均匀。蜂团蝶阵乱纷纷。几曾随逝水,岂必委芳尘。万缕千丝终不改,任他随聚随分。韶华休笑本无根,好风凭借力,送我上青云!"

短短几首词作,最长的也不过是中调,却在风格上各自迥异,各人性格一览无遗。

史湘云的词轻快明澈,并没有太多的深意或心机,只是很简单的生活情趣。而在书中,史湘云的形象就是一个尚初谙世事的"假小子"一般的女子,她烤鹿肉、堆雪人,虽然"襁褓之中父母违",叔叔婶婶待她也不好,但她总能保有那种乐观活泼的性格。她也对男女之情一无所知。总体来看,她就是一个天真烂漫的稚气未脱的孩子。

探春虽然在元、迎、探、惜姐妹四个中诗才最高,但总体难及另外几钗,从她在规定时间内只作出了半首就可知。在这半首词中,她的性格反映得并不明显,这一段主要是预示了她的命运,在后文将会论及。宝玉续诗亦无甚可述。

至于黛玉的词作,前面已经论及,多是悲伤感怀之语,感慨时光易逝抑或人生无定。与其他金钗词风婉约中多少还透着一点乐观与豪迈不同,黛玉的词寂寥凄凉到了一种近乎深不见底的地步,不仅哀叹,而且似乎丝毫让人看不到希望。但联系黛玉的背景可知,她幼年丧母,在故事开始后不久又丧父,其实境遇与史湘云并无太大差别,然而她并没有湘云式的开朗,她时时惦记着自己是一个寄人篱下者,并因此而忧郁。她的尖酸多少有着希望保护自己的意味,而并没有恶意。

薛宝琴在《红楼梦》中是一个见多识广的女子,对她的描写虽不多,但我们依然可知,她的性格有些神似史湘云,而作为薛宝钗的堂妹,她的家境又颇不错,使得她比史湘云还多了一分安定,而少了一分幼稚。书中写到众人看她的这首词,都笑说"到底是他的声调壮",可见一斑。红学界普遍认为,曹雪芹在《红楼梦》中是将薛宝琴描写为一个近乎完美的人物的。这点,我甚是同意。

薛宝钗的词在这一回压轴出场,她先笑评宝琴的词,再说出自己的看法,最后也不忘谦虚:"终不免过于丧败。我想,柳絮原是一件轻薄无根无绊的东西,然依我的主意,偏要把他说好了,才不落套。所以我诌了一首来,未必合你们的意思。"而最后,她这首词被一致推为优胜。确实,她的词如她所说,要为柳絮"翻案",虽有柔情缱绻的描写,但总体却依然充满着对未来的希冀。"好风凭借力,送我上青云!"红学界认为,她在这句诗中表达了一种希望能与宝玉成婚并借宝玉取得功名来为自己赚得荣华富贵的希望。她的温婉与收敛并不是她的个性使然，而是封建礼教制度所决定的，她的许多所作所为都是依着礼教所规定的，而她的终极目标就是得到家长的喜爱并最终嫁给宝玉。这首词中，多少也能看出她的这些想法的影子。

这只是《红楼梦》中诗词反映人物性格的一个例子，却非常典型。

四、诗词之中见命运

如果《红楼梦》中的诗词只是反映了人物的性格的话，那《红楼梦》也不足以被称为是一部奇书，也不会有"草蛇灰线，伏脉千里"之名。《红楼梦》中的诗词之所以出名，还因为另一个原因：作者曹雪芹在很大程度上借这些诗词埋下了书中这些诗词的作者未来的命运。

说到预示了人物命运的诗词，当然必须提到贾宝玉梦游太虚幻境时所看到的判词和所听的曲。

与其他诗词不同，这十五首判词和十四支曲并非书中的金钗所作，而是记载于仙界，因而其预示的意味更加明显，长期以来都被红学界一致认为是全书对这些女子未来命运的总概括。令人多少有些惊奇的是，这些判词居然出自全书的第五回，也就是刚刚开篇之处。作者在写书初期就构思好了整个故事框架和故事中人的结局并不为奇，奇的是曹雪芹敢在书的开篇之处就将这些结局展现于读者眼前。

关于这些判词和曲的释义，历来的意见基本都比较统一，即使有分歧也基本不影响对结局的判断，故在此不再冗述。这些词和曲在定下了全书的基调的同时，也成为全书无数伏笔的开端。

依旧以第七十回的诗词为例。这方面比较典型的是探春的那首词。

她的这半首词中的主旨很明显是别离。而在曹雪芹的设想中，精明能干善于理家，无奈是庶出的探春最后的结局是作为"假冒"的公主远嫁他乡，再难回归。如此看来，这个预示是非常明显也是非常贴切的。

此外，也有一些评论家认为，黛玉的词中的"粉堕百花洲"暗示了她是投水而死的，高鹗的叙述实际有误。此为一家之言。

除此之外，红学界还有较新的论断对第五十一回薛宝琴的怀古诗和第七十六回林黛玉、史湘云凹晶馆联诗提出了新解。刘心武先生在他的著作中认为，第五十一回的怀古诗实则是暗喻了十位金钗的命运，而第七十六回的联诗中，首先，《冷月葬花魂》也暗喻林黛玉是投水而死；其次，妙玉的续成此诗及林、史二人感叹："可见我们天天是舍近而求远。现有这样诗仙在此，却天天去纸上谈兵。"也暗示了她实是诗仙的身份；再次，妙玉所续的十三联也暗示了诸钗的命运。此也是并未为大多数红学研究者所公认的一家之言，故姑且记之。

五、诗词之外

厚厚一本《红楼梦》，才华横溢的曹雪芹当然不会只用诗词来表达。全书中，除了文字叙述和诗词，还有许多其他的表意方式，最常见的就是对联和灯谜了。

《红楼梦》中，对联几乎无处不在，而在《大观园试才题对额》等几回中，对联有了集中的展现机会。以第十七回至第十八回为例，在元春省亲之前，贾政先命宝玉为大观园内的亭台楼阁题写对联，其间又夹杂着清客们所作之联。这些对联以及由对联引出的宝玉和清客们的话一方面反映了宝玉不拘俗礼的性格，另一方面也刻画出了清客们阿谀奉承的嘴脸，竟比只是文字本身更能看出人物的性格。

至于灯谜，集中出现的典型是第二十二回《制灯谜贾政悲谶语》。谶语者，迷信的人指事后应验的话也。从这个题目就可知，这一回的灯谜很大程度上预示了本书的结局，而且这个结局一定是一个悲剧。

这一回是说薛宝钗生日，元、迎、探、惜等就各自写了灯谜，贾母命贾政猜，贾政虽都猜中，但却觉寓意不好："娘娘所作爆竹，此乃一响而散之物。迎春所作算盘，是打动乱如麻。探春所作风筝，乃飘飘浮荡之物。惜春所作海灯，一发清净孤独。今乃上元佳节，如何皆作此不祥之物为戏耶？"待到读了寿星宝钗的灯谜之后，他依然没有宽心："此物倒还有限。只是小小之人作此词句，更觉不祥，皆非永远福寿之辈。"于是"愈觉烦闷，大有悲戚之状，因而将适才的精神减去十之八九，只垂头沉思"。

读过整本《红楼梦》之后，当然可知这些灯谜就预示了各位金钗的结局：元春早逝，迎春被中山狼所蹂躏，探春远嫁，惜春出家。再回头看在全书1/6处就出现的这些灯谜，不得不感慨作者用心良苦。

除了这些常见的，《红楼梦》中还有一篇也许不为太多人所熟知的奇文——《芙蓉女儿诔》。

与全书的口语化的文风不同，这片诔文的遣词用字多少就显得有些艰涩难懂，以至于许多后人每每读至此，或略去不看；或如我，虽勉强看之，亦可大略通读，但总有些字词不仅不知其意义，甚至不知其读法。

通读《红楼梦》后可知，曹雪芹在用笔方面绝不累赘，他的每一笔细节描写，即使是一张小小的药方，也含有隐藏的深意。但是，他写这篇长而难懂的诔文，却难以看出有什么深意，除了引出第七十九回黛玉、宝玉共改此文，伏下改后的诔文成了祭悼黛玉之作之外，其他并无伏笔。

只能说，也许是曹雪芹和读者一样实在是太喜欢天真烂漫、口无遮拦的晴雯了，他不想晴雯死，但在那样的社会大环境中，在他自己为全书定下的悲剧基调下，晴雯不得不死。但他依然念着这个活泼的女孩子，因而借宝玉之口对她做了最后的怀念？

我们无从得知。

六、透过诗词看作者

其实，与四大名著中另一本《三国演义》是基于真实存在的历史对之加以艺术加工而成不同，《红楼梦》虽然背景也许反映了一定的现实，但作为一本大多数内容是虚构的小说，书中的诗词再美，再反映了人物的性格、预示了人物的命运，也是由作者创作出的。因此，谈论诗词，不可不谈《红楼梦》的作者曹雪芹。

也许是受了刘心武、周汝昌等红学家的著作中关于"曹雪芹其实是写完了一百二十回《红楼梦》"的影响，我对高鹗的续书一直没有什么好感。虽然他的续书在某种意义上使得这部传世经典摆脱了"文字狱"的影响而得以流传至今，但是，他对曹雪芹原著的篡改也使得我们今天欣赏原汁原味的《红楼梦》的难度大增。因此，我自从了解了故事梗概之后，读《红楼》只至八十回结束便收，也一直认为，说到《红楼梦》的作者，就应该只谈曹雪芹。

曹雪芹，名霑，字梦阮，号雪芹、芹圃、芹溪，生活在康熙末至乾隆年间中期，满族正白旗人。他的先世原是汉人，祖籍河北丰润县，后移居辽宁铁岭，大约在明末被编入满洲籍，身份是"包衣"（家奴）。曹雪芹的曾祖曹玺曾任江宁织造，曾祖母孙氏做过康熙的保姆，祖父曹寅做过康熙的伴读和御前侍卫，后任江宁织造，兼任两淮巡盐监察御使，极受康熙宠信。康熙六下江南，其中四次由曹寅负责接驾，并住在曹家。曹寅病故后，其子曹颙、曹俯先后继任江宁织造。他们祖孙三代四人担任此职达58年之久。曹雪芹自幼就是在这秦淮风月之地的繁华环境中长大的。雍正初年，由于封建统治阶级内部政治斗争的牵连，曹家遭受一系列打击。曹俯以"行为不端"、"骚扰驿站"和"亏空"罪名被革职并抄没家产。曹俯下狱治罪，"枷号"一年有余。这时，曹雪芹随着全家迁回北京居住。曹家从此一蹶不振、日渐衰微。乾隆二十八年（1763年），曹雪芹幼子夭亡，他陷于过度的忧伤和悲痛中，卧床不起。到了这一年的除夕（1764年2月12日），终于因贫病无医而逝世，享年四十岁。

红学界普遍认为，曹雪芹在《红楼梦》中所描写的贾家的原型就是曹家，甚至在《红楼梦》的撰写中起了巨大作用的脂砚斋就是书中的史湘云。家族遭遇了这样的变故，我们很容易想象当时的曹雪芹的那种经历过世态炎凉的悲怆，而他将这种情感赋之于《红楼梦》的写作中也是很容易理解的。其实，若是按照曹雪芹的思路发展，整本《红楼梦》其实就是经过艺术加工的曹家的经历：一度辉煌得宠，最后却在政治斗争中成了牺牲品，无奈地走向衰微败亡。

曹雪芹的构思中，《红楼梦》就是一部彻头彻尾的悲剧。在当时的历史环境下，所有的繁盛荣华都只是政治权力手中的玩物。统治者可以在一瞬间将一个家族推上顶峰，也可以在下一个瞬间像将一只蚂蚁捏成齑粉那样使之倾灭，人生仿佛被几股暗流玩弄于股掌之间，也许一个不慎的后果就是满盘皆输。至于书中的那些性格各异的女子，更是无法逃脱社会这个大环境的安排，性格不为封建礼教所容者如晴雯、黛玉，难免香消玉殒，但压抑自己的个性者如宝钗，又得到了好的下场吗？在封建的桎梏之下，她们的命运最终都是无可抗拒的悲剧。

如此看来，他在书中为人物设计的诗歌多少也有些反讽的意味吧。金陵十三钗个个才德出众，每个人都有让人过目难忘的个性，但无

◎ 博物馆总是很沉重，新加坡人用卡通人物来装饰它，是童心未泯还是匠心独具？◎

论是黛玉的尖刻、宝钗的圆滑还是湘云的不谙世事，其最终的结局却都一样。用经她们自己之手创作出的诗歌，在她们并不知情的情况下预示出她们的命运，这对于读者来说是怎样的一种感慨与无奈？

结束语

放下《红楼梦》，心中却多少有些沉重。如斯有才的女子，如斯有才的曹雪芹，最终的结局却同样无奈。

从诗词中，我们到底能看出作者的多少良苦用心。

在那个黑暗的时代，在曹雪芹最失魂落魄、潦倒不堪的时候，在自己生命的最后时刻，用尽一生的才学，谱写了中国历史上最成功的一曲悲歌。

"字字看来皆是血，十年辛苦不寻常。"

超越时空的感动

——再读《三国演义》有感之一

在中国历史上没有称过帝而被封为帝的只有一人，那就是被称为"关圣大帝"的关云长；在中国大地的众多庙宇中只有一种庙是建给真有其人的，那就是"关帝庙"；在中国民间常供奉的武财神之一就是红面长髯的关公。

一个近 2000 年前的先人，为何让中国人世代传颂、敬重有加？

翻开《三国演义》，就能寻到那份来自遥远的感动。

从开篇的"宴桃园豪杰三结义 斩黄巾英雄首立功"到第七十七回的"玉泉山关公显圣 洛阳城曹操感神"，历史的画卷中展示着关羽的英勇睿智，史书中也大量记载着关羽"威震华夏"的史事：《三国志·关羽本传》中就描写道："羽望见（颜）良麾盖，策马刺良于万众之中，斩其首还，绍诸将莫能当者，遂解白马围。"这种如入无人之境的骁勇充分体现了关羽的冷峻和高傲；关羽攻打襄阳时，以三百人挑战周瑜数千人，南大将军曹仁只能缩在城里固守，"矫等初见仁出，皆惧，及见仁还，乃叹曰：将军真天人也。三军服其勇。"水淹七军，不仅显示了关羽的勇，而且显示了关羽的智。明代文征明在《题圣像》也这样评价过关羽："有文无武不威如，有武无文不丈夫。谁似将军威而武，战袍不脱夜观书。"

智勇双全，胆识过人，"千里走单骑"的英勇虽让人佩服，但几千年来人们最为敬仰的却是关羽的赤胆忠。

"宴桃园豪杰三结义"的誓曰："背义忘恩，天人共戮！"从此关羽就用一生来捍卫这一誓言。于是有了"关羽温酒斩华雄"；报曹恩诛杀严良、文丑二将；寻其兄刘备"关云长挂印封金"；报曹恩华容道"关云长义曹操"等千古传诵的绝唱。有人说关羽也曾投降过曹操，并不是人们所说的忠贞义士，可我恰恰认为这是关羽最让我动容之处。

大丈夫求死何难？难的是寄人篱下，苟且偷生，只为心中有一份责任与忠义。君不见，在走投无路时，为了两个嫂嫂的安危，关羽立下"三约"："一者，吾与皇叔设誓，共扶汉室，吾今只降汉帝，不降曹操；二者，二嫂处请给皇叔俸禄养赡，一应上下等，皆不许到门；三者，但知刘皇叔去向，不管千里万里，便当辞去，三者缺一，断不肯降。"我没有看到这样的约定哪一条是为自己在考虑、哪一项在为自己谋利、哪一点在背信弃义；我只看到了赤胆的忠心和永不叛逆的气节。

把责任与使命看得比名节还高，不是每一个帝王将相、名人义士都能做到的。关云长付出的是比生命还宝贵的荣誉，在那个名节大过一切的封建年代，对于一代英杰来讲，这需要多大的勇气、多大的牺牲！远比简单的"壮烈求死"困难多了。陈寿的《三国志·蜀志·关羽传》中如此曰："随先主周旋，不避艰险，终不负先主。"短短的几句话，把关羽的忠义剖析得明明白白、清清楚楚。

而华容道"关云长义曹操"，同样让我看到了一个有情有义的关羽。在华容道堵截曹操时，"云长是个义重如山之人，想起当日曹操许多恩义，与后来五关斩六将之事，如何不动心?"于是"长叹一声，并皆放去"。可能这是放虎归山，可能这是开"金锁放蛟龙"，但这对得起心中的情义，对得起一生的信仰。也许正因为这样，百姓才如此的敬仰、崇拜、代代传颂他。因为这才是有血有肉的、有情有义的人！

人，就应该有情、有义、有根。

中华民族几千年来弘扬的忠诚、宽容、谦让就是民族之根，是我们这个民族赖以生存的慧根，是需要大力传颂与张扬的品质。

不要说封建统治利用关羽进行的愚民行为，不要说拿来主义的韩国用忠义度过的经济危机，更不要说隔海相望的日本靠忠诚建立起来的经济帝国，我们是不是该从遥远的历史中学会点什么、保留点什么？不然我们靠什么去教育下一代，靠什么去传承民族的文化与精髓？

《三国演义》中的关羽就是对我们最好的启迪。

一部由浩大与细微成就的巨著
——读《三国演义》有感之二

　　走进人类文明的历史长河，有无数的宏篇巨著让人们传诵，让人们动容，让人们终生受益。

　　在这些璀璨的文学巨著中，《三国演义》是最让我折服的伟大篇章。

　　因为学识有限，我不能完全理解那平实文字中的精华；因为经历有限，我不能完全感悟出那潜藏在字里行间的哲理；我只能浅谈那来自心灵的震撼。

　　《三国演义》之所以伟大，是因为它不仅仅是一部小说而且它融入了历史。在此前能有人像罗贯中那样书写历史吗？没有！伟大的作家同时也是历史学家。浮于虚空的文字，即使会流行，也不会流传。流行的是情节，流传的却是文化。《三国演义》记录了文明，它将文明呈现于历史。古代的中国是伟大的，它孕育出了多少不朽的作品啊！历史到了激流湍急的地方，成了杰出创作的源泉。但是，极少人能像罗贯中那样留下不朽著作。

　　施耐庵的《水浒传》气势令人慨叹，书中动荡时代的精神内核随处可见，但历史只是被抹在传奇故事的背后充当底色，皇帝与王朝全做了故事的引子和线索；吴承恩的《西游记》情节想象力超人，盛唐的烟云隐约可见，但历史消隐在芸芸众生之后，默无声息地主宰一切。罗贯中是怎么做的？他把一半的笔墨完全用在了沉沦于繁往的历史上！

　　《三国演义》的一百二十回中，从第一回的"宴桃园豪杰三结义　斩黄巾英雄首立功"到最后的"荐杜预老将献新谋　降孙皓三分归一统"，章章回回都是在历史的线索中发展演绎，黄巾起义、董卓之乱、官渡之战、赤壁之战；董卓、曹操、袁绍、刘表、刘备、孙权、关羽、张飞、诸葛亮等，几乎整整一个世纪的史事与豪杰都在这里呈现。情节只是作者伸展笔触的理由，社会和历史才是真正灿烂的画卷！思想和文化才是流传千古的芳香！

　　在罗贯中那支精巧的笔下，历史和它的一切特征变得多么的真实啊！而它又是怎样伸入了千百万人的内心呢？它描绘出最剧烈的波折和最细微的颤动！那使我在这本书里受到强烈震撼的篇章，让我难以忘怀：第二十一回"曹操煮酒论英雄"中，当曹操问刘备"玄德久历四方，必知当今英雄。请试指言之"时，刘备在列举了"淮南袁术"、"河北袁绍"、"威震九州的刘景升"、"江东领袖孙伯符"、"益州刘季玉"、"如张绣、张鲁、韩遂等辈皆如何？"后，曹操仍不认同，"玄德曰：'谁能当之？'操以手指玄德，后自指，曰：'今天下英雄，惟使君与操耳！'玄德闻言，吃了一惊，手中所持匙筋，不觉落于地上。时正逢大雨将至，雷声大作。玄德乃从容俯首拾筋曰：'一震之威，乃至于此。'操笑曰：'丈夫亦畏雷乎？'玄德曰：'圣人迅雷风烈必变，安得不畏？'将闻言失筋缘故，轻轻掩饰过了。操遂不疑玄德。"短短的几行文字把刘备那细微的心理变化描写得惟妙惟肖。第三十回"战官渡初败绩 劫乌巢孟德烧粮"中再现了历史：袁绍"将大军七十万，东西南北，周围安营，连络九十余里"。而曹操兵少粮缺，只有七万人，但"曹操领夜兵夜行"，"教军士将束草周围举火，众将校鼓噪直入"，毁袁绍乌巢粮仓；"伪作淳于琼都下败军回塞"，"尽杀蒋奇指兵"；袁绍因猜疑谋生杀意，又使张颌、高览两位大将军"吾等岂可坐而待死？不如去投曹操"，使曹操以少胜多，打得袁军"四散奔走，遂大败"。激烈残忍的战争直白地展现在我们的面前，而其中人物的性格也跃然于纸：郭图的卑劣"恐张颌、高览回寨证对是非，先于袁绍前谮曰：'二人素有降曹之意，今遣击寨，故意不肯用力，以致损折士卒'"；袁绍听后"大怒，遂遣使急召二人归寨问罪"，多疑的性格暴露无遗；沮授"为曹军所获"，"见操，大呼：'授不降也！'"虽受曹操厚待，但"乃于营中盗马，欲归袁氏。操大怒，乃杀之，授至死神色不变。操叹曰：'吾误杀忠义之士也！'命厚礼殡殓，为建坟安葬于黄河渡口，题其墓曰：'忠烈沮君之墓'。"沮授的忠诚、曹操的爱才顿显眼前。

　　一切都是那么的清晰、具体，浓墨重彩，从容缓叙：没有浪漫主义的虚华和抽象空间的譬喻，浩大的东西被描述得如此细腻，正如雨果所说："人类没有小事，就如植物没有小叶，世纪的面貌是岁月的动态集成的。"

　　浩大与细微一旦结合，便生出了伟大！

　　除了罗贯中笔下的《三国演义》，还有什么事物的变幻无穷和色彩斑斓能将万物之广与万物之微和谐在一起呢？

悲歌壮美
——论《三国演义》中的战役

曾经风云变幻时

这，是中国历史上的一本家喻户晓的名著；

那，是中国历史上的一段令人血脉贲张的时代。

这本名著，引出多少豪杰之梦；

那个时代，造就多少奇才之名。

可以说，就是这本书，让多少人向往起了那个时代。

一直喜欢它的豪气，但是，也一直隐隐地觉得，它的魅力或许并不只豪气。

只是，一直没有真正彻悟。

后来，也渐渐地淡忘了这种疑惑。

直到……

在一个寂静的夜里，突然，想起了曾经的疑问。

于是，静静地重读《三国》，静静地回到那个多少有些特别的年代……

最终，偶然间，我觅到了答案。

那种魅力，竟来源于一直被我们所忽视的——战役。

乱世方造真英雄

从群雄并起到鼎足而立，再到三家归晋，其间的百年，是中国历史上有名的乱世。既是乱世，必然纷争。所以，也可以说，桓灵二帝至西晋灭吴，是一个纷争的世纪。既有纷争，则不乏英雄，这一百年也是五千年华夏史上最英雄辈出的年代。既有英雄，则必有其用武之地和展现其才华的舞台，而这舞台，就是战役。

战役，顾名思义，必有其不同于一般的战斗之处，而又有超出单纯的武力范畴的值得人们去铭记的因素。也可以说，战役就是高于战斗的战斗。一部《三国》，就被大大小小的战役所贯穿，而其中的任何一个都或多或少地改变了历史的进程。或是扭转强弱之势，或是为之后的一些历史转折埋下伏笔，更多的是捧出了一个或几个真正的英雄。英武如西凉马孟起、常山赵子龙，多谋如庞士元、郭奉孝，无不闻名于战役之中，更遑论刘玄德、孙仲谋之类的一方霸主。细数《三国演义》英雄，因战役而成名者不计其数，而非然者屈指可数。

究其缘由，当从人才的遴选说起。

开卷有益

国泰民安之时，人才的遴选过程相对规范，从两汉时的察举到隋唐及以后的科举，每个太平的朝代都各有其明文规定的选才方式。且不论其合理与否，亦不论明君昏君之别，至少天下之人都心知自己的才华能不能、怎样才能得到承认。因此，人才的遴选并不是一个问题。

但是，既至乱世，国无定君（或只有有名无实的国君）、行无定法，人才的优劣再也无从以正常的形式来判断，因此，人才的遴选就被迫地回归到了最原始、最残酷，但某种意义上说也是最准确的方式——实战。一介草民要使自己得到赏识和重用，唯一的方式就是在实战中证明自己。《三国演义》中，即使贤如"上知天文，下知地理，通晓人和，明阴阳，懂八卦，晓奇门，知遁甲，自比管仲乐毅之贤，未出茅庐先定三分天下"的诸葛孔明也曾"躬耕于南阳"，遑论声名和才学本还略逊于他的人。

何况，在乱世中、在纷争之时，所有的虚名都已不再可靠。不管他们在世人的眼中如何，每一个乱世中的霸主都清楚地知道，最终在混战中脱颖而出的胜利者一定是最贤明的君主，也就是最爱才、惜才、注重真才实学的君主。因此，乱世常多明君，并因此而多真英雄，许多有才但在太平之时因各种原因得不到重用的人纷纷崭露头角，又制造出了一场场经典的战役。

由是，乱世造英雄，而英雄与战役相辅相成。

胜者王侯败者寇

《三国演义》中，著名的战役可谓数不胜数。但是，史学界普遍公认，该书中同时也是三国史上最重要的三大战役是官渡之战、赤壁之战和夷陵之战。

官渡之战是中国历史上著名的以弱胜强的战役。在曹操灭袁术、杀吕布，与袁绍形成沿黄河下游南北对峙的局面后，建安四年（公元 199 年）六月，袁绍挑选精兵十万，战马万匹，企图南下进攻许昌，从而拉开了官渡之战的帷幕。彼时袁绍势力位居诸豪杰之首，属下多忠臣良将，而曹操虽然有"挟天子以令诸侯"的政治优势，但在兵力上却处于弱势地位，兵少粮稀。两军僵持许久，曹军渐落下风。其间，曹军虽有"关羽诛颜良斩文丑"之酣畅淋漓的胜利，但袁军兵力仍占优势。然而，就在这时，袁绍的谋士许攸因不满袁绍多次不采纳其意见而投奔曹操，并献奇袭乌巢之计，曹操采纳了，并最终火烧乌巢造成袁军大乱，从而取得了战役的胜利。

赤壁之战也是中国历史上著名的以弱胜强的战役。建安十三年（公元 208 年），曹操率领水陆大军，号称百万，发起荆州战役，然后讨伐孙权。在此时刻，孙、刘组成联军抗曹。在使用了苦肉计、诈降书等一系列计谋之后，诈降的庞士元向曹操提出了连环计并被采纳，最终，诸葛亮借东风成功，孙、刘联军火烧战船，取得了一场完胜。

相比之下，夷陵之战（又称彝陵之战、猇亭之战）或许并不为大家所熟知。公元 219 年，孙权派遣大将吕蒙"白衣渡江"杀死关羽，从而占领了整个荆州。由此，孙、刘矛盾便全面激化。公元 221 年 7 月，刘备亲率蜀汉军队十多万人，对吴国发动了大规模的战争，企图为关羽报仇，夺回荆州。孙权在求和未果后，大胆任命年轻的陆逊为主将抗蜀。陆逊不孚期望，在众人不服的情况下采取了坚守不战的正确策略，破坏了刘备倚恃优势兵力企求速战速决的战略意图，并在随后由守转攻，最终用火攻蜀军连营之计大败对手，取得了夷陵之战的胜利。

因而，以《三国演义》的描写来看，此三战既多相同之处，又不乏相异之处。

先言相同之处。

首先，这三战都是中国历史上著名的以少胜多的战役，而在这一类的战役中，计谋往往起到主导作用。官渡之战中，刘晔、荀彧，包括后来投奔曹操的许攸皆是人才，可以说，就是他们的计策成为了最后曹军取胜的关键。其中，刘晔的计策帮曹军稳住了阵脚，荀彧帮曹操做出了正确的没有退军的决定，而许攸的火烧乌巢之计最终对袁军一击致命。赤壁之战或许是使用计谋最多的战役，从草船借箭开始，黄公覆用苦肉计，阚德润献诈降书，庞士元献连环计，这些计策环环相扣，令老谋深算的曹操也深信不疑，才有了最后借东风、火烧战船的大胜。夷陵之战中，陆逊在众人不服的不利条件下冷静决策，先是不顾刘备军的搦战而采取了坚守不出的正确策略，后又在瞬息之间抓住了刘备军驻扎在树林茂密之处，阵线又拉得很长的弱点采取了火攻之策，才最终取胜。由此看来，在这三战中，计谋都起到了尤为关键的作用。

其次，这三战各自捧出了一位英雄。官渡之战是曹操，赤壁之战是诸葛亮，夷陵之战是陆逊。他们都是获胜一方的总指挥官或是起到重要作用的将领，在《三国》中也都是知名的人物，因此，在此不再赘述。这三者（尤其是前两者）后来对书中三国历史的发展都产生了深远的影响。

最后，这三战本身都对书中三国历史的发展影响巨大。官渡之战是袁曹双方力量转变、当时中国北部由分裂走向统一的一次关键性战役；赤壁之战是第一次在长江流域进行的大规模江河作战，也是三家都派出主力参加的唯一的战事，并从此奠定了三国鼎立格局；夷陵之战是中国古代战争史上一次著名的积极防御的成功战例，对于三国鼎立的局面也有很大的影响，并给日后吴蜀两国的先后覆灭埋下了伏笔。这也是它们并称三国史上最重要的三大战役的原因。

然而，虽然有诸多相似之处，这三次战役在《三国》中又绝非如出一辙。其间最大的不同除战争进程之外恐怕就是三个实力本占优却最终失利者失败的原因。

官渡之战中，袁本初失败的最大的原因恐怕就是刚愎自用、毫不惜才。在出战之前，袁绍的谋士田丰、沮授等均苦苦劝阻，袁绍不但不听，还将两人下狱。出征之后，他又逼走张颌、高览两员大将和许攸这位重臣。兵败之后，他不仅没有自省，还听信谗言杀死田丰。与之相反的是对手曹孟德，不仅对于一些重臣谋士的话听之信之，对降将也宽厚以待，并据其才能予以重用。两方对比，在人才是重中之重的

开卷有益

乱世中，不由战局不逆转。

赤壁之战中，曹操的失败主要在其警惕性不足，对对方的投降等过于轻信，也没有识破对方的计谋。由于东吴的计谋着实称得上天衣无缝，所以，在这三场战役中，这算得上最能被原谅的过错。但是，曹操的谋士中亦有质疑投降真实性的人，而曹操不听谏劝也是失败的原因之一。

夷陵之战则与前两者不同，西蜀失利的主要原因在于主将刘备因报仇心切而心浮气躁，丢失了自己一贯以来的稳重，而对手陆逊则超常冷静。古来征战，浮躁就是为将者的大忌，而刘备就因犯此大忌，不听诸葛亮、赵云等人的劝告，贸然起兵，又不顾马良的反对违反兵法就地扎营，加之与对手形成对比，失败自在情理之中。

综上，这三大战役在某种意义上说都是三国史上和《三国》中举足轻重的战役，其他如关云长水淹七军、吕子明白衣渡江等，虽然意义也很重大，但皆不及这三战。

由此可见，战役、英雄和时势三者间是不可分割的，它们互相造就、唇齿相依。

历史是残酷的，乱世的历史尤其残酷。虽说胜败乃兵家常事，但有时，往往就是一场战役的胜败决定最终的生死存亡。更多的战役或许在当时看不出其影响，但多年之后，硝烟散尽之时，再回首，人们方知道，他们也这样地改变了历史的进程。

人们常说"不以成败论英雄"，但历史的法则却是"胜者王侯败者寇"。

没有硝烟的战场

其实，就像从古至今战争都不局限于短兵相接、刺刀见红一样，战役也可以是广义的。每当两国相争，在战场上厮杀正酣之时，也总会有另一种战争在无声无息地上演——游说与谈判。

它们不仅也是战争的有机组成部分，而且往往也是最斗智斗勇的部分。

在三国分立的年代，战争无论是利益纷争还是武器种类都比起如今要简单许多。因此，在那个年代，连实打实的战争中往往最重要的都是技战法而非兵器，何况本就以头脑"战斗"为主的谈判。加之三国实力本不分伯仲，特别在三国史中段，曹魏虽略强，但还不足以吞并另两家；西蜀虽略弱，亦不至于被灭；三家就成犄角相倚之势，谁也不敢贸然出击，因为三家都心知一旦听任一家被另一家所灭，自身即刻难保。所以，一旦任何一家出击，必立即遭另两家夹攻，最终得不偿失。因此，这段时间里，三家间虽有战役，但数量并不太多，也是今天这家得一城，明天那家占一镇的推手游戏般，总体还是处于稳定态势的。因此，这段时间内，三国间的战斗的根本形式事实上就是游说，而且是在双方实力旗鼓相当的情况下纯粹以智慧和辩才决胜负的游说。

这段时间的游说不仅质量极高，还相当地反映了各国统治者的治国思路以及对国家的未来规划，因此普遍对后来的局势也产生了较深远的影响。《三国演义》一书中，将这些特点展现得最淋漓尽致的战场之外的战斗，恐怕非孔明舌战群儒并最终说服孙权莫属了。

这段情节之精彩恐非概括文字所能尽述，只能大致介绍一下事情梗概，具体可见原书第四十三回"诸葛亮舌战群儒　鲁子敬力排众议"。此事起于曹操致信东吴，想和孙权联手消灭刘备。孙权手下的谋士大都主张降曹自保，只有鲁肃主张联刘抗曹。但鲁肃自知难以说服孙权和东吴的文臣，特意请诸葛亮来当说客。诸葛亮到东吴后，先见孙权手下诸谋士，他们都是颇有才学之人，但态度相当不友好。诸葛亮在与他们的舌辩中，一连驳得七人哑口无言。之后，孔明又不顾子敬所嘱，大胆当机立断决定智激孙权，最终使孙权同意联刘抗曹。

这一次的游说成功，意义其实不在三大战役之下，因为若非诸葛亮，孙吴很可能会降曹，而实力较弱的西蜀很快也会为曹魏所灭，三国将早早不复存在，遑论后面出现的许多经典战役和英雄人物。然而，事实非然。可以说，是孔明的三寸不烂之舌使历史向着三分天下的方向发展。

这只是《三国演义》中此类广义的战役的一个典型例子，诸如此类的例子还有很多，而它们也不应被后人忘记。

结束语：滚滚长江东逝水

◎ 我是一个爱笑的女孩，但不知为什么，在联合国总部大楼前留影时只有一脸的严肃。◎

"滚滚长江东逝水，浪花淘尽英雄。是非成败转头空，青山依旧在，几度夕阳红。

白发渔樵江渚上，惯看秋月春风。一壶浊酒喜相逢，古今多少事，都付笑谈中。"

依然记得，第一次翻开原本《三国演义》时，看到这首明朝人杨慎所作的《临江仙》，也算读过些诗词的我是如何地为这词中透出的磅礴气势所慑，竟呆坐许久。

的确，正如这首词，《三国演义》中文字所绘的年代亦是华夏五千年历史中一段回顾时令人只觉荡气回肠的年代。漫漫华夏史中，并非没有过其他的乱世，但大多数乱世最终只留给后人对生灵涂炭的感慨；也并非没有过其他的英雄，但更多的只是一个或两个豪杰引领着整个时代。能像这样用无数场酣畅淋漓的战役捧出无数个性格与命运各不相同的英雄的乱世，或许"前无古人，后无来者"。

其实，在漫漫历史长河中，这些战役、这些英雄，包括这个年代，都只能算一段小小的插曲。历史的车轮滚滚前行，任何人、任何事，在时间的面前，都显得如此渺小而无力。

开卷有益

但是，历史会铭记。即使后来者超越了前人的成就，即使"长江后浪推前浪"，即使时间让曾经的辉煌蒙上了尘埃，历史也绝对不会忘记，不会忘记那些曾经的激扬，澎湃与奔放，不会忘记属于那个年代的一种独特的悲壮和气概。

它们是微不足道的插曲，但在属于它们的那段演奏时间里，谱写了一曲历史的壮歌："纷纷世事无穷尽，天数茫茫不可逃；鼎足三分已成梦，后人凭吊空牢骚。"

通俗的魅力

——读《品三国（上）》有感

因为《百家讲坛·易中天品三国》节目的热播及图书《品三国（上）》的热卖，我也忍不住买回了一本《品三国（上）》，想看看让万人着迷的秘密。

虽然早已熟读《三国演义》，但我一翻开《品三国（上）》就不想放下，忍不住一口气把它读完，直感畅快淋漓。

没有深涩的文字，没有难懂的句式，更没有枯燥的表述，让你不需要过多的深思熟虑，不需要深厚的文学功底，就如在看一场时尚的流行演出，很轻松、很惬意！读着、笑着，爱不释手！这也许就是《品三国（上）》的魅力：简单、通俗。

可从古到今，文人墨客就看不上通俗，阳春白雪与下里巴人绝对是两个不可交融的极限，要么你是曲高和寡的高雅、知音难寻；要么你是和者甚多的通俗、难登大堂。所以，学堂之语、圣书之词，决不可与茶余饭后的谈笑、戏台之上的白话混为一谈，学术著作就更应坚守这一约定俗成的高雅规范，实在没有必要走向通俗的大众化。因此，一直以来，学者们对于学术的严肃，给老百姓的感觉就是很沉重、很乏味、很难解，多数没兴趣去看，当然也看不懂！

《品三国（上）》却逆向而行，用现代社会最普遍的现象、最明白的白话，引领读者去解读"三国"的人物和历史："蒋干这个人，也是被冤枉了的，他是到过周营，但那是在赤壁之战两年后，当然没有上当受骗盗什么书。蒋干的脸也没有白鼻子，反而是个小帅哥"；"提起周瑜这位江东名将，人们首先想到的，往往是'三气周瑜'的故事，可惜那是小说，不是历史"；"周瑜这个人，是官场、战场、情场，场场得意。对于一个这样的男人来说，难道还有比这更让人羡慕的吗？这样一个春风得意的人，怎么还会嫉妒别人，又怎么会因为嫉妒别人而被气死呢？我们嫉妒他还差不多。"简单明了的文字在轻松中纠正了长期印在人们脑海里的历史误区，把《三国志》和《三国演义》的精华在笑声、闲读中推向了普罗大众。

或许这不是还原历史最严谨的方式，或许这不是解读名著最准确的语言，或许这不是探讨学术最规范的途径，但这却是普及学术知识最佳的模式。

《三国志》、《三国演义》谁人不知？即使没读过，起码也闻过其名。只是现代功利的社会，生活得浮躁的人们，尚有几人可以静下心来细细读那咬文嚼字的"三国"古书？更何况中国还是一个基础教育普及度偏低的国家，还有许多人即使有时间、有兴趣去读这些历史书籍，可就是看得不太明白，那是远离了现代的古文，那是需要一定文化素养的感知。但对历史的认知是每一个国民必修的基础文化，历史不断，民族才不灭。无论是饱读诗书的圣贤还是务农学艺的凡人，都是托起民族文化的基因，都是创造历史的动力，了解了历史才能创造新的历史。所以让忙于工作生活而无暇去深入了解历史的平常人，在空闲时读一本不太伤神的书，让不太懂深奥理论的人读一本简单明了的历史书，不是很好的历史知识普及教育吗？

学术要有人做，普及更应该有人做，因为雅是建立在俗的基础上，俗是金字塔的底，如釜底抽薪了，那还谈什么雅呢？易中天教授的火，《品三国（上）》的热，大概就因为此吧！

进谏：一曲凄美的忠孝之歌
——读《离骚》有感

夜深人静的寒冬，从屈原的《离骚》中拉回思绪，直感到全身一阵阵的冷，这是身体的寒冷，更是心灵的颤抖！

进谏，竟是如此的凄美！

自春秋以来，人们都铭记了孔子的教诲："君君臣臣，父父子子"，即是君要做仁君，臣要做忠臣，父要做慈父，子要做孝子，推而至于夫妇兄弟朋友，也各有其道，此即五种人伦之教，所以，要做臣就必须做忠臣。于是，历史上就有了许多的仁人义士，他们不顾自己的得失，抛弃死亡的畏惧，为君主、为国家，甘洒热血，就如屈原！

屈原，这个有着似锦的前程、空前绝后的才气和无与伦比的灵性的楚国贵族，甘愿放弃一切，而选择了一种最为忘我的忠孝——进谏。

他把君主和国家的利益置于最高，他向君主提出历代的兴亡是"皇天无私阿兮，览民德焉错辅。夫惟圣哲以茂行兮，苟得用此下土。瞻前而顾后兮，相观民之计极。夫孰非义而可用兮，孰非善而可服？"只有为人民打算、广选贤与能者，才能振兴国家。他建议的齐楚从亲，使军事强大的秦国不敢贸然侵犯。可忠言一定是逆耳的，高高在上的君王习惯了唯唯诺诺、阿谀奉承，"荃不察余之中情兮，反信谗而怒。"听信了上官大夫毁谤的楚怀王疏远了屈原。明知道和他的政敌——那些腐朽的贵族统治者作斗争要付出极大的代价，甚至付出生命，屈原仍然是"吾不能变心而从俗兮，固将愁苦而终穷"。"余固知謇謇之为患兮，忍而不能舍也。"他认为只要坚持不懈地进谏，哪怕是失败了，也是一种忠孝："苟余情其信姱以练要兮，长颔亦何伤？"所以对于毁谤中伤，屈原根本就置之不理："邑犬群吠兮，吠所怪也；诽俊疑杰兮，固庸态也！"即使遭到流放，他还心系楚国。

在楚国，屈原一直不为楚王所用，却不到别国去。"宁溘死以流亡兮，余不忍为此态也。"他屡屡以死自誓，表示决无悔改："虽体解吾犹未变兮，岂余心之可惩？"他是这样想的，也是这样做的，看到一度兴旺的国家已走向灭亡，在实在不能离开故土的悲愤交集中，屈原自沉于汨罗江。

◎ 黄鹤楼与岳阳楼、滕王阁合称"天下三大名楼"，看到它，满脑子涌现的都是古诗词。◎

很悲凉，也很凄美，只因为这也是一种忠孝！

就如司马迁在《史记·屈原贾生列传》中写道："屈平疾王听之不聪也，谗谄之蔽明也，邪曲之害公也，方正之不容也，故忧愁幽思而作《离骚》。"又道《离骚》"自怨生"。说"疾"，说"怨"。

当忠心遭到曲解，当报孝难以圆梦，是忧，是怨，更是冷！

当刚正伴一生，当信念永不移，是廉，是洁，更是美！

以生命为代价进谏，从屈原开始，就是一种凄美的忠孝！

迷失了的灵魂家园
——读《儒林外史》有感

慢慢地品味完《儒林外史》，心中难以抑制的是惊叹、佩服和震撼：惊叹于它"戚而能谐，婉而多讽"的讽刺艺术；佩服于它的"读竟乃觉日用酬酢之间"的写实技巧；震撼于它"秉持公心，指擿时弊，机锋所向，尤在士林"的忧患意识。

精湛的语言，生动的形象，无一不阐述了《儒林外史》的精髓：失去了灵魂的肉体就如行尸走肉一般，它们在大千世界中会丧失自我、丑态百出。

"人生南北多歧路，将相神仙，也要凡人做。百代兴亡朝复暮，江风吹倒前朝树。功名富贵无凭据，费尽心情，总把流光误。浊酒三杯沉醉去，水流花谢知何处。"这些虽是老生常谈，可有多少人能领悟其真谛呢？而《儒林外史》就生动地写出了一系列社会丑态。

范进中举前后，胡屠户的态度简直是天壤之别：范进中举前，"因没有盘缠，走去同丈人商议，被胡屠户一口啐在脸上，骂了一个狗血喷头……"中举后，"屠户见女婿衣裳后襟滚皱了许多，一路低着头替他扯了几十回……"其见风使舵的势利小人之态顿显无遗。

中了举人的范进因"先母见背，尊制丁忧"，在酒席上既不用银镶杯箸，也不用磁杯、牙箸，必换了白颜色竹子的筷子才肯，以此表示孝子的情状。但吃起来，他却毫无丧母之忧，抢先"在燕窝碗里，拣了一个大虾元子送在嘴里"，其丑态可见一斑。

更不用说周进进贡院时的放声大哭；马二先生游西湖时的麻木不仁；西湖"名士"的庸俗无聊；匡超人的哥哥见死不救，甚至"反怪兄弟不帮他抢东西"。但后来"见他中了个相公，比从前更加亲热些"……上至某"大学士太保公"借口"祖宗法度"以徇私，下至穷秀才王德、王仁标榜"伦理纲常"而取利，假名士的庸俗可笑，贪官污吏的刻薄可鄙跃然纸上。

是什么使原本善良的人变得这样自轻自贱、逆来顺受？是什么养就了他们万劫不复的奴才性格？又是什么使他们原本美好的心灵变得这样麻木不仁、执迷不悟、心甘情愿地任凭灵魂走向腐化和堕落？

◎ 我真的喜欢西湖的山水，但不喜欢西湖边上的人山人海。◎

开卷有益

这一切的一切，罪魁祸首就是落魄的生活中灵魂的丧失！

柏拉图曾说过：人的灵魂来自一个完美的家园，那里没有我们这个世界上任何的污秽和丑陋，只有纯净和美丽。灵魂离开了家园，来到这个世界，漂泊了很久之后最终寄居在一个躯壳里面，它忘记了自己来自哪里，也忘记了家乡的一切。行走在熙熙攘攘的尘世，灵魂失去了根蒂，随风飘游，在世间的污秽之中，纯洁被垢污、善良屈服于邪恶、美好的追求被黑暗腐败的现实社会所吞噬。

丢失了灵魂、丧失了本性，丑陋与卑劣、欺诈与庸俗就会随之而来，玷污心灵，主宰行为。

不要让灵魂再离开它的家园，在繁杂的世界中，我们用道德和理智唤回那些似曾相识的纯净和美好，追逐来自灵魂的家园的记忆，做自己真正的主人。

灵魂的纯净是人性善良之本，也是社会和谐之根。

这就是我读吴敬梓的《儒林外史》所得到的最重要的启迪，我想这也是吴敬梓最深痛的悲哀与担忧。

生死两难太史公

——读《报任安书》有感

闲时，信手翻阅《汉书·司马迁传》，本想借此打发时间，却被其中的一篇文章吸引，反复读了好几遍，很感动，也很震撼，因为它对生命的注释、对人生的感悟。

这就是《报任安书》。

因为笔者文学功力的有限，不能完全领会文章的深厚内涵，不能解释为何事件叙述可以如此凄婉动人，但"人固有一死，或重于泰山，或轻于鸿毛，用之所趋异也。"却让我顿悟了司马迁含恨受辱，宁为瓦全的生命意义。

自古以来，仁人志士推崇的都是"宁为玉碎，不为瓦全"。毫无疑问，这是高风亮节，这是赤胆忠心，这是人间傲骨。要做到无畏死亡很难，需要勇气；可是要忍辱负重地求生更是难上加难，需要付出一生的煎熬，饱尝比死亡更痛苦的人生况味。

就如司马迁！

只因替投降匈奴的大将李陵辩护，便获罪下狱，在生死攸关的紧急时刻，司马迁没有如很多的明士勇者那样选择以死亡保存名节，而是甘受腐刑，苟且求生，忍受着精神与身体的巨大折磨。他既不顾念家庭，也不缺少"臧获婢妾犹能引决"那样的勇气，但为何还选择让众人不屑的求生？原因只有一个："所以隐忍苟活，幽于粪土之中而不辞者"，是"恨私心有所不尽，鄙陋没世而文采不表于后世也"。

事业的断送往往导致生命的终结，在名声与事业之间，司马迁坦然自信地表明了自己的心意："盖西伯拘而演《周易》；仲尼厄而作《春秋》；屈原放逐，乃赋《离骚》；左丘失明，厥有《国语》；孙子膑脚，《兵法》修列；不韦迁蜀，世传《吕览》；韩非囚秦，《说难》、《孤愤》；《诗》三百篇，大氐圣贤发愤之所为作也。此人皆意有所郁结，不得通其道，故述往事，思来者。及如左丘无目、孙子断足，终不可用，退论书策，以舒其愤，思垂空文以自见。"为了实现理想和坚持信念，既可以慷慨赴死，也可以忍辱求生；死要死得有意义，活要活得有价值。面对生与死的抉择，应该以实现生命价值为终极目标，所以他可以"就极刑而无愠色"。

也许有人会对此不屑一顾，甚至讥讽嘲笑，但我却为之动容、对之崇敬。因为这是对生命权利的尊重，是对实现生命价值不懈的追求。这，并不是每一个选择死亡的贤哲都能坦然面对的，有时，生反而不如死痛快！

当一个人拥有将个人价值置于历史长河中来思考，能超脱于庸常的所谓"死节"观念的束缚，而选择了一条更为考验人的精神与意志的荆棘路时，必然会有辉煌的生命之歌，就如《史记》。

司马迁留给世人的不仅是"史家之绝唱，无韵之《离骚》"，更是对生命的深思：如何能使生命重于泰山？

开卷有益

驻足，发现别样的风景
——再读《桃花源记》

前几天整理书籍，偶拾陶渊明的《桃花源记》，便再次翻阅。读后心底突然涌起一种前所未有的平和与舒坦，那淡雅的心境把我从浮躁与不安中慢慢地带回了宁静的世界——那是我从小就向往的，而不知怎么又丢失了的"桃花源"。这份清新感觉提醒了我，再忙，也要偶尔停下来。

生活如车轮，不进则退。可高速飞驰产生的热量可能引爆车轮。抽点时间，偶尔停下来，你会发现别样的风景。

◎ 朱家角的雪景并不多见，与北方的漫天大雪相比，南方的雪景也会多一份精致。◎

找个时间、找点空间，同父母一起坐坐，谈谈足球、聊聊"超女"、说说烦恼，把开心与痛苦，把关心与感恩一起交出，你却发现隔阂在谈笑间烟消云散，你会惊叹原来沟通是如此的容易，如此的简单，你会感到心与心对话的快乐，那种久违了的温暖与幸福会再次涌上心头，让你再也不想离开这世间最温馨的风景。

从一堆的功课中抽开身，邀上同学、叫上朋友，去踏踏青、打打球，满身的汗水把扭紧的发条慢慢松开，让紧张的思绪随风而去；把无数的压力与重托都交给白云，让心灵在自然与运动中放飞，伴着歌声、踏着笑声，你会发现原来青春是七彩的，是跳动的，是奔腾的，十六岁的花季、十七岁的雨季就是一幅朝气蓬勃的动人画卷。

静下心来，泡杯绿茶、读点名著，很随意。不要有压力，更别去想考试，让自己彻底地从题海的战场中摆脱出来，走进五彩斑斓的书香世界，按你的喜好去阅读，按你的心情去游览，按你的逻辑去思考，《品三国》的朴实语言、《傅雷家书》的人生感悟、《足球》的激情澎湃会带给你无数的欢笑与感悟，让你由衷地感叹：读书真快乐！
……

生活节奏的加快，学习压力的加大，让我们常常忘记了亲情，忘记了青春，忘记了生活，就如有人一直在寻找幸福，却不知幸福就在自己身边一样。偶尔停下来，我们才会感受到心灵的呼喊；偶尔停下来，我们才能领悟到生命的精彩；偶尔停下来，我们才会蓦然顿悟：人生本应如此！

偶尔停下来，让我们无悔今生！

请向亨利·法布尔先生致敬

——读《昆虫记》有感

夜深人静，轻轻合上手中的《昆虫记》，在一片寂静的夜幕中，自然界那一幅生机勃勃的画面却活灵活现地出现在眼前：

"螳螂是一种十分凶残的动物，然而在它刚刚拥有生命的初期，也会牺牲在个头儿最小的蚂蚁的魔爪下"；蜘蛛织网，"即使用了圆规、尺子之类的工具，也没有一个设计家能画出一个比这更规范的网来"；被毒蜘蛛咬伤的小麻雀，也会"愉快地进食，如果我们喂食动作慢了，它甚至会像婴儿般哭闹"；杨柳天生像个吝啬鬼，身穿一件似乎永远"缺了布料"的短身燕尾礼服；"小甲虫一生都在为它的后代作出无私的贡献，为她自己的儿女们可谓是'操碎了心'"……

这个渺小得几乎被人类忽视的世界，就这样被推到了我们的眼前，那样的真切，那样的鲜活，那样的色彩斑斓。

有感动，有震惊，更有启迪，因为那个小小族群的故事，因为那些生生不息的生命。而所有的一切都源于他，《昆虫记》的作者——亨利·法布尔。

这个世界上第一位在自然环境中研究昆虫的科学家倾注了半个多世纪的心血在这个被大多数人忘却的昆虫世界，研究虫儿们的本能与习性，他没有奢望成名，更没有寻求谋利，而是用所有的积蓄与毕生的精力，去一点一点地撰写《昆虫记》。

有人说他傻：一个获得了数学和物理两个学士学位和博士学位、得到达尔文的肯定、帝国教育部奖励的学者，放弃了可以成就辉煌的前途，却研究不被当时科学界重视的昆虫及植物。

有人说他笨：他向学生传授自然科学的新知识，得罪了不少以生理功能解释本能的生物学同行，人们指责他没有与"十九世纪自然科学三大发现"中的细胞学说和进化论保持一致，对他的研究不屑一顾。

有人说他痴：用 2 年的时间去研究土蜂。用 25 年的时间去研究一种蓝黑色的甲虫；用 30 年的时间研究燧蜂；用 40 年的时间研究螳螂，这简直就是疯了。

还有人说他蠢：大好的前程不要，用 40 年的积蓄换得一块荒地养虫，去研究没有人资助的昆虫项目，使前半生一贫如洗，后半生勉强温饱……

可不管人们怎么说，法布尔始终我行我素，坚持

◎ 我特别喜欢小动物，当然漂亮的大动物也行，包括逼真的标本。◎

开卷有益

"准确记述观察得到的事实，既不添加什么，也不忽略什么"。在自然界最渺小的世界里，完成着"真相—真理"的事业。

正是因为这份执著与认真，才使我们看到了：凌晨时蝉是怎样脱壳；屎壳郎如何滚粪球；蚂蚁怎样去吃蚜虫的分泌物。还弄清了："螟蛉之子"是错误的，蜂抓青虫不是当成自己的儿子养，而是为自己的后代安排食物。

我原本认为很肮脏的绿蝇，居然"它那金属一般的、通常是金绿色的光泽可以和最美丽的鞘翅目昆虫金匠花金龟、吉丁和叶甲虫媲美。当我们看到这么贵重的衣服穿在清理腐烂物的清洁工身上时，着实有几分惊讶"。

还有那暗淡的萤火虫光，原来竟然"是白色的，非常柔和而且幽静，没有一点儿刺激，就像星星的光华被这只小小的昆虫给收集起来了一样。让我们怀疑天上的星星原本就是无数萤火虫在那里睡眠"。

……

被真实反映了的昆虫世界，载着法布尔不朽的人文关怀，渐渐走入一代又一代人的心房，改变了人们的观念，让无数的人学会了去欣赏、去热爱那些可爱的虫儿。

好多人说没有等到诺贝尔委员会下决心授予他诺贝尔文学奖，这位研究昆虫的学者就已瞑目长逝了，这是他一生最大的遗憾。可我却要说——亨利·法布尔的人生没有遗憾！

不仅是因为他给世界留下了共 10 册的《昆虫记》，给世人呈现了一幅微型世界那华丽的社会蓝图；也不仅是因为他被人们誉为"昆虫世界的维吉尔"、"昆虫的荷马"、"科学诗人"、"今日文明世界最高尚的光荣代表，他是最伟大的博物学家，也是现代最伟大的诗人"，最重要的是他实现了自己人生最完美的追求——"想一直与虫子为伍在里面生活"。

用鲜血浇灌出自由的果实

——读《斯巴达克斯》有感

奥斯特洛夫斯基说：人最宝贵的东西是生命。生命对人来说只有一次。因此，人的一生应当这样度过：当一个人回首往事时，不因虚度年华而悔恨，也不因碌碌无为而羞愧；这样，在他临死的时候，能够说，我把整个生命和全部精力都献给了人生最宝贵的事业——为人类的解放而奋斗。

——题记

生命的价值何在？答案虽有万千，但在这仅有一次的生命里，如何让它辉煌夺目，终生不悔，却一直是我生命中的疑惑。

静静地读完了《斯巴达克斯》，真正感受到了心灵的震撼，虽然我不敢说完全理解了潜藏在那字里行间的意义，但我敢说，我已在这半尺高的伟大中找到了寻找生命价值的道路。

我敢，是因为激情，心灵碰撞心灵、语言呼唤语言；我敢，是因为谦卑，我领悟了怎样看待自己的命运与斯巴达克斯的抗争重叠的那一部分：备感珍爱。走进这半尺高的世界，是我的幸运。

斯巴达克斯是谁？人们认为他是一个奴隶，一个角斗士，一个来自于色雷斯，生活在社会最底层、供贵族们娱乐的"会说话的工具"。在角斗场上斯巴达克斯与角斗士们互相残杀，血肉横飞，倒在血泊中，"发出一阵阵的刺人肺腑的惨叫，"而看台上的贵族们却兴奋地欣赏着这一杀人游戏，"发疯似的鼓着掌，哄笑着"。无休无止的决斗，惊恐的眼睛，痛苦的呻吟，血泊中的尸骸，直至生命的完结，"像驴子一样浑浑噩噩地拖着沉重的锁链，像畜生一样地苟且偷生"。这就是"上天"安排给斯巴达克思的命运。

哀叹、痛苦、埋怨是没有用的，只有扼住生命的喉咙，用自己的力量去改变它，就如斯巴达克思！

"把镣铐和锁链，铸成锋利的短剑！""用压迫者的血来偿还被压迫者的呻吟。"斯巴达克斯带领七十八名角斗士冲向威尔斯火山，拉开了改写命运的篇章。起义军迅速发展成 12 万人的浩荡大军，在斯巴达克斯的领导下，起义军维苏威山的奇袭官军，两败瓦利尼乌斯，轻得瑙拉城、阿昆纳城和芬提城大捷……给号称"世界的征服者"的罗马军队以致命打击。列宁就对此作出过崇高的历史评价："斯巴达克斯是大约两千年前最大奴隶起义中的一位最杰出的英雄。在许多年间，完全建立在奴隶制上的仿佛万能的罗马帝国，就受到在斯巴达克斯领导下的大规模奴隶武装起义的

开卷有益

震撼和打击。"面对强大的敌人，哪怕在起义失败前夕的最后战斗中，斯巴达克斯依然慷慨激昂地高喊："一步也不后退，不是胜利就是死亡！"八百敌人将斯巴达克斯死死围住，他虽已浑身负伤，但仍然站在敌人堆积如山的尸体上左砍右杀，直到左腿重伤，他还像一头怒吼的雄狮，跪在地上与敌人厮杀，直到生命的最后一刻。

呼啸的苍天、哭泣的大地都在向世人证明：斯巴达克斯在用他全部的鲜血谱写着与生命抗争的篇章，就如他所说："我们流的鲜血一定会使自由之树结出果实来，我们的鲜血将在压迫者的前额盖上可耻的烙印，我们的鲜血会产生无数的复仇者，我们留下了可以被人模仿的榜样，这是我们能够留给后代的最宝贵的遗产。"

这是多么宝贵的遗产！

当历史再呈现在我们面前，当连马克思也称为"整个古代史中最辉煌的人物"用细节告诉我们生命的价值时，我唯一能说的，能做的就是：用自己的力量去创造属于自己的生命价值，定将终生无悔！

牛虻的笑，蒙太尼里的哭
——读《牛虻》有感

　　人的一生，被太多的诱惑、利益、责任影响着。这些无形的手往往如一张大网，让人生迷失方向，让人性充满险恶，一步一步远离原来的生活轨道。痛苦和悲哀就如两条缠身的毒蛇，一点一点地蚕食着你的心灵，让你痛不欲生，不得安宁。

　　就如《牛虻》中的神甫蒙太尼里。

　　一个有情有爱的年轻人，虽然心存爱念，却不能与恋人相聚；一位仁爱的父亲，却不能与眼前的儿子相认；一位忠于职守的教父，却煎熬在信仰与亲情的选择之中……太多的责任，太重的负担，太深的信仰，让蒙太尼里的人生之路痛苦而艰难。

　　如果说与一个美丽温和的女人相爱让他深感违背职业誓言的罪孽可以用漫长的岁月来洗涤；如果说对于一个相见而不能相认的儿子可以用加倍的父爱来弥补；那么亲手葬送自己儿子性命的痛苦可以用什么来弥补呢？

　　除了人生的反思与懊悔，还有别的吗？

　　要知道，他曾是一个优秀的教士，在他的教区拥有良好的声誉。"他那无可非议的严谨生活作风，在罗马教会的显赫人物中是个罕见的现象……此外，作为一名传教士，他的才能确实了不起。无论在何时何地，他都能做到人过留名。"他爱戴教区的每一个教民，尽力为他们做所有能做的事，他毕生反对高压政策，反对残暴，不赞同各种形式的死刑，他把对上帝的信仰仁慈全部用在教区上，用在他毕生追逐的忠诚之中。我相信，如果这个世界上评选优秀的教士，蒙太尼里应该算是一个。

　　可是面对失而复得的儿子，面对与自己信仰完全不一样，认为"PADRE，您的上帝是个骗子。他的创伤是假的。他的痛苦全是做戏！我才有权赢得您的心！PADRE，您使我历尽磨难……我没有死，我会回来的，并和您的上帝斗争。这样我才没有发疯，没有第二次死去。现在，等我回来以后，我发现他仍占据我的位置——这个虚伪的受难者，他在十字架上被钉了六个小时，然后就死里复生！PADRE，我在十字架上被钉了五年，我也是死里复生。您要拿我怎么办？您要拿我怎么办？"希望他放弃信仰与追逐了一生的事业彻底决裂，"PADRE，跟我们一起走吧！您与这个教士和偶像的死寂世界有什么关系？它们充满了久远年代的尘土，他们已经腐烂，臭气熏天！PADRE，我们才是生命和青春，我们才是永恒的春天，我们才是未来！PADRE，黎明就要降临到我们的身上——您在日出之时还会怅然若失吗？醒来吧，让我们忘记那可怕的噩梦，开始新的生活！PADRE，我一直都爱您—— 一直都爱您，甚至当初在您杀死我时——您还会杀死我吗？"

他怎么办？

一边是血浓于水的儿子，一边是坚信不疑的上帝，他必须作出选择：

"您必须放弃教职，否则您就放弃我。"

尽管亲情难舍，尽管想亚瑟帮助劫狱，尽管儿子动情地述说："我曾经爱过您。但是，我们之间只能是战争、战争和战争。您抓住我的手做什么？您看不出在您信仰您的耶稣时，我们只能成为敌人吗？""您说这些有什么用？您怎么能说出来您所给我带来的一切？现在——您爱我！您爱我有多深？足以为我而放弃您的上帝吗？哼，他为您做了什么？这个永恒的耶稣——他为您受过什么罪，竟使您爱他甚过您爱我？"让他也犹豫，也彷徨，也不忍。

"……但是——跟你一起走——这不可能——我是一位教士。"我相信，如果这个世界上真有虔诚的基督徒的话，蒙太尼里应该算最突出的一个。

如果信仰是真诚的，如果亲情也是真诚的，那就注定了蒙太尼里的痛苦与磨难，因为他要做出人生最难的选择——人性的选择！

"人之初，性本善。性相近，习相远。苟不教，性乃迁。教之道，贵以专。"后天的教化可以成善，也可以成恶；可以生悟，也可以生愚；但人性的根本还是善！

在基督教的节日庆典上，一切不可避免地发生了。面对人群，蒙太尼里终于悔悟了："你们已经杀死了他！你们已经杀死了他！……你们龌龊的心灵又有什么价值，竟然应当付出这样的代价？但是太晚了——太晚了！……我那亲亲宝贝埋在那片血迹斑斑的土地，而我孑然一身，置于空虚可怖的天空。我放弃了他。你们这些毒蛇的子孙，我为你们放弃了他！"这是对他献身的一切彻底的否定，是他人性的回归。

虽然很惨烈，虽然很悲壮，但我们还看到：

牛虻笑了，蒙太尼里哭了！

因为他终于找回了人性！

中国民族工业的挽歌

——读《子夜》有感

合上《子夜》，心中满是难以抑制的激动与悲愤，这近 500 页的书，让我再次看到了中国 20 世纪 30 年代的血雨腥风。

我不敢妄言参透了这半个多世纪前的精华，我只能顺着平实而精密的文字，去寻找历史的烙印。

20 世纪 30 年代是我国民族工业蓬勃发展的时期，以上海为代表的都市生活是那个时代最好的缩影。

茅盾，这位思想活跃、目光深邃的观察家，这位自由与平等的提倡者，这位民主革命的呐喊者，借用民族工业资本家吴荪甫和买办金融资本家赵伯韬之间的矛盾与斗争，展示了当时社会的"全景图"。

在工人运动和农民运动蓬勃兴起以及帝国主义强压下的中国，工业资本家吴荪甫曾经热心于发展故乡双桥镇的实业，打算以一个发电厂为基础建筑起他的"双桥王国"。但是，仅仅十万人口的双桥镇不是"英雄用武"的地方，他要发展中国的民族工业。他的目的是"发展企业，增加烟囱的数目，扩大销售的市场"。他渴望把一些"半死不活的所谓企业家"全部打倒，"把企业纳到他的铁腕里来"；他要"兼并八个小厂，办一个银行，成立一个公司"，因此很希望"国家像个国家，政府像个政府"。在永不倦怠地注视着企业上的利害关系之外，吴荪甫还"用一只眼睛望着政治"，所以他每天过着一种"简直是打仗的生活"，在几条战线上同时作战：与美帝国主义的掮客——金融资本家赵伯韬进行钩心斗角的斗争；熄灭不了工厂里风起云涌的罢工运动；用尽心机收买过来的许多小厂都成了自己脱不下的"湿布衫"；苦心经营的益中信托公司"雄图"难以实现……最后野心勃勃、刚愎自用的吴荪甫，也只剩下了一条"投降的出路"。

这就是当时在半封建半殖民地的时期中国民族工业的悲哀写照。就如茅盾所言，"中国民族资产阶级中虽有些如法兰西资产阶级性格的人，但是因为 1930 年半殖民地的中国不同于 18 世纪的法国，因此中国资产阶级的前途是非常暗淡的。"

历史常常是悲壮的。在它的洪流中有波澜壮阔，有礁石，有暗流，有狂风巨浪，断墙裂橹，有沉没的朽物，漂浮的尸骸，惊恐的眼睛，无声的呐喊；有幸存者，但更多的是牺牲。历史在记录文明的同时，也记载了血腥。

就如《子夜》。

历史也是多元的。乍看它的外观如一座石窟，坚硬的花岗巨岩层层垒筑，其花纹与堆砌方式却是变化无穷的。那凹凸不平的石面与玄妙的石缝都包含着各自的风格。一旦踏入这深邃的洞中，就会看到千姿百态的景象。

就如《子夜》。

近40万字的书，是30年代中国社会中各种游走着的灵魂的缩影。吴荪甫性格的两面性使他既会"站在民族工业立场的义愤"，更会根据"个人利害的筹虑"：既希望实现"民主政治"的理想，盼望"北方扩大会议"的军事行动赶快成功，又"惟恐北方的军事势力发展得太快了"，不利于他的公债活动；有时虽"因为他权力的铁腕不能直接触及那负责者"而不满意国民党政府，但对革命运动却是"我恨极了，那班混账东西！他们干什么的？有一营人呢，两架机关枪！他们都是不开杀戒的吗？嘿！……"；屠维岳的"机警、镇定、胆量"，诡计多端，仍然瓦解不了排山倒海的工人运动；"公债场上的魔王"赵伯韬，既与军政界有联络，又"同美国人打公司"，"做起公债就同有鬼帮助似的，回回得手"，也正是他的回回得手，将吴荪甫逼近了绝境；"吃田地的土蜘蛛"冯云卿在土地革命风暴下逃亡上海，他把农民的血汗拿来换取大都会里的"寓公"生活，为了掌握公债市场上的投机信息，他竟然利用自己女儿上演了"美人计"；除此之外，杜竹斋的唯利是图，林佩瑶的乌托邦"爱情"，四小姐蕙芳的悲哀与孤独，交际花徐曼丽的醉生梦死，"知道女人生财之道，和男子不同，男子利用身外的本钱，而女子则利用身上的本钱"的寡妇刘玉英，对男权和金钱势力渴望的少女冯眉卿，卖身权门、依靠资本家钱袋过活的李玉亭以及范博文等"教授"、"诗人"的丑态和张素素热情开朗、林佩珊单纯无知的形象，也都跃然纸上、栩栩如生，就如一幅活生生的旧"上海滩"百态图。

语言的神力抚摸着我们的翅膀，使我们从容目睹了三十年代社会的每个细胞，如临其境！

这是怎样细致微妙的手笔啊！

当历史使我们激动时，细节已使我们潸然泪下了。

浩大与细微一旦结合，便生出了完美，印证了历史。

这就是《子夜》的魅力，正如瞿秋白所评论的那样："这是中国第一部写实主义的成功的长篇小说。""一九三三年在将来的文学史上，没有疑问的要记录《子夜》的出版。"

传统文化：民族之根

——读柏杨《丑陋的中国人》有感

偶然在家中的书架上翻到一本书——《丑陋的中国人》，它是台湾学者柏杨所著。书名很特别，于是坐了下来，慢慢地读。

很认真地读完这本书，在惭愧痛心之余，却有一个问题在脑中盘旋：把中国传统文化比做污秽的"酱缸"；把中国一百余年落后的原因都归咎于祖先创造的文化，特别是儒教，真当如此吗？

中国人的劣根性的确表现在很多方面，并成为我们迈向更文明社会的一些障碍，这毫无疑问是需要修正的。但是否就应该如柏杨先生在书中所说："是否要彻底抛弃传统文化，让外国朋友，特别是美国朋友来帮助中国人去掉劣根才能进步，中国才能有希望呢？"我看未必！

没有任何一个人可以摆脱民族传统文化的影响，这种影响常常还是决定性的，除非他不是生长在这个国度，也不想承认这个国度。因为文化，这条无形的脐带，才是人类生命繁衍生长的图腾。它如流动的血脉，把一个民族的历史和未来联系起来，就比如先秦之前的典籍规范了中国人的心理、思维结构一样。中国以儒家思想为精髓的民族传统文化，缔造出了世界的文明古国，促生了全球最强盛的泱泱大国，也繁衍了仁爱、诚信、自立、自强、以国家社稷为重的华夏儿女。这种文化是污秽的"酱缸"吗？

真如柏杨先生在书中所说的那样，哪来日本的朱子学、阳明学、十字亭？哪来韩国哲学家李退溪、曹南冥、李栗谷、洪大容、丁若镛？哪来新加坡历史上著名的"文化再生"运动？哪来遍布世界各地的孔子学院？连笛卡儿、卢梭、伏尔泰、孟德斯鸠、狄德罗、霍尔巴赫这些影响世界欧洲学者，对中国文化都是极度的推崇，像伏尔泰就在礼拜堂里供奉着孔子的画像，把孔子奉为人类道德的楷模；德国哲学家莱布尼茨、康德、费希特、谢林、黑格尔直到费尔巴哈以及大文豪歌德等人都研究过中国哲学，在不同程度上受到过中国文化的影响。莱布尼茨就认为，正是中国的发现，才使欧洲人从宗教的迷惘中觉醒过来。这种影响或直接或间接地影响了法国的启蒙运动，也影响了德国的辩证法思想。所以，可见中国传统文化并非柏杨先生在书中所说的那样是污秽的"酱缸"，而是世界思想宝库中最重要的宝藏之一，是对世界文化产生过巨大影响的学术思想。

中国传统文化在推动历史不断进步与发展的过程中，的确也有许多对社会发展不利的因素，特别像儒家文化的等级观念、人身依附观念；人治，朕即国家的观念；

忠君愚孝观念；中庸保守、不敢为天下先、不利创新的思想；重义轻利的伦理等都对中国社会的发展有一定程度的阻碍。所以，在农业文明时期，中国曾一路领先于西欧国家；但到了工业文明时，西方逐渐强大，中国却慢慢地落后了。因为儒家伦理找不到为资本主义发展提供依据的地方。很长时间以来，中国人都以引领着世界为荣，当我们发现自己已非世界的中心时，就变得极度自卑起来。也许正因为如此，把所有的过错都归结为传统文化的因素，这未免太有失偏颇了！

中国要有希望，彻底抛弃传统文化，让外国朋友，特别是美国朋友来帮助中国人去掉劣根，这样的看法是不是过激了些？西方文化中确有其先进的部分，所以从工业革命后西方各国走在了世界的前列。但全盘否定传统文化，把中国一百余年落后的原因都归咎于此，要完全用英式或美式文化来代替，重造一个英国或美国就能让中国再次变为世界第一吗？我看未必！一个连祖宗都抛弃的人能成就伟业吗？一个连传统文化都不要的民族能成为世界强国吗？鲁迅说过："只有民族的，才是世界的。"传统文化是民族之根，根都没有了，凭什么长成参天大树。

韩国也好，日本也好，新加坡也好，都是在外来文化与本国文化的交融中发展起来的。中国近几十年让世界惊叹的经济发展也证明：传统文化并非完全阻碍社会发展，只要"取其精华，去其糟粕"，不断地与世界最先进的文化交融，就能把希望带来。但最根本的是，民族之本不能丢。

也许柏杨先生是爱之深而恨之切，才提出了这样的想法。可不管怎样，我们都无法改变我们的肤色、我们的种族，就如我们血液中流淌的文化，那是千年沉淀。传诵千年的精华，弘扬传统的文化，中华民族一定会走向世界之巅。

我看国内的教育模式
——读《八大成语拦路，十二亿国人过不去》有感

　　假期在新浪新闻网上看到张继合的一篇文章《八大成语拦路，十二亿国人过不去》，讲的是八个最常见的中国成语："七月流火"、"娑婆世界"、"空穴来风"、"床笫之私"、"明日黄花"、"美轮美奂"、"振聋发聩"、"始作俑者"，它们本有其意，可人们却常常望文生义、生吞活剥，弄得这些词汇大大背离了原始意义，甚至驴唇不对马嘴，掩盖了成语的本来面目，而且久而久之就成了"集体的以讹传讹"，"恐怕至少有十二亿中国人没资格百分之百地跨过去，即使是受过高等教育的知识分子也不能幸免"。

　　看完之后，很有感触。在人们大力批判中国教育模式死板、太重基础教育而忽略了对创新能力的培养，需要改变甚至颠覆这种模式而向西方教育模式看齐之际，我不由地想问一声：如果连最基本的知识都不明了，还谈什么创新？中国的教育模式就真如人们所说的那样与创新能力的培养如此格格不入吗？

　　每个国家的教育模式其实都是同它的民族文化息息相关的，梁漱溟先生在《东西文化及其哲学》中就提到：西方文化是"意欲向前"的，强调的是"以克服外在世界的种种困境为路向的冒险"，而东方文化是"调和持中为根本精神，偏重于解决人对人的问题"，讲究中庸之道。这清楚地说明了贯穿中国五千年悠久文化的是儒家精神，它是中国传统文化的支柱与血脉，是中华民族之根，儒家文化已沉淀为中国人的一种深层文化心理，引导着中国人的言行倾向是谦恭内敛而不张扬。中国人的内敛具有一种柔性，是"无为而治"，"无为"是指内心的平静，然而"无为"也意味着"无不为"，故又具有积极的行动力。就如儒家所说的

◎ 约翰·哈佛坐像是哈佛大学的标志之一。据说，不是他本人的像。◎

那样："内圣外王"。这样的文化熏陶出来的中国人内心是平静的，是不喜欢张扬的，是注重修身养性的，是较少与人产生冲突矛盾的，但也不缺乏行动的敏捷。因此，与之相适应的教育自然是重基础、重修养的内敛模式，让孩子们从小把基础打扎实，学会温和处世，不浮躁、不张扬。但这并不会使孩子们束手束脚，不然，在中国经济发展最困难的时期，我们的"两弹"怎能上天？深受中国传统文化影响的清华学子杨振宁、李政道怎能获诺贝尔物理学奖？我们怎能年年抱回国际大学生程序设计

开卷有益

竞赛大奖？就如鲁迅所说："只有民族的，才是世界的。"教育也不例外！

可现实生活中仍有不少人在羡慕西方的教育模式，批评中国的教育模式，希望"全盘西化"，彻底改变现有的教育模式，因为他们认为中国学生基础学得太多，而削弱了动手能力的培育。如果真是基础知识学得太多，怎么还会有那么多的人把本指天气转凉的"七月流火"愣说成盛夏时节天上下火；把"婆婆世界"改装成"婆娑世界"；把原指有根有据的事的"空穴来风"篡改成了捕风捉影的意思……一个人如果连基础的东西都没有学好，他凭什么去创新？他靠什么去发明？科学是来不得半点虚假的，它是一点点建起的高楼大厦，其中的任何一个环节都不允许有半点的含混不清，没有坚实的基础是根本不可能在前人的成就上推陈出新的，人类科学的每一个进步都是最好的证明！西方的教育模式因文化的差异而有不同，但并不是不重视基础教育，只是方式、方法不一样。有些人因盲目崇拜西方教育模式而忘了本我，忘了民族的特性与优势。杨振宁曾说过："我在大学期间学的中国历史对我后来的研究奠定了深厚的文化基础"，"我在清华上王作溪教授的课时所记的笔记现在还常常翻"，扎实的基础教育让中国一代代的学子受益匪浅，为他们名扬世界打下了坚实的基础。可以毫不夸张地说，是中国的基础教育为世界缔造出了无数的科学家、发明家，万丈高楼是从平地而起的！

中国学生的动手能力、创新能力有待提高虽是事实，但这全因学校教育吗？现在很多学校在大力减负，而家长却拼命地加"量"，让孩子不要输在起跑线上：各种的补习班，兴趣班充斥着孩子们的分分秒秒，各种才能考级压得孩子们连能睡好觉都感到是幸福。在这样的情况下，让孩子们哪有时间去奇思妙想？哪有时间去动手创新？有的家长甚至不让孩子在家做一点家务事，理由是要学习，这样溺爱培养出的孩子能有能力去独自创新吗？恐怕连独自生活的能力都没有！而国外的孩子在小学开始就得帮家庭干活，无论是百万富翁还是总统的孩子无一例外，因为孩子动手能力的教育，学生创新能力的培养与家庭教育是息息相关的，孩子大部分时间是在家里，所以只靠学校的教育是完全不行的，完全指责学校的教育也太偏颇了吧！

其实，每个国家的教育模式都有其优势与劣势，这与其存在的文化是密不可分的。民族不能脱离文化而生存，个人也是如此。我们应该在弘扬民族文化的基础上练好内功，扬长避短，在内敛文化的修养之中张扬个性，提升各种能力。只有这样，我们才不会跟跑，而是领跑；只有这样，我们才能让我们的孩子成为世界一流的学子。

事，常常与愿相违
——读《居里夫人传》有感

居里夫人是我最崇拜的女性，虽然以前也读过《居里夫人传》，但假期闲时，还是从书架上抽出这本书，重温居里夫人的风采。

翻着、读着，一句话映入了我的眼际，让我很受震动，心情久久不能平静，"镭是属于全人类的，我不能靠它来赢利。"这是在居里夫人发明了镭且生活最拮据时，拒绝好心人劝她申请镭的专利时说的一句话。我曾为此十分钦佩居里夫人的人格，现在依然如此，但却提出了一个问题：如果当时居里夫人申请了镭的专利，她会是什么样？世界将会是什么样？

可以假设一下，申请到镭专利的居里夫人一定可以筹集到大笔的资金，她可以把这笔资金用作她继续实验的经费，不再会想研制镭而买不起镭，从而研制出更多有利于社会发展的技术成果；可以赞助给家乡更多的大学生和实验室的人员，培养出无数个未来的"居里"或"居里夫人"；可以赠送给教过她的老师和资助过她的亲戚，感谢他们对她的培养和在最困难时的"雪中送炭"；甚至可以改善一下清贫的生活，用健康的身体对人类的进步更多地做出贡献……很多有益的事会因此而完善；但最重要的是，如果申请了专利，很可能会防止原子弹的滥用，并因此让人类少一些灾难，让悲惨的历史改写！

"不应该这样做，这是违背科学精神的，我们不应当借此来谋利。"当居里夫人代表她和她丈夫做出这个决定的时候，一定没有想到他们得靠别人集资捐助才能买得起自己发现的镭；一定也没有想到有人会借此而谋取商业暴利；一定更没有想到因为没有专利保护，镭会成为威力无穷的杀人武器，让无辜的百姓丧失生命，让人民赖以生存的家园变为废墟，甚至让活生生的城市霎时间成为死城！美好的愿望竟被如此的践踏，崇高的品德竟被如此的蹂躏，这是不是：事，常常与愿相违！

相信以居里夫人的人品，她是绝不会想到这些的，因为正如爱因斯坦所评价般："玛丽·居里是唯一没有被盛名宠坏的人。"她的朴质与高尚让她以宽容和友善看待世界，以回报和服务来善待社会，这无疑是居里夫人最让人敬仰之处，因为"在其道德品质方面，伟大的人

◎ 左三是本人，怎么样？讨论正事时一本正经，这就叫"范儿"吧。◎

开卷有益

物对于历史进程的意义也许比单纯的智慧成就还要大"。榜样是精神的标杆，如果能在物质上再以榜样的魅力作为引导，是不是可以让更多平凡的人倍觉亲近、备感温暖？

大千世界，凡人居多，平常的思维也许很俗，但很实在，因为生活本来就是一个平凡而杂乱的大舞台。为了生存，为了利益，为了权力，这个世界上天天都在上演着各种各样或高尚，或丑陋，或正义，或邪恶的舞台剧，不同的版本，不同的模式，却有着惊人相同的目的。因此，人们需要如居里夫人般高尚精神的指引，需要心灵的洗礼。同时，人是社会的人，离不开繁杂的社会生活，特别是当社会集体意识形态还没有达到一定的境界时，就更需要在道德规范基础上的法律规范和物质引导等，如利用专利限制不法行为。不然，这个世界上一定还会有很多"好心没好报"，有很多"事，常常与愿相违"！

不知居里夫人生活在今天，会不会也有同感？

过 年

——读《保卫春节宣言》有感

在古老的东方有一条龙，它的名字叫"中华"。古老的中华有一个节日，它的名字叫"春节"。

春节，对于华夏的子孙，就如身体中的血液，深深地印入心扉。无论身在天涯海角，春节回家，就像号角，让无数的游子从四面八方赶着回家团聚、过年。

虽然我每次都加入浩浩荡荡的春节返乡大军，但心里总在想：来去匆匆、忙忙慌慌的，就为了除夕在家一起吃个饭、聊聊天，这值吗？这顿饭真的就这么重要吗？

今年的春节前，无意中读到了民俗学家高有鹏撰写的《保卫春节宣言》，深受震动。从未认真思考过一个看似单纯的家庭聚会会有如此深远的含义，会有如此重大的意义。

"到哪里过年？人们都会说：家。那么，家在哪里？

很多人都有这样的一种情愫，无论在外生活得多么如意或多么不如意，都会深深地记起自己的生长地。家就是一个人最深刻的记忆符号，过年回家，就是对自己情感的梳理，是一次郑重的精神洗礼，更是对文化认同的实践。"

回家过年，原来是一种情感的回归，是一种精神的寄托。由此不难理解春运的"返家潮"，许多人买不到座位票，几天几夜也要站着回家；还有的人买不到车票，从窗户里钻进去，身体都刮破了，可他们的脸上洋溢着的却是幸福与满足，因为终于可以回家了，可以让熟悉的乡土气息慰藉疲惫的心灵，因为终于可以重温只有华夏民族才有的文化魅力。

家，是我们的起点，也是我们的终点。

春节回家，是我们的出发动力，是我们前进的加油站。

当红红的灯笼挂起，当声声的鞭炮响起，当只只的酒杯满上，当祝福的话语唱响，我们吃着饺子汤团，虽没有太多的仪式，但温暖了的却是每一颗中国心。在这欢声笑语中，数千年的古老文化在延续，不灭的民族风格在传诵，温馨和睦的情意在蔓延。

这，就是中国的春节；这，就是每个炎黄子孙回家的理由。

过年了！回家了！这是中国人一年的盼头，这也是中国人一生的想头！

开卷有益

浅论·浅思
——读《东方快车谋杀案》及《无人生还》有感

她一生创作了 80 部侦探小说和短篇故事集、19 部剧本、6 部以笔名出版的小说，著作之丰仅次于莎士比亚；曾经失踪过一周，在被人发现后，却对失踪过的一周经历完全失忆，使之成为历史上的不解之谜；生活经历坎坷，两度结婚，在 85 岁高龄时永别人世。这就是《东方快车谋杀案》及《无人生还》的作者——"推理小说女王"阿加莎·克里斯蒂。

尽管好多人并不认为她的作品堪称一流；尽管好多人向我推荐埃勒里·奎因，但我却固执地成为阿加莎的"粉丝"，买了她所有出版的作品，皆因为读了《东方快车谋杀案》和《无人生还》。

这两部小说最后的结局都很出人意料，这对于推理小说而言并不算特别，让我真正记住阿加莎的并不是这些出人意料的惊异，而是小说中一个个的被害人。

有别于一般的侦探推理小说，被害者常常是因为情杀、仇杀，要不就是见财起意，或者是为了保住一个惊天的秘密而杀人灭口，《东方快车谋杀案》和《无人生还》的被害者都是在生活中犯下罪行而法律又无法制裁的人：《东方快车谋杀案》中在美国犯下滔天罪行的绑票主犯卡塞蒂，他的行为让小黛西·阿姆斯特朗一家家破人亡，而他却逃脱法律的制裁，逍遥地坐在"东方快车"上；《无人生还》中被谋杀的 10 个人中除一位自封的法官（一位即将走向死亡的重病人）外，安东尼·马尔斯顿曾经撞死两个小孩；麦克阿瑟将军把自己的情敌送上了不归路；韦拉·克莱索思为了自己的情人能得到遗产，害死了她监护的小孩……每一个人都可以说是罪孽深重，但又都因证据不足无法入罪，仍然可以逍遥快活地生活。这些人被"害"，也许从另一个角度阐述了人们心中的法律天平。

书中展示的法律灰色地带，把读者带向比一般谋杀更深层的思考：人，为什么有时即使知道事实的真相，却做了完全不同的选择？

在这个世界上，没有人有权利决定他人的生死，即使真理在手、冤情巨大，也不能超越法律之上，因为只有法律的条款才是决定生死的唯一准则，也只有法院才是裁定生死的唯一地方，这是现代文明生活维持有序发展的基础。从公元前 18 世纪古巴比伦的《汉谟拉比法典》开始，人类社会真善美丑就一直以法律为准则，不管结局如何，人们对法律的公平与公正绝不会持怀疑的态度。

但世上没有任何的事是十全十美的，法律也如此，法院亦如此。

法律，是成文的法典，是理性严肃的，是指导人们判断对错的准则。但真正运用法律的是人，人是感性的，不同的人对于同一条款的认知也许是有些差异的。法院对罪犯的裁决主要是通过评审团、法官来决定，而人又常常会受知识背景、情感因素、阅历等不定因素的影响与限制，并不能在所有的时间都做出最正确、最合理的判断与决定，有时误判、错判也是会出现的。所以，并不是所有有罪的人在法庭上都会受到应有的惩罚，也并不是所有的人都能罪有应得。因此就出现了像《东方快车谋杀案》中的雷切特；《无人生还》中的安东尼·马尔斯顿、麦克阿瑟将军、韦拉·克莱索恩等人。就如《无人生还》中所写到的一样："有些事所有人都知道一定是这样的，没有第二种可能，但就因为缺乏证据而无法将其绳之以法。"这些，也是现代法律与法院不可避免的失误。

法律，在人们心中也有天平。所以，就会出现如同《东方快车谋杀案》中的结局：当波洛把所有人都觉得有极大漏洞的第一种假设和实为真相的第二种假设放在人们的面前时，卧车公司的布克先生和在场的医生竟不约而同地决定将第一种假设告知南斯拉夫警方。不知阿加莎当时写这个结局的意义与心情是怎样的，但每次读结尾，心中却是一阵的欣慰与心痛。

我一直很纠结地在想——这是人性真善美的释放还是人类感性弱点的误区？

开卷有益

沉默的伟大
——观《博物馆奇妙夜2》有感

看《博物馆奇妙夜2》，纯属偶然，因为不喜欢美式喜剧，但必须得完成老师布置的写影评。

对于演技、布景、音乐之类的鉴赏，自感实在还没有达到评价的功力。所以看电影，对我来说就是看内容、看剧情之外引起的共鸣与思考。

《博物馆奇妙夜2》就是这样一部让我笑完之后却一直惦记的影片，只因它的一句台词："这是历史上最精彩最伟大的不为人知的战斗。"

众所周知，最精彩、最伟大的人和事是不能自封的，而应该是他人授予的，因为精彩是需要观众的，伟大是需要衬托的。而《博物馆奇妙夜2》中那场正邪对抗的激战却没有观众，也没有反衬。有的只是剧中人，他们在黑夜、在没有掌声的舞台上，上演了一场只有他们自己知道、看到的战斗，但是其过程依然精彩，依然激烈。

所以，真正牵动心弦的不是"最精彩"、"最伟大"，而是"不为人知"。不为人知又如何？因为这并不能掩盖那天晚上莱瑞、林肯等与卡门拉、拿破仑等人的斗智斗勇；并不能掩盖莱瑞与"女飞行员"之间的真情相遇；也不能掩盖被唤醒的"人"为保护金匾所做的努力与奋战；更不能掩盖作为一场战斗，它的艰辛、它的搏击以及它的成功。就如"将军"的评价一般："这是历史上最精彩最伟大的不为人知的战斗。"

就如古希腊哲学家苏格拉底所说的一样："你知道得越多，越发现自己无知。"因为在历史上、在宇宙中，有太多的"不为人知"的事件，随着时光的飞逝，沉积到岁月的长河之中，埋藏了无数的秘密。因为——

◎ Rainbow Bridge，名气不大，特色不够，气度平凡，但还是禁不住想留张影。◎

漫漫历史的长河中，我们知道的事与我们不知道的事相比，可谓九牛一毛。而历史的记载是人为的结果，而且往往是由统治者决定历史记载的人选，这样毫无疑问地在记载中掺杂了统治者及记载者个人的选择：选择记载或忘却；同时，个人的知晓度会受时空的限制。于是，有许多的人，许多的事，就被碾成历史车轮下的碎片，淹没在那茫无边无际的长河之中。这种悲哀，是无法避免的痛。毕竟，没有任何一个朝代，没有任何一个人有能力记载下历史中的一切。就如，我们对宇宙的知晓——

宇宙本就是无限大的、没有边际的。因为宇宙是指所有的物质空间及时间的总和，时间是无限的。而我们现有的科学技术所能了解和观测的宇宙，只能成为"总星系"，其中离我们最远的星系是130亿光年。在这个以130亿光年为半径的球形空间里，目前已被人们发现和观测到的星系大约有1250亿个，而每个星系又拥有像太阳这样的恒星几百到几万亿颗。因此，只要做一道简单的数学题，你就不难了解到，在我们还没有观测到的宇宙中还存在多少星星，还有多少不为人知的秘密与战斗。

所以，我不禁想到：当我们打开历史记录的时候，还有多少的事件是不为人知的激荡与伟大？当我们仰望星空的时候，还有多少不为人知的秘密与精彩？当我们面向大海时，还有多少不为人知的奇妙与怪异？

也许它们会永远沉默，也许它们会被永远忘却，但是并不代表它们的不存在，并不代表它们没有过辉煌。因为，对于能力有限的人类来说——沉默，也是一种伟大。

"我决不会放手！"
——电影《惊涛大冒险》观后有感

Can you lay your life down so a stranger can live? Can you take what you need but take less·than you give? Could you close every day without the glory and fame? Could you hold your head high when no one knows your name?

"在没有人知晓的时刻，你会为陌生的生命决不放手，哪怕牺牲自己？"

——题记

这是《惊涛大冒险》的主题曲，也是我在观后脑海挥之不去的问题。

可以很肯定地回答很多人都不能做到，因为人的本性是自私的；可为什么却有人会毫不犹豫地选择 We say goodbye but never let go？难到他们就不懂生命的价值吗？

有限的生命对谁都是珍贵的，这是人与生俱来的本性，所以才有在绝境中连夫妻也为争抢生还希望而相互搏击的难堪之事，虽有悖婚姻宣言，但并不奇怪，也不难解释，因为他们是活生生的人。是人，就会具有人的自然属性，就会有恐惧、有私心，这是本能的反应。可当人超越了自然的属性而倾向于社会属性的时候，人性的价值就会因此得到升华，因为他已走向了忘我，就如《惊涛大冒险》中的海上救生员。

在这一支被称为"唯一一支以拯救生命，而不是破坏生命为使命的军事部队"中，无数陌生的海上救生员，在有令人恐惧的灾难发生时，在无助的环境里人们等待死神的镰刀将生命夺去而无力反抗时，在人们绝望而无助时，总是勇敢地挡在了死神的面前，在刀锋下与死神争夺着生命。"只要有一线希望，让其他人先活下来。"这是他们的誓言，也是他们的承诺。

像本·兰德尔！他是一个很普通的救生员，但却把生命交给了钟爱的事业——海上救生。他无论在海上救生还是在海岸警卫队的精英训练学校，都没忘记自己的承诺："我决不会放手！"在他的一生从没记住是救过100人还是200人，只记住了有20人自己没能救上来。也许被救的人早已忘记甚至根本不知道是谁在用自己的生命与死神搏击，在鬼门关抢下了他们，但兰德尔却一直惦记着没被自己救上的人，他希望对每个他遇上的海上求助者都能做到决不放手，但他不是上帝，而即使是上帝有时也不能挽救所有人的生命。所以兰德尔也有悲

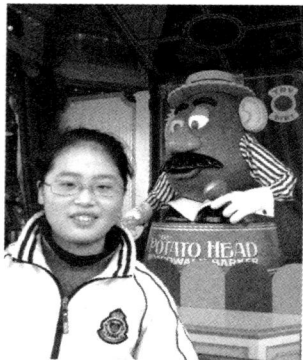

◎ 好莱坞，将娱乐进行到底。◎

伤，也有痛苦，可就在悲伤痛苦之中，他仍然坚守他的信念，即使在海岸警卫队的精英训练学校任军事长，他也用他的信念带出了像杰克·费斯切这样的优秀学员。

"我决不会放手！"这句话让一个个本应被大海吞噬的生命奇迹般地在本·兰德尔手中重返陆地，成为以兰德尔为榜样的新搜救队员杰克对遇险者的承诺。然而，当直升机的缆绳只能拉住一个人的救命时刻，与杰克手拉手悬于空中的兰德尔为了留住杰克的生命，却欣然选择了放手，虽然杰克不断狂呼："不！不要！我决不会放手！"兰德尔却微笑着回答"我知道，你决不会放手！"之后，他松脱被杰克抓住的手套，坠入大海。

没有任何的豪言壮语，没有任何的惊天壮举，但兰德尔却用他的行动捍卫了他毕生的誓言，挽救了所有他能挽救的生命，哪怕牺牲自己的生命，也要决不放弃救助他人。

很平凡的人，很平凡的事，却感动了无数的灵魂，心灵在此受到了震撼，人性在此受到了深思，因为我们从此记住：对于生命，对于追求："我决不会放手！"

张扬你的个性

——观《憨豆的黄金周》有感

一直纳闷为什么无论在东方还是西方，被称作"史上最拧的一根筋"的"憨豆先生"会有那么多的影迷。从 1997 年"憨豆先生"的第一部电影《憨豆先生的大灾难》发行以来，"Mr. Bean"风靡全球十余载，经久不衰，而《憨豆的黄金周》更是在 2007 年 3 月 20 日英国首映周末就取得惊人战绩，以 1280 万美元一举击败同期上映的《斯巴达 300 勇士》等影片，成为英国电影排行榜冠军，这一成绩也是英国 2007 年迄笔者作此文为止最高的首映票房纪录；该片登陆中国香港地区，也蝉联两周票房冠军；而在首次引进这个系列影片的大陆，据北京、上海等地影院方面透露：该片上映的第一天就凭它良好的口碑和品牌效应拉走了不少观众，已经抑制了《变形金刚》井喷式的票房。

《憨豆的黄金周》为什么让许多人如此着迷？带着好奇，带着不解，我走进了上海影城观看了这部影片。当我伴着笑声，伴着舒畅走出影院时，在捧腹大笑之余，终于明白了"憨豆先生"的魅力所在：他张扬了自我本原的个性。

个性是指每个人本身特有的主张、风格和自我凸显的表现形式，它是最特殊的、最具表现力的性格外化，是现代社会重要的时代标志。可以说，几乎每个人都渴望完全按自己的模式来生活，彻底地张扬自己的个性，但人是社会的人，人们的每一步都需要与时代、与社会同步，所以在教化中，许多本原的东西被修正，许多本想展示的行为被制止。虽然这是文明与进步的表现，但心底里很多个性的想法还是会

◎ 科罗拉多大峡谷给文化并不厚重的美国增添了不少厚重感。◎

时时窜出，在脑中"秀"上一把，但也仅此而已。而"憨豆先生"却不仅如此，还会把所想的全部付之于行动，不管后果、不计得失，只要表现自己的想法，看得观众直叫："爽!"

这部《憨豆的黄金周》讲的是"憨豆先生"中了彩票头等奖，免费前往戛纳度假，旅途中发生了一系列让人捧腹的故事：坐出租弄错方向，"憨豆先生"只好在指南针的指引下一路向前，他不停地穿梭于公园长凳、餐厅，完全不顾他身后情侣被打搅了好事、汽车撞成一团、餐厅服务生被害得手忙脚乱；享用法式大餐，却不能忍受

牡蛎、生蚝这些生猛海鲜，于是"憨豆先生"趁邻桌妇人不注意，把海鲜倒入她的包中，可正当他得意洋洋时，妇人包里的手机响了起来，吓得他脸色煞白，落荒而逃；为了赚路费，他摆地摊对口型高唱咏叹调；为追鸡抢人自行车；用火柴棍撑眼皮开夜车……"憨豆先生"几乎完全生活在自己的世界里，在这里，所有的悲剧都被转换为让人捧腹的故事，他按照自己的逻辑生活，放弃了唾手可得的爱情，放弃了扬名立万的机会，放弃了还算不错的物质生活，却到达了心驰神往的彼岸，因为他是按自己的模式在张扬着自己的个性。可以说，"憨豆先生"不是虚拟的小人物，恰恰是我们理想人性的缩影，这也许正是人们羡慕而神往的地方。

"憨豆先生"的故事并不猎奇，也不惊险，但却抓住了十几亿观众的心，让人们随他的喜而喜，随他的悲而悲。我想原因就在于："憨豆先生"张扬了我们想张扬而囿于世俗不敢张扬的个性。

红花须靠绿叶衬
——观木偶剧《丑小鸭》有感

　　假期被妈妈强迫带来上海玩的小表妹去看木偶剧《丑小鸭》，这是一出我看了不知多少遍的舞台剧，几乎可以在有演员临时未到场时随时替补上场。虽然很不情愿，虽然很愤怒，但还是得从命，因为在我们家，妈妈大过天！

　　坐在一群不知比我小多少的小孩中，看着那熟得不能再熟的故事，一点激情都没有，很麻木、很无奈地傻坐着，脑子里几乎一片空白，任由剧情在眼前晃悠：一只很丑的小鸭在白眼与羞辱中长大，最后却变成了美丽的天鹅。舞台剧在一片掌声中结束，"丑小鸭"和众多的"鸭子"都出来谢幕，"丑小鸭"自然站在最中间，旁边是"鸭妈妈"、"小鸭子"和其他的演员，大家众星捧月般围着"丑小鸭"。突然，一种感觉在脑海中浮现："丑小鸭"固然是剧中最重要的，但如果没有别的"鸭子"的反衬，能让我们感受到"丑小鸭"的痛苦与善良吗？能让我们明白，只要勇于面对困境，前途一定是光明的吗？红花必须靠绿叶衬，可人们为什么却只把关注、赞赏投给了红花？

　　金子是耀眼的，翡翠是夺目的，可如果没有经过打磨，它们可能只是一块块随地乱扔的石头，毫无价值可言，但又有谁能记住那些将平凡化为神奇的人呢？大家都知道数学家陈景润，他摘下了哥德巴赫猜想王冠上的明珠，鲜花、掌声一齐涌向了他。毫无疑问，这是他应该得到的，可在这时，有多少人能想到曾经培养过陈景润的老师们，有多少人能说出他们的名字？然而，没有老师们的精心栽培，陈景润能成为让世界震惊的数学家吗？中国有句老话："滴水之恩，涌泉相报"，说的就是无论什么时候都别忘了报答曾经帮助过你的人，就如 1973 年陈景润完成了哥德巴赫猜想（1+2）的研究，他第一个想到的，便是让曾经培养和教育了他的老师们分享喜悦。他把那篇发表在《中国科学》上的《大偶数表为一个素数及一个不超过两个素数的乘积之和》寄给每一位母校的老师，并在论文的扉页上工工整整地写上："非常感谢我老师的长期指导和培养——您的学生陈景润。"无论是厦门大学前任校长王亚南先生，还是厦门大学数学系的系主任方德植教授或是李文清老师，每一位

◎ 有创意吧？多伦多城市中的一个小景观，就能反映出这个城市的品位与风格。◎

帮助过陈景润的老师都成为他心中永远的牵挂。因为他知道，没有这些绿叶的扶持，哪有后来的陈景润？

　　故事很老，道理也很简单，但生活中总有许多背向而驰的例子。为什么谢幕时主角就一定要在中间？每个人都为此付出了心血；为什么鲜花只献给英雄？平凡的人也在为社会的繁荣添砖加瓦；为什么掌声只送给胜利者？落败者心中也有对成功的渴望……马克思说过：社会是社会人的总和，那就注定大部分的人将终身为平凡者，因为主角也好、英雄也好、成功者也好，那都是在众多平凡者的基础上产生的，没有平凡哪来杰出？

　　让我们为平凡者鼓掌，让我们为平凡事歌唱，因为红花全靠绿叶衬！

路

——听歌曲《Everyone is No.1》有感

"我的路不是你的路,

我的苦不是你的苦,

每个人都有,

潜在的能力,

把一切去制服。

我的泪不是你的泪,

我的痛不是你的痛,

一样的天空,

不同的光荣,

有一样的感动。"

——《Everyone is No.1》

由于自己的偏好,励志的歌听过无数,但这首曲调并不怎么特别的歌却一直留在记忆的深处。或许只是喜欢它的歌词吧,究竟是为什么,我也不知道。

直到有一天,我做了一个测试:"我的五样"。

太知道自己要什么了,所以在最短的时间内完成了测试,结果和我的理想完全一样。

兴奋之余,让平时与我关系最好的、兴趣爱好很相近的四个朋友也来做测试,但结果却使我大跌眼镜:我们五个人的答案完全不一样,连中间自己选择的因子也难有相近的。

这太出乎我的意料了!

在惊诧之间,突然明白了,我为什么喜欢《Everyone is No.1》。

人言道:"一种米养出百种人","一母生十子,十子各不同"。每一个人都是一个独立的个体,哪怕有相同的阅历、相同的生活背景、相同的教育模式,也会因性格、气质不同而不一样。虽说性格是可以改变的,但气质是不能改变、与生俱来的。更何况,根据心理学家分析,这个世界上就没有性格、气质一模一样的人,有的仅是相似。所以,有了"性格决定命运"的格言。

"性格决定命运",自然就是决定了每个人的人生之路各不相同。也正因为选择的路不一样,才会有 Everyone is No.1。

道路的选择,是人生 No.1 的开端。如何选择自己的人生之路,确是很多人,特别是中国青少年的软肋。因为常常有很多的中国青少年放弃这种思考、这种选择，乃至后来追悔莫及、放弃努力。我曾在初三结束时进行了"上海高考学生择校因素分析报告"的调研，在进行其中一个调查指标"上海高中学生填大学志愿的主要根据"时发现，78.5%的高中生是选择的"主要由父母决定"；有幸参加过上海交通大学 2010 年在上海的专业介绍会，发现前来咨询的 90%都是学生的父母，甚至是爷爷奶奶、外公外婆，剩下的 10%中还有超过 5%是由父母陪着前来咨询的，真正自己可以决定将来学习专业的高中生不足 5%，我很惊诧有这个结果，也很伤心有这个数据，为父母，也为自己的同龄人。

父母毫无疑问是孩子人生的第一位老师，也是人生中最爱护孩子的长辈，但并不一定最了解孩子。孩子的兴趣、特长可能在父母的视线之外，父母也许可能完全按照自己的意识在规划孩子的人生之路。虽然孩子在父母的庇护下也许会少走一些弯路，也许会少一些挫折，但这样的人生之路是否真的是他们想要的？

婴儿如果一直在父母的怀中，永远学不会走路。路是靠自己一步一步走出来的，"不需要自言自语的惶恐，只要向前走，只要向前走，告诉自己天生我材必有用。"钱钟书的清华入学数学考试仅有七分，一样成为文学大师；陈寅恪游历欧美数十年，没有拿一个博士学位，却成为一代国学大师；比尔·盖茨没有读完大学，却成就了微软公司；姚明没有上过大学，并不妨碍他成为一代篮球巨星……大千世界，每个人都可以找到适合自己的位置，关键在于你自己是否用心去找，就如婴儿学走路。

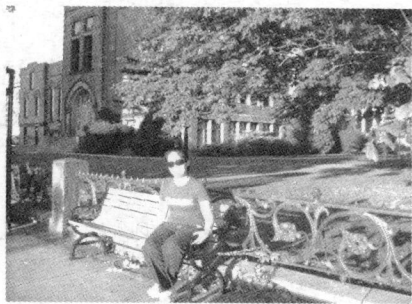
◎ 加拿大东部几个海洋省美得让人心醉，但个性化方面就稍逊了。◎

大家一直在评论中国的高等教育与美国、欧洲的差异，也很纳闷为什么我们优秀的高中生到了中国的大学就不那么的优秀了？是否有人想过，中国的大学生 50%以上（这个比例在大城市还要高）都是由父母来决定其报考大学时所选的志愿，都是只为了上大学而上大学，没有认真从自己的兴趣、特长来考虑自己的求学之路，这样的求学能有动力、有干劲吗？浑浑噩噩、迷迷瞪瞪地学完大学的课程，自然在走上社会之后不能与国外那些按照自己特长、就业兴趣来选择专业的国外大学生相比，国外的大学生把大学四年看成人生最重要的台阶，而且是自己选择的台阶。

也许很困难，也许很痛苦，但只要你去选择、去坚持，一定能有自己的一片天空。就如歌中所唱："成功的秘诀在于你肯不肯，用最热的汗，用最真的心，黎明属于每一个人。"因为"我的手不是你的手，我的口不是你的口"，世间本来就是风情万种、各具特色。

路在脚下，得靠自己去走，才有可能成就未来，才有可能在一样的天空下，Everyone is No.1!

开卷有益

关于《君主论》的思考

序

直到从面前的书架上取下这本薄薄的书，才意识到，自己早已忘记了是从何时开始听闻了这本著作的名字，自何时知道了这本书的地位，抑或在何时翻开这本书而后为之所折服。唯一记得的是其中的文字，和文字中蕴涵的足以经历时间冲刷而光辉不灭的思想。而这篇文章，只是关于这本书的一点也许并不与这本书的内容密切相关的思考。

一、历史注定的轮回

"老生常谈"，不管在中文还是其他语言里，往往是一个贬义词。

一个与陈腐、守旧、故步自封联系在一起的词。

然而，有些所谓老生常谈的事，却确实是不变的法则。

——题记

即使在科技已经相当发达的今天，神创论却依然还得到一定支持的重要原因就在于，世间用科学无法解释的事情，依然多到让人不得不怀疑这是否真的是巧合。

其一就是，历史是有其必然性的。

不管是什么时期、什么文明，不管它是怎样开始，有着怎样的文化背景，怎样的发展历程，回首历史，却发现它终究逃不开某些仿佛是轮回一般的命运。

比如成败兴衰之间的交替。

无论是中原的炎黄文化，还是美洲的玛雅文明，抑或是雅典的城邦制度，黑非洲的麦罗埃文明，欧亚大陆上先后出现的帝国，大航海时代称雄世界的霸主，无论是更多的经历了贤君抑或昏君的统治，天灾人祸抑或风调雨顺，无论曾经多么盛极一时，最终都免不了湮没于历史长河中的没落。

其盛也繁，其倾也颓。

当然可以说是君主能力有差别，天时、地利、人和等客观条件也并非总遂人愿，所有的可能性排列组合之后，总是会有无能的领导者碰上极差的条件之时，一旦不得天时，民不聊生，又没有良好的控制手段，自然导致政权倾覆。

但是，即使是给出了这样的解释，却也不由设想，也许，仅仅是也许，历史的这种轮回，缘因冥冥中确实有一只看不见的巨手，在操控着人类文明的走势？

当我们自以为在为自己的未来做出选择，当一个国家自认为在选择它未来将要踏上的路。但是，会做出这种选择和选择的结果本身，是否也是一种注定？

千百年来，人类文明一直没有发展到可以对这个问题给出非常具有信服力的答案的程度，但正是因此，这个疑问才会经久不衰、持续至今。

也许再过千年之后，彼时的我们能够得到答案。

二、纪念与忘却

扬名立万于当世并不是一件难事；难的是名垂青史。

君不见，自古至今，无论哪朝哪代，均不乏权倾一时之人、一手遮天之族。然而，百年风雨飘摇之后，在历史长河的滚滚狂流之中，依然存在的，还有几人？

而在那些为历史、为后人所铭记的名字中，最常见的之一，就是著书立作之人。

因为他们写出了世间那些为人所经历却不为人所发觉的永恒的真理。

——题记

对于之前论述的无法逃避的兴衰，欧洲自然不例外。而对于欧洲，那个封建割据、战争不断、发展停滞、文化倒退的"黑暗时代"，便是中世纪。

不过，恰恰是因为中世纪的不堪回首，结束那样的沉重的一段历史的事件才这样为人所久久传颂。

最让人感叹、感恩、铭记与敬畏的，往往是沉寂之后的第一声呐喊，黑夜之后的头一缕曙光，寒冬之后的第一棵新芽，蛰伏之后的头一次翱翔。

对于彼时的欧洲，那就是文艺复兴。

那个英雄辈出豪杰并起的年代，那个影响西方至今的时期。

然而，在这个时期繁若星辰的名家中，人们往往只记住了"三杰"——达·芬奇、拉斐尔、米开朗琪罗，却忽视了另一个在历史上和他们处于同等地位的人物——马基雅维利。

也许这是必然吧：每个人都有与生俱来的对艺术：对美的欣赏与追求，但在如今节奏日趋加快而因此日趋浮躁的世界里，能够静下心来捧读一本看似深奥书的人实在是越来越少。这样的一本既无跌宕起伏的故事情节又不与引人注目的明星相关的书，蒙尘的命运在所难免。

"即使是'近代政治学之父'的著作，是那个欧洲文化最辉煌的时代留下的宝贵遗产，又与我何干呢。"很多人如是说。

然而，一如"良药苦口利于病，忠言逆耳利于行"，正是这些看似枯燥无味的文字，才最终引领了社会的发展。

这样的成就，怎应被磨灭？

值得庆幸的是，在越来越多的教科书以及其他知识普及类著作中，开始出现这

开卷有益

些原本对大多数人都称得上生疏的名字。

本不应该被忘却的曾经的伟人，也许终于能够得到他应得的纪念。

三、当世与史评

人们总是说，要客观地评价历史。

但是，"生前无名，死后著名"的现象却频频出现。

多少在当时郁郁不得志之人却得到了"身后之名"，又有多少在当时有清美之誉之人却被后世钉在了历史的耻辱柱上。

历史，真的能客观评价吗？

——题记

正如其他许多优秀的，尤其是超越作者所处时代的作品所经历的，《君主论》在问世之时也绝非一帆风顺。在当时，此书面临的甚至都不是褒贬参半的评价，而是对作者"暴君的导师"的斥责与被禁的命运。

然而，金子总是要发光的。

在那个封闭黑暗的时代远去后，数百年之后的 19 世纪 70 年代，马基雅维利和他的著作终于得以恢复名誉，得到应有的承认与赞赏并被传颂至今。

不过，当一种现象出现的次数太多时，不由使人怀疑：是否这就是必然？

历史，作为文科，毕竟不是由不以人的意志为转移的数字与公式构成，它的存在，时时刻刻有着人的影子、人的思考、人的认识、人的感情。而既然有了人的存在，也就注定无法避免人的弱点——主观。

即使是再客观公正的人，也无法避免自己的喜恶的影响，而能够超越当时历史的局限性的人更是凤毛麟角。即使是一个尽责的历史记录者，在受到当时社会意见的局限性限制与自己的评价的影响之后，准确度还有几何？

何况，很多历史事件的意义，人物的成败，本非一眼所能见。史上绝不乏红极一时而沉寂一世的例子，只有在经历了时间的洗礼之后，才能真正评判当时的意义，是非曲直。有些时候，也许在当时，只是一个小小的冲突，但多年之后回首，却发现，它导致了一场大战。

当这些因素加入后，就有了人们所说的"历史由胜利者所书写"，有了"没有绝对客观公正的历史"之说，有了"孤证不信"的史学规矩。因为这个学科的本性，注定了它记录时的偏差。

面对无法避免的偏差，我们所能做的，也许只有不评当世以避嫌。

毕竟，在时间的沉淀之后，站在另一个完全与这些事件无关的角度，也许可以更加冷静地看待事物。

也算是对这种偏差尽量的修正吧。

四、人性的善恶

自《三字经》做出"人之初，性本善"的论断以来，关于人性的善恶一直为人所争论，终无定论。

其实，人最初的善恶也许不是那么重要的问题，更重要的，也许是之后成为关注焦点的人类行为学研究的部分行为到底是基于利他主义思想还是利益与满足感驱使的问题。有人说，人类的很多做法，比如为毫不相干的人捐款等，都是出于利他主义的思想；也有人说，这个世界上并无完全不自私的任何行为。

真相，还有待研究。

——题记

《君主论》在当时被争论的焦点在于，它一反一直以来所宣扬并为大家所认为是理所当然的君王应该是仁慈爱民的思想，而直接说出了君王应该像狐狸一样狡诈、像狮子一样残暴的论断。因此，这本书被称为"邪恶的圣经"，并且在当时为人所不齿。

但是，这种铁腕政策的思想，到底是真的大逆不道泯灭人性，还是只是道出了别人不敢说出的真相？

不管人之初到底是性善还是性恶的争论，当人们踏上社会时，为现实所迫，必须在有时放弃仁慈之心而做出残酷的决定。古人在《子鱼论战》中已经表达过了这样的思想："若爱重伤，则如勿伤；爱其二毛，则如服焉"，再联系到古代妇女地位低下而常有"妇人之仁"的说法，可见早在千年之前，人们就已认可这样的论断。

君主，作为一国之主，往往要做出很多艰难的决定，如战争、制裁等，也许看似不人道，但在某些特定的情况下，亦是不得已的决定。为了国家的地位与强大，难免与其他国家有利益之争，彼时若能有智慧，勇气与决断，虽然看似并非合适的品质，却比所谓的"仁爱"有效得多。究当时之根本，也就是人们为传统所缚，虽然在生活中有过这样的经验，却并不习惯这样的表达。

既然这是事实，又何必文过饰非呢。

可惜，在之后，虽然他的著作得到了认可，但他的思想却被曲解为为达到目的不择手段的强权主义，并被冠以"马基雅维利主义"之名，影响到后世的普鲁士，以及之后的希特勒与墨索里尼。

这种曲解，比起当时的反感，对于作者，也许是更大的悲哀。

后记

确实只是一些思考吧。

回顾这本让我写下这篇感受的书，它没有什么华丽的词藻，却能够冲破时间的流逝与社会形态变革的封锁而流传百年。

也许，仅仅为了追求词藻华丽的著作最终会成为一个没有灵魂的空壳，而真正充满着思想的著作才会拥有支撑其走过时间的冲刷的力量。

一如虽然论述儿女情长的诗词也有流传至今并为人所知者，但真正有着摄人心魄的力量的，却是忧国忧民、驰骋沙场的深虑、苍凉与悲壮。

我们也许可以说，古人的论断确实有理："文章合为时而著，歌诗合为事而作。"

谨以此文，表达对原书作者的敬意。

古
风
今
韵

　　曾忆，千年之前，仓颉造字。自此，中国文化始于字里行间流传千古；如今，回首过去，漫漫历史长河滚滚狂流，挟沙拍岸，奔腾中带来昔日云卷云舒。勿忘历史，是为了如今的故训不复；勿忘曾经的文字，亦然。

江城子·校运会

学子聊发运动狂，左持球，右握棒。白服黑裤，千人过操场。
为报师友信任情，竞上阵，争最强。
烈日挥汗浸秋装，既奔放，又何妨？意气风发，执着向梦想。
振臂高呼过终点，心飞翔，冲太阳。

卜算子·落花

梦里见花落，落花在我前。清风吹拂花飞扬，何曾知几片？
落花虽无情，得见亦有缘。待到春花再烂漫，又应是何年？

武陵春·再送阿森纳

冬去春来遗恨去，无牵挂在心。多年恩怨尚未清，离时却将近。
来年自有来年事，勿忘当年情。只待晴空水如镜，才算个真平静！

蝶恋花·"无病呻吟"

莫道一年春尚好，几声哀悼，恁处寻归道？枯枝留树梢，更仍延冬寒料峭。
东风自嗟难妆笑，何人能了？看风雨悄悄。问子丑寅卯，谁知落木竟萧萧。

咏嫦娥

依窗眺月洁如盘，睹月思人心自寒。可叹嫦娥命乖蹇，清冷月夜独凭栏。
犹忆当年只一庐，衣食无珍也幸福。只因好奇偷灵药，后悔不及终身误。
春去秋来风景异，白驹过隙无留意。千年风雨如烟过，寂静宫中不自弃。
又是明月上梢迟，悲喜冷暖惟已知。但盼一日返尘嚣，此苦何年是尽时？

渔家傲·月下思人

苍穹回望碧悠悠，银月高悬似天钩。月下独
坐满腔愁。
对酒望，失落伤感上心头。

路途漫漫近千里，何人能寻此一地？冷雨秋
风瑟瑟起。
夜难寐，披衣无语襟满泪。

◎ 山总给人一种力量感，更何况像神农
架这样有底蕴的地方。◎

南乡子·登楼

难见晨光久。形单影只惘登楼。澄色媚景忍淹留。
心忧。多少琐思与谁谋。

叹佳时远流。白驹过隙几春秋。暖春日一笑难求。
回首。徘徊彷徨满眼愁。

南乡子·感怀

为事安苟且，面如磐石心似铁。电火中许大世界。真切。冷风甫过冷雨接。

恰惊鸿一瞥，几里芳菲数枝叠。冬去春来自生灭。凛冽。莫怨东风当自嗟。

渔家傲·离别

枯枝将折天欲雨，孤栏长叹自无语。春秋几度好景去。
独愁郁，踌躇彷徨怎欢娱。

强笑举手道分离，前路茫茫无处启。多少忧思满心绪。
别时易，谁知何日方重聚！

临江仙·怀古

长风卷啸心悠悠，无言独上西楼。浊浪怒号几时休。两岸林伫立，一江水东流。

自古至今数春秋，事更明月依旧。人生苦短怎淹留。拔剑叹颙望，何时复神州？

◎ 泰国的景观谈不上"惊艳"，只能说有一点"味道"而已。◎

蝶恋花·观花有感

天高佳日清风畅，群芳竞放。扫清冷惆怅，各接踵相往，姹紫嫣红笑艳阳。

花开花谢自有常，来日茫茫。皑皑数枝长，铁骨铮傲霜，独立秋风莫神伤。

无题

碧波苍茫云霞丹，风尘驰马越群山，
古时夕阳古青峦，江天红染惜垣断。
白水过，红霞晚，斜阳古道路漫漫，
弱水东流不复返，西风萧瑟一声叹。
战矛破，樯橹残，意气一发秋水寒，
静水流深往事乱，别时容易见时难。
拾败瓦，倚危栏，当年木朽战痕干，
临江颙望忆笑谈，只是当时已惘然。
旧土在，旧城宛，临壁独慨忆帷幔，
曾经褐水生菡萏，金戈铁马意阑珊。

渔家傲·愁思

寒风彻骨人语默，斜倚雕栏思已错。枯枝几片悄悄落。念失所，孤鹜长鸣静夜破。

昨日群芳艳满坡，霓裳难堪北风过。萧歌漫漫定风波。独慨寞，曲渐悠悠声渐弱。

南乡子·精忠报国

独驰骋沙场，利剑出鞘马蹄扬。风餐露宿走四方。慨慷。起身勿言路茫茫。

胜负自有常，杀敌有限志无疆。马革裹尸又何殇。心旷。不去国患岂归乡。

◎ 我们坐的丽星游轮。人说游轮适合小孩、老人或情侣，我作为一个少年同样很喜欢。◎

沁园春·随感

◎ 爸爸和妈妈都在北大都做过第二站博士后，多少有点北大情结，他们说此行是怀旧，我觉得有点矫情。◎

波涛滚滚，大江东去，独立危楼。见断壁残垣，几分破落，败瓦萧墙，平添怅惘。杂草丛生，枯枝黄叶，秋风寒瑟引心忧。惊起望，漫漫一江水，思绪悠悠。

竟难忘、几点愁。功名身外何处求。欲乘风策马，马蹄难迈，精忠报国，无门怨幽。浪迹天涯，漂泊无所，被发弄扁舟。笑红尘，且淡看纷争，逍遥一游。

忆人行

天高风清兼云淡，秋色无边亦烂漫。
南飞归雁数哀鸣，西墙顽石几冰寒。
烈风起兮冷雨落，孤灯几盏尽阑珊。
几处余晖西落去，清泪数滴映玉盘。
拥被望月夜难眠，身在曹营心在汉。
不知三更与五更，泪眼凝眉夜辗转。
徘徊彷徨无处诉，独倚清风一声叹。
愁思千里思难断，将理心绪理还乱。
针黹家事尽弃置，衣着无心晨妆懒。
尽心梳洗何所用，金钗玉簪无人看。
放眼十里无故影，颦眉泪眼妆笑谈。
绫罗绸缎茜纱裙，朱幡皂旗花雕栏。
锦衣玉食无所顾，盼君远归心怅烦！
无语相怨怨相识，相识易兮相忘难。
此去日日复年年，白驹过隙时荏苒。
妾守空房伤离别，何日君得衣锦还？
妾若幸得君相伴，无悔缁衣兼淡饭。
身如彩凤双飞翼，共行何妨食一箪。
望君苦读得提名，早日归来解妾盼！

荆轲临行之短序

此一去，风萧萧兮易水寒；此一去，金戈铁马意阑珊。
举眼四方望秋水，壮士岂言行路难。
看长路，当风痛饮千杯酒；再回首，蹉跎空费几春秋。
引弓射雕雕已去，抽刀断水水更流。
慷拔剑，和乐击舞节无间；慨而歌，声震云霄上九天。
起身激赏再奉酒，君士相对竟无言。
狂风啸，恣情肆虐卷波澜；夕阳斜，半江红兮一点帆。
江流滚滚尽东逝，叹哉此行不复返！

苏幕遮·边塞

秋叶落，东风啸。十里长歌，百里差互道。
举眼无人见孤雕。黄沙漫天，嗟叹奏笙箫。
独伫立，心竟傲。生死沉浮，谙习忘哀悼。
长影乱鬓意瑟萧。夕阳斜落，无语忆故交。

西江月·感怀

落红枯枝飞沙，孤楼败栏斜塔。声声独雁鸣不止，西风冷月肃杀。
独雁不解风花，竟将思人愁煞！忧心不敢言心忧，且看归鹜片霞。

醉落魄·神伤

道少年忧，不解勿称强说愁。斜风细雨望危楼。情自缠纠，心自独怅惘。
春去秋来无遇求。成败沉浮皆经由。前路茫茫几绸缪。不堪回首，逐浪戏群鸥。

卜算子·忆游

青钟鸣古旧，细雨润清幽。
晓露沾靴嬉难顾，笑语戏扁舟。

红叶衬冷月，薄暮染寒秋。
笑语散尽人已去，折草卧沙洲。

踏莎行·自嘲

人声鼎沸，独语怅惘。为赋新词强作愁。却道花落水流去，展眼繁锦满枝头。
天真少虑，无忧嬉游。蹉跎荒度几春秋。待到年华佳期过，斑鬓空叹怎淹留！

鹊桥仙·惆怅

静夜孤灯，霜秋雨露，遐思几许归处。滚滚波涛浪千缕，乘风破浪心先渡。
漫漫无际，修远长路，何时大展宏图？空言壮志亦茫然，无语垂首竟忆故。

锦缠道·幽怨

惊雷霹雳，不见花红叶绿。香玉殒、风吹雨打去。
凝眉莫敢道沉郁。风雨无意，亦引心头虑。

闲花雕栏立，琼楼美玉。倚墙倦听言取予。
处深幽，岂可论寰宇？围城难离，垂眼叹境遇。

酒泉子·咏景

橘子洲头，一湾碧水连壑丘。山色黛然水色秀。放饮醉人酒。

笑看奇景尽忘忧。美景无边宜神游。清风过隙心悠悠。良辰几回有？

蝶恋花·期中考有感

凄风冷雨归学堂，众生百相。诸同窗争强，师友皆称扬，垂手无言独立旁。
仰天啸前路茫茫，道阻且长。后浪逐前浪，前浪堪彷徨，粉骨碎身沙滩上。

阮郎归·闲咏

乱石枕藉荒山头，嶙岩阻深沟。黄沙漫天扰清幽，西风鸣隘口。

四方游，无欲求，漂泊几时休？满身风尘叹忆旧，垂首惊细流。

江城子·悲景

风啸雨打话凄凉。展眼望，满目苍。
雾锁孤城，山水尽茫茫。缥缈凌空无人迹，远尘世，看纷扬。

风雨无情激思量。一心伤，怎相忘？
沉浮尽历，无意竞短长。功名始得身已去，临赤壁，叹周郎！

渔家傲·山景

信步游走盘旋路，盘旋路起漫天雾，漫天雾遮满山树。
放眼处，春光不见始愁暮。

薄纱明灭长袖舞，险峰若隐竟楚楚。遥望青山怀北固。
独踟蹰，踌躇伫立再忆故。

鹧鸪天·怨念

败瓦萧墙映独雁，孤楼危栏影浊泉。
黯灯展书夜辗转，举眼望月更不眠。

思人泪，离人怨，几度风流堪缱绻？
此去经年归何处，空怀执念叹无缘。

声声慢·期中随感

寒霜枯叶，阴风冷泪，无言独上西楼。西楼静坐听雨，我心悠悠。
眼见远逝归鸥。惊起望，语默心忧。泪晶莹，雨澄澈，勾出多少闷愁？

也曾未雨绸缪。挑灯战，何料他日神游？全意尽心，怎道无欲无求？
且忆风雨苦难，回首叹，梧桐清秋。岂可怨，彷徨不去终怅惘。

摸鱼儿·读词感怀

望暮霭、烟霾细雨。尽衬波清叶绿。天水相连共一色，薄雾处处荷举。
晚风徐，霞天沉、红云压城接人居。
身边几点飞絮。独立且忆旧，惘然不知，阴晴竟无律。

良辰少，惊鸿相会羁旅。重逢皆忘失取。春宵一刻常苦短，知交难免散聚。
怎忍去，念往时、忧思岂叹春不语！
伤心愁绪。别情堪论道，泪眼难言，执笛奏一曲。

沁园春·咏中国

纵览神州，万顷疆土，山清水秀。
见绵延无际，巍巍群峰，浊浪拍岸，滚滚狂流。
峭壁远望，一水孤城，漫卷澈水碧悠悠。
叹辽阔，千载业已逝，胜景依旧。

尽历千百春秋。拔剑更兼披貂裘。
看小说传奇，三言二拍，评弹戏曲，生旦净丑。
汉行唐诗，宋词元曲，泪眼朦胧语还休。
忆往昔，常自念归去，故地重游。

古风今韵

雨霖铃·怀人怀事

斜倚画檐。凄风折花，残雨落雁。凭栏更知萧瑟，竟勾起、百般思念。
恍惚不闻笑语，看涓滴飞溅。忆往昔、惊起一望，薄雾茫然天地间。

回身只推寒侵颜。独垂首，叵耐门自掩。举茶向影对酌，人无语、西风卷帘。
怨景不言，见廊下停歇谁家燕。这光景、清清戚戚，却觉乱尘已迷眼。

永遇乐·无题

悠悠江水，漠漠天地，漫漫迷雾。残阳斜照，蜿蜒
坎坷，古道羊肠路。

孤身独影，风尘跋涉，人烟稀处求宿。及谢去，回
首一诺，功成必不忘故。

此去经年，旧人已逝，还看当年旧物。波涛汹涌，
卷沙拍浪，不知归何处。

信步遐思，岂尽追忆，回首神鸦社鼓。欲报国，嗟
叹无门，一腔热血谁诉?

◎ 爸爸总喜欢这样照相，在神农架
特合适，三人构成"山"字形状。◎

摸鱼儿·伤别

沉霾重，凄凄惶惶，愁愁戚戚惘惘。气盛已去还复念，终慨前路茫茫。叹无常，哪堪道，蹉跎至今仍彷徨！人生岂长。忆梧桐细雨，抚断弦琴，却怎避徜徉?

竞争先，青春难免逞强。年华洒洒洋洋。荆棘丛生何曾惧，坎坷仍存冀望。梦飞扬，傲红尘，年少谁人不轻狂? 笑泪皆忘。思昔重聚首，相对无言，执手终惆怅。

卜算子·闺怨

一片盛夏绿，满眼枯黄秋。相念不知已几季，相会仍无由。

爱也思悠悠，恨也思悠悠。伤心不敢眺长路，举目望归鸥。

踏莎行·秋思

落花残柳，焜黄叶衰。消逝不知几时栽。
流年似水无言去，春秋几何双鬓白。

踏秋赏景，笑逐颜开。青年岂识失意哀！
有心葬花香玉殒，运蹇强笑叹不才。

侠客行

戊子年腊月廿二，听曲，竟至热血沸腾，故展纸挥笔，得古风一篇。草记于此，愿博看官一笑。

——题记

少年得意竟轻狂，任气好武是寻常。
手捧古卷思渐去，耳听壮声梦飞扬。
花季雨季终易逝，安可贪恋软情长？
当寻快马与鞍鞯，迎风策马奔远翔。
伏鞍奔马暗为誓，不立奇功不返乡。
长安城外春色新，直杨垂柳皆风流。
半生难觅此佳景，一杏知春叶知秋。
白衣书生倚树立，回眸一笑意相投。
嘚嘚马蹄催速去，事务在身怎久留？
回望来路起黄埃，无所牵挂有所求。
浪迹江湖无定所，不屑出没豪门前。
懒管仕途阳关道，且自乐享逍遥天。
横刀立马英姿爽，温酒斩恶笑谈间。
听声闻名敌胆战，怒吼声震远极边。
民皆备礼愿酬谢，奇珍异宝数逾千。
几度推辞定不受，不求名财其意坚。
扶善惩恶岂为利，金樽玉盘难入眼。
未若布衣终一生，淡饭清酒草具兼。
携友共聚皆畅饮，亦可酒后吐狂言。
世间随性本为上，岂愁心远地更偏？
忽忆离家时已久，家中老母必挂念。
星夜驱马向故里，马蹄踏土尽生烟。
日跨千峰并万水，风餐露宿仍加鞭。
心焦日驰逾千里，终见城郭与农田。
即便改换旧时衣，疾驰入门恐怠慢。
七吆八喝争起伏，往昔僻街今忙繁。

◎ 迪斯尼对本地化与原本化分寸的拿捏相当有心得。◎

昨日乡邻尽不识，俱问客乡北或南？
心知肚明笑不答，俄顷唤故打乡谈。
一语四座皆讶异，徐道久别故乡难。
下马重逢旧时友，并叙前情共相挽。
归家入宅见父母，白头父母俱愕然。
游子还乡共相庆，灯辉火煌映杯盏。
一袭骑装出相见，满座宾客皆赞叹。
未料昔日邻家女，又见曾经花木兰。
为善除恶立奇功，谁说女子不如男？

何因落花惹相思
——红楼随感

"花谢花飞花满天，红消香断有谁怜？"
行色匆匆踏春影，粉堕残枝毁玉帘。

春风无痕卷长袖，独坐河畔满腔愁。
春色一去无归路，岂复香飘燕子楼？

风生水起影绰绰，风去水流摧花落。
落红不是无情物，百里江山铺烟罗。

花开花落本是定，佳人何必叹无情。
待到明年春尚好；满枝花朵尽娉婷！

◎ 联合国的讲台很严肃，模拟联合国的讲台就轻松多了。◎

古风今韵

诗寄"枪手"

昔人已辞红白去，此地空余未了仇。
昔人一去不复返，伦敦远望心飘游。

数载已逝空悠悠，哀思且长似水流。
胜负何值多挂念，成败无须绕心头。

半世无奈情亦忧，百年恩怨感还愁。
命运不济叹何常，奋起抗争不放手。

寒意渐起风雨骤，"枪手"启程在新秋。
红日初升其道光，未来终是我等谋！

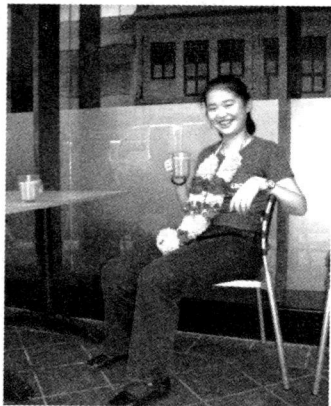

◎ 戴个花环，喝杯奶茶。街边小憩，
露个傻笑，这便是旅游的格调。◎

陋室先生传

陋室先生者，不知何许人也。自幼好文，尝慕刘禹锡之《陋室铭》，故自云陋室先生也。性甚豪爽，数与诸生相聚，阔谈畅饮，每遇可笑之事，辄大笑，笑声或惊四座，每致歉，然未尝有收敛之意也。

先生为事忍让，鲜与人争。凡遇人意不合，每自认服，以避争执。常语亲友曰："退一步海阔天空，盍为之？与人争无论胜败，于人于己皆不利也，未若不争，何失之有？"闻者多服之。每有闲时，辄游于菜肆市集之中，听人所言，遇佳见则默记于心中，遇不同之见则细听之，若遇聒噪而无才之人则去，不出一言。但有问其见解者，唯唯而已。其气量大略如此也。

先生不喜声色，平生所好，唯读书也。至于所食，所衣，概无所顾也。家茅草屋，夏不避暑，冬不御寒，晴不遮阳，雨不挡漏，每有风过，则摇而欲坠也。或劝其徒，答曰："吾上无父母，下无子女，不必求适，且居于此屋，可常感'劳其筋骨，饿其体肤'之苦也，何更之？"时人闻者多讥诮之，岿然不顾。严寒酷暑之日，辄起于寅卯之时，读书诵经，未尝误一日也。或病，亦起而读也。每云："夫书者，吾亲人也，安可不日日见之？"故常读也。

先生好读，不泥古。虽悾悾如鄙人，而常针砭时政，时有过人之见。无心科举，而常欲捐躯以报国。每言："为人既生于此生，当献身于国，岂可为一白面书生，而不知戎事哉！"故每习骑射于林间，其名远扬。闻有敌来犯，辄欣然欲往拒敌，然每因瘦弱而不得往，甚郁。一日怒极，大呼于屋旁曰："为兵者岂以体重当敌乎？"路人皆大笑，而先生正色而立，状极严肃。自此，乡中无敢笑者，无论远近，俱敬之。

文愚氏曰：呜呼！夫陋室先生者，虽不为所多，其所为之事，大胜于常人也。使当今文武百官似陋室先生者，足以兴国矣！故为此传，望后人铭之。

议论文自述

近日清点作业中，复见此题。窘迫之余，苦思无果。忽见《古文助读》，灵感自至。今复以古文试作此文，止复所习之内容耳。稚子口角，在所难免，多请包涵斧正。不敢与日月争辉，盖戏言耳。

——**题记**

议论文者，诸文体之一也。本无超群之处，贵胄之相。无散文之清丽，乏记叙文之淳朴，少杂文之锐利，缺说明文之严谨。然其似博采众家之长，故久为所重。自古而今，擅文者必先憚之也。

自古至今，虽语言，多有变革，又兼简化字形，然诸文体之神，大略与曩者同也。虽有变，亦细小之处也。

夫议论文者。二要素也。一曰事例，一曰论述。此二者似阴阳极，此中有彼，彼中有此，相辅相成则共为佳文，若短其一，则如唇亡齿寒，此文必败矣。

夫事例者，盖古今中外之名人名事也。论其源，盖集平日之所闻所览之精粹，精编去粗，使之为其所用也。古如柏拉图老庄，今如叔本华黑格尔，他者如司马迁苏轼，牛顿居里夫人……应有者尽有也。然吾辈多不好读书，所述之人，所叙之事，大略同矣。非仅如此，更错漏百出，常引阅者弃卷投笔，仰天而笑，不时传为"佳话"。虽无文学之价值，亦可娱阅卷者之身心，或可求一高分，故久盛而不衰。故先生常诫吾辈曰："可寻他所未知，平凡者之非凡事，铭心于人，待须用之时，可不落俗套，大放异彩。"此金玉良言也。然听者寥寥，深为憾。

夫论述者，盖事例之外逻辑惟述也。今之教与学，多重理轻文，故擅逻辑者多矣，胸中自有成竹，不乏论述之思维，提笔即可洋洒千言。然常工于逻辑，而忘其本根，收笔之时，已离题千里也。故空怀一身之绝技，而屡无缘金榜。观者无不叹息。

夫议论文，针砭时弊，进可论民生之兴衰，退可语身边之常事，上至帝王将相，下至蝼蚁溺虫，皆可入文，亦可成佳文。似随意可成，实难也，稍有不慎，便有失偏颇，或酿成大错也。

写议论文者欲超群，难矣！

欲成文，必先谙习逻辑，虽无术语专称，须知其然而知其所以然也。夫议论文，精练而明晰也，故每句每词，必须推敲矣。说明文之严谨，工于一词一句也，然议论文之严谨工于推理也。此为难一。

既习得逻辑，而须博览群书。古语云："书中自有黄金屋"，而名人轶事，习得典故，尽在书中矣。故须得阅书千卷，方得成竹在胸，待用时，不致叹巧妇难为无米之炊也。若得新奇之事例，为他人所鲜见，则愈佳矣，此为难二。

既有逻辑，又有博览，此已大不易也。盖逻辑为理科学，观书为文科之功，得共精于二者，难于登天也。至此，得此学之人，已凤毛麟角矣。然此二者后，更有文字之限。既欲成文，则其句必通顺，文必流畅，无错别之字，谬误之词。若欲更上一层楼，作可千古传诵之文，则须全文如行云流水，水银泻地，读来自有酣畅淋漓，气势磅礴恢宏之感。自古至今，及此境者几人？

故人言议论文难，非讹传或托辞，盖道其实也。

然既博览群书，修炼文字，精校逻辑，或仍难成佳文，与他事必大有裨益，盖一时之学为一生之用也。故吾辈既必习议论文，未若尽力之力，修所需之学，以求长已之学识。此百利而无一害也，盍不为之？

己丑年七月初七

文理分科说

高考者，中国之正统成才必经之路也。以隋所创之科举为本，自彼时至今日，不知几百年矣。其间虽数改制易科，然其神皆似，盖以借考选优为本，凭一尺考卷，数时作答而定学之高下。故每揭榜时，取者雀跃而呼，不取者惊惧而泣，几可为一众生百态图也。况华夏大地泱泱，苦读并聪慧过人者数可以万计，故成才难，而欲经高考而成才，难上加难也。

细究其高考者，盖文理二科也。文者，史地政也；理者，理化生也。自"文革"至今，三旬年间，文理分科之制沿袭。其间，虽因地因时而异，大略如此矣。故举国无不于高二或高三分科而教，诸地如是，诸校皆然。一国上下，师生长幼，俱习于此也。

由是，高考改制之言语盛传之时，人人自危，家家俱惊。本走拜问以揣其意图，共聚相论以估其动向，观新闻于空闲之时，问亲友于百忙之中，严冬烈夏，奇寒酷暑，风霜雨雪，皆忘也。十二年寒窗在此一搏，安得轻慢，无怪乎至此哉！

后渐得消息，盖文理二科或合为一也。既得此言，举国哗然，人皆争言于报章之上，竞论于网络之中。或曰新策甚良，或曰应依旧制，纷呶未有已时，而无一定论。

余亦闻之也久，并数见其争也，颇有所感。故虽不才，愿以愚见相闻。

愚以为欲言分科，必先究其两科也。虽二科早有定义，然止言其名，恐不足以知其实，须细言矣。

文者，所求观点也；理者，所求逻辑也。无观点不能成文说史，少逻辑岂可攻难解疑。故两者所习之法并其精髓皆大异也。故高考伊始即分科，至今亦然矣。

然既有分科并科之争，旧制必有疏漏之处，新制亦非完美无瑕。

实即如是。分科并科，名有其优劣。或云：大学者，近社会之学府也。社会所需者，专科人才也。故大学分专业而教，合理也。既分专业而教，理应分科而试，以选专门之才。故以此见之，分科优于并科也。或云：分科必使生有所偏向，或使其偏重数门而轻他者，或使其所知缺损，二者任一，俱于生不利也。由此而见，并科更有利。

综其所述，分科乃专而精，并科乃广而博，孰优孰劣，实难断也。

然依愚之见，则并科优于分科也。余自幼嗜文，常喜舞文弄墨，读史治政，虽所为之文，所言之治难登大雅之堂，然稚子之言，亦可自娱自乐，盖无无所事事之日也。然既入高中，每闻师长言文科之难考并出路之寡，无奈之下，弃文而投理也，然时时念往昔之史、地、政，怀之而不忘也。后偶言此事于同窗，方知此盖非余一人之惑，学长同级中，如余者众矣。

呜呼！学者所重，兴趣也。若无之，虽亦可以预悟佳绩，然其为学而学矣，非长久之计也，一旦无师之督策，尽弃也。故欲学一科一技，必先自知其趣味所在矣，令兴趣自成，而后可学矣。为教事学者，俱知此"自成"之不易也，或逾期年而不得成，然一经分科，即弃其前功尽，岂不足叹而惜之？更有甚者，因念高三可分科，而蚤弃所不喜或不擅之科，则其害，更甚于前。而若并科，则无此之虞。生欲考名校，必须有其所长而无特别之短，不然则不得取，故迫其全面发展，扬长避短。虽似增负，然于其一生大有利也。何况习诸文科之法大相似，诸理科亦然，二者盖习新知之佳法也，人应皆知而熟用之，然一经分科，忘其故所谙之法者众，或积年之后欲用而不可忆，岂非憾也！

如前所述，高三者，一年也；职业者，一生所为也，安可以高三之一年定毕业之职业？无论高三时，惟读书也，知社会者甚少，故彼时所选之路，常非后毕生路也，于大学改换其专业者，众也。然既分科而欲换科，大不易也，故多有明其志趣所在非其所读而不得更者。或误其一生，悲哉！

梁启超《少年中国说》云："少年智则国智，少年富则国富，少年强则国强。"故一国之计，多在少年也。吾等少年一如初升之朝阳，亦为未来之栋梁，安可挥霍吾等之青春才华，使吾等所学有漏乎？况时过境迁，社会所需要，盖专精与广博并举之才，而欲专精虽难，欲广博其知者，难上加难也，安可弃广博之并科而求专精之分科哉？况中学所学者，基础也，专业之学也，虽有专精之需，亦无分科之必要！

故余独以并科胜分科也。虽不为人所多，余志不改矣。

然究其争论之根本，国之策也。才所依者，国也；国所求者，才也。故国才二者相辅相成，虽国略高于才，然二者若失其一，则另一者有"唇亡齿寒"之虞也。才失国，则无用武之地；国失才，则无可用之人。故国常惜才，而才常愿国能惜才也。

国欲求才，而必先甄选也，才欲报国，亦必经甄选也。故二者所重，皆此甄选也。然时势瞬息而万变，国所求之才，盖与此时势休戚相关矣，故国必常易甄选之法，以应时势。然为才者，止应机而变一法矣。

故由此而见，分科并科，实二甄选之法也。既无高下之分，任吾等纷呶，二者之定夺，在于国之策耳。而为生者，宜弃所争，笃学而实干，既重专精，又重广博，以应不时之变。兵法云："以不变应万变"，实千古一策也，宜深以此为鉴，方可立于不败之地。

时己丑年二月廿七日

路

向前走，旅途太长；
向后退，脸面无光。
曾经怀揣梦想。
一度任气飞扬。

清风吹拂海浪，
理智难胜疯狂。
看人间冷暖温凉，
我不知路在何方？

雄鹰天际翱翔，
立业怎在温房。
少年或亦迷茫，
赋愁岂皆牵强。

轻胜负，淡看得失福祸；
笑成败，理应淋漓酣畅。
落泪，面对今晚的月光；
微笑，迎接明天的太阳。

追梦人

——献给天下所有的追梦人

她，是一个追梦人。

独自行走于漫漫人生之路上，眼前，或许，尽是迷雾。

她不知这段路有多长，也不知这段路通向何方？

唯一知道的，是这段路总有一天会终结。

匆匆地走在路上，不顾周围的风景多么曼妙，她不能驻足，也不会驻足。

因为，她心中有唯一的目标，

那是她活下去的支撑，也是永远的信念。

风霜雨雪，春夏秋冬，

有时，一路上艳阳高照；

有时，一路上大雨滂沱。

或许干旱，或许泥泞，

走过严寒，跨过酷暑，

每一步都是未知，所有的将来都是迷茫。

她不知道，下一步会进入天堂，还是跌下地狱；

她不知道，所有的付出是得到收获，还是尽皆东流。

但是，她依然会走下去，

坚持，再坚持。

其实，我们都是追梦人。

为了梦想，在所不惜。

含着眼泪亲手挥舞斧头，

砍去所有的枝丫，吞下所有的体痛与心伤，

只为了追逐心中的梦想。

视梦想如生命，

甚至高于生命。

为了这唯一的目标，挣扎、沉浮，

忍下所有的心痛，笑对所有的嘲讽，冷看所有的轻视，收敛所有的锐气。

不要问为什么，

梦想没有为什么。

古风今韵

有舍不一定有得，
但没有舍一定没有得。
这是多少赌徒的心态，
但是，这又是一个必须下的赌注，
不管代价是什么！

于是，
造就了历史长河中最伟大的成功者和最悲壮的失败者。
没有人知道，到底放弃了多少。
可是，
永远也抹不去的是骨子里的清高桀骜与不驯！
因此，
永不低头，永不言败，永远相信——
明天会更好！
因为所有的希望与失望，
因为所有的理想与现实，
比一般人更敏感，但更坚强，
不允许自己去输。

努力减少竞争者，
但身边的每个人都是对手。
怀揣远去的骑士之风，
绝不违背竞争的道德。
在温和与柔情之中，
把竞争放在了面前——
光明磊落，干干净净。

所有人都只看到了微笑，
因为眼泪留给了自己。
付出很多，却不为众人理解，
不去解释，不去辩白，
不屑，但心痛。
所有的追梦者都是在痛苦中前行，
如北大校徽所示，
如普罗米修斯的《思考者》所现。
哪怕，是永远不会脱身，
也不会在乎！

信
马
由
缰

也许写作本是随性的吧。
不必拘于什么时间，更不必顾忌什么地点，一支笔，一张纸，
仿佛是魔术一般，写尽所想。
最简单的东西，往往能带来出乎意料的奇妙。

永不消逝的蓝

一日为蓝，终身为蓝。

——题记

所谓的文化，经常是历史、自然、人文之间的某些联系。

还记得那一天，独自走在从家附近的轻轨站回家的路上。熟悉的景象，闭着眼睛都能想象出，但是，我却突然觉得什么有些奇怪。环顾四周，目光落到了天桥对面的霓虹灯上，Mercedes-Benz，一家普普通通的汽车专卖店而已，我怎么会觉得不对劲？

◎ 所谓的文化，经常是历史、自然、人文之间的某些联系。◎

这时，我才注意到了霓虹灯的颜色——蓝色，在漆黑的夜里，在昏暗的背景上显得格外的明亮。

"蓝色……梅塞德斯-奔驰……迈凯伦……"

在心里默念着，我终于明白了自己觉得哪里不对。

在我的心里，蓝色，与车有关的蓝色，只属于他们：ING Renault F1 Team（雷诺）。

不管看什么体育比赛，总是习惯于听到这四个字：红蓝争霸。从英超的传统三强对阵切尔西，到欧洲西班牙和意大利的激情碰撞。但今年的 F1 是个例外。3~11 月的大半年间，我看到"银红争霸"的字样依然有一种想拿支笔改掉它的冲动。

或许，是 2005 年和 2006 年给我留下的印象太深。

与我关注自己最喜欢的球队阿森纳和支持的车手小皮奎特时的苦涩记忆相比，我看体育的 4 年间，雷诺的 2005 年和 2006 年无疑是我最美好的回忆。2004 年只因为报纸上"车队车手大检阅"中的一句"雷诺的两位车手不一定是个人实力最强的，但一定是配合最默契的"而记住这支多少显得有些诡异的车队。但如今看来，在"法拉利王朝"的最后一年支持上一支当时并非强队的车队，我的"第六感"在 4 年间对了唯一一次。

惭愧地说，那时的我还不能算一个车迷，只是偶尔想起来时会在报纸上寻觅一下那在编辑心情好时是被挤在最角落的结果，也会为他们的胜利而开心，为他们的

·139·

失利而痛苦，但任何感情不出一分钟就全部烟消云散。

现在回想起来，着实记不住太多的细节，只记得，那时的雷诺胜多负少，大部分时候，我在看完结果之后，都能独自在报纸后面悄悄地微笑。

至今都很怀念那段日子，没有之后看比赛时因为太多的失利而生的那种世事沧桑，胜负无常之感，而是大部分时候都能享受胜利的喜悦。

只是，2006 年结束后，那种时光也就此一去不复返。

自己都不知道自己为什么 2007 年一直没有关注过雷诺，也不知这算幸运还是不幸。错过了他们沉沦的时期，却让我在 2008 赛季初重新关注起他们时觉得这般陌生。一半是因为他们的成绩，不再能在排名榜的最前列找到他们的名字；另一半，或许大部分，是因为他们的新装，橙色和白色，曾经这般熟悉的一抹蓝色不知何时已经消失得无影无踪。

赛季第二站，马来西亚雪邦，第一次从起步开始看比赛的我在"车群"中寻觅着他们，本以为即使两年已过，我还是应该能认出那两辆车，但最后却是在解说的话语的帮助下才看到了这支久违的法国车队的身影。那一刻，我几乎落泪，不是因为他们的位置，而是因为他们的颜色。那还是我熟悉的雷诺吗？"红魔"、"银箭"，几乎对于所有的体育队伍，颜色都是一种象征，而如今的雷诺……

那种感觉给我的印象太深，以至于在接下来的一段时间里，我甚至会将雷诺的低迷也归咎于颜色的变化。

或许，在我的心里，那已经不只是一种颜色了，而是一支队伍的魂。

难以想象，一支没有了魂的队伍会是怎样。

赛季结束，80 分，车队积分榜第四。在一个赛季之后，这已经成为不出我所料的结果。但是，我没有忘记，当初我第一次看到积分榜时，是如何的一种绝望。

从来没有想过，曾经的一方霸主会沦落到此般地步；从来没有想过，因为他们而毫不犹豫地选择了法语为第二外语的我会每每在比赛结束后关上电视时把一句无奈的 C'est la vie 当成自己的口头禅；从来没有想过，看到两强的优势时，向来对自己支持的队和人自信的我也会不由质疑：雷诺还会不会回来？

当我打完前面那句话时，心中猛地一颤。

我想到了法国，马格尼库斯，他们的主场，他们第一次两辆车同时得分；德国，霍根海姆，战术的成功造就了他们今年的第一个领奖台；新加坡，玛丽娜海湾，倒霉了半个赛季的他们第一次走了好运，2008 年的第一个分站冠军。就算前面都可称之为运气，那么，日本、富士，一个冠军一个第四，那是雷诺没有争议的完胜。至于巴西，英特拉格斯的第二，则为这个赛季画上了一个还算圆满的句号。

从德国开始，下半赛季的雷诺与上半赛季判若两队，不仅与两强的圈速差距越来越小，积分榜上的 65:15 的比分也证明了这一点。

此时，突然又想起巴林之后布里亚托利那句我至今没有忘记的话："我们会拥有一辆好车。"

我们是否可以认为，下半赛季的雷诺，绝没有忘记他们的诺言？

而且，大半个赛季以来，他们的引擎一直比法拉利和奔驰少了 30 匹马力。熟悉 F1 的人都知道，这是怎样的差距。

那么……

一时间，恍惚中，竟觉得那一抹蓝色重又归来。

会是真的吗？

信马由缰

飞翔·飞翔

"受伤羽翼飞起，在天空搏击。"

很少有歌曲能像成龙的这首 2008 北京奥运歌曲《相信自己》这样，让我从听到它的第一个音符开始就记住它，喜欢它。抄下完整的歌词，单曲循环，直到泪流满面。

而它的歌词，我记忆最深的就是这一句。

——题记

一

走过 30 多个国家，几乎在祖国主要的省市都留下过足迹，我算是个"飞机常客"了。但至今每次坐上飞机，满脑子还是会出现空难的报道，总在飞机起飞时默数 3 分钟，据专家论证，这是整段飞行中最危险的时段。这种提心吊胆要一直持续到我走出那狭小憋闷的空间之后才会停止。

很有意思，每当这个时候，我都会想起历史上首次尝试飞行的人——莱特兄弟。千百年来，飞行一直是人类最大的梦想。在他们之前，已经有无数的前辈为了这个伟大的梦想付出过无尽的汗水和努力，甚至是生命。但是，在莱特兄弟之前，没有人成功过。

◎ 加拿大生态环境之好，堪称低碳的典范。◎

他们不是第一个吃螃蟹的人，却是第一个掰开蟹壳而没有被钳子夹住的人。

现在想来，不得不佩服莱特兄弟的勇气。我们往往只注意了后来人可以"站在巨人的肩膀上"利用前人已经创造了的成就，却忽略了在如此多先人的失败面前，再创造这样的奇迹，需要多大的勇气与胆量！

如斯危险、如斯压力、如斯挑战，还有周围人的冷嘲热讽。这样的压力不是每一个有抱负、有胆量、有智慧的人都能承受的。要知道，每当莱特兄弟试飞时，所有围观的人都一起喊："飞不起来，飞不起来！"等飞机上天后，他们又在一起喊："降不下来，降不下来！"

如果是我，也许早就放弃了，因为太多的冷嘲热讽，因为太多的误解冷脸，因为太多危险的变数，更因为本来就可以有体面的工作，安逸的生活。

这也许就是莱特兄弟之所以能发明飞机，而我只能坐在他们发明的改进品中忧心忡忡的原因吧。

二

记得一次朋友问我："你最喜欢的动物是什么？"

我几乎不假思索地给出了答案："鹰！"

朋友有些吃惊，说第一次听到女生喜欢鹰，一定要我给出理由。

我想起了小时候随父母到大西北见到的情景：

血红的夕阳，光秃秃的戈壁，一望无际的黄沙，寂静得没有半点声响。被夕阳染成血红的天空中，一只鹰孤独地在蓝天，在戈壁翱翔。

从此，我在许多的论坛上的签名档中都写着八个字：大漠孤鹰，雪山孤草。

只喜欢那种真正的孤寂、苍凉与悲壮。

一直很敬仰和向往飞翔，但并不喜欢大雁式的群飞。那样也许温馨，但总给我缠缠绵绵、黏黏糊糊的感觉，没有半点的"天将降大任于斯人也"的气势。

不管被反驳过多少次，我依然固执地坚信：勇者，特别是王者，注定是要孤独的。其中有着"燕雀安知鸿鹄之志"的心气，也有着不愿让他人在狂风暴雨之时替自己保驾护航的桀骜。

王者是需要那份孤独、那份清高的。因为他们视尊严如生命，甚至超过生命。在《藏獒》中，有段话这样说："头狼走了，在那个月高风清的晚上，告别了它的群狼，默默地走了，它要去那个最高的山冈，在那里结束它的生命……它到了，三步一滑，两步一拐地走在嶙峋的山石间，它已经快要倒下了，但它在坚持，因为它一定要到那个顶峰，站在那里，像它无数的前辈那样，迎风望月，在月光下留下一个最后的背影。"

这不是特例。

而动物中，又有谁比鹰更有这样的气质呢？

朋友似懂非懂地点点头。

但这不是唯一的理由，我说："你知道鹰是怎么飞起来的吗？"

在小鹰还很幼年的时候，鹰妈妈便将它们都抛下山崖，不敢飞的小鹰就这么活活被摔死，只有敢于迈出这一步的小鹰才能存活。但这只是第一步，真正的考验在几个月后，当小鹰的翅膀几乎完全长成之时，鹰妈妈会狠心地将它们翅膀的骨头折断，然后丢在山崖。原来，鹰原生翅膀的力量是很脆弱的，不足以使它们翱翔天空，睥睨大地。但是，如果把它们的翅膀骨头折断，凭着鹰极强的再生能力，只要它们忍着剧痛挥动翅膀使之充血，不久就会愈合，并长得更加矫健，使之能翱翔于天空。而无法忍受这样痛楚的小鹰不是被活活摔死就是只能飞到屋顶那么高而被活活饿死。

信马由缰

我不是第一次说这个事实了，可每一次，几乎得到的反应都是："残忍！"

请不要说它残忍，这就是大自然的法则，也是古往今来所有社会的法则。达尔文的进化论，不仅适应自然界，也适应人类社会。若没有这样的痛苦挣扎，又岂能成为天空中的王者呢？又怎会有大鹏与雪鸠之别呢？

这才是我喜欢鹰最重要的原因，因为搏击长空也是我的理想。

三

曾经看过这样一个小报道：科学家在研究大黄蜂时发现，它的翅膀与身体极不成比例，无论做怎样的理论假设，它都是不可能飞起来的。但是，它的的确确又飞起来了。最后，科学家只能得到这样的一个结论：大黄蜂之所以能飞起来，是因为它们想要飞起来！

只是因为它们想要飞，一直被认可的理论也被打破。

我喜欢这句话：梦有多大，舞台就有多大。

我们也许很多时候已经被现实压得喘不过气，压得自卑不已，不敢再有任何的幻想。

但是，如果连做梦都不敢做了，那所有的愿望又何谈变成现实呢？当潜意识中都觉得这样的事不会发生，它又怎么会出现呢？

相信自己吧，当梦想亲吻天空时，距离实际的飞翔还会远吗？

春天的思念

春天轻轻地走来，染绿了江南，吹动了情思。

坐在窗前，望着干净的天空中浮动的白云，闻着满园的青草散发的香味，在阵阵的惬意之中，思绪随风飘荡——随着清风，思绪把我带到了南国，就在这如诗如画般的城市里，我度过了快乐的童年。

幼儿园的事在记忆中已基本找不到痕迹了，而小学的生活却如尘封相册，在脑海的深处，轻轻一翻，就像昨天的事般，尽现眼前。

记得就是在春天，我第一次踏进了园岭小学——我的第一所母校。挤在众多的报名学生家长中，我心中好激动，因为，在这里，我将首次走进知识的殿堂。

那是一个阳光明媚的九月早上，我背着书包，走进了校园，开始了人生的求知旅程。

忐忑不安地走进教室，看到的却是老师热情而温和的笑容，就在这样的笑容中，我领会了什么叫"快乐学习"，什么叫"平等自由"，什么叫"呵护关爱"。

◎ UBC 是加拿大最漂亮的大学，玫瑰园是 UBC 最漂亮的地方。◎

人们常说，美国的教育是"启发式"，中国的教育是"填鸭式"。可我在园岭小学的课堂中感受到的却是"快乐式"的学习。数学课学计量单位，老师就让我们去"新一佳"超市，看着自己爱吃的食品、喜爱的衣物、钟爱的玩具，"公斤"、"克"、"毫米"等这些陌生的单位几乎在瞬间就与我们交上了朋友；德育课讲"团结"的意义，老师就带我们到操场玩"老鹰抓小鸡"，在激烈刺激的奔跑中，我们豁然知晓，只有"小鸡"团结在一起，才不会被"老鹰"抓走；最让同学们头疼的作文课，却是我们班气氛最快乐的课——命题作文是"春天"，我们就是在李祖文老师的带领下到了邻近的荔枝公园，在春意盎然之中，踏着青草、听着鸟鸣、看着绿树、闻着花香，将春天的景、春天的人、春天的美，尽收眼底。40分钟之后，再回到课堂，在一片欢快的讨论、交谈之中，所有的同学都发现了自己与春天的约会，不再是冰冷而死板的词，而是跳动在每个同学心中的情。正是这样的情，开启了我写作的欲望与冲动，因为笔随心动。

在园岭小学读书时，常常会给班主任老师提出很多建议，记忆中从来没有被班

信马由缰

主任拒绝或批评过,哪怕是很幼稚可笑的想法,班主任老师也会是在赞扬鼓励之后给出他的建议。就是在这样的鼓励之下,我在自己的文章见报后,居然走进了梅仕华校长的办公室,说:"校长,我是三年级的余雪尔,我有一篇文章见报了,请您看看。"梅校长当时正在看文件,看到我进来,微笑着听我说完后,温和地接过报纸答道:"好的,我一定看。"记得当时我一点都没有胆怯的心态,后来才知道,中外小学的校长办公室可不是随便都可以进的,而且据说我当时的用词及态度,不像学生给校长汇报而像领导在给校长布置工作。但梅校长却一点都不介意,而且在第二天专门找到我,不仅表扬了我的写作能力,还给出了写作上的一些建议。这样的氛围,造就了我敢于表达、追求平等的性格,无论是在哈佛大学模拟联合国的辩论会上,还是在任主编的《青青草》讨论会中,不仅勇于提出自己的观点,也虚心听取他人的建议。因为,世界上的每一个人都是平等的。

"每个孩子都是世界上最聪明、最可爱的精灵,而每个精灵又是不一样的。"这是园岭的老师告诉我们的。因为每一个最聪明最可爱的精灵都是不一样的,所以同学们展现的特质也都是不一样的。为了让每一个精灵都快乐地成长,在园岭小学,有了好多的课外兴趣班:版画班、话剧社、合唱队、舞蹈队、记者团、奥数班、电脑班……兴趣在这里展开,爱好在这里延伸,因为精灵是需要呵护与关爱的,因为精灵是需要鼓励与信任的,园岭小学的老师们用自己炽热的心,照看着每一个可爱的精灵。记得教奥数的马立友老师,就因不分时间地点,不厌其烦地辅导同学,累得心脏病复发。宽阔的平台伸长了我们的特张,杨采玉的舞蹈、陈浩荣的奥数……无数的精灵就是在这样的氛围与文化中,增强了自信,扩展了才能。也许并不是每一个精灵都能飞出天际,但最起码,每一个在园岭的精灵都能在温情的关爱之中快乐地呈现着自己,张扬个性。

不知道人们对快乐,幸福童年的定义是什么?我想在没有太多的束缚、没有太多的压力,也没有太多的指责的怀抱中放飞理想,就是快乐,幸福的童年!

这,也是园岭小学给我的童年记忆。

童年的记忆,就如窗前的风铃,在春天的清风中摇曳,不经意间就敲开了我的思绪,占据了我所有的情感,让我一次一次地被裹进浓浓的思恋中……

我看美国的教育

妈妈给我看朋友转来的邮件——"一个'50年不变的中国呆子'看中国和美国的教育"。邮件中全文转载了《看到题就傻眼　美国中学生作业难倒中国爸爸》（2005年12月27日）。邮件中对中国基础教育提出了严厉的指责，认为中国的基础教育是"50年不变的呆子和暴徒"，而"美国最基础的教育制度，是一种能把世界各地的'呆子和暴徒'都能教育成具有独立思考能力的合格公民的先进制度"。看罢，心里很不舒服，不仅为中国的基础教育叫冤，也为对中国传统文化的曲解叫冤。

我既不是教育家，也不是评论家，更不是文化学家或者历史学家，我深知自己的文化底蕴很薄，我深知自己的理论水平很低，我更知道自己的雄辩能力不足，因为我只是一个13岁的初三学生，我不想去批评任何人，我只想说，在我所受到的教育中，绝不是把"人变成呆子和暴徒"的教育，那是一种与文章中所谈到的美国高中生没有什么区别的教育。

◎ 温哥华公共图书馆特别漂亮，图书馆应当成为城市文明的写照。◎

我在深圳一所很普通的小学——园岭小学就读，没有任何的特殊性，只因离家近，只要5分钟。可是在这个学校，我的作文课可以在公园上，我的语文课可以在操场上，我的数学课可以在超市上……我的5年小学生活很快乐，没有痛苦，也没有怨恨，如果只有一点，就是时光太快，一晃5年就过去了。

5年中我从没有因要做作业而挑灯夜战，熬夜只因阅读喜爱的《海底两万里》、《上下五千年》、《水浒传》……我从未因为成绩而疲于补习班，上课外班纯属兴趣，学游泳、学弹琴、学书法、学唱歌，当然很不好的是没有一个兴趣坚持到现在，只因我不喜爱了。没有压力、没有负担，我很快乐地学习、玩乐，因为老师说："分数一定没有童年的幸福重要。"因为妈妈说："我更愿意每天看到你脸上快乐的笑容。"

因此，我不是最出色，但我在9岁完成自己的个人文集《雪尔的天空》，成为中国最小的"十佳小记者"、"十佳小作家"；我也没有成为"呆子与暴徒"，却获得了首届中国青少年电视英语口语大奖赛二等奖，中国头脑奥林匹克大赛二等奖等各种各

信马由缰

样的 13 个全国奖。

上初中了，跟爸爸妈妈到了上海，进了上外附中。不同的城市、不同的学校、不同的老师，可有一样是相同的，那就是教育的理念——快乐，进取！

初中了，一定是比小学忙，这在全世界都是一个理，哪怕是美国！可我们也没有成为"50 年不变的呆子和暴徒"。我们政治课的作业是："上海 30 年来的变化"；要求：有调查数据和自己的分析，不要网上摘抄。

我们历史课的作业是："宋元两代妇女社会地位初探"；要求是：要抓住某一特征深入分析，不要概述；要有事例与比较；不要叙述性的，这不是写历史书，要有见解。我们在初三专门有两个星期的社会实践与调查课，要求是：最少两个人一组，寻找自己感兴趣的课题进行调查；根据调查问卷分析得出独特见解意见或建议。

......

这与美国高中生的历史作业，我实在看不出有什么不同？我实在找不到为什么美国这样的教育就是培养人才与"具有独立思考能力的合格公民"，我们这样的教育就成了培养"50 年不变的呆子和暴徒"？

除了这些作业，我们还有一年一度学生自己组织的"民族魂"活动；自己创办的《青青草》、《红秋千》等校园刊物；"模拟联合国"、"根与芽"环保小组等各种课外活动，让我们在愉悦中学习与成长，这些与"呆子和暴徒"实在是相差甚远呀！

真的不知是作者离开中国太久还是离开中国的基础教育太远。怎么一切看起来那么的陌生，听起来那么的刺耳！

我所知道的中国少年的生活与学习绝非文中所说，我知道中国的少年在创新与思考上一定不会都输给美国的少年，因为现代的中国少年早已不是 50 年前的中国少年了！

再退一步论，美国是一个只有 200 多年历史的移民国家，它的一切都是在交融与创造中产生，其文化的根基是基督教文化，根据梁漱溟在 1922 年《中西文化之不同》就提出深受基督教文化影响的西方文化是一种勇往直前的创造性文化，而有5000 多年历史的中国文化根基是儒家文化，这是一种中庸、内敛的文化，两个国度的文化根基完全不一样，自然教育的理念与模式就不一样，实在没有可比性！就像咱们中国对父母"事父母，能竭其力"的孝道；对朋友"桃花潭水深千尺，不及汪伦送我情"的情义；对老师"一日为师，终身为父"的尊敬，远比美国人强几千倍，怎么就没见有多少的美国人天天用此批判自己的教育与文化呢？

当然，如果真的一定要比，也不见得中国学生就一定要比美国的学生差。要知道，现在美国各个领域的领袖人物中，华人的比例节节上升，在美国大学中 10 个成绩最优秀的学生中至少有 1 个是华人，美国的中学中 10 个获州以上奖的学生中一定有不止 1 个华人。中国在某些方面的落后只因灾难深重，只因我们的国力还较弱，没有美国那么好的研究条件与研究资金，不然还很难确定谁是世界科技领域的领军人。

学习别人的长处是应该的，魏源在 1844 年的《海国图志》中就说道："为师夷长技以制夷而作。"

但学习归学习，可不能忘了本呀。

因为鲁迅曾说过："只有民族的，才是世界的。"如果把本都忘了，如果把根都丢了，还有什么好谈的！

历史在历史之外

几年来，最喜欢也是最擅长的学科，历史算其中之一。

但说也奇怪，这门课花去我的时间并不多，却总能拿到全班数一数二的好成绩。班上同学常来取经，可我唯一能答的就是"非我不愿分享，实无所能告君。"看到同学半信半疑的样子，真的很想说点什么诀窍，但的确是没有。说实话，我也纳闷，别的学科用了功反还无此成绩，莫非"一分耕耘，一分收获"的古训今亦作古了？

由此常苦想其缘由，毕竟千古训条，不是随意就能改变的，更何况我既无高深的修养又无深厚的内涵，可就是不解其中的缘由。直到有一天再有同学前来取经，兴奋而来，失望而去时问的一句话，让我茅塞顿开。

"你平常就真的不碰历史？"

就同学说这句话的定义来说，可以解释为："你平常真的就不碰历史课本？"是的，我除了上课，真的就是不碰历史课本；但我对这句话的理解是："你平常真的就不碰任何与历史有关的东西吗？"那就错了，我很喜欢看与历史有关的书籍及文章。

从小学时的《世界五千年》、《上下五千年》到现在的《明亡清兴六十年》，我读过的历史方面书籍真的是不计其数，平时有时间到图书馆或上网，只要看到一些自己感兴趣的历史话题，我都会仔细阅读。有时，看到一个问题，人们的见解各不相同，唇枪舌剑地在网上辩论，很有意思，也常常忍不住加入论坛，发表自己的观点。虽然常是败北而归，但在辩论中还真的是收获颇多，延伸了所学的知识，增长了见识，提高了对事物的认知能力与分析能力，提升了对历史的兴趣，这也许是我历史课的"奇怪"高分的重要原因。

应该说我历史课的高分不是"正统"学习学出来的，而是"偏门"学习得到的。由此倒是滋生了一种想法：什么是"正统"？"正统"的就一定是最好的吗？

"正统"在《现代汉语词典》（2002年增补本）中的解释为："封建王朝统一全国后，对一脉相承的系统的自称，如膺当天之正统。后衍生为泛指党派、学派等的嫡派。如正统思想、文章之正统。"可见，"正统"是指符合某种要求的思想或文章等。以我的学识和阅历，实在说不出"正统"有什么不妥之处，但我起码从自己的实践得知，所谓的"偏门"学习方法比死读的"正统"学习法要更有效些。

毋庸置疑，历史课本传播的是最"正统"历史定论，也是人们最熟悉的历史观点，但是不是就一定把这些观点与结论背熟了，历史就能学好？我看倒未必！其实纵观中国的教育，基本上是统一的模式、统一的观点。上海的语文中考题中曾经有一道题目为："雪化之后，是?"回答："春天"的有；回答"雪水"的有……但标准答案只有一个："冰水"，所以连曾经是教育部长的著名作家王蒙做上海中考考题也没能得到 60 分的及格分。这是否就是中国在高等教育中落后于欧美的重要原因之一?

高等教育当然我没有资格也没有能力去评判，但我想，单就历史而言，不同时代对于历史时期不同的事件和人物都有不同的评判，也有不同的解释，就像论述"三国"时期的书很多，甚至还有《品三国》、《水煮三国》这样"非正统"的书籍，这种多角度的百家争鸣的论述，对于我们学生而言，真的是获益很大。因为只有博取百家之言，才能较为全面地认知我们根本不熟悉的事物与事件，从中真正把握主要的观点或提炼出自己的论点。

莎士比亚曾说过："一千个人眼中有一千个哈姆雷特。"我想，这不光是指"哈姆雷特"吧，所以才有亚里士多德的"我或许不同意你的观点，但我誓死捍卫你持不同观点的权利"。这样引导的辉煌是让世界惊诧的，就像中国春秋时期的"百家争鸣"，欧洲的文艺复兴时期的"思想奔放"。

◎ 喜欢去图书馆，在游轮上也不例外。◎

没有言论自由的"文代大革命"时期曾给中国带来了多大的伤害，不光是经历过的人才了解。所以，历史已用沉痛的教训告诉我们，不能回头，不能重蹈历史覆辙。社会如此，制度如此，教育也如此。

很欣慰，现在老师已让我们用不同的角度去思考、去判断、去分析、去解释，所以才有了我在非"正统"答案之外的正确，所以才有了我历史的"高分"，真希望这样的方式不仅在历史课，而且在所有的课程都能更加地发扬光大。

这样，我们一定能再次迎来春秋"百家争鸣"时期的星光璀璨。

信马由缰

让优势张扬

2007 年 7 月 22 日的搜狐教育新闻中有这么一条消息："湖北偏科女生被香港中文大学录取，获 50 万奖学金。"它说的是一位在老师眼中"很典型的偏科生"——宜都一中高考生王斯然竟接到了香港中文大学奖学金班在湖北省招的唯一一份文科生的录取通知。这新闻很短，也不醒目，却让我很有感触：教育，就应该让学生去张扬优势！

王斯然并不是一个考试成绩突出的学生，今年香港中文大学奖学金班的录取要求是"总分 600 分以上、英语单科 130 分以上"，而她的成绩是总分 605 分、英语单科 133 分，这个成绩并不拔尖，更何况她的文综并不是最好的科目，"在高三学年，老师没少为王斯然的文综成绩费心。有一次，程老师训了她几个小时，希望她重视文综"。但就是这么一个文综较差的偏科生，却赢得了香港中文大学奖学金班在湖北省唯一的文科生的录取通知。分析其原因，不难看出，王斯然"英语成绩好，作文水平高"，疯狂英语创始人李阳在与她交流时，曾因她一口地道的美式英语而惊奇地问："你是美国人还是中国人？"她还喜欢阅读，喜欢上网，知识面很广，总能写出同龄孩子无法企及的作文，连她的语文程老师都赞叹道："很多同学都知道她的作文写得很好，但没有办法模仿，她语言文字的水平不是一般学生能比的。"正是这些并不能为王斯然赢得高分的优势让她获得了香港中文大学的青睐。也许因为这次的"阴差阳错"，会给王斯然带来一片新的天地；也许因为这次的"误打误撞"，会培养起一颗文坛新星。

◎ 高流速、大落差，造就了大瀑布，每每此时我总会联想到"能量"、"势能"这样的词汇。◎

人的优势并不一定时时能拿高分，人的潜能却是在挖掘中迸发。想当年，如果清华大学以钱钟书数学入学考试仅 7 分的成绩拒绝了他，哪来流传至今的文学宏著《围城》？如果没有熊庆来的不断扶持，怎么会有数学奇才华罗庚的出现？

优势与潜能往往与考试成绩无关，因为这是个人综合素质在某一特定领域的超常表现，它有时是表象的，有时是隐象的，但如果有人给予关注、给予培养，无论对个人还是对社会都是十分有益的。特别是像我们这些处于在成长期的青少年，对自我和人生的认知还较弱，我们没有能力，也没有机会去张扬自己的优势，去开发自己的潜能，需要家长与社会的帮助与提携，让我们把最强的优势，最大的潜能发散出来，实现个人与社会价值的最大满足。

◎ 美国大瀑布其实也很壮观，"倒霉"在于它离加拿大尼亚加拉大瀑布太近了。◎

可现实并不完全是这样，家长、学校看重的是学期成绩排名；社会认同的是考试状元；名校抢招的是三甲学生，成绩、考分成为衡量我们价值与能力的最大标杆，如果偏离了这个标杆，家长急、老师愁，我们怎么能在"雪化了是什么？"的中考题目里答出你的天空，写出你的世界？难怪连中国作协主席王蒙做中考语文试卷都不及格！

就算是家长送我们去学各种技能，也是圆父母没圆的梦，或是不要让我们"输在起跑线上"。所以，许多老师和家长从来不问学生的喜恶，哪怕是哭着也要学的课程，等待着我们的不是艺术素质的提升，而是考出来的艺术级别，有多少孩子因此而把兴趣抛弃？有多少的学生因此而把爱好扼杀？优势与潜能是在兴趣中产生，是在爱好中培养，像这样怎么能张扬我们的特长？

给我们留点空间、留点时间、留点机会吧，虽然我们不一定都能成为郎朗，也不一定都能成为杨振宁，更不一定都能成为比尔·盖茨，但阳光下的优势张扬一定能让我们无比快乐地成长，成为幸福的天使，如王斯然般！

浅论自主招生

近日，无论是在网上还是在生活中与高三学长接触时，谈话中总离不了"自主招生"一事。从最开始讨论复旦千分考题目，到第一轮笔试后的交流面试经，再到面试之后的几家欢喜几家愁，不一而足。

其实，自主招生考试在国内虽然已不是第一年进行，况且近年来参与的学校逐渐增多，生源的覆盖面也逐渐增广，但对于从科举考试时期开始就习惯于几张试卷定终身的中国人来说，靠与几位教授"聊天"来判定一个人的水平高低依然是新鲜事。什么是自主招生考试的内涵？它预示着未来高考的导向是什么？

在前面，我用了"聊天"一词来概括自主招生考试的形式，其实，这是许多曾经参加过自主招生考试第二轮面试的同学的感想。之所以先论述面试，是因为面试在形式上与传统高考有着很大差别，也是许多应考同学感到很不适应的地方。面试的教授来自大学的各个专业，通常是和所填报的志愿有关系的专业，但也有例外。教授所问的问题五花八门，从基本的自我介绍到专业的学术问题，从个人的兴趣爱好到热点的社会问题，无所不包。而与传统的考试差别最大的地方在于这些问题都没有标准答案，完全是各抒己见，有理即可。在这时候，教授对考生的印象就显得分外重要。考生的逻辑思维能力，临场应变能力等教授都看在眼里，并会记在心里，影响最终的结果。

与传统纸笔测试不同，这种考试中，考生的个人素质就起到了决定性因素。知识面，是否怯场等因素都将很大程度上决定考生的命运。能在这种考试中脱颖而出的考生注定不会是"两耳不闻窗外事，一心只读圣贤书"，也不会是没有知识积淀的"花瓶"。不要忘记，在这一轮面试之前，还有一轮知识测试为面试参与者"把关"。

说起前面的知识性测试，其实也与高考有着很大区别。高考各方面都比较固定，考查什么知识点，难度如何，分值多少，每年都在一个限定的范围中。有些城市，如上海，除了文理分科之外，还进行"3+X"的选考。但自主招生考不同，如复旦的千分考，考题涵盖十个科目，理科难度大、文科知识面广，有些题目做错了还要倒扣分，每年能达到700分、800分者已是凤毛麟角，其他如交大等高校考试，虽然是分文、理科，但是大的分科范围中所有的科目都要进行测试，也是在须有自己的特长的同时不容许有明显的短板，对考生的要求更高。

其实，虽然自主招生在中国实行的时间短，但是在国外却早有先例。以美、英为首的西方国家长期以来就采取"简历 + 面试"的录取方式，兼顾标准化考试成绩与 EC（经历）。这么多年来，这样招生的好处显而易见：当学生真正走向社会时，虽然知识是很重要的，但没有工作岗位需要死读书的人，而是需要以知识为基础，又拥有各方面能力的人。而大学招生作为所有人进入高等学府深造的必经之路，具有很强的导向性作用，可以指导学生在中学阶段的发展方向。而随着自主招生在中国大学的铺开，这方面积极影响也将很快传播到国内。进行自主招生试点的这些学校，如北大、清华、交大、复旦，都是中国内地数一数二的高等学府，是许多学子梦寐以求的进行进一步深造的地方，而随着他们自主招生录取人数比例的加大，必然使得学生们更加注意自招所需技能的培养，这是具有非常深远的意义的。

自招的好处显而易见，但问题也随之而来。先不论"印象分"公平与否，毕竟任何考试都不可能完全避免印象分，许多家长和学生已经表达了对自招公正性的担忧。在这个问题上，我觉得，除了应该相信各高等学府的学术诚信之外（何况还有几乎不可能作弊的第一轮测试把关），更重要的在于社会的观念的改变。先不论是否很多人都有能力进入最优秀的高等学府，优秀本就是相对的，何况每个人都有自己适合的风格，并不是所有人都适合北大、清华。这一点，中国人的观念还需向美国人学习。美国的家长和学生并不这么在乎自己所读大学的排名，他们认为排名只是一个方面，并不能说明一切，何况还有很多综合排名很一般的大学有着自己非常出色的专业。他们几乎是凭着自己的兴趣爱好和对学校的印象来选择自己想要报考的学校，而美国的学校也有着自己招生的标准，他们招的学生不一定是在哪一个方面最出色的，而是最符合这个学校风格的。所以，在美国，一位高中生因为想进一个学校的运动队或是单纯地喜欢一所学校的招生网页而报考该校，因为不喜欢这所学校的风格而放弃一所综合排名较高的大学，选择一所相对名不见经传的学校的事司空见惯，而家长也会给予孩子充分的自主选择权。就因为这种文化氛围，虽然每年哈佛、耶鲁、普林斯顿等名校还是录取率最低的，但不会有人觉得进不了这些名校前途就是一片暗淡，更绝少试图托关系进入这些学校的例子。因此，看似很容易产生"黑幕"的自主招生在美国运转得相当良性，社会也相对稳定。这是值得我们借鉴的。

这些与自主招生已相去甚远，就此煞笔吧。

信马由缰

感恩，何必拘泥于形式？

感恩，是中华传统文化的精髓，是我们民族的慧根。毋庸置疑，让现代社会的年轻人传承这种文化是对民族精神的张扬，但是不是一定要一成不变地把千年之前的仪式原封不动地照搬而做呢？我看大可不必。

郑州大学旅游管理学院给学生布置了主题为"亲情寒假、感恩父母"的寒假作业，内容之一就是给父母磕一个头。本意是要告诉同学们你们有今天的成绩，是父母多年无怨无悔的奉献，要同学们知道感恩。这是一件很好的事，但却因太拘泥于形式而很难让学生接受，记者在郑州大学随机调查了20名学生，只有1人表示会给父母磕头，这样的作业还有意义吗？

难道只有磕头才能表达感恩之情，难道只有遵循旧时的仪式才算尽孝道吗？如果那样，我们是不是应该回到从前，穿着长衫，每天先向老师三鞠躬再走进课堂？是不是应该如古人般长跪父母的病床前才算尽孝道？过于拘泥于形式，只能带来内容苍白，不同的时代有不同的情感表达方式，让一个自懂事之后就从来没有向父母磕过头的人，猛然做一件不仅自己，甚至连父母也吃惊、不解的举动，可能带给父母的首先是不安与焦虑。更何况仅仅是为了完成作业，这样的磕头能让父母感动吗？可能反而会让父母心中升起一丝的酸楚。

◎ 北美大陆随处可见因纽特人和印第安人的元素，"文明人"发现"新大陆"，对他们是祸还是福？◎

感恩，本是一种来自于内心深处的感动，是一种自发的情感表现行为。就如《诗经》所说："投我以木桃，报之以琼瑶，匪报也，永以为好也。"这是世间最朴素、最纯洁、最自然的感情，它融于我们生活的细节之中，维系着一种和谐美好的人际关系。不管用什么样的形式，只要能把你的感激表达出来，一句感谢的话，一个温暖的拥抱，一个深深的鞠躬，一次温馨的交谈，哪怕一桌蹩脚的饭菜，父母都会会心地一笑，因为他们知道你已长大，感恩的种子已在你的心中发芽了。

其实，磕头也罢、鞠躬也罢、拥抱也罢，只要是发自你内心的感激，就能传递无限的温情，感动父母，因为他们一定看重的不是某一形式，而是你那颗学会感恩的心。

佛教与名山

　　中国的佛教庙宇不同于多建在闹市区的西方的教堂，也不同于多建在村中、市中的佛教发源地印度的庙宇，而是一般都依山而建，即使在一马平川的大城市，庙宇也选建在闹中取静之地，而那些在国内外享誉盛名的佛教圣地，则一定是在深幽的大山之中。

　　很奇怪中国佛教庙宇的选址，既然要让善男信女常烧香火，为什么要在山高路陡的大山之中？很奇怪中国佛教的千年盛行，既然在深山之中，为什么香火却如此之旺，千年不衰？

　　带着太多的疑问，带着太多的不解，我走遍了中国的四大佛教圣山，去解开心中的困惑。

　　走在远离市区的幽幽山间小径中，看着三步一拜九步一叩头的上香人，听着庙中传出的喃喃诵经声，心中突然多了一分的宁静与平和，那是在烦躁的城市中从未有过的感觉，淡泊而舒坦，很祥和、很满足。

　　这也许就是山中建庙的缘由吧。

　　佛讲究的是有心人。当你真心向佛时，所有的名利俸禄都应一一抛弃，就如佛祖，也是在放弃了作为王子的富裕生活后走进丛林，甘当苦行者，潜心修炼才成为释迦牟尼的。佛教的修炼在充满诱惑的喧闹市区是很难进行的，因为这里的环境是浑浊而浮躁的。只有走进大山、走进大自然，在幽静的深林里与天地一体、平淡生活、静心修行，才能寻找到心中的佛家圣堂。而从城市到大山的艰苦而漫长的旅途，也是让人深思反省的旅途。如你真的是诚心向佛，再难的路你也会坚持到底；如只是一时之兴，这段艰难的求佛之路必定会成为拦路虎，让你到不了终点。佛家言：心诚则灵，讲的就是这种"诚"吧。

　　佛教从唐朝传入中国至今已有几千年的历史，几乎没有受到像西方基督教般的朝廷迫害，究其根本，很可能与中国佛教多深处于大山之中息息相关吧。在大山深处，杜绝一切红尘之事，平平淡淡、研究因果、探索轮回，毫无聚众争权之意，更不可能直捣皇都，不仅让当权者放心，更让统治者欣慰，因为这里告诉公众的是前世因后世果的安于现状模式，这里追求的是朴素简单的生活状态。因此，在中国的历史上像唐太宗这样推崇佛教的皇帝还真不少。

　　每一种文化的源远流长必有其存在的原因，佛教与大山就是相互依存的：佛教因大山而盛行，大山因佛教而成名。"相得益彰"也许就是佛教与大山最贴切的比喻吧！

信马由缰

读梁漱溟先生《东西文化及其哲学》有感

　　梁漱溟先生在《东西文化及其哲学》中提出人类文化有三种：西方文化、中国文化和印度文化。它们分别表现为："向前而有要求"；"转变自己的意思调和持中"；"反身向后要求"，其主要的特征分别为：冒险，探索；中庸，调和；消极处理，而这主要是由于各自的文化基地不同而形成的。受几千年的儒家思想陶冶的中国人习惯于循规蹈矩、安分守己。所以，冒险、探索、尝试新生事物，仿佛基本上是不太被中国人接受。也许，大多数人都接受这个观点，中国，是以中庸为道；中国人，是以保守闻名，就如中国人重孝道、恋家一般。

　　但我却不敢苟同。

　　纵观历史，我们可以发现除了举世闻名的造纸术、指南针、火药、活字印刷术四大发明之外，《九章算术》和《数术九章》是最早的古代数学名著之一；10进位值制、《墨经》与第一运动定律、赤道坐标系是世界上此类学科中最早的计算方法之一；中医中药贡献给了世界当时最先进防病治病实践技术；中国也是天文学古国，现存最早、最完整的历法著作——《太初历》，世界最古老的星表——石氏星表，中国是世界上最早有文字记载太阳黑子、哈雷彗星、超新星等天象的国家；还有雕版印刷术、瓷器、丝绸、金属冶铸、深耕细作、水利等影响世界科技发展的中国古代发明，就如大运河曾是世界上最早最长的航行运河。中国古代的工程无论在建筑规模、技术水平，还是在农业灌溉、航行、运输的获益等方面都是中世纪欧洲无法比拟的。所以，说中国是缺乏创造的国家，是否太不实际？如果说中国人就是甘于现状，不愿冒险探索，是否有点太牵强？要知道，如果没有中国古代的这些发明创造，世界科技的进步不知要后退多少年！如果没有中国人的这些探索，西方的发明创造不知会减缓多少时光！

　　也许，有人不服；也许，有人不屑。但事实如此，中国曾经是世界上科技最先进的国家，中国人曾经是世界最勇于探索的人。

　　也许，有人会问：现在的中国怎么就不是善于创造了？现在的中国人怎么就不敢于冒险了？

　　毫无疑问，五千年文明古国传承的文化与理念深深地影响中国历史，不仅因此创造出举世无双的辉煌，同时牵制了中国人的思想意识，社会中强调个人服从群体，压抑

◎ 喜欢水，智者乐水。我是个想成为智者的人。◎

了人的个性，漠视性格，思想的大统一，造成国民愚忠愚孝；道德和责任的标准压制了人的创造性，使之便于历代帝王的统治；三纲五常、家长专制，成为禁锢精神，制约着民族的思想方式和生活方式，减弱了超常思维的发展；伦理观念、等级制度至高无上，达到排他性的程度，从而限制了自然科学和科技的发展；再加上大力传播这种思想的历代帝王也不重视科学技术，把一些科学成就说成"淫计小巧"，把知识分子的精力吸引到读儒家经典，造就了无数的思想大家，却阻碍了中国科技的发展；近代保守势力还利用"明华夷之辩"的思想处理中学与西学之争，坚持闭关锁国，形成"长城文化"，使中国在科技创造方面失去了赶上西方的重要机会……这些都是不争的事实，但这并不妨碍我们曾经有过的辉煌，也不妨碍我们修正不足之后的奋起。

在走出"长城文化"的30多年，中国创造了世界经济的奇迹，闯出了属于自己的发展之路。也许在未来科技的发展上，相对于已用了100多年发展起来的西方来讲，我们还有好长的路要走，我们还有好远的距离要赶。但我们相信：中国人一样敢于成为"吃螃蟹的第一人"，中国的儒家文化除了教会我们宽容谦和，也一样告诉我们要积极"入世"，我们会用自己的努力与探索，再树历史的丰碑。

也如梁漱溟先生在《东西文化及其哲学》中提到的一样："世界未来文化就是中国文化的复兴，正如古希腊文化在西方的命运一样。"

信马由缰

从饭桌文化说开去

中国人的好客是世界闻名的。早在春秋的《论语》中就言道："有朋自远方来，不亦说乎。"从盛唐的贸易到明清文化交流，再到现在的经济科技交往，华夏儿女们总是敞开胸怀，接纳着不同地区、不同国度的友人。中国人热情的风范，不光表现在大度地传授自己先进的文化、科学技术，也表现在生活的点点滴滴，就如吃饭。

中国人吃饭很讲究。不光是饭菜的色香味要俱全，而且还有一整套严格的饭桌礼仪，其复杂与烦琐是别的国家的饭桌礼仪无法堪比的。据文献记载可知，至少从周代起，饮食礼仪就已形成一套相当完善的制度，特别是经曾任鲁国祭酒的孔子的称赞推崇而成为历朝历代表现大国之貌、礼仪之邦、文明之所的重要方面。作为汉族传统的古代宴饮礼仪，自有一套程序：主人折柬相邀，临时迎客于门外。宾客到时，互致问候，引入客厅小坐，敬以茶点。客齐后导客入席，以左为上，视为首席，相对首座为二座，首座之下为三座，二座之下为四座。客人坐定，由主人敬酒让菜，客人以礼相谢。席间斟酒上菜也有一定的讲究：应先敬长者和主宾，最后才是主人。宴饮结束，引导客人入客厅小坐、上茶，直到辞别。这套程序，流传到现在，虽略有精简，但基本流程还是一样。

不是说这套烦琐的流程有什么不好，如果是外交参会、商务答谢会等，还是十分的需要，因为这是中华文明传统的再现，但如果只是一般朋友之间，特别是还常常见面的朋友一起吃饭，这样复杂的程序是否合适？

◎ 在哈尔滨吃老灶农家菜，一看爸爸的架势就知道他马上要"忆苦思甜"、大发感慨了。◎

本人就最怕和爸爸一起去和朋友吃饭。爸爸是社会名流，朋友很多，可每次一到饭桌就为谁坐主位、谁坐什么位子客套半天；一道菜上来了，谁先动第一筷又得再三推让半天；买单的时候，自然也是相互争取，其实谁要买单大家心里都很清楚，只不过要表现出自己的大方与客气，我总认为这些礼节除了尊重之外是否还有少许的虚情假意？如果真的没有让想坐主位的坐上主位，没有让先动筷子的动了筷子，没有让本大家都认为应该买单的人买了单，结局会是什么样，可能大家都可想而知。既然都是心知肚明，为什么还要假心假意地谦让？这不是浪费时间与精力吗？

我们常说时间就是金钱，既然好多的吃饭都是为了谋取更多的金钱，为什么要一定在本可以省掉金钱的地方花费不该花费的金钱呢？你请客，你买单；如果不分你我，AA 制也是不错的选择，为什么不能大家都现实一点？为什么不能大家都直接一点？热情与好客不一定要用这样的方法来表现吧。

　　也许很多人会不认同我的观点，说我不懂中国国情，不了解中国文化，不知道如何与中国人打交道，太不成熟，太崇洋媚外……他们有自己的理由，但我确实是地地道道在这块黄土地上长大的中国少年，我从骨子里热爱我的祖国，也为拥有五千年的文明文化而自豪，但这并不妨碍我提出自己的观点，因为，不一定所有流传下来的都一定代代适应，哪怕黑格尔在著名的《法哲学原理》中提出："凡是合乎理性的东西都是现实的，凡是现实的东西都是合乎理性的。"

　　其实，我们是否真的思考过，中国的伟大与我们的民族性格相关；中国褪掉的辉煌也是与我们的民族性格相关。为什么发展到 21 世纪的中国，就不能取传统的精华，去历史糟粕，让我们的脚步更快些，让我们的国家更强盛些？历史的伟人在不同的时期都会有不同的评价，为什么一些不太和现实适应的传统却一定要保留呢？

"快文化"与"慢文化"

在同学圈子里，我是有名的"老古董"，被视为除了喜欢的"英超"和"F1"之外其他喜好都跟不上时代！似乎也是真的：我从不迷恋网络，更不看网络小说，网络聊天、网络游戏全与我隔缘，连听的歌曲也几乎是20世纪70、80年代的"经典老歌"，这的确与作为网络原住民的"90后"格格不入。

"90后"喜欢网络，是因为它的"快"，只要有键盘，一切尽收眼底：无论是新闻还是体育，无论是财经还是娱乐，无论是论文还是数据，甚至连老师上课的提纲、考试的要点都可以在指尖的跳动中浮出，省时省力，方便快捷，不用出门尽晓天下事。

网络的"快"推动了只属于这个时代的"快文化"，即"快餐文化"。既然是"快餐文化"，那基本原理是同"快餐"息息相关：方便、便宜，可以提供基本的热量和营养。这对于一般的文化普及是很有好处的，所以有了简译本名著，天天更新的网络文学，拍摄时速惊人的电视剧。人们在目不暇接的"快文化"冲击下狼吞虎咽地"吃着"以往来不及看或基本看不懂的文化饕餮大餐。

◎ 苏格兰风笛我在英国也听过，但在加拿大听着好像更有乡土味。◎

这样也许对公民文化素质提升有一定的促进作用，但对于几代相传的文化经典也用这样的方式进行传颂是否太草率了点？像《论语》这样流传千古的经典著作也可以像市井小巷说书人一般在央视"百家讲坛"上热卖。讲坛中既没有对儒学作全面的概括，也没有讲清以孔子为代表的儒学和以老子为代表的道学的根本区别。好多听众到现在还没有弄清《论语》到底是孔子还是老子所著，只是一边嗑瓜子一边看电视、听故事；或零零星星地看其中几节，听一些只言片语的小段子就以为懂得了《论语》，以为影响中国封建社会几千年的思想也就是像听了的几十个小故事一般的简单、直接！这不，央视的也仅用7期、6个多小时的时间就把《论语》讲完了，这样的"快文化"到底是在普及教育还是误导听众，我认为值得深思！

正如音乐大师盛中国在高雅音乐面对通俗音乐大潮冲击时坦然评论的那样：高雅音乐是在音乐厅里，面对身穿礼服的知音演奏的，是艺术；而通俗音乐是在歌厅、酒吧面对身着流行服饰的普通观众表演的，是娱乐。通俗音乐和高雅音乐根本不是一个文化范畴，它们各有各的市场和受众。经典的文学与通俗读物也是如此！经典文学需要引经据典、考证训诂、慢慢品味，不是谈"心得"、卖故事，是"慢文化"；通俗读物有别于学术研究，不必读竖排版古书，不必睁大眼睛看各家注解，只要一目十行，看看大概，吸收一点"营养"也就行了，是"快文化"。

所以，曾有一位33岁的阿姨和我说起过钱钟书老先生的《围城》。她说她从初中就开始读，到现在已读过五遍，每读一遍都会有不同的收获与感悟。我读《水浒传》也是如此，从连环画到注音缩减本再到现代文本，直到古文本，少说也读了三四十遍，章节的故事我可以从头讲到尾，可前几天在拾起时，发现还是有新的感觉。这样的作品单靠听听故事是很难悟出其中的韵味与哲理的！正如《红楼梦》中香菱学诗所言："我看他塞上一首内一联云：'大漠孤烟直，长河落日圆。'想来烟如何直？日自然是圆的。这'直'一字似无理，'圆'字似太俗，合上书一想，到像是见了这景的。若说再找两个字换这两个，竟再找不出两个字来。"这样的揣摩与咬文嚼字，方才能悟出些感觉与感悟来！不然，《尤利西斯》、《红楼梦》还有什么"草蛇灰线，伏脉千里"？不然，列宁批注的《反杜林论》中"这是一个飞跃"怎么能成为列宁思想的开端？

◎ 了解一个国家的文明通常不是看它的大城市有多繁华，而是看它的小城镇有多宜人。◎

"快"与"慢"本身就是相对的，是辩证的统一。

文化也是如此！

没有必要追求一味的覆盖，就如同学发现我推荐的品着茶，看着书也是一种享受，也是一种比看网络小说更能入景，更多思考的模式。

"快文化"和"慢文化"都是一道迷人的彩虹，关键看你是用什么心境在观赏。如同文化！

因为，文化里——除了下里巴人，还要有阳春白雪。

从球类运动看民族文化

当世界杯、英超开赛时，当 NBA 拉开战事时，当世乒赛揭开序幕时，无数的球迷会不分白天黑夜，不分时间地点为球而狂。足球、篮球、乒乓球、橄榄球……已成为人们生活中不可缺少的话题与热点。不同民族、不同地区的人们用自己专有的方式和独特的情结在寻找着心仪的球队，在追逐着喜爱的球星，在期盼着各自的梦圆。在这一片疯狂之中，欢乐与痛苦都打上了深深的民族文化之印。

这民族文化的烙印让世界无数的球类运动找到了知音，像英国人喜欢足球，美国人喜欢篮球、橄榄球，中国人喜欢乒乓球、羽毛球，法国人喜欢网球，巴西人喜欢足球、排球……不同的民族文化，陶冶出了不同的球迷、不同的钟爱，就如英国与足球。

英国是现代足球的发源地，在工业革命时期，很多被迫背井离乡，涌进城市的英国人，在孤独与寂寥中猛然发现社区内的足球俱乐部可以成为他们共同交友场所和精神维系，让他们这些来自四面八方的来客找到了一个新的生活共同体。英式足球勇而不芒，迎合了百年绅士温文尔雅的风度与传统，这种永远向前、永不言败的精神，无论在"二战"抵御德军的空袭中，或在球场上，皆表露无遗；而细腻的脚法，合作的默契更展示了英伦生活细节的品位和善宽容的内涵。足球成为英国人生活中的

◎ 率性、随意、自由，但又不失文明和"腔调"（上海话，指：格调、品位）。◎

"教义"，成了他们的一种信仰，每周末到俱乐部球场去为自己的球队呐喊助威也成了一种活动模式，人们戏称为"Family Day"。即使俱乐部管理混乱无章，即使球队主教练是个"窝囊废"，即使俱乐部队员个个都是"软脚蟹"，英格兰球迷也会一如既往地疯狂支持自己的俱乐部，其热衷程度非他国所能比。既然选择，就会坚守。这是英国人，也是英国足球。

美国人对橄榄球的热衷也是其文化特性的最大折射之一。被誉为美国国球的橄榄球是美国人最喜欢的球类，2002 年"世界杯"决赛，美国的电视观众仅 380 万。但 2006 年橄榄球"超级碗"（美国国家橄榄球联盟一年一度的总决赛、美国最有影响力的体育赛事。"超级碗"冠军是美式职业橄榄球的最高荣誉），电视观众达 9500

万，是"世界杯"在美观众人数的 25 倍。可以毫不夸张地说，每一个美国男孩都渴望进入橄榄球队，都渴望成为知名的橄榄球手，因为那将是他一生的荣耀。美国人对橄榄球的迷恋脱胎于殖民地时，纵观美国历史，从"五月花"到黑人解放运动，都是以自由和推崇个人英雄为发展动力。这样文化背景下诞生的橄榄球，球员的目的只有一个，就是达到对方的阵地，触地得分。它的符号意义即战争中插在敌人阵地上的战旗。所以说橄榄球就是在冲撞中取胜，就是要一往无前，在拼搏中突出自我。在球场内，既要有团队协作，又要有个人突出表现；既要承担风险，又要敢于竞争。这与强调独立、个性而又不排斥外来文化，张扬冒险、开拓而又提倡自由、平等精神的美国文化不言而合，所以 NFL 球星（美国职业橄榄球大联盟）当然被认为是当地英雄，橄榄球也成为体现美国文化精髓的三大代表之一，这也许是橄榄球风靡美国的最大根源。

而中国儒学培养出的是谦和、中庸的华夏儿女，谦谦君子自然少了很多的冲劲与闯劲，我们的内敛、宽容使我们与大球的世界冠军常常擦肩而过。无论是乒乓球还是羽毛球，中国的水平都是世界第一流的，因为我们喜欢温和的竞争，隔着网、隔着台，没有身体的碰撞、没有激烈的争执，所有的焦点都在那个飞舞的球上，就如我们的文明是世界最悠久的之一，但我们从不卖弄；我们的疆土曾是世界最大、我们的国力曾是世界最强，但我们从不霸权；我们受到的蹂躏是灾难深重的，但我们从不报复。我们以自己喜爱的方式生活、以自己习惯文化关注球类，虽然没有拼杀疆场的血肉相见，虽然没有激情万丈狂欢奔腾，但我们文化的内涵随着舞动的球在阵阵的掌声中张扬、释放。

球类与民族文化本是毫不相关的两个个体，却在赛场上表现出了如此高度的融合，那些因民族文化而释放出的特性在对球类的热衷追捧中表现得淋漓尽致，内敛与奔放、含蓄与热情与不同的球类一经结合，便组成了一道道激动人心的风景线，让人看不够、爱不完。

球类与民族的文化，竟然是如此吻合！

由中国传统戏曲的衰落想到的

在父母的诱惑下约朋友去看话剧《梅兰芳》，因为听父母说这个话剧里有多少大牌、有多么精彩。话剧的精彩我没有发现，只发现在剧场中只有我和同学两个类似中学生的年轻人，其余90%都是中老年人，还剩近10%是不知陪老人还是老人带着的小孩。我和同学在百般无语的情况下看完了感觉很奇怪而又无法理解的以京剧为主题的《梅兰芳》。走出剧场，突然感到一阵轻松，因为没有了实在不能理解的京剧。但同时却有一股悲凉从心底涌出，像京剧这样被誉为"国粹"的中国传统戏曲，到底还能传承多久？不要说90后，就连问70后真正喜欢中国传统戏曲的，恐怕也少之又少。

中国的传统戏曲有很多，京剧、昆曲、黄梅戏、沪剧、川剧……都曾是无限辉煌的传统艺术，是泱泱华夏多彩文化的绽现，是"他乡遇故知"的知音之曲。在每一种曲艺的后面都深深浸透着当地文化的精髓，积淀着几千年历史的身影，是中华璀璨文化中耀眼的明珠。可流传到现在，传统曲艺的"粉丝"为什么会越来越少？

我很认真地思考过，却因为资历太浅、学识太薄，无法给出满意的答案，但总感到这与社会的风范与特征紧密相连。因为，凡属文化范畴的，都是需要时间来静思、需要心境来揣摩的，不是在一个急功近利的社会能做到的。

古人就有"寒窗苦读"的先例，虽然常常翻阅《庄子》、《道德经》、《易经》、《菜根谭》等书籍时，但总是不能完全参透其中的精髓，在感叹古人智慧的深远时，也惊叹古人对文化追求的执着。悲哀的是，在如今这个浮躁而五光十色的世间，这样的人能有几个？没有文化的底蕴，怎么又能去理解和欣赏传统的曲艺？

很痛心，现在学校里对学生的评价基本就是分数，而且是以数理化为主，虽然"学好数理化，走遍天下都不怕"的时代似乎已过，但能在考试总分排名中称雄的还是学好数理化的人，因为分值差距大。不是说数理化不重要，但如果连基本的文化底蕴都没有，连国家自己的文化慧根都没有，还能被称为"民族的栋梁"吗？印第安人、马赛人，在层层文化的"围剿"中还不断地捍卫着自己的文化，我们为什么要选择放弃？要知道，中学生是未来国家的支柱，如果让我们从现在开始放弃，那以后我们将传承的是什么样的文化？变异的西方文化？

也许有人会说我言重了，说我太偏激了，但如果到学校来看看就知道：好学生以学好数理化为荣，历史、语文、政治只要能过关就行；一般的学生，以好学生为标准，读得最多的文科课外书籍主要是娱乐杂志、时装杂志、言情小说……不是不好，只是文化内涵太少。好多高中生连中国的四大名著都没有看完过，写《三国演义》的读后感时从网上直接抄，还美其名曰："我以后不会选文科，更不选中文，能对付就行！"身为中国人，如果连自己璀璨的文化都不知晓，民族自豪感与责任感从哪里来？

在丽江古城听了一场纳西族的古乐演奏会，真的很棒，那千年来的古乐器在今天依然能演绎出迷人的乐章，很难得！但同时也很难受，在中国游客占99%的古城里，居然来听古乐演奏会90%都是外国人！我们的同胞大都在醉心于购物、泡吧、逛街、吃饭。不知为什么，一种讽刺感在心中油然而生，真的很可悲！

真的希望我不是在"仰天吐痰，自唾其面"。文化的底蕴对于一个人、一个国家真的是太重要了，因为不管社会怎样的进步，科技怎样的发达，只有根不变，才能坚实而稳定地延续。我想，鲁迅在京都弃医从文也是主要因为此吧！

希望不仅是传统的曲艺，还有所有中华璀璨的文化，都能代代相传、发扬光大。因为我们的皮肤是黄色，我们的名字叫中华！

被遗忘的路

越是平凡的事物，往往越容易被人们忽视。但是，它们，是否真的没有价值？

——题记

欧洲南部，美丽的阿尔卑斯山上，有一个名为"圣伯纳德山口"的地方。与阿尔卑斯山脉的许多地方的长年风和日丽相反，在终年积雪的那里，气候无常，狂风、雪崩等灾害常常吞噬登山者的生命。修建在彼德圣伯纳德的修道院以其修士和所养的狗常年冒着风险在冰天雪地中拯救登山者的生命之举闻名于世，那里也成为世界有名的天险之一。

后来，政府斥巨资在那里修建了一条隧道，其间历经千辛万苦，为此献出生命者数以十计，但隧道修好后，从此穿过的人再无生命之忧。虽然一些酷爱冒险的人对此感到遗憾，但大部分人都对此交口称赞。

然而，之后，圣伯纳德山口渐渐失去了名气，如今，已经没有几个人能记住这个曾经是许多旅行者的梦魇的"欧洲第一险"，而那条让许多人为此付出汗水甚至生命的隧道，也渐渐被人们遗忘在了记忆的深处。

悲哉？

二

法国南部的蓝色海岸边，有一座小城名叫"圣米歇尔山"。那里三面环海，四周都是悬崖峭壁，只有一条羊肠小道可以供游人和居民出入。然而，这条唯一沟通这个小城和外界的路却长期无人管理。

直到有一天，路断了，小城与外界完全隔绝时，大家才意识到这条路的重要性，各自出钱出力修好了路，并决心要好好保养这条路。

但没过多久，这件事就渐渐地被淡忘了，而这条路又恢复了它断之前的无人管理。哀哉？

三

西藏墨脱，中国迄今为止唯一没有通公路的县城，政府几次试图修路，却因那里特殊的地理环境和地质条件每修每断，只得作罢。加之雅鲁藏布江大峡谷里最险峻、最核心的地段白马狗熊段以下几百公里均是水流湍急，河谷幽深的大峡谷，至今无人能够通过。所以，这里实际上相当于青藏高原上的一个孤岛。

如今，由于一些文学作品的宣传，许多人记住了这个原本默默无闻的小城，听说了"人类最后的秘境"的艰难与危险，知道了这里的绝美，并为之神往。

但是，又有多少人能记住进出墨脱唯一的路——一条架在雅鲁藏布江大峡谷上空几百米高的简陋的毫无保护装置的铁索？

叹哉？

◎ 太平洋铁路记载了华工们的辛酸史，作为华人在这里留影，我的心情既沉重又复杂。◎

如果在这些地方，路都会被人们遗忘，那么，在日常生活中，恐怕更是如此吧。我们从一地奔波至另一地，风尘仆仆，却全然忘记了自己脚下的路。或许是它太平凡了，我们每个人每天都无数次地踩过它，平凡地让很多人觉得根本不值得去记住它。但是，谁能想象没有路的世界会变得如何？

人性如此，失去了才知道得到的珍贵，才知道去珍惜自己曾经拥有的；世界亦如此，当你想起曾经被自己忽视的人或物的好时，往往已经无法挽回。

或许，人生就是一条长长的路吧，谁都不知道它到底有多长，但所有人都知道，它有一个总有一天会出现的尽头。

千百年来，人们一次又一次地思索着人生的意义，每一个时代的每一个人或许都有着自己的不同的对此的理解和诠释，但众说纷纭之后，大多数人同意，人生的意义就是一个属于自己的追求。

然而，在快节奏的现代生活中，人们却习惯于只注意结果，而忽略了在路上的过程。

其实，过程是持续的，而结果只是一瞬。生活本由未知构成，谁又能保证自己一定能看到梦想的实现，今天是痛苦，明天是努力，后天是美好，但多数人都会在明天到来之前永远地告别这个世界。如果穷其一生去追寻自己的梦想却终未成真，还因为忙着赶往目的地而忽略了路边的风景，风烛残年之时，回忆起过去，却发现自己什么也没有收获，这将多么可怕！

其实，过程可以精彩，甚至比结果更精彩。

下次，匆匆地赶往目的地的路中，请记得去看一眼脚下的路。虽然有了它们，你也不一定能到达心中的目的地，但若没有它们，你一定不能到达。

信马由缰

我们怎样对待机会

曾经听过这么一个让我永生难忘的故事。

有一个年轻人，是一个普通的工人。他从小酷爱长跑，一心想做长跑运动员，却没有被选进体校。他并没有气馁，而是继续努力，冬练三九、夏练三伏，几年如一日，天天如此。等他觉得自己练得小有成效时，开始报名参加一个全国最大的马拉松比赛。第一次，他就取得了第十一名。而那一年，只有前十名能进国家集训队，他仍然没有放弃。第二年，他取得了第七名。而这一次，准入线变成了前六名。第三次，他成了第六名，但集训队只收五个人。就这样，他每次都与机会失之交臂。最终，小伙子年龄大了，渐渐不适宜长跑了，他决定再参加最后一次比赛。这一次，他拼尽了全力，取得了冠军。这时，他见到了集训队的一位教练。教练说了一句话："你在长跑方面很有天分，绝对强过前几年进来的人。如果早几年训练，说不定你能拿国际大赛的金牌。只可惜，你现在已经晚了！"

记不清是在哪儿听到的这个故事，也记不清是什么时候听到的。只是，它已经深深地刻在了我的心里。

想起，便是撕心裂肺的痛。一如，最初看到莫泊桑的《项链》。为什么，一个希望实现梦想的人会是这样的结果？

从此，不再同意爱因斯坦的"成功＝99%的努力＋1%的天分"，因为现实似乎是"成功＝49%的汗水＋51%的机会。"

我一直不喜欢"机会"这个词，就如不喜欢"命运"一样。坚信"一分耕耘，一分收获"；坚信只要付出，一定会有回报。但是，我必须承认，机会很多时候真的是太重要了。

为什么出生富裕家庭的人就是要比贫困家庭的人容易成功？为什么城市里的人就是要比农村里的人容易成功？为什么发达国家的人就是要比第三世界国家的人容易成功？

……

这不只是巧合吧？

虽然我们常说"不经历风雨怎能见彩虹"，但经历了风雨并不是都能见得到彩虹；同样没有经历风雨的，也一样见到了彩虹。

在学校里，你随处可以看到有些优秀的学生占据了很多的机会，但并不珍惜，该上的辅导课不去，该参加的活动常常溜号；而那些也许是底子差些，也许是先前学校教育弱些的同学，正眼巴巴地看着那些优秀的同学随意挥霍、浪费、无视他们做梦也想参加的一次比赛、一次辅导、一次学生交流。不是那些没有得到机会的同学有多不努力，常常是先决条件就出现了偏差，想要的没有，不是太想要的却占据了多数的机会与资源。这样培养出的成功是否早已不是"成功 = 99%的努力 + 1%的天分"了，而是"成功 = 49%的汗水 + 51%的机会"。

　　常常想，经济学中有一最普通的概念叫"机会成本"（Opportunity Cost）讲的是当人面临抉择时，他必须做出一定的选择，他所失去的就是他所得到的东西的机会成本。在生活中是否可以解释为当一个人占有某些稀缺资源时，别的人再无法拥有，对于失去的人来说就是"机会损失"，而这种"机会损失"可能直接影响人的一生。所以，是否可以尽可能的机会均等，即如果拥有机会的人不珍惜时，就请其放弃，让给苦苦追寻的人，也许就是一个小小的机会，一个不起眼的资源，就能改变一个人的一生，就能造就一代的辉煌。

◎ 貌似简单的表象后面，会有一些久品不厌的东西。◎

　　所以，在机会是有限资源时，请珍惜或放弃。为了你，也为了他人。

最后一课

背着书包，一步又一步，一级又一级，踏上那走过不知多少次的楼梯。

在上外读书四年，这些楼梯大约已经走过无数次，每一次，或许心情都不相同，也许快乐，也许平静，也许忧伤。

但为什么，这一次如此沉重。

熟悉的老师，熟悉的同学，熟悉的桌椅，熟悉的黑板。

第一排右边桌子上那些不知谁用修正液写上的字；讲台前那个残破的粉笔盒和里面永远所剩无几的粉笔；黑板上那些因年久而再也擦不去的痕迹……

一切的一切，都这样亲切，这样让我留恋。

又听到那句"大家好"，那熟悉的声音，不会错，就是她，我们的老师。

说不清在走廊上见过了她多少次，总是那样微微地笑着，夹着一本课本，飞快地走着。

是她从最基本的一个一个的字母、一点一点的发音规则和语法把我们这些之前对法语一无所知的学生教到至少能通读 Reflets 的课文，能略懂一二。

也就是因为她的耐心、她的热情、她标准的法语发音，我一直很喜欢这位老师，希望能与她在走廊上碰见，也许只是一个招呼，一两句闲话。

但是，突然，又很怕会再见到她。

老师，对不起，你一直把我当成好学生，让我用那肯定不标准的发音领读课文，让我到黑板上默写动词变位。但是，对不起，我却是这个班第一个退出的，整个班第一个没能坚持到底的。

对此，我很惭愧！

又是 Video，因为那快进键从没修好的影碟机，又一次从 Episode 1 开始。三位主角 Julie、Benoit、Pascal，搞笑的 Pierre-Henri de Latour（以及他那句标志性的 "Comme c'est amusant !"）、Julie 的父母 M.& Mme. Prevost 还有 "une cliente diffieile" Mme.Desport……几周没上课，再看到这些熟悉的性格各异的人物时，心中或许不仅仅是亲切，还有悲凉！

Visiter，又是第一组动词，那些我早在学完第一组动词时就背完的变位。一如既往，被抽起的同学背的磕磕绊绊；一如既往，老师的微笑、鼓励和那句"对于课外学二外的同学，学成这样很不错了"。

因为是课外学二外的兴趣班，我们的课堂上会有很多基本的但确实可以接受的错误，"我们这个班的同学主要是了解一些法国文化"、"我们这个班的同学这个词不加's'也没有关系"……虽然老师一直很宽容，但我总不愿意就这样得过且过。

还记得那些日子，倔强又执着地和朋友背着那些"这个班同学可以不掌握的单词和变位"；试图写一些完整的句子与比我们早学许多的"前辈"交流；久久地凝视着地下操场的那块介绍板，努力地读着每一个单词……

并不为了什么，只是希望，开始做了，就要做到最好。朋友总和我说这没有意义，而我的回答永远是"爱好不需要特殊的意义"。我决意开始了，就不容自己只是混日子。

当初只是因为自己喜欢的雷诺车队的官方论坛上主流人群都是在用法语交流，便在德法二门语言中毫不犹豫地选择了后者。爸爸妈妈从一开始就反对，认为在浪费时间，而一直很听话的我却异常地坚持，这才争取到了机会。其实，在初三那年，每当中午在校园里等朋友时，望着那写满"天书"的黑板，谁能说我没有一点羡慕那脱口就能读出法语的同学？

如果当初就知道会有今天，我绝不会让它开始。没有开始或许只是遗憾，但开始了再结束，那种痛苦与酸楚又有谁能知呢？

课还在继续，眼睛依然看着课本，耳朵依然听着老师的授课，手依然不停地记着笔记。但是，思路却不由自己地飘向不知何处，只知道，心在沉！

我真的不想走。认识不止一个把留下看成痛苦但又必须留下的人。但我，着实无比的留恋。我还想学，我不觉得每周的这一个半小时会耽误大事，为了最终的目标我已经放弃了太多，我真的不想放手，更不想半途而废。就在课前，我还一遍遍地翻着课本，告诉自己，一个半小时后，就是永别！那一刻，众目睽睽之下、教室里，我泪流满面。

但是，我没有选择！

曾经的承诺不能变，决定很痛苦，但却没有半点挣扎，因为这是一种面对，这是一种责任，即使这意味着苦涩、心痛与神伤，可一言既出，驷马难追呀！

我曾为自己争取了两周的喘息，但最终，是我自己没有把握好这最后的机会。

或许这就是教训吧，告诉我什么是真正的珍惜，什么是真正的一去不复返的机会。

莫怨东风当自嗟。

微笑是一副面具，真正的内心却是……

朋友说，下次回来。但我知道，此一去，再无归路。

周围的一切都还在进行，一切都那么平静，那么依然如故。

时间，一分一秒地流逝。

17：16，"我们今天就上到这里吧，大家下周见。"

当这一刻真正来临时，却只剩下麻木的平静。

"下周，我一定带书。"——Jenny

"下周，希望看电影。"——Cheri

"下周，我让你坐中间。"——Olivia

……

大家都还有下周，对于大家，这只是平凡的一天，平凡得和之前之后的每个星期四一模一样。

我也曾这样认为过，幼稚地觉得总有明天。直到——我真的只有今天的那一刻，磨蹭着，直到不大的教室只剩我一人。背起书包，摆好所有的桌椅，关灯，掩门，轻轻地踏出教室。

我不敢回头！

也许，以后，我还会回到这间教室，走上另一段旅程。

只是，到那时注定将物是人非。

那些被忽略的幸福

今年上海的理科高考卷难得出奇，引来了一片指责。我把这事告诉一位广西的朋友，痛诉怎么可以出这么难的考题来为难考生。他在静静地听完了我的一顿控诉之后，只说了一句话："今年上海的考题我也看，简单得可以呀！"顿时，我无言以对。

以为他是说大话，因为他所在的学校虽然在广西数一数二，但他的成绩只能算班级的中等；更何况，我一直认为上海的教学质量毫无疑问地会比广西好很多。所以，很愤怒地在短信中反击，直到看了今年他们考的全国二卷，才傻了，原来事实就是如此！

在向朋友道歉的同时，突然感到很幸运，因为自己身在上海。

一直没有觉得在上海有什么特别之处，不过就是人多点、树少点、"海派文化"的氛围浓点，还一直琢磨着长大了怎么离开这个地方；也一直没有觉得能考进上海交大、复旦大学有多么的了不起，因为就生活在这样的环境之中，常常在爸爸妈妈的办公室看到交大来来往往的硕士、博士，也很习以为常，不认为他们有多么的优秀。可静下心来一想，才发现，原来上海的高考是自己命题，是可以根据本市的教育模式进行命题的；上海的著名高校每年超过 30% 的指标是给上海本市的考生，每年自主招生也主要是面对本市的考生，这对上海市的考生来说是多大的优惠呀！其他省市每年上海交大、复旦招生的名额少之又少，常常只有 2~3 个名额，有这样的竞争，再加上全国统一的试卷，其难度就可想而知了。

在庆幸之余是一阵后怕，因为我一直在忽略自己拥有的幸福。

我们常常会忽略正在拥有的幸福：一束鲜花、一个会心的微笑、一声亲切的叮咛、一顿美味的饭菜、一缕淡淡的柔情、一声温情的惋惜、一滴真诚的泪水……很平常，但却饱含着化不开的浓情；一句指责、一点批评、一次教导、一些唠叨……容易让人厌烦，但却涵盖了无限的亲情。虽然当我们在面对这些平常得不能再平常的问候，讨厌得不能再讨厌的话语时，是一脸的不在意、不愿意，但当我们真的远离这些的时候，那将是什么样的心境？那将是什么样的痛楚？

只有远离母亲的游子才知道"慈母手中线，游子身上衣。临行密密缝，意恐迟迟归。谁言寸草心，报得三春晖"的亲情；只有漂泊海外的友人才能体会到洪迈在《容斋四笔·得意失意诗》中提到的"他乡遇故知"的激动。因为他们都曾失去过，才能真正感悟到拥有的幸福与快乐。人往往如此，得到的东西不懂珍惜，一旦失去才知珍贵。于是漫漫人生，有多少人这样喟叹：覆水难收，后悔莫及。

信马由缰

所以，我们是否可以少一些抱怨，多一些珍惜，哪怕拥有的是烦恼与痛苦；哪怕面对的是对手与失败，因为如果没有这些苦难，你的成长与成功一定会减慢很多，因为没有这些挫折，你的人生一定不会如此丰富而多彩。

◎ 可爱吧，不过爸爸说他的动作造型比我好多了，听了真不爽。◎

喜悦和忧伤都是人生的阅历，不管你现在拥有什么，请千万不要轻易地放手。因为一旦放手，它们将不再回来；也许它们才是你人生幸福的拥有，哪怕那幸福不能及时兑现。拥有了并懂得珍惜，这样在爱与恨、悲与喜、得与失之间，就会有了一条宽阔的路。无言的微笑会告诉你：把握住现在的拥有，把握住对生活执著的追求，不因为风雨的侵袭而凋零，不因为时光的流逝而淡漠，你将成为世界上最幸福的人。

佛说人生：珍惜你现在拥有的！

从枯燥到有趣的距离

简单是什么？

直白，无味，枯燥！

简单就是一条直线，让人一眼明了，却很是乏味。

就如去饭店吃饭。

和一帮同学和朋友去吃饭，那是快乐；和老师和学姐去吃饭，那是学习；陪爸爸的朋友吃饭，就是乏味。因为陌生，因为千篇一律的菜式，因为永远如一的装饰，因为实在是提不起兴趣的话题。

哪怕是无聊，还是得去，这就是生活！

又是一次饭局，不过一起吃饭的人由爸爸的朋友改成妈妈的朋友，一点都没有新意！

妈妈告诉我没有餐厅名，在巨鹿路 805 号，直接进去就行。

这倒是我第一次听说没有挂牌的餐厅，现在是品牌时代，餐厅不是希望越多人知道，越多人前来越好吗？连门外的名称都没有，还真是特别。

带着好奇，下课后我乘车前往，在夜雾中并不难找到号码，可有点不相信：除了门牌号码，就是一个黑黑的楼梯，看不到尽头，没有一点亮光，连路灯也没有，更没有一个人，这哪里像餐厅，就像探宝密道，和我印象中吃饭的地方相差太远了。

为了核实，我打电话给妈妈，妈妈说她已到了，就是这里，进来就行。于是壮着胆子往前走，这哪里是去吃饭，完全就是冒险！心惊胆战地随着黑漆漆梯子摸索着一步一步地前行，眼睛四处打探着，恐怕从什么地方钻出个什么异样的东西。这哪里是去吃饭，完全就是探险嘛！

好不容易终于走到了尽头，可也没有门呀！除了从墙上正方形排列的九个小洞中透出一点亮光外，还是一片黑暗！这是不是什么黑店？还是我走错了门？很纳闷，也很惊恐，因为从小到大就只有在电视里见过这样的"黑店"，那可都是要死人的呀！

忍不住再拨通了妈妈的电话，惊恐地叫："妈妈，你这是让我来吃饭，还是考验我的意志？"妈妈笑着告诉我，方向是对的，但要进门还得自己找数字密码，否则就得待在阴森森的楼梯了。

只要不是走到"黑店"就好。找数字密码是难不倒我的，门撒的书可是我最喜欢的！

于是，四周看看，都是黑黑的墙，除了那正方形排列的九个小洞，密码一定在

信马由缰

里面。可这些小洞没有任何的特色，全是一模一样的。按门撒的逻辑，可以把它们看做九个数字，于是，我一点点试。当我的手伸到第七个洞时，右边的墙突然"哗!"地一下开了，里面出现一面镜子，吓得我直冒冷汗，赶紧再去按七，墙回到了原处，依然是一片漆黑。我耐住恐惧，再试，只是好奇怪，怎么没有人来吃饭，多个人壮壮胆也好!

在一次次的失败中继续，直到我按到了"71"，左面的墙"哗啦"开了，一派人声鼎沸的景象出现在眼前，我终于回到了人间!

在兴奋中走进餐厅，才想起其实最早按到"7"时出现的镜子是一种提示，如当时按这个规律往下走，可能早就进来了，真是很蠢! 看来书本上的练习与实际生活中的现象是蛮有距离的。

见到妈妈时，我一脸的得意，平时对饭局的木讷与呆板全然不见。刚坐定，妈妈说:"快去洗个手吧，在二楼。"

边走边想着妈妈说话时的神态，总感觉有点不对劲，不是上个洗手间也要密码吧，那一定有好多笑话看!

想着，暗笑着，反正我不急，看看还有什么玄机——

整个餐厅因为都是靠各个餐桌上的烛光照明，我只好高一脚低一脚地慢慢走，而且很小心，生怕有什么陷阱，因为进门的黑暗与恐惧，因为妈妈坏坏的笑意。

很平静、很安全地到了洗手间外，一共六间，都是铁皮门。没有什么异样嘛!我终于安心地去扭门把，可怎么也扭不开。可能里面有人，试第二间、第三间，直到第六间都是如此，看来我只好在外面等一下。

但五分钟、十分钟、十五分钟过去了，没有一个人出来，我知道上当了，一定是开门有什么秘密。仔细察看，除了泛着白光的铁皮，上面下面什么都没有呀! 很是纳闷，上前一摸，可能力气大了点，突然门就开了，黑黝黝的墙上印出一个白色的影子，吓得我魂飞魄散，狂叫起来。定下心一看，原来那是墙上镜子里我的影子，这才长长地舒了口气。

边关门边想，里面这么黑，怎么办? 灯却神奇地亮了，定眼一瞧，原来里面的门闩与开关是连在一起的。真是惊险!

突然有一个想法，如果内急而又从未来过这个洗手间的人会怎么样呢? 不觉大笑起来。

回到位子上，妈妈笑这着问道:"怎么这么长时间? 我们差点准备来营救你了!"

"很正常，一直有人呀!"我嘴硬着答道。

正说着，发现面前的餐盘很有意思，每个餐盘上都有两个方框，框里是一些字符。一问才知，这是成语谜。妈妈说"你要把面前的成语猜出来才可以换盘哟! 而且我们全桌的盘都指望你来换了!"

虽然从没有见过这样的成语猜谜，虽然很有挑战，但太有意思了，我整顿饭就在忙着给大家猜谜，不觉两个多小时就过去了。

我第一次感到吃饭的时间太短，第一次感到吃饭可以这样有意思！

　　简单的事情居然可以变成这样！

　　只要我们用点心思、用点智慧，一切的无味、枯燥都可以变得那么有趣，那么快乐！

　　正如罗素所说："生活中不缺少美，而是缺少发现美的眼睛。"

信马由缰

一个有关的士司机的故事

前几天，我听爸爸的一位朋友宋叔叔说了一件事：他从虹桥机场出来，看见等的士的队很长很长，最少要等半个小时以上。于是他想取巧，跑到后面的士排队的地方跳上一辆空车，请司机带他走。谁知司机却很有礼貌地说了声："对不起，请你下车，排队上车。""排队的人太多，我有急事。"宋叔叔解释道。"别人可能也有急事，不一样排着吗?"司机义正词严地回答道。宋叔叔看着态度坚决的司机，只好下车排队。宋叔叔一脸沮丧地说着，还补充道："上海的司机真是太认真、太规矩了!"

可我听后却有一种莫名的快乐从心底升起，不是幸灾乐祸，而是欢欣鼓舞。因为上海有这样的司机，因为生活在这样的城市。

很可能有人认为这样的司机太不近人情，早晚都是载客，还不如帮人解决一下困难;很可能有人认为这样的司机太傻，有客不拉，还愿赔上时间等排队;很可能有人认为这样的司机规范，规定排队就一点不敢钻空子……也许有太多的不解，也许有太多的讥笑，但我却为之拍手称好，城市因他们而靓丽，生活因他们而精彩。

美国著名城市规划设计理论家凯文·林奇教授曾提出："尽管在一段时间内城市的大致轮廓可能静止不变，但细节上的变化从不间断。"当一座城市的基本城市形态和轮廓已大致确定后，城市的风采就来自生活的细节：一片公共绿地的新辟、一座公共电话亭的新建、一个城市雕塑的诞生、一款路灯款式的更新，都是城市细节变化，但更重要的却是城市的灵动生命——城市人。

城市人是城市精、气、神外在的体现，是城市凝聚力、精神动力和持续发展的生命力的综合体现，它如同成千上万束的光芒一般，把灿烂的阳光普照在大地，让城市尽显辉煌。而生活原本就是由细节构成的，城市人的素质也就自然地体现在细微之处、体现在人们点点滴滴的日常行为上，而这每一个细节也都成为了城市人素质和城市精神最直观、最真切的折射。

◎ 加拿大人爱花是出名的，大花园不算啥，印象最深的是住家窗前、门口的小盆景。◎

"立乎其大，则其小者不可夺也。"要塑造城市精神，就要如润物细无声的小雨，从生活中的点滴小事做起，从每一个人的言行做起。拒载一个违规的客人，搀扶一位过街的老人，礼让一辆对面的车辆，甚至拾起地上的一张废纸，耐心地为游人指明道路……虽是小事，却能把城市文明传递，把城市的魅力彰显。城市的品位，城市的态度，城市的灵魂都尽显在每个城市人生活的细节之中。

　　如果说城市的建筑形态是凝固的音乐，那么城市人生活的细节则是这篇乐章中必不可少的一个个和谐的音符；如果说城市的高楼大厦张扬了一座城市的形象，那么城市人的言行举止就尽显了一座城市的气质与魅力。城市带给人们的不仅是美轮美奂的建筑、雕塑，更多的是文化的积淀与风格的传承——这个由城市人演绎出的细节才是城市最完美、最精致、最吸引的风景线。

自然选择之我见

一直很喜欢看 Discovery（探索频道）和 National Geography（国家地理），不仅是因为节目中优美的英语，更是因为它真实地记录了自然界的生存模式与规律，让我在学习英语，惊叹自然之神奇之余，更深切地感受到了自然界带给人类的启迪。

"物竞天择，适者生存"，话很熟，可总感觉离我好远，好远！

但当从电视中看到一种白色的蛾子在一片工业区中居然全部变成了黑色；一条色彩鲜艳的鱼在鱼群中被一只从高空俯冲近 100 米的鱼鹰叼走；蝴蝶身上斑点的颜色和形状与猫头鹰的眼睛十分相似，当它突然展开翅下的斑点时，可即刻恐吓并赶走捕食者；竹节虫整天不动，如枯枝败叶，如振动枝条，竹节虫便跌落在地，仍然僵直不动，活像一段枯枝；世界上所有的树木，即使高 132 米的桉树、115 米的红杉，都不能无限长高，因为无限长高的树会招来风折雷劈，造成阳光、氧、水、养料供给不足，自身支撑力缺乏……我恍然大悟，达尔文"自然选择"理论并不遥远，就在我们的身边。

◎ 富商买了两个小岛，左边的属于加拿大，右边的属于美国。◎

草原上，当太阳升起的时候，羚羊在想，我必须比跑得最快的狮子跑得还要快，才能活命。狮子在想，我必须比跑得最慢的羚羊跑得要快，才能活命。为了生存，羚羊和狮子都在跑。一只入侵的土狼打败了这块领地头狼，它就成为这块领地的主人。被驱除土狼只能四处流浪，更有可能面临很难觅食的困境与猎人的追杀。老鹰一次会生下四五只小鹰，但由于它们的巢穴很高，所以猎捕回来的食物一次只能喂食一只小鹰。鹰妈妈的喂食方式不是平均，而是抢食，那些瘦弱的小鹰只能死，留下的是最强壮的小鹰。代代相传，老鹰一族也就成为所有鸟类中最强壮的种族……

如此这般，数不胜数！

人类常常会抱怨我们的生存环境，会怨天尤人，可存在的自然往往是相对静止的，不会以人们的意志而改变，除非你以破坏自然为前提。所以有了从同一沙漠中监狱的窗口望出的两个人，一个人看到的是一望无际的黄沙，另一个人看到的确是满天的繁星。在这个世界上，当有些事我们无法改变时，我们只能尽力去改变我们能改变的，来适应不能改变的自然。

"物竞天择，适者生存"，用最时髦的语言来注释就是"竞争"！社会就是一个大舞台，你想要站在聚光灯下，就必须证明你比对手强。在一群狼之中如果你是一只羊，必定会被吃掉；如果想继续生存下去，就必须先把自己变成一只狼，而且是一只强壮的狼。虽然很残酷，但却能激起意志，催人拼搏、使人进步。也正是这样的"狼文化"让"海尔"从青岛走向了全国，从中国走向了世界。这样的竞争就像一场淘汰赛，中国足球因为竞争不过别人，至今也没有冲出亚洲……也许有人会说"不以成败论英雄"，可从古至今，称得上是"英雄"的人，都是站在社会大舞台的聚光灯下！

优胜劣汰、物竞天择的竞争，有人欢喜有人哭。可"塞翁失马，焉知非福"。National Geography（国家地理）中有过这样一句话："What gives you life might also takes life away from you."（给你生命的东西往往也会夺去你的生命。）美国黄石公园里，地热泉使得野牛群不致被冻死，但也就是地热泉使得冰面变薄，冰块碎裂，野牛落入水中被淹死。可与此相反，也是在黄石公园内，每年必有一场森林大火，这对于所有生命来说都是一场劫难，但对于松子来说，这是一场新生命的开始。被包裹在硬壳中要 7~8 年才能迸出的松子，由于大火带来的高温瞬间崩开，在一片焦土上郁郁葱葱地生长。

"祸兮，福之所倚；福兮，祸之所伏。"没有人会永远站在成功的顶峰，也没有人会永远地停在失败的谷底，除非自己放弃！就如《圣经》中所说："上帝在关上一扇门时必定打开一扇窗。"

在澳大利亚的一个孤岛上生活着一群鸟，它们有尖而长的喙，因而得名长喙鸟，靠一种叫做"蒺藜"的果子为生。长喙鸟也分长喙和短喙的。短喙的鸟一出生就成了残疾，母亲在它的儿女满两个月就会抛弃下它们不管了。因为那种果子浑身长满坚硬的刺，只有长喙鸟才能啄得开，因此，每年都有很多短喙的鸟因无法啄开蒺藜的果子而饿死。有一只短喙鸟在吃完母亲啄开的最后一颗蒺藜果后，终于伤心地飞离了生它养它的孤岛，决定去寻找新的生机，它饿得头晕目眩，无奈之中啄食了浅海游动的一条小鱼，虽然它恶心得想吐，但为了生存，还是把那条小鱼吃了下去。慢慢的，它觉得小鱼的味道其实比那种蒺藜果的味道还要好。一时间短喙的鸟们纷纷效仿，得以生存，短喙鸟的儿女们的喙更短，为了生存，它们天天去海里捕食；浅海里的鱼吃完了，就去深海里捕鱼；后来它们不但吃鱼，只要是能捕获到的是动物都是它们的食物。在捕猎中，它们练就了一张短而有力的喙，还有一对大而强健的翅膀和一双尖利的爪子，短喙鸟慢慢成了天空中的霸主，它的名字叫鹰；而长喙鸟却随着那种蒺藜果的消失永远消失了。

凡事都没有永远，只有"物竞天择，适者生存"。

人们都说人类是自然生物链中最高级的动物，可我认为自然界中的其他生物往往又是人类最好的老师！

其实，自然与人就是密不可分的！

信马由缰

珍爱生命

"生命只有一次。"

"人一生中所不能选择的，唯有生与死。"

——题记

一直记得物理老师说过的一句话："虽然能量守恒，但有些物理过程是不可逆的，比如人生，永远朝着熵增加的方向进行，只能延缓，不能扭转。"

心中猛地一颤。

从未想过，生命竟如此易逝！

然而，人们往往会珍视一些身外之物，却忽略了这一切存在的基础——生命。

珍爱生命，因为生命脆弱如斯。我们只活在当下，因为，永远没有人知晓，下一秒的命运。"5·12汶川大地震"、印尼海啸、卡特里娜飓风，天灾，人祸，可能有一千种你所不能控制的原因导致生命突然的消逝。谁都知道，脆弱的物件更应小心呵护，那脆弱的生命理应多加照看。过马路不走横道线、闯红灯、排队买票时大批人挤搡，甚至吸食毒品……有位哲人说过，每个人的存活都是一种奇迹，而他们，却在自己已险象环生的生命中再增添毫无必要的风险。殊不知，生命是人生中的那个"1"，其他都是后面的"0"，任何的其他利益，都不应该以生命为赌注来换取！

珍爱生命，因为活着是一种责任。自杀者着实可惜，但他们是人生的懦夫，他们担不起生活赋予的压力；他们也是最大的自私者，因为他们只求自己一了百了，全然不顾生者可能的哀痛欲绝。"身体发肤，受之于父母"，人生在世，再落魄潦倒，也有家人在背后的默默支持，也有朋友或许无声的鼓励。让年迈的双亲经历"白发人送黑发人"的苦楚，让真心的朋友目睹昔日情谊尽逝去的悲哀，这才是最不孝之子，不义之人！只有活着，才一切都有可能，才能东山再起、重振雄风，何必在上天仍不愿取走你的生命之时就经历痛苦的死亡？

也许生死对于我们这个年纪的人来说太过遥远，于是人生中唯一不可逆转的事尽做儿戏。然而，待到醒悟之时，也许，已悔之晚矣。

珍爱生命吧，也许我们不能改变人生命运的流向，但至少可以尽力拨正船头，让生命的小船在漫漫时间长河中更接近远方。

老爸，我想对你说

老爸，我想对你说——

很不喜欢你每天不分场合地点地抽烟，纵使你不关心自己的身体，也要关心一下青少年的健康问题，好歹我也算家中的花儿一朵。虽然这个花儿比一般的花儿要强壮些，但也经不起你的日熏夜熏呀！

老爸，我想对你说——

很不喜欢你每次看球赛高兴时就大呼小叫，还假装好心地叫："宝贝，有阿森纳的比赛了！"要知道，我也想看；要知道，我有好多的作业；要知道，我那严厉的妈妈就在你的身边，纵使我有千想万想，也不敢呀！你这不是在引诱我"犯罪"吗？

◎ 爸爸妈妈总喜欢拉我拍照，虽然有时不是很乐意，但还是得体谅他们的心情。◎

老爸，我想对你说——

很不喜欢你总把我当成玩具玩，哪有这么好玩的玩具呀？会说会唱，会讲会笑，而且可以使用 15 年以上！你随便在哪个市场都找不到，你还真以为自己是超人设计兼制造家，可以制造出如此超凡的玩具，如果那样，今年的诺贝尔奖你一定能拿到手了！不能因为你小时候没有玩具玩，长大了就拿我当玩具，这是不很合适的！

老爸，我想对你说——

很不喜欢你在难得的早起时候跑到我的房间叫我起床。要知道我每周只有周末可以晚一点点起床，平时你还在梦乡的 6 点钟我就得起来上学去，难得有个周末你还来打扰！你可知道，我要多睡会儿，还得看妈妈是否同意，如果碰到妈妈心情不好，还得早早把我叫起来，美其名曰：一日之计在于晨。我一日之计都在晨，不在晨的是你呀！所以，老爸，就算可怜可怜我们这些毫无反抗力的花朵，让清晨的太阳晚些出来。

老爸，我想对你说——

很不喜欢你无视我的爱好。也许你是对的，也许你是无害的，但你却在无形中伤害了我。要把主要的精力放在主要的课程上没有错，可是我就是喜欢上法语课，喜欢上化学强化班，就如你喜欢天天外出、一年四季不着家一样，爱好不一样，性质是一样的，对我们来说都是很重要的东西。从我上幼儿园开始到现在，你送我上学的次数基本停留在 10 次以内；你从来没有参加过家长会，从来不知道我的教室在哪里，老师都是谁，当然更不知道我同学、朋友都有谁？我从来没有强求过你，没有干涉过你，总是笑脸迎你来，笑脸送你去，你为什么不能也如我一样，多给我些空间，即使我会碰壁，也是一种生活的阅历，对吧？当然，你实在笑不出也可以不笑，因为你一笑就很难找到你的眼睛在哪里，十足的"缝眼"，门缝的"缝"！

老爸，我想对你说——

很不喜欢你把你的爱好强加给我，比如，喜欢吃生食、不吃青菜等。虽然我是你的亲生女儿，这点不用验 DNA 就可以从那张太像的脸模子看出来，当然这也是我最不满意的，为什么就不像我那很严厉但长得却很和善美丽的妈妈呀！可我还是独立的个体吧？为什么不跟你有一样爱好就是不好，爱吃西红柿就是好傻呀，爱吃青菜就是小白兔，真想试问一样，这些都不吃的人到底是什么？

……

老爸，想要对你说的实在太多——

但怕过度激怒你，让我以后在家中常常处于孤军奋战的惨态，所以还是笔下留情。但是，就算是老爸，在看过、笑过之后，是否也应该好好反思、认真修正呢？

当然，老爸，我还想对你说——

虽然你有数不完的缺点，甚至有些冥顽不化，但我还是很喜欢你——

喜欢同你一起谈论足球，喜欢和你一起讨论相声，喜欢和你一起讨论哲学人生，喜欢和你一起讨论经济、时事，喜欢和你无拘无束地大笑，喜欢和你一起海阔天空地神吹胡侃……和你在一起我可以无所顾忌、无拘无束，甚至可以随意顶撞你；和你在一起我可以说不敢和妈妈说的事，做不敢让妈妈知道的事，因为我知道你最爱我，因为我知道你最在意我，因为我知道你最宠我。

虽然你有数不完的缺点、屡教不改的恶习，但我还是很崇拜你——

你很忙，从不知你是怎么看书的，但无论问你什么问题，你都能给我完美的答案。你给我讲两个小时的时事经济，让我消化了半学期的课程；你在课堂的精彩演讲，让我对大学无比的憧憬，也坚定了要学你一样，专功 Marketing Management；你帮无数企业解决的问题，让我知道了，中国的管理学教授也一样能把知识化为生产力。

……

老爸，能成为你的女儿我感到很幸运；

老爸，真的也很希望你：改正恶习！

我的"学记团"生涯

四年，弹指一挥间，在不经意中已从初中升到了高中。

好多的事、好多的人都随风而去，可却有那么一段情让我一直珍藏心中——

那就是我的"学记团"生涯。

起初加入，只是为了兴趣，为了好玩，却没有想到在简单而朴实的文字后面还有那么多的痛，那么多的苦——写作，是我爱好与兴趣。

◎ 与模联主席合个影。◎

在小学，我就在各种报纸、杂志上发表 75 篇文章，出版了自己的第一本散文集《雪尔的世界》，获少工委颁发的"中国明星小记者"奖。所以，一直认为"笔随心动"是写作的最高境界，所以写得很随意、很任性。

在加入"学记团"后，在认识了王静老师以后才知道，写作不光要"笔随心动"，还要"笔随思动"，朴实直白的语言自然是好，但黑白的水墨画中还要蕴藏着无尽的韵味。

说得容易，要做到很难。我常常为了写好学校"国际文化周"或"民族魂"的报道、写好一篇校园偶见的散文，将一篇文稿来回改三五次，每个字、每个词都要反复推敲、反复斟酌，因为文字要如兰花，清馨淡雅而又让人难以忘怀。

很痛苦，因为不停的修正；很难受，因为不断的重写；很烦恼，因为不止的斟酌。

这样的痛苦不是一天、一月，而是四年。

只因"学记团"的传统，只因"学记团"的风格！

正是在这样的阵痛中，我一篇篇稿子再次见报，新的文集再次出版。

在老师的指点和"学记团"遗风的熏陶下，我不仅在校刊上发表了 6 篇文章，还在《中学生》、《中国课外教育·读书》、《城市消费通》、《新闻晨报》、《新民晚报》等报刊上发表了 10 篇文章。获第四届"叶圣陶杯"中学生新作文大赛"十佳小作家"，由中国作家出版社出版了第二部个人散文集《雪尔的视界》，上海教育台对此

◎ 议会厅小吧？但议起事来正儿八经，一点儿也不显局促。◎

信马由缰

进行了专题报道。

　　见报是快乐的，获奖是快乐的，上电视也是快乐的，但只有我知道在这快乐之后的是四年的艰辛与痛苦，不经历风雨怎能见彩虹？

　　四年，光阴如剑，在不经意间我学会了沉淀、学会了反思、学会了成长。

　　虽然有痛苦，但我快乐着！

调 查 报 告

人生有无数的抉择，

在面临抉择的关口，不要太冲动，不要太轻率，

停下来，好好琢磨一下哪条路最适合自己。

相信感觉，更相信科学，因为：

事实胜于雄辩。

上海地区高考学生高考（秋季）择校因素分析报告

一、研究目的与意义

在巨大的高考竞争压力下，以一定的分数最优化地选择高校，不仅是上海考生们关心的问题，也是高校研究的热点课题。

在上海市每年有 10 万左右的中学生参加高考，但真正能进入大学的只有 5 万多人（见图 1）。

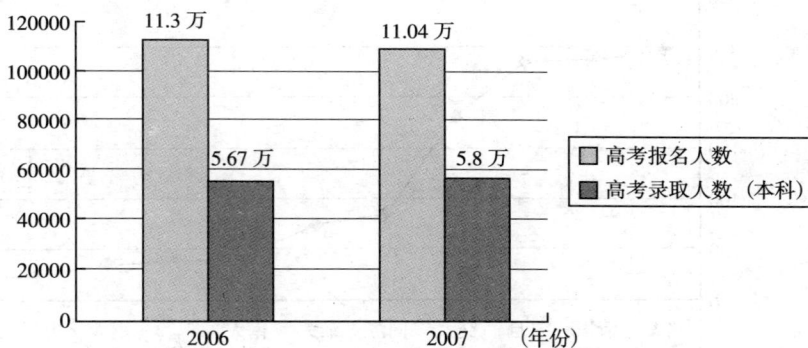

图 1　2006~2007 年上海地区高考报名人数以及实际本科录取人数

除了考分，还有什么原因在阻碍上海考生进入自己理想的学校？还有什么原因在影响上海考生选择大学？考虑这些因素，本课题组选择了"上海地区高考学生（秋季）高考择校因素分析"作为我们的调研课题，希望通过对上海地区上海考生高考择校的实证调查的分析，找出影响上海考生择校的主要因素，为上海考生们提供一些合理化的建议，同时为各高校的招生工作提出参考意见，让上海考生与各高校在"双赢"的氛围中共同发展。

二、研究方法与步骤

调查对象：上海市重点中学、区重点中学和普通中学三类学校，包括上外附中、复旦大学附中、七宝中学、嘉定一中、南洋模范中学、华师一附中、回民中学、普陀冠龙中学八所中学的高三学生以及学生家长。

调查样本：样本发放数量为 400 份，回收问卷 389 份，其中有效问卷 357 份。

研究方法：问卷调查法、资料收集法、访谈法。

我们首先采用描述性数据分析方法对调查结果进行横向和纵向的分析，并将调查结果与从文献中收集到的资料进行对比分析，然后结合访谈情况，找出影响上海高考学生择校的主要因素，最后提出我们的意见和建议。

日程安排：5 月 2~3 日　　问卷设计；

　　　　　5 月 4~8 日　　问卷调查、资料收集；

　　　　　5 月 9~11 日　　数据整理；

　　　　　5 月 12~15 日　完成报告、演示文稿。

三、研究内容

1. 请写下您印象最深的五所中国大学的名称。

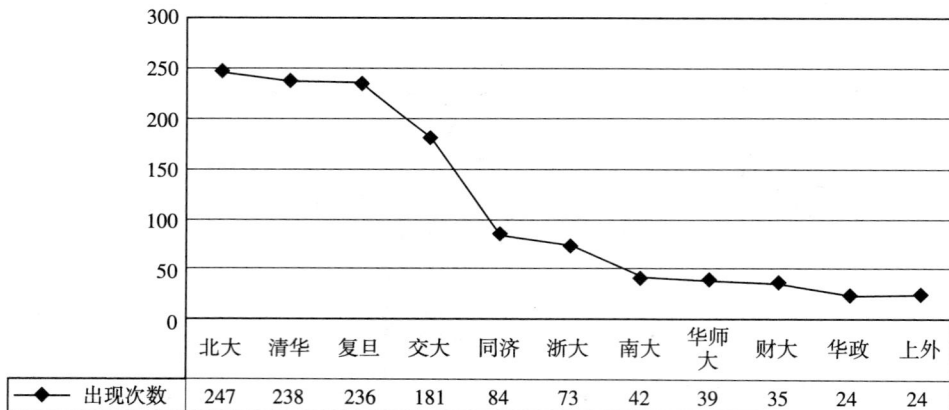

	北大	清华	复旦	交大	同济	浙大	南大	华师大	财大	华政	上外
出现次数	247	238	236	181	84	73	42	39	35	24	24

图 2　上海学生印象最深的五所中国大学名称统计结果

表 1　武书连近五年中国大学综合竞争力排名

年份	第一	第二	第三	第四	第五	第六	第七	第八	第九	第十
2008	清华大学	北京大学	浙江大学	上海交大	南京大学	复旦大学	中科大	华中科大	武汉大学	西安交大
2007	清华大学	北京大学	浙江大学	上海交大	南京大学	复旦大学	华中科大	武汉大学	吉林大学	西安交大
2006	清华大学	北京大学	浙江大学	上海交大	复旦大学	南京大学	华中科大	武汉大学	吉林大学	中山大学
2005	清华大学	北京大学	浙江大学	复旦大学	南京大学	华中科大	上海交大	武汉大学	吉林大学	中山大学
2004	清华大学	北京大学	浙江大学	复旦大学	华中科大	南京大学	武汉大学	吉林大学	上海交大	四川大学

资料来源：武书连编：《2004~2008 年中国大学排名》。

我们将上述图表进行对比，发现在上海高三学生中印象最深刻的大学与权威机构做的大学竞争力排名较有出入，近 5 年大学排名中稳定在前 10 名的大学有近一半未出现在"印象最深刻前 5 位"中，如武汉大学仅在问卷中出现 7 次，其余大学几乎未被提及。具体分析其原因如下：

（1）通过对比上表 1 前 5 位，我们发现，高三学生给出的印象最深的前 3 位大学与排名情况十分接近，即有近 85% 的同学都提到了这三所学校，而北大、清华同时也是大学排行的前 2 位。由此可见，清华、北大这两所中国最好的大学在高三学生中也已深入人心。但在此次调查中，第 3 位复旦大学出现次数与清华相仿，远远超过了上海交大，说明其在上海高中生中复旦大学的知名度和美誉度都相当高（几乎与清华齐名），但在权威机构排名中，复旦大学在近几年中均未进入前 3 位，近 2 年更是在第 5 位徘徊，分析其中的原因主要是地域性关系，因为复旦大学在 2006 年前一直堪称上海乃至中国最好的大学之一（见表 2），这种刻板印象直接影响了上海高三学生的选择，这也是复旦大学高考录取分数线常年居于上海地区第一位的主要原因。

表 2　武书连 2003~2008 年上海大学排名

排名	2003 年	2004 年	2005 年	2006 年	2007 年	2008 年
	校名	校名	校名	校名	校名	校名
1	复旦大学	复旦大学	复旦大学	上海交通大学	上海交通大学	上海交通大学
2	上海交通大学	上海交通大学	上海交通大学	复旦大学	复旦大学	复旦大学
3	同济大学	同济大学	同济大学	同济大学	同济大学	同济大学
4	上海二医大	上海二医大	华东师范大学	华东师范大学	华东师范大学	华东师范大学
5	华东理工大学	华东师范大学	上海二医大	华东理工大学	华东理工大学	华东理工大学
6	华东师范大学	华东理工大学	华东理工大学	上海大学	上海大学	上海大学
7	上海大学	上海大学	上海大学	东华大学	东华大学	东华大学
8	东华大学	上海财经大学	东华大学	上海财经大学	上海财经大学	上海财经大学
9	上海财经大学	东华大学	上海财经大学	上海师范大学	上海师范大学	上海师范大学
10	上海师范大学	上海师范大学	上海师范大学	上海理工大学	上海理工大学	上海理工大学

（2）在调查结果中，出现频率很高的同济大学、华东师范大学、上海财经大学、华东政法大学和上海外国语大学，都不在大学排名的前 10 强中，并且都是上海的大学，这说明大学的地域性在上海高中生心目中有重要影响，并且影响远远大于大学排名。

（3）排除地域差异，我们发现北京大学的出现频率要大于清华大学，复旦大学被提及的次数也要远远高于上海交通大学。但在武书连的大学排名中，恰恰相反。分析其原因，我们认为北京大学和复旦大学以文科或是综合学科出名，它们的校园文化比较提倡张扬个性。众所周知，北大被誉为中国大学的"思想之库"，其校训就为"慎思明辨，博学审问"；复旦大学是"海派"文化最典型的代表，其校训为"博学而笃志，切问而近思"；而清华大学和上海交大被认为是中国理工科大学中最顶尖的学校，一直以务实内敛为其文化的内核，清华的校训是"自强不息，厚德载物"；上海交大的校训为"饮水思源，爱国荣校"，其对外的宣传力度、学生的张扬程度比起北大和复旦大学都弱一筹。

2. 请问您希望进入中国哪所大学？

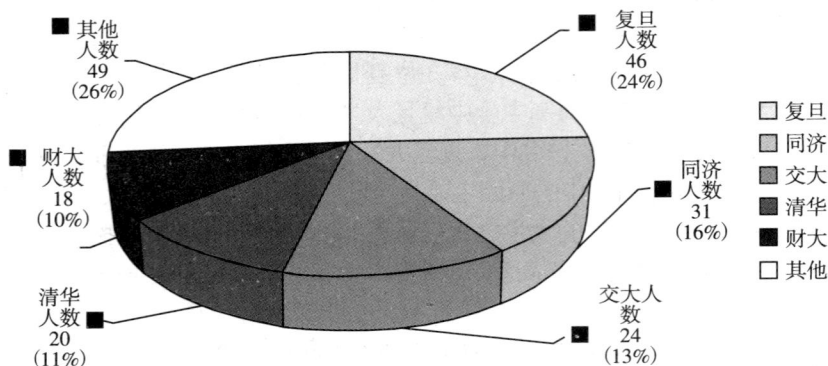

图3　学生选择的大学比例

对于这个问题，首先，选择复旦大学是自己希望进入的大学的人数达到了调查总人数的将近25%；其次，只有10%的同学将大学排行第一位的清华大学列为希望进入的大学；在第1题的回答中高居首位的"印象最深刻"的大学——北京大学，只有5位同学选择希望进入。

由此我们发现，上海高三学生想进入的大学并不完全是大学排行最前列的学校。把此数据与上一题的结果对比可以看到，学生选择的希望进入的学校与他们印象最深刻的学校也不太一致。那么是什么原因形成这样的反差，又是哪些因素影响学生选择自己希望进入的大学呢？通过访谈，我们认为主要有4个原因：

（1）地域文化。上海一直是中国的经济中心、中国时尚的风向标，上海人也常常以此为豪。这种地域文化滋养了上海人不愿意离开本地到外地学习、工作、生活的特点，在此调查问题中表现得非常明显。在选择最多的五所高校中上海高校占了4所。复旦大学、上海交大作为上海最好的两所高校，历来是上海考生、家长和老师津津乐道的名校，并且作为上海本土学校，在那里求学不用远离家乡、离开父母，自然是上海考生的理想学校。我们从网络资料中也证实了这点：

从图4中可以看出，外省市在上海地区招生人数2001~2007年分别为：5981、6661、7131、8046、8095、8877、9236，虽然平均每年都有接近600人左右的增幅，但是10万多的上海地区高中毕业生中，从外省择校的学生比例明显很低，最高时，也只能达到总录取人数的不到10%。

（2）考生自身实力。毕竟每年能考进清华、北大的学生都是凤毛麟角，这次调查的对象是高三的应届上海考生，他们已对自己有了初步的定位，相较之下，复旦大学的入学门槛要比清华、北大低一些，同时也是百年名校，于是选择清华、北大的

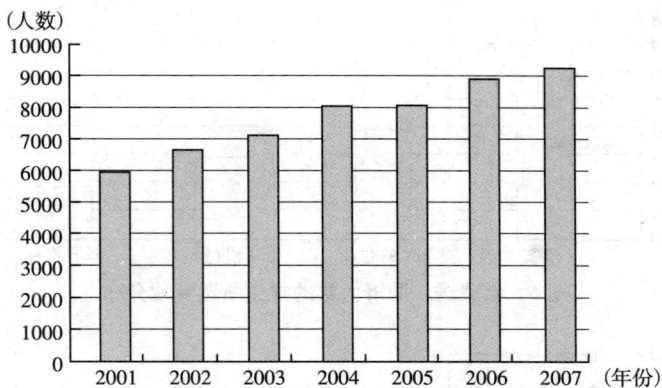

(人数)

图4　2001~2007年外省高校在上海的录取人数

上海考生就少了。但这并不代表学生对于这两所学校不向往，而是学生受到了自身实力的限制后而作出的一种决策。选择同济大学的上海学生较多的原因也是如此，如果学生发现自我评估时选择复旦大学和上海交大胜算不大时，一般会选择同济大学。

（3）学校的社会影响力。从调查结果看，上海考生很青睐复旦大学，这主要是由于上海交大虽然是百年名校，被誉为"东方的MIT"。但1950年的西迁，导致该校元气大伤，虽然其近年排名在复旦大学前面，但其社会影响力还是不及复旦大学；再加上复旦大学在媒体等各方面宣传得当，使之成为上海考生的首选也就不足为奇了。

（4）就业趋势。社会上职业的需求和就业趋势也是影响学生择校的主要原因。中国经济经历了30年的高速发展，自然带动对经济、金融等人才的需求，上海财经大学在这几年的"走红"就是受到社会经济高速发展的推动，使经济金融专业成为高校热门。

3. 请问您希望进入该大学哪个专业学习？

紧接着第2个题目，我们提出了"你希望学习你最想进大学的哪一个专业"的问题，希望了解上海考生对高校的专业了解程度。

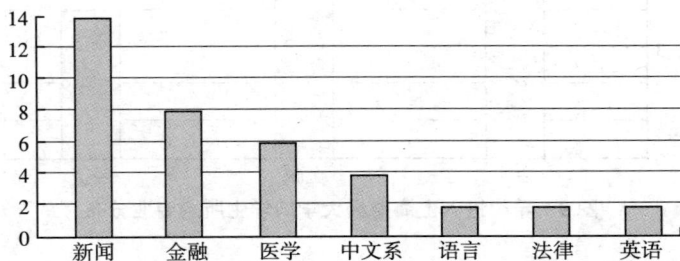

图5　希望进入复旦大学的学生所选专业分布

调查报告

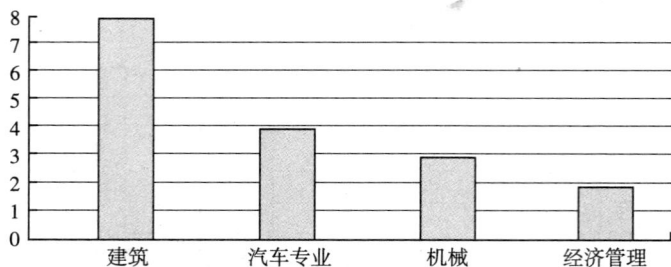

图 6 希望进入同济大学的学生所选专业分布

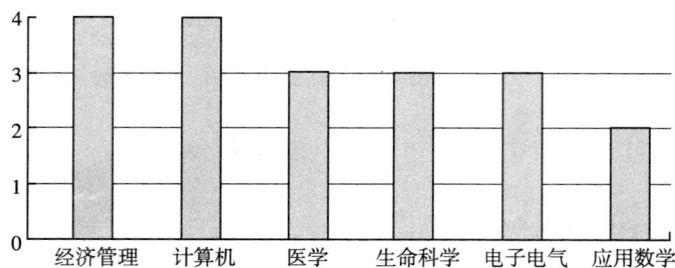

图 7 希望进入上海交大的学生所选专业分布

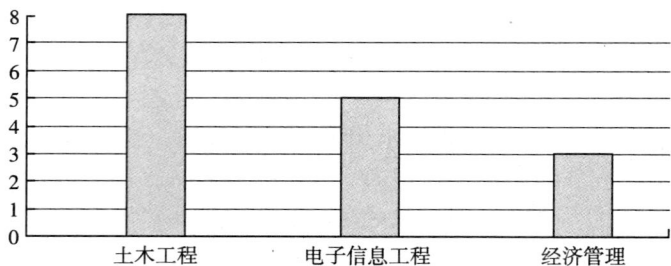

图 8 希望进入清华大学的学生所选专业分布

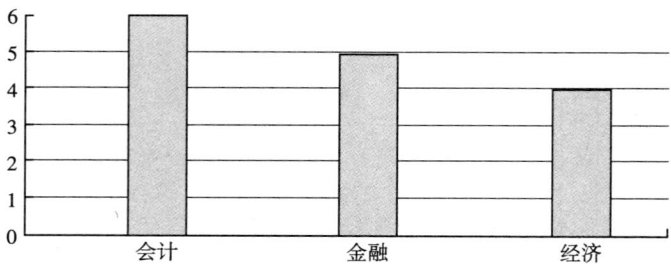

图 9 希望进入上海财经大学的学生所选专业分布

根据 2008 年武书连等所作的中国大学专业排行，我们来看一下上述各学校同学们所选专业的排名情况。复旦大学的文学学科（包含新闻、中文、语言、英语等）

排名为第 3 名 A++，法学学科排名为第 7 名 A+，医学学科排名为第 2 名 A++，金融专业更是位列全国第 1 名 A++。上海交大经济学学科为 B+，管理学科为第 5 名 A++，工学学科（包含计算机、电子电气）排名为第 2 名 A++，医学学科为第 3 名 A++，生命科学专业为第 2 名 A++，应用数学为第 8 名 A+。清华大学土木工程专业为第 2 名 A++，电子信息工程为第 1 名 A++，经济学科为第 12 名 A，管理学科为第 2 名 A++。同济大学在 2008 年中国大学工学 A 等学校排名为第 15 名 A。上海财大在 2008 年中国大学经济学 A 等学校排名为第 10 名 A。总的来说，虽然考生对专业的分类和偏好与专业排行个别地方有些出入，但大体非常相似，基本上都选择了上述高校的强势专业。从调查问卷中可以看出，上海考生对希望进入的大学的专业竞争力还是有一定的了解。

4. 你选择大学的理由是（根据重要性排序）：考分——学校排名——专业排名——所在城市——拥有名师数量——分配情况——其他。

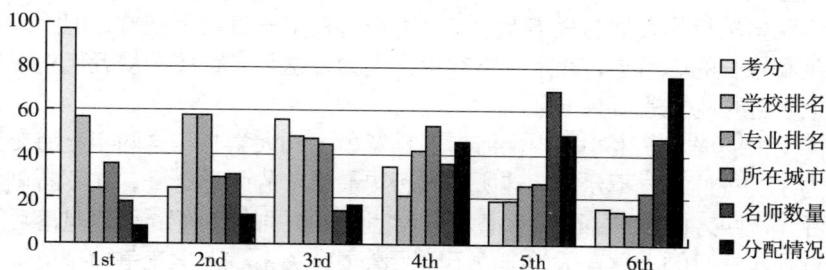

图 10　选择大学的理由重要性统计结果

表 3　选择大学的理由重要性统计结果

重要性理由	第 1 位	第 2 位	第 3 位	第 4 位	第 5 位	第 6 位
考分	98 人	26 人	58 人	36 人	21 人	18 人
学校排名	58 人	59 人	50 人	23 人	21 人	16 人
专业排名	25 人	59 人	49 人	44 人	28 人	15 人
所在城市	37 人	31 人	46 人	55 人	29 人	25 人
名师数量	19 人	32 人	16 人	38 人	71 人	50 人
分配情况	8 人	14 人	19 人	48 人	51 人	78 人

从以上图表中我们可以清晰地看到，上海考生在择校时，考虑第一位的是录取分数，而后是学校排名和专业排名，然后依次为所在城市、名师数量和分配情况。

因此我们可以得出：上海考生在择校时，最关键的还是对自己实力的评估，因为高考择校是每个学生人生的一次重大事件，需要慎重考虑，"知己知彼，百战不殆"。在调查中我们还发现有同学提到个人兴趣，并把它放在了第一位，这些都说明我们上海高三的考生还是比较理性的。但对学校的重视大过对专业的重视、对分配的重视，会造成就业的困难；对城市的重视会造成错过本可以进入更好大学的机会。

5. 学生心目中的好大学。

5.1　请依次填写你心目中最具竞争力的五所大学

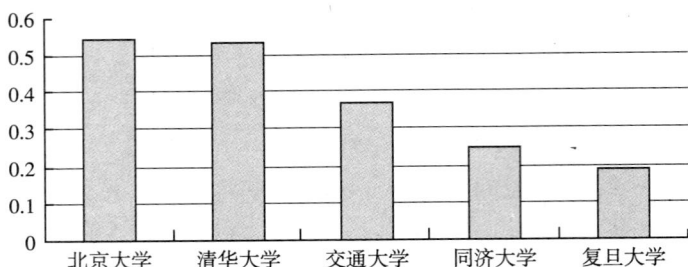

图 11　上海学生心目中最具竞争力的五所大学统计结果

　　从调查中我们发现，北京大学被认为是最有竞争力的，这与第 1 题的答案完全吻合，说明虽然清华大学在多年大学竞争力排行榜中一直居于榜首，但因为相比在上海考生和家长的心目中，北京大学却更具实力，这与它宣传和从近代史以来在中国历史上显赫的地位是分不开的。

　　上海交大能成为考生心目中上海市最具竞争力的大学，与这两年上海交大在大学竞争力中的排位是分不开的，这所中国历史最悠久的大学之一，在不断创新中焕发出青春，被西方评为"中国最有潜力进入世界 100 强的大学"；而复旦落后于同济大学与近几年复旦的大学竞争力排位不断下滑很有关系。大学竞争力排位虽不太影响考生选择学校，但影响考生对学校的评价。

5.2　请依次填写你心目中师资力量最强的五所大学

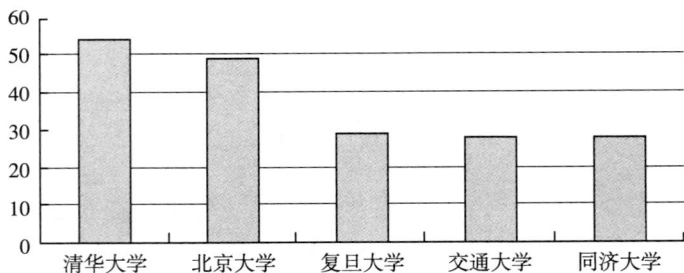

图 12　上海学生心目中师资力量最强的五所大学统计结果

表4 武书连2007教师资源排行

排名	大学名称	升降	得分	专任教师中副高以上人员的得分	两院院士人数得分	长江学者特聘教授人数得分	专任教师人数/学生人数得分
1	清华大学	←→	100.0	100.0	100.0	90.0	44.9
2	北京大学	←→	98.0	95.3	90.0	100.0	47.7
3	南京大学	←→	81.0	94.4	57.7	68.1	49.1
4	复旦大学	↑2	74.0	89.3	43.8	70.5	43.4
5	上海交通大学	↑2	68.0	83.1	46.2	48.6	48.3
6	浙江大学	↓2	65.0	70.8	39.2	73.0	41.5
7	中国科学技术大学	↑2	61.0	83.9	36.9	29.2	50.4
8	北京师范大学	↑5	61.0	99.1	20.8	21.9	37.9
9	中国农业大学	↑6	60.0	100.0	23.1	12.2	41.9
10	哈尔滨工业大学	↑16	58.0	83.4	34.6	21.9	46.8
11	南开大学	↓5	58.0	91.1	13.8	29.2	49.8

资料来源：武书连编：《2007年教师资源排行榜》。

从上面图表的比较可以看出，上海考生对大学师资的认知还是比较深入的，与国内权威机构的排名完全一致。清华大学在这个调查部分位居前茅，通过访谈，我们得出其原因：

（1）办学理念。清华校长梅贻琦先生当年选定的大学理念"所谓大学者，非谓有大楼之谓也，有大师之谓也。"这一理念不仅为当时的清华笼络了全国乃至世界最优秀的教师，也成为中国所有大学办学的座右铭。

（2）名师云集。中国近代上有名的学者都曾在清华任教，比如清华国学院"四大名师"：王国维、梁启超、陈寅恪、赵元任；中文系的朱自清、闻一多、季羡林、潘光旦；物理系的叶企孙；数学系的王作溪、熊庆来、华罗庚；建筑系的梁思成、林徽因等都在历史上写下过恢弘的篇章。所以，在清华"名师上讲堂"，知名教授活跃在教学一线，是清华人才培养的重要传统。在教育部评选的百名"高等学校教学名师"中，清华大学共有7名教师入选，居全国高校之首。在已经进行的4届高校青年教师奖评选中，清华共有18位教师当选，是入选人数最多的高校。可见，人们对清华的师资力量的质量有着非常高的期望，并且也相信这个学校有这样的水平。

北大因其师资力量雄厚紧随清华之后，北大的中国科学院院士人数已达46人，中国工程院院士人数达到7人。在"973"项目中，北大成为目前国内出任"973"项目首席科学家人数和承担"973"子项目最多的单位。

复旦大学、上海交大和同济大学的师资力量在学生心目中差别并不大，而复旦较前三所学校略为领先，可以看出复旦作为上海王牌高校的根基还是很深的。

调查报告

5.3　请依次填写你心目中生源最好的五所大学

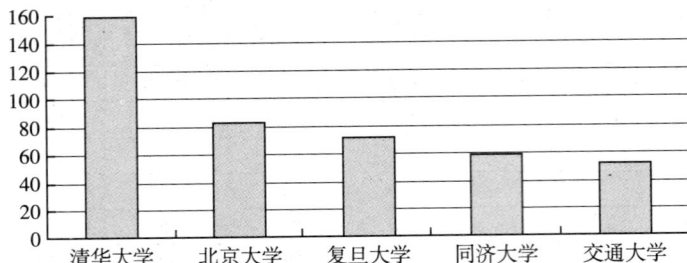

图 13　上海学生心目中生源最好的五所大学统计结果

被调查者普遍认为清华和北大历来被视为中国的最高等学府，而且申请入校的考分之高，令大多数学生望而生畏，非佼佼者绝不敢随意挑战这两个学校，当然，能考取这两校的学生成绩成也一定出类拔萃。

考生认为清华会被列为第一，是因为它是偏理工科的学校，现在选读文科的高中生大多数是因为理科较差，而理工科招收的人数一般又为文科的两倍，所以大部分优秀的生源都在理科。此外，清华的人文积淀也是吸引优秀考生的重要原因。北大位居其后主要是因为比较偏文科。

而同样是偏理工科的上海交大的排位只为第 5 名，在 2007 年中国大学学生情况排行榜上，上海交大的学生情况排位只处于第 14 位，甚至呈下降的趋势，这与我们调查中学生心目中对上海交大生源的评价完全相符。访谈得知，高三学生对交大学生情况普遍认可度不高是因为上海交大人文的气氛较弱，学生的个性发挥自由度少，优秀的生源都愿意到复旦，因为他们认为复旦更能提升自己的综合能力。

5.4　请依次填写你心目中科研水平最强的五所大学

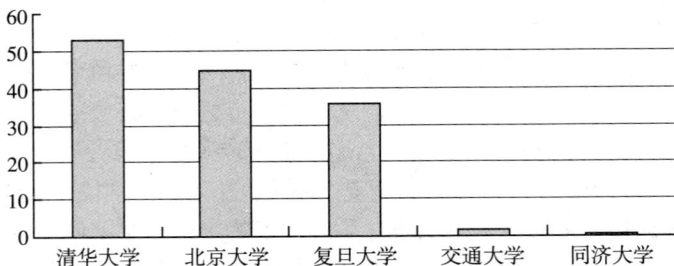

图 14　上海学生心目中科研水平最强的五所大学统计结果

表5　2008年中国大学前100名科学研究得分

校　名	科学研究		
	得　分	自然科学研究	社会科学研究
清华大学	160.88	141.65	19.23
北京大学	122.25	86.52	35.73
上海交通大学	84.42	77.72	6.70
复旦大学	72.80	51.82	20.98
同济大学	24.92	22.53	2.39

　　从调查中得出，清华、北大依然是考生心目中最具研究力的大学。广东管理科学研究院武书连率领的《中国大学评价》课题组在2008年3月完成了国内首次全国普通高校80个研究生一级学科的评价。评价结果表明，清华大学在工学领域优势明显，北京大学在法学、理学、医学领域占有优势；清华大学获14项第一名，北京大学获13项第一名。南京大学、中国农业大学各获5项第一名。上海交通大学、武汉大学各获3项第一名。非常明显，清华较其他各校略胜一筹。而且历来，我们报纸上看到的新闻都让我们感觉清华更有科学气息。

　　在上海版图的高校复旦可以说在考生心目中是遥遥领先，而排名还在复旦之前的上海交大在考生心目中竟然远远落后于复旦大学，这与前面对师资的调查相差很大，也与广东管理科学研究院武书连不太相符。通过调查得知，学生认为的科研能力就是报纸或网络中经常看到的学校的科研成果获奖、受表彰的次数，可见考生对此高校的科研情况还缺乏深入的认知。

5.5　学生心目中学术气氛最好的五所大学

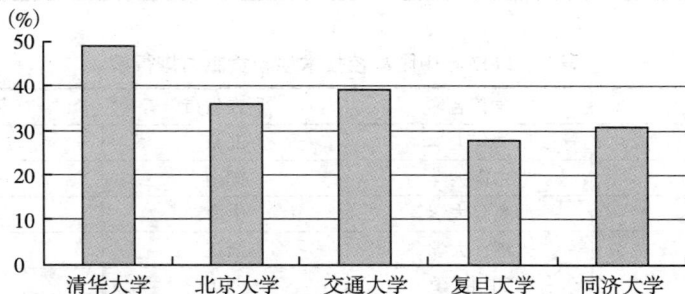

图15　上海学生心目中学术氛围最好的五所大学统计结果

　　从调查中可知，除清华、北大外，认为上海交大的学术气氛很好的人数比例位居第三，领先于上海其他高校。通过访谈得知，考生们认为偏理工科的学校学习压力要大，用在学习上的时间就相应比偏文科大学要多，自然学风就要好得多。

　　但实际上，科研水平与学术氛围是正相关的，也就是说科研水平和学术氛围的排名应该是一致的。因此我们认为，同学们对学术氛围的认识还比较模糊，对学术氛围的认识仅仅停留在学风和校风上。

5.6 学生心目中创新力最强的五所大学

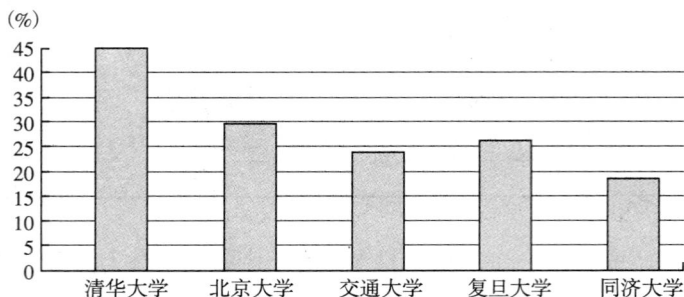

图16 上海学生心目中创新力最强的五所大学统计结果

表6 2007年中国高校知识创新贡献力排行榜

名　次	学校名称	所在省市	奖励数
1	北京大学	北京	26
2	南京大学	江苏	15
3	清华大学	北京	14
4	吉林大学	吉林	7
	南开大学	天津	7
	复旦大学	上海	7
7	浙江大学	浙江	5
	中国科技大学	安徽	5
9	上海交通大学	上海	4

表7 2007年中国高校技术创新贡献力排行榜

名　次	学校名称	所在省市	奖励数
1	清华大学	北京	34
2	中南大学	湖南	12
3	复旦大学	上海	10
4	浙江大学	浙江	9
5	四川大学	四川	8
	上海交通大学	上海	8
	西安交通大学	陕西	8

资料来源：《2007年中国大学排行榜》。

就创新能力分析，在我们的调查中发现，清华、北大依然牢牢占据排行榜的前两位，分别为32%和24%（见上图）。这与武书连的大学排行基本一致，但是在之后的几个排行中，上海的两所重点高校——复旦大学、上海交大，都被上海考生认为是创新力的代表，在第三位、第四位的排名选择分别为24%和26%（见上图），都能稳居前五名之列；而根据武书连大学排行的结果，排在清华、北大之后，复旦大学、上海交大之前的有较强的知识、科技技术创新力的大学还有南大、浙大、中南大学、南开大学等一系列的全国一流大学。因此，不难发现，上海考生在对全国知名大学的科研、创新实力的认识上还存在不小的偏差，他们往往只是关注上海本地高校，低估甚至忽略了其他省市一流的重点大学的实力。这样的认识使得上海高校对上海考生的吸引力大大加强，这种对复旦大学、上海交大的偏好为招生带来了便利，但同时也在客观上缩小了上海考生高考志愿的选择范围，加剧了选择上海学校的学生之间的竞争。

5.7 学生心目中理科、工科、文科实力最强的五所大学

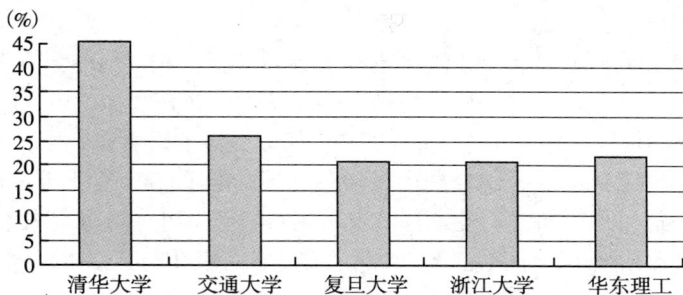

图17 上海学生对各高校理科实力评价

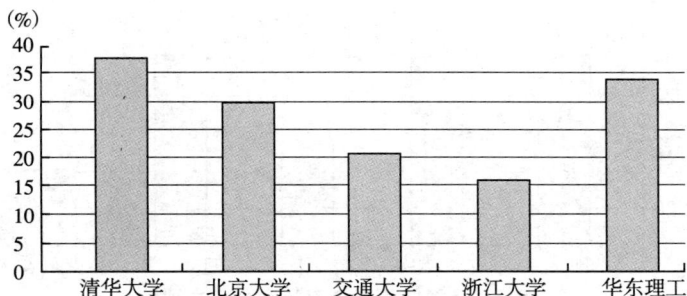

图18 上海学生对各高校工科实力评价

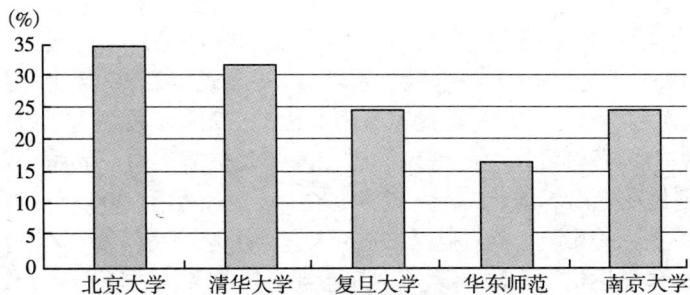

图19 上海学生对各高校文科实力评价

调查报告

表 8　2007 年中国文、理、工、医学科排行榜

	1	2	3	4	5
工科	清华大学	上海交大	浙江大学	哈工大	天津大学
理科	北京大学	南京大学	中科大	浙江大学	清华大学
文科	北京大学	人民大学	复旦大学	武汉大学	北师大
医科	北京大学	协和医科大学	复旦大学	中山大学	上海交大

资料来源：武书连编：《2007 年中国大学排行榜——文理工医排行》。

　　在各大不同科类的排行调研中，有很多在全国大学综合实力排行上没有进入前十，甚至前二十的上海本地高校。在对理科和工科实力排名的调查中，华东理工大学尽管在全国排名并不高，但在上海高考上海考生的认知中，华东理工大学在理科和工科上的影响力与复旦大学和同济不相上下，甚至有和上海交大这样的老牌工科名校一较高下的气势；而在工科实力排名的调研中，华理更以 34% 的优势领跑第五位（见图 18）。由于在上海考生对本地高校偏好度较高的因素影响下，华东理工大学在上海高校的理工科上的声誉较高，虽然在全国排位不在前二十列，但也成为很多上海考生希望进行理工科学习的选择。文科方面，与华东理工大学相似的是华东师范大学和华东政法大学，尤其是华东师范大学，它可以在前五强中稳据一席。

5.8　学生心目中医科最强的五所大学

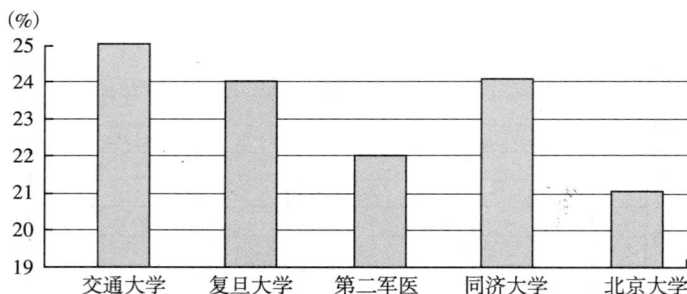

图 20　上海学生对各高校医科实力评价

　　在医科这一科目上，上海交大的排名高居榜首（见图 20），这得益于和原上海第二医科大学的合并（上海第二医科大学由圣约翰大学医学院、震旦大学医学院、同德医学院于 1952 年全国高等学校院系调整时合并而成）。1997 年上海第二医科大学通过了"211 工程"正式立项，是国家重点建设的"211 工程"大学之一，在医科领域，该校的实力不容置疑，由此带来的对上海交大整体实力、品牌影响力的帮助更是巨大。特别是在上海本地，二医大的声誉由来已久，并且 2005 年的两校合并在社会上也产生了广泛的影响。这些因素的综合将上海交大在上海地区医科的品牌号召力大大提升，医学学科进入国内第一方阵，社会影响和声誉不断上升，学校的整体实力也不断增强。

四、研究结论及建议

综上所述，经过我们调查与分析，发现影响上海中学生高考择校的主要因素有以下几个方面：

（1）品牌传播因素。中学生对于大学的评价与大学实际实力之间有着明显的差异，中学生及其家长对于大学的实力并没有一个全面准确的了解。一些近年来实力显著增强的高校（如上海交大）在中学生心目中并没有获得相应的地位；另外一些同样属于国内一流的外地大学（如浙江大学、南京大学、华中科技大学等）更是被上海考生普遍忽视。因此，我们认为高校在抓研究的同时还必须推广自己的品牌。

（2）学科专业因素。有些大学的学校品牌实力并不是很强，但有些专业很强。同济的综合排名在20多位，但上海的学生对其关注程度很高；同样地，华东理工和上海交大医学院也是这类的典型。特别是上海交大医学院（原上海第二医科大学）排名不及上海第一医科大学，但依靠其在上海市就拥有15所三级甲等附属医院的影响力以及上海生源的良好就业前景，在上海学生中建立了很好的声誉。

（3）地域文化因素。从调查中可以明显看出上海的学生对于上海的高校有明显的偏爱，而对于上海之外的高校，除了北大、清华这样顶尖的高校外，他们仅对南京大学、浙江大学有所了解，而如西安交大、中国科技大学这些排名在前十位的学校就很少了解。相比之下华东理工、华师大尽管排名不靠前，但是上海学生对其十分关注，说明上海学生对于上海高校的关注程度远超过对其他高校的关注。这种较强的地域性选择倾向在上海、北京尤为明显。

（4）理想主义因素。中学生对于大学志愿的选择还是比较理想化的：更多考虑的是分数、排名等问题，但对现实的分配就业问题往往关注不够，只考虑能否进校，而对于在学校内，以及毕业后的问题考虑不足，过于理想化，从而导致对于未来的目标追寻的盲目和不确定。

根据上述结论，我们给考生的建议是：

上海的高三学生应该日后更加关注一下大学排名等较为权威的大学实力排行，不能单单受到周围亲戚朋友意见的影响。因为从上述分析来看，地域性对于上海学生对大学的认知度上影响太大。如果高三的学生只是关注本地区的若干所大学、人云亦云，那将会错过其他很好的大学。所以，可以将视野放宽，那么将在择校中拥有更广阔的选择范围。高中应该注意培养学生对大学的正确认识（而目前高中生对大学综合排名的认识都过于单一和片面），只有对大学有了正确的认识，高考学生才能从他们的自身实际情况出发，理性地选择大学。同时，应把眼光放远，把专业、就业等方面的因素也视为考量的重要指标，这是考生真正进入社会的桥梁与核心能力，而不应只考虑眼前是否能进入名校。

我们给高校的建议是：

（1）各个大学，特别是外省市的大学（上海以外）的大学应该增大在上海的宣传，政府也应该采取更大的扶持力度，但这种宣传面应该涉及初中和高中（而非仅针对高三学生）。外省市大学在上海进行宣传时尽量以其实力最突出的部分为主（而不要仅仅以综合实力或综合排名为主），尤其突出与热门专业相关的学科实力的宣传。而且我们认为，目前上海高校应该注重以某些学科为重点的发展方向，而不要一味地突出综合实力，在上海考生心目中建立起自己的学校品牌知名度。

◎ MIT 与哈佛紧密相邻，却又风格迥异。◎

（2）高校在高考宣传时，对自己学术研究和科研水平的宣传不宜投入太大，应该更注重学习氛围和专业优势的宣传。我们认为对于科研和学术研究的宣传应该更注重平时点滴积累。

（3）高校应努力发展优势专业。有学者认为："走向综合化，这是世界上高水平大学发展的必然趋势。"譬如牛津、剑桥、哈佛这些名牌大学，原是文科为主后来发展为文、理、法、管、医、工结合的综合大学；MIT、加州理工学院以及德国的柏林工业大学都是从技术学院逐步走上了理、工、文、管相结合的发展道路。但是，从最近几年美国大学排名来看，各学科齐头并进、门类齐全的大学的排位普遍落在其他类别大学之后，而像普林斯顿、加州理工学院这样实际上只有理、工、文等少数学科的，却始终处于美国大学排行榜的最前列。从华东理工、华东政法这些大学近年来的飞速发展中也可以看出："认为只有理、工、文、管、经、法、农、医等学科门类齐全的综合大学才能成为世界一流大学的认识是武断的，通过组建联合舰队办世界一流大学的做法也是值得深思的"。在学科建设中发展学科特色、能够在某些特色学科上率先达到全国领先并且享有良好的声誉，也是一条发展路径。

希望我们的报告能够对上海地区高校的招生以及高考学生的择校有一定的帮助。

高考择校因素调查

打扰你了！我们在做一项公益性的高考择校因素调查。非常感谢您的支持。

1. 请写下您印象最深的五所中国大学的名称：
2. 请问您希望进入中国哪所大学？
3. 希望进入该大学哪个专业学习？
4. 您选择大学的理由是（根据重要性排序）：_____考分，_____学校排名，_____专业排名，_____所在城市，_____拥有名师数量，_____分配情况，_____其他（请注明_____）。

5. 根据您的了解，请回答：

序号	问　题	1	2	3	4	5
1	请依次填写您心目中最具竞争力的五所大学					
2	请依次填写您心目中师资力量最强的五所大学					
3	请依次填写您心目中生源最好的五所大学					
4	请依次填写您心目中科研水平最强的五所大学					
5	请依次填写您心目中学术氛围最好的五所大学					
6	请依次填写您心目中创新能力最强的五所大学					
7	请依次填写您心目中文科最强的五所大学					
8	请依次填写您心目中理科最强的五所大学					
9	请依次填写您心目中工科最强的五所大学					
10	请依次填写您心目中医科最强的五所大学					

谢谢！

调查报告

域
外
撷
英

且行，且思。
读万卷书，行万里路。
只有当足迹踏遍世界，才能真正拥有一颗世界的心。

我的模联生涯（HMUN2010）

记得，初入模联时所听说的"每一次模联经历都是一次全新的感悟，都会改变很多"。彼时，半信半疑；不料，当自己经历过模联会议的洗礼后，站在高中模联生涯的尽头，却多少觉得，这句话确是最好的概括。

历史悠久的哈佛模联，在这样的过程中结束中学模联生涯，多少显得有些不寻常。

从初到酒店时的人声鼎沸，许多种不同语言交织着撞击着耳膜；到一放下行李就开始穿过长长的迷宫般的走廊，寻找着房间与会场间的最佳捷径；虽然本次会议的地址依照惯例选在波士顿的希尔顿酒店而非哈佛大学校园，连以往常有的一个在哈佛校园内举行的 session 都没有安排，但目光、感觉所及之处，竟觉不到些许度假般轻松的气息——作为模拟外交工作的模联，本身就像一场没有硝烟的战斗。作为在全世界模联中地位极高的哈佛模联，更是将这一特质发挥到淋漓尽致。经过简短但不失有趣的开幕式，紧张而充实的会程正式开始。

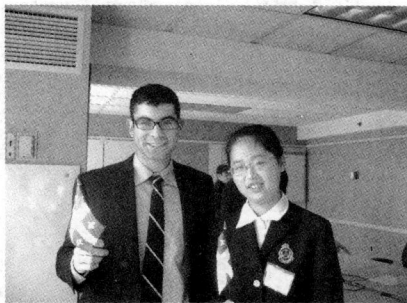

◎ 我们组辩论魁北克独立问题，与主办方代表的合影。◎

这一回哈佛模联，我在会前申请了特殊委员会，并最终被选入特殊委员会之一——本次会议唯一的未来委员会 Le Congrès Provincial du Québèc, 2016。这是一个由十数人组成的小委员会，但这个委员会的代表们许多都是各校的学生会主席等或者有着丰富模联经验的代表，相应的，议题也非常富有挑战性：成员在会议中要模拟加拿大魁北克省的最高权力机构，进而决定一省独立与否以及独立投票如果成功之后的各项事宜。

作为一个危机委员会，又是讨论如此敏感而重要的议题，会议的气氛从一开始就陷入剑拔弩张之中，危机层出不穷。作为一个秘密委员会，我们有很多想法都无法实现，而接二连三的政策的改变，使用法语的人群、使用英语的人群与土著居民之间似乎不可调和的利益冲突，国际形势的风云变幻，不断地为会议增加了不确定性。会议中，我们经历了其中一个代表出去之后就被"暗杀"而被迫更换角色的恐怖事件；经历过终于努力平衡好各方关系后突然一个危机进来，令之前所有的努力付之东流的沮丧；经历过半夜一点被叫醒，然后坐在一个没有灯的房间里，四周有"荷枪实弹的警察"守候，不准互相间说笑，最后被告知我们的主席已被秘密逮捕的

域外撷英

窘迫，而我们的任务，仍将继续……虽然我们都知道这只是一场假想出来的会议，但真正身临其境，却感觉真实得像一切都确实地在室外发生着，我们必须考虑到所有的方面，毕竟变革，几乎不可能是在平安中完成的。

也许正是这种紧张与不确定，让这个委员会变得富有凝聚力。面对危机，我们共同应对；面对紧张的气氛，总会有人站出来调侃或是想出轻松而富有创造性的点子……与很多的一般委员会主要在调和各国，也就是各个代表间的立场、利益与思路差异不同，在我们委员会中，大家面对内部分歧时总是尽量以最快速度调和，因为我们都知道，我们的目标是相同的。

四天之后，我们已经习惯了层出不穷、千奇百怪每五分钟发生一个的危机，习惯了走到哪里就讨论到哪里，习惯了 page 满天飞、一个 session 中 pass 和 table 十几个 motion，习惯了将那些流程和用语背得滚瓜烂熟、脱口而出。

最后，我有幸得到一个委员会内部的"最佳人气奖"，但得奖与否，在与同伴们这些天共同努力、荣辱与共之后，已经显得不再重要。还记得颁奖时，大家对获奖代表们发自真心的祝贺，还记得在大家各奔东西之前不忘照相，互留联系方式。

我们终将踏上属于各自不同的路，但在这之前，模联生活是我们共同的美好回忆。

我们依然在社交网站上互相留言，在只属于我们的群里对话，纪念会议中虚拟出的纪念日。

渐渐地，讨论的开始不只是模联；渐渐地，"同事"成了朋友。

也许大家都会有那么些日子，各自忙于自己的学业与其他，不再联系，可是，无论走到哪里，只要有关当时的点点滴滴，总会想起那些一起笑、一起着急的不眠的日子。急着到群里说出自己的见闻，却发现原来大家都是如此。

也许我们以后不会再见；也许我们之后所选择的道路会和政治渐行渐远；也许这会是我们人生中的最后一次模联。

但那又如何。

至少这次，我们已经带走了值得终生珍藏的美好回忆。

美国的 Meltingpot 与加拿大的 Multiculture

2010 年寒假，趁着到 Harvard 参加的"模拟联合国"比赛的机会，我周游了美国东海岸的 San Francisco、Los Angeles、Las Vegas、San Diego，中部的 Chicago，西部的 New York 和 Boston 等城市，当然有点走马观花，但也算对美国有了零距离的接触。

◎ 西雅图的郁金香名气比不上荷兰，但质地并不差。◎

2010 年暑假，我又到了加拿大，探望在 University of British Columbia (UBC) 做访问学者的妈妈。我们从加拿大的西海岸的 Vancouver 一直游到中部的 Toronto、Montreal，到东部的 P.E.I.。在一个月多的游学中，真切地抚摸了这个世界上面积第二大的国度。

这两个位居北美的国家，有着相同广阔的领土，有着相同的语言，有着相同为数众多的移民……在太多的相同之处，却在文化上有很大的差异：美国是 Melted-pot 的文化氛围，加拿大更多地表现出的是 Multiculture。

把美国文化比喻成 Meltingpot，始于剧作家伊斯雷尔·赞格威尔 (Israel Zangwill) 1908 年创作的《熔炉》(The MeltingPot) 中一位人物的宣称：

"Understand that America is God's Crucible, the great Melting-Pot where all the races of Europe are melting and re-forming! Here you stand, good folk, think I, when I see them at Ellis Island, here you stand in your fifty groups, your fifty languages, and histories, and your fifty blood hatreds and rivalries. But you won't be long like that, brothers, for these are the fires of God you've come to-these are fires of God. A fig for your feuds and vendettas! Germans and Frenchmen, Irishmen and Englishmen, Jews and Russians-into the Crucible with you all! God is making the American." （听说美国是上帝的坩埚，是正在熔化和改造欧洲各种族的大熔炉！你们的世仇和宿怨算得了什么！德国人和法国人、爱尔兰人和英国人、犹太人和俄罗斯人与你们统统都进入大熔炉！

域外撷英

上帝在制造美国人。)①

这个词由此流传开，一直沿用至今，比喻美国文化并非单一的英国殖民地文化，是融合世界各种不同文化而形成的一种新型文化。这种文化不仅在多文化的交融中具有鲜明的个性特性，而且还有极强的融合性，就如一个大熔炉似的把不同文化融合、趋同。

这很像中国的 hotpot，把各种的菜肴放在 pot 一起煮，煮久了，菜肴的味道就很相似了，比如牛肉、羊肉；还有的煮着煮着就很难找到了，溶化在 pot 之中，比如土豆、豆腐。可以说 hotpot 本身汤底的味道就很好，所以凡是放入汤内的菜肴都被这种味道浸染，成为带有这种独特汤味的佳肴，很难再吃出原来菜肴各自不同的味道。这就是中国的独具特色的 hotpot。

其实在美国的 Meltingpot 也是同样的。移民在政治、通婚、工作、教育等方面享受自由与平等的基础上，可以保留各自国家的风俗习惯，但基本限于各自的小群体及小氛围，如 San Francisco 的 chinatown，这是北美最大的 chinatown，在这里保留着很多的中国习俗与传统，甚至可以用 Mandarin 或 Cantonese 进行交流，可这也只局限于 chinatown，除此之外，在美国的其他地方你还是最好用英语，因为那才是唯一的官方用语。在美国，使用其他语言的课堂历来受到抑制，所以超过 80% 的美国人在家里只说英语，好多移民的后代基本不会说自己国家的语言了。虽然在美国是人人平等，但能进入内阁的华人或其他有色人种还是很少，现任总统 Barack Obama 是美国百年历史中唯一的非白人总统，而女性总统到现在还没有在美国的政治舞台上出现过。

所以，我认为，说美国的 Meltingpot 包容了所有不同的文化是绝对正确的，因为美国是一个由于殖民和移民而产生的国家，民族和文化都呈现出很多元化的特征。即使是现在，每年也有大量的新移民前往美国，这注定了美国不可能是一个文化单一的国家，但不同的文化和思维在美国的大背景下冲撞，最后都选择了妥协，就好像一个不停在冒泡的大熔炉一样，每一个人都随着这种融入过程，趋于认同接受，最终融合统一到现有的美国文化之中。这种包含了原本文化的融合与统一，才是美国真正 Meltingpot 的特点。就如同在美国生活久了，你一定会说哪怕蹩脚的英语，会习惯"以车代步"的生活模式，会尊重周末一定不用工作"骚扰"他人的习俗；会重视个人的奋斗，会认为"我与专家、权威、传统平等"；②会强化敢于冒险、勇于创新的理念，会崇尚"有用、有效、有利就是真理"③的生活模式；会相信这样的格言："一个人富裕到什么程度，就表明他的才能实现到了什么程度"④……

而加拿大的文化则与美国完全不同。

---

① As quoted in Gary Gerstle American Crucible; Race and Nation in the Twentieth Century, Princeton University Press, 2001.

②③④《美国文化特征》，http://www.lordoftours.com/wenhua/851/。

这里奉行的是 Multiculture，也就是说这个国度强调不同文化各自的独特性。"Multiculture" 这个词最早在 1957 年用来描述瑞士的政策，1960 年被加拿大政府接受并开始推广，以保护国家之内的多民族文化，所以也有人把加拿大的 Multiculture 称为文化马赛克文化（Mosaic），即是用来指的是多种不同的文化在一个城市、一个社会或某些地区不同文化背景的人相处。In other words, it implies that immigrants, and others, should preserve their cultures and the different cultures should "interact peacefully within one nation"。① 即移民应该保持其各自的文化，而且这种不同的文化应该与本源的文化在一个国家互动发展。在加拿大，Multiculture 主要表现在宽松的出入境管制方案、双语并存，为少数民族提供特权等，加拿大是世界上为数不多的国家允许双重国籍的国家（这在美国是一定不行的），也是为数不多的国家采用双语（英语和法语）作为官方语言的国家。为了保护法国后裔的文化环境，Montreal 这个大都市基本上还是保持着法国统治时的文化模式。不仅如此，政府每年还大量拨款资助 Montreal 全方位的法兰西文化建设，这在全世界也是仅有的一地。除法语外，华语在加拿大也是很受重视的，在 Vancouver 的 Richmond 专门有用中文教学的小学，在 Vancouver 的很多商业机构及政府机构，都可以用华语进行交流。加拿大的政府现任 Canada's Governor General 是海地移民 Michaëlle Jean，前任 Canada's Governor General 是来自香港的移民伍冰枝（Adrienne Clarkson），这两位都是女性。在加拿大政府中，Canada's Governor General 一般是由少数民族来担任，充分体现了少数民族参政的政策。

这就是加拿大的 Multiculture：包容、自由、各成体系、兼容并成。

也许我的观察有些片面，也许我的体验不太深入，也许我的资历还不能很好领悟文化，也许我的知识还不能透彻地解读社会的本源，但在游历中我认识的美国的 Melingpot 与加拿大的 Multiculture 最大的不同就在于：美国的 Meltingpot 的文化含有熔炉的锻造的过程，即是放弃很多自身文化，融入 Pot 的文化之中；加拿大的 Multiculture，则更多地强调保护各自文化的本源。

我想这也许就是两个临近的发达国家的最大区别之一吧。

---

① The Canadian "Cultural Mosaic" and the American "Meltingpot": Reality or Fiction?

Time Square 的广告魅力

如果让我来评，纽约最有特色的地方一定会是 Time Square（时代广场），而 Time Square 中最引人注目的就是那铺天盖地、艳光四射的广告牌。

走在第 43 街 8 号和 7 号之间的三角地带，抬头望去，整个 Time Square，除了高楼缝隙中的蓝天之外，就是满眼巨幅的电子广告牌。这些 24 小时不停息地以数秒钟的速度变换着的精致广告片，就如一道亮丽的风景线，装点着并不大且没有太多自然景观的 Time Square，让它成为纽约最引人注目的地区。

Time Square 的广告牌呈现的大多是世界著名的企业品牌，例如，Coca Cola、Samsung、HYUNDAI、HSBC、Kodak、Bank of America、Panasonic、Nasdaq 等，因为在这寸土寸金的 Time Square，要租用一个广告牌可是价值不菲。以 Time Square 四座纳斯达克交易所外的 "Nasdag" 标志与股市行情表荧幕为例，制作这个高达 36.6 米的荧幕使用了 3700 万美元，于 2000 年 1 月揭幕启用。光是租用这个位置，就花费纳斯达克每年至少 200 万美元。[1] 据说这还是很优惠的价格；2010 年 3 月 1 日 Time Square 仅树立 3 个月的"上海世博"广告牌，其运作就花去 18 万美元；[2] 纽约时代广场中心的 "CNN 新闻广告板"播放的韩国 "独岛属于韩国"的时长为 30 秒广告，广告费至少为 16 万美元；[3] 如此高昂的广告费用，让各大企业趋之若鹜，其中最重要的原因就是 Time Square 广告效果的魅力。

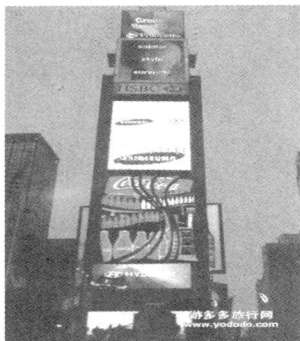

◎ 时代广场的广告牌。◎

众所周知的"广告"一词，源于拉丁文 Advertere，其原意是吸引人注意，之后演变为 Advertise，其含义衍化为"使某人注意到某件事"，或"通知别人某件事，以引起他人的注意"。既然是"广而告之"，自然选择媒体时，考虑的是让越多人知晓，被越多人记忆越好。

Time Square 地处曼克顿市的心脏地带，以 One Times Square 大厦为中心，附近聚集了近 40 家 Broadway Show 及 Off-Broadway Show 剧院，加上多间大型电影院，

---

① http://www.baike.baidu.com/view/405821.htm

② http://blog.sina.com.cn/s/blog_503c1c520100gygh.html

③ http://bjyouth.ynet.com/article.jsp?oid=63706334

每天都吸引逾 7 万人前来欣赏，是繁盛的娱乐及购物中心。每年的"新年倒计时"更是有超过 10 万的人到这里狂欢，① 所以 Time Square 又称为"世界十字路口"（Crossroads of the World），位于世界最著名的三条大街之首。

正是因为它独特的地理位置，成为了商家的必争之地。Time Square 不仅有惊人的人流量，而且几乎每一个到这里来参观的人都希望在此留影纪念，这一行为对于厂家而言，就是极大的诱惑。因为保留在相片中、保留在记忆中的美好记忆，绝对比单纯的商业广告效果要强得多，而且如同 New York 这个"不夜城"一般，24 小时不间断的广告的滚动播出次数远超于其他类型的广告所能达到的。同时 Time Square 的广告常常是商业金融气息与高科技艺术手段的完美统一，不仅具有强大的经济诱惑，还具有现代科技艺术竞秀的风范。这样的魅力，使 Time Square 平添了亮丽的风景线，也给游客提供了绚丽的驻足、留影之地。所以早在 1904 年 4 月 8 日将朗埃克广场正式更名为时报广场仅仅三星期后，第 46 街与百老汇交界的一间银行的外墙上就出现了广场上第一张广告。

◎ 巧克力广告做得好吧？妈妈说这叫"情景终端"。正所谓：教授就是把人人皆知的事情说得谁都听不懂。◎

因为地处 New York 这个世界金融中心的心脏，这里广告牌的天价也成为企业彰显实力的重要方式。企业的品牌要在消费者心目中占据一定的位置，企业的实力也是重要的影响因子。因为在一般的消费者心目中，名牌产品与名牌企业是息息相关的，而名牌企业一定是资金雄厚的企业。虽然相关度的联想有些牵强，但消费者用最简单、最直接的方式在心中衡量着自己认定的名牌。在这样的消费心理下，如果能在 Time Square 做广告，自然对企业品牌和企业形象都是极具正向的推动作用。这就是为什么我们看到的 Time Square 广告常常都是巨幅宏著的原因了。这里的广告费是不可以省的，因为它带来的巨额回报和长久效益远远超过多投入的资金。

广告的投入是计入成本的费用，这个费用说白了是需要消费者来承担的。如何让消费者心甘情愿地承担这个费用，并坚持不懈地追随企业的品牌？是广告人、企业家需要回答的问题，这也是现代企业家需要深思谋划的 marketing strategy。

也许，到 Time Square 看看，那些让人眼花缭乱、目不暇接、绚丽夺目的广告能告诉我们一些精彩的品牌成功的秘诀。

---

① http://www.beibaotu.com/related_topics/97421

域外撷英

HOLLYWOOD Sign

只要进入 Los Angeles（洛杉矶），首先映入眼幕的不是 Universal studio（环球影院），也不是各具特色的高楼大厦，更不是名扬世界的豪宅之地 Beverly Hills（比佛利山），而是位于洛杉矶市郊 Mount Lee 山顶上九个大大的白色字母："HOLLYWOOD"。

这个于 1923 年树立的标识，最初只是房地产商 Harry Chandler 的广告标识，但当洛杉矶变成了国际公认的电影之都时，这个标识有 HOLLYWOOD（好莱坞）字样的标识也就成为这个城市的标识。1949 年好莱坞商会和市政府公园处共同重新修缮了这个标识，新的标识每个字母 13.7 公尺高，9.3~11.8 公尺宽。"HOLLYWOOD"标志牌不仅是城市的象征，也是好莱坞文化的重要象征。[①]

虽然不过是很普通的九个白色字母，虽然它存在时间不过半个多世纪，但已经成了美国国家保护标志，在 2000 年美国 10 大地标排行榜中的第 9 名就是洛杉矶的"HOLLYWOOD"标志牌。[②]因为这个标识见证了"电影梦工厂"的兴起、发展以及鼎盛，它在电影历史的长河中深深地留下了自己的印迹。对于世界的很多电影迷来说，这块位于洛杉矶市郊山顶的白色"HOLLYWOOD"标志牌就同好莱坞所拍摄的那些经典电影和人物形象一样，是他们心目中难以磨灭的记忆。

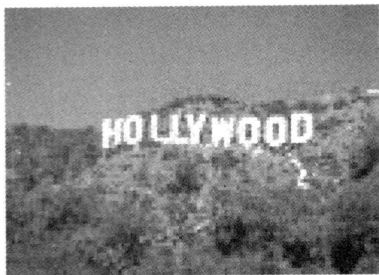

这样的记忆，在我们有 5000 多年历史的国度中有好多好多，但是否都如此真正得到完善保护呢？是很值得我们自问。要知道：昔日庄严肃穆的黄埔军校同学会旧址，竟摇身一变成为灯红酒绿音乐震天的摇滚酒吧。把革命历史建筑变成娱乐场所，暂不说这是否触犯国家的《文物法》，但从性质的改变就让人不由地思考这样的做法是否太过荒谬？

位于保亭、曾被认定为"不可移动文物"的"日伪军维持会"旧址在保亭国土环境资源局和商务局的联合拆除行动中被彻底拆毁。这座原名"保亭县维持会"的建筑原是日军侵略海南后为利用汉奸奴役保亭人民而修建的，在二十世纪六十年代

---

① http：//blog.liontravel.com/mark60308/post/2191/292/22062
② http：//www.epochtimes.com/gb/9/9/27/n2670460.htm

全国第一次文物普查期间被列入《中国文物地图集》，具有很高历史价值。

据中国之声《央广新闻》2010年4月26日的报道，一份关于苏州城墙最新的调查结果显示，苏州古城墙目前较为完整的部分仅占全长的8.22%，30%以上的古城墙被各类建筑物侵占，古城墙保护不容乐观；在呼和浩特北部大青山内的秦汉长城多次被采矿者严重破坏。要知道，这段秦汉长城是秦始皇所修长城的一部分，为汉代所沿用，是中国历史最古老、使用年限最长，且保存得最好的长城之一，是国家的重点文物保护单位。

数不清的文物破坏让我们不得不检视自己的行为，为了经济的利益是否就要牺牲历史文化的价值？要知道，历史文化的价值不是简单的货币数字能衡量的，它的破坏与消失也绝对不是经济财富累积后就能重建的，好多的历史文化遗产一旦毁坏，就从此在地球上消失，再也寻找不回来了。如果真的是那样，我们拿什么去传承给我们的后代？我们有什么脸面去面对后代对这些历史文化财产的询问？

也许我们有足够的历史而嘲笑美国人把这么个字母都保护起来，但在嘲笑之余，想想我们毁坏自己文化的疯狂，对自己文化无知后弄出的那些笑话，这种嘲笑是否很苦涩？是否很讽刺？是否很痛心？

Universal Studio 的启示

在去美国之前，我在同学和朋友之间作了个小小的调查："美国有什么?"得到最多的答案是："好莱坞。"

好莱坞，在许多美国以外国家的人心中，几乎就是美国的代名词。因为这里不仅引领着世界电影的潮流，也是美国文化最重要的发散地。所以到美国不到旧金山就不算真正到了美国，到了旧金山不到 Universal Studio（环球影城）就不算到了旧金山。Universal Studio 被美国电视台推荐为全球不得不去的 10 个旅游场所之首，它是 1912 年由德国犹太裔 Carl Laemmel 创办的，是美国最大电影公司的大本营，也是全球最大的电影、电视制片厂。在这里有米高梅（MGM）、哥伦比亚、派拉蒙、20 世纪福斯和联美等制片厂。环球影城占地 525 英亩，实际用地 485 英亩，共有 48 个摄影棚，其中 32 个是专供电影拍摄之用，[①] 全年游客如织。

Universal Studio 之所以被强烈推荐是因为在这里你可以真真切切地看到、感受到那些耳熟能详的好莱坞电影拍摄现场的精彩："史瑞克 4D 影院"全方位体验的立体震撼感就如亲临实景；取自同名的电影的"Water World"（水世界），简直就是一场精彩的水战表演，水花四溅，几乎所有坐在前几排的观众都一定会被现场所溅起的水花淋透全身，真是名副其实的"水世界"！"Wild West"的枪战，再现了西部战争的枪林弹雨，刺激逼真；"Backdraft"现场，大火引发的油桶爆炸、残墙倾倒、火海连绵，在 40 多种特技的设计中，我们十足感受到了熊熊烈火灾难的可怕。

刚在入口登记了姓名，游完一圈卡车，"E.T"居然就能叫出我们的名字，"E.T"的聪慧，让我们亲临了高科技的魅力；"Jurassic Park"（侏罗纪公园）则在此把我们带进了遥远的热带雨林之中，在恐龙的世界、在危险奇异的侏罗纪丛林里，坐着游船从八层高的侏罗纪公园顶部俯冲入水的刺激，让所有人都兴奋不已；"back to the future"（回到未来）里逼真的影像兼音响时光机，让人切实感受到了回到未来旅程中

---

① http://www.triptm.com/BasicDetail.aspx?BasicID

的重重难关；以 3D 电影和真人结合方式的"terminator"（终结者）游乐区，重温魔鬼终结者恐怖兼震撼的场景；最受追捧的好莱坞环球影城游车之旅惊心动魄，一路上的地震、洪水、木桥坍塌、大白鲨追尾、金刚对峙、惊险赛车等种种险情，亲切而熟悉，让我想起昨天看过的电影中的情节。

Universal Studio 中这些惊险而刺激的场面，都曾在我们喜爱并熟悉的电影中出现，当真正能亲身体验时，其中的快感与激动是不言而喻的了。这种激动远远超过了我们坐在电影院观看好莱坞大片的兴奋，因为这里的一切都是真真切切的！

如果将 Universal Studio 的成功仅归为它的营运模式，那就太肤浅了，因为营运模式是可以复制的，为什么世界上别的地方就无法成功复制类似环球影城的主题公园？因此，Universal Studio 的成功更在于它传递了现代美国电影中的文化理念，这种文化理念体现了科技的魅力、创新的动力、英雄的能力……所有这些都再现了美国文化带给人们的冲击与激荡，这种美式文化的冲击与激荡是人们追逐好莱坞影片、喜爱 Universal Studio 的原因。

由此想到，当我们在运作主题公园时，要学习的不仅仅是几场的演出、精彩的片场设计，更多地应该思考怎样去展示我们独特的风格及文化，这才是赖以成功的根本。就如营销战略所阐述的一般：文化是名牌之根。没有文化支撑的品牌是不可能持续发展的，就如同没有知识的人迟早会被社会淘汰一样，品牌立足于市场，区别于其他同类品牌靠的就是文化支撑的独特定位，就如 Universal Studio。

自由之都
——旧金山

"温和的气候，灿烂的星辰，鹅卵石铺就的街道……" Jack Kerouac（杰克·凯鲁亚克）在《On The Road》是这样描述旧金山（San Francisco）的，而他并不是唯一一个对这个城市印象深刻的人。几乎每一个去过那里的人都称旧金山是美国乃至世界上最好的居住地方之一，或者是到美国旅行的必经之地。很奇怪，一个高密度人口的城市，既没有纽约、东京的时尚，也没有伦敦、罗马的历史，更没有巴黎的浪漫风情、拉斯维加斯绚丽的建筑，是什么在吸引着人们？

带着疑问，我来到了旧金山（San Francisco）。

干净的街道、古朴的建筑，在明媚的阳光中很祥和、很温暖，甚至有点懒散，就如欧洲的城镇。

走着、看着，漫无目的，突然，在街边一栋二层楼的别墅上挂着的一面六色旗吸引了我的眼球，很艳丽、很耀眼。开始我只以为是这里人的一种喜好，并没有太在意，因为 western people 喜欢把自己喜爱的东西挂在外面，就如你看到很多的窗前挂着国旗一般。

可后来发现，好多的酒吧、餐厅甚至住宅楼都挂着这种六色旗。纳闷之余，经导游解释，才知道这是同性恋的标识，它在向人们公开表明这是同性恋的地盘。

猛然忆起，旧金山是同性恋文化的发源地。

走在旧金山的大街上，可以看到一对对的同性恋者在街头勾肩搭背地行走或在酒吧里对坐，路人一点都不感到奇怪，也没有人去关注或指责。听导游说旧金山有一个市长叫马可尼，他是第一个公开承认自己是同性恋的市长。在他聘任的身边工作人员中，就有好几个是同性恋者。市民并没有因为他们是同性恋者而歧视或不信赖他们。

除此之外，旧金山还是嬉皮士（Hippies）文化的发源地。

通过《旧金山纪事》（San Francisco Chronicle）记者赫柏·凯恩的报道而普及的嬉皮士文化，是二十世纪六七十年代的一些年轻人用公社式的和流浪的生活方式来表达他们对民族主义和越南战争的反对的行为，他们提倡非传统的宗教文化，批评西方国家中层阶级的价值观。由于许多嬉皮士在他们的头发里带花或向行人分花，因此他们也被称为"花童"。

听说在旧金山海特·亚许柏里地区的嬉皮士是以一个叫做 Diggers 的团体为中心。这个街头剧团体把即时性的街头剧、无政府主义行动和艺术表演结合在一起，希望建立一个"自由的城市"。也许正是因为嬉皮士文化，使这座城市独具自由气质。

旧金山就是在这样宽容的文化中一步一步走来的。无论是什么样的方式，只要不对社会造成伤害，旧金山都包容，就如电影《阿甘正传》的插曲中所唱的一样：

If you're going to San Francisco

Be sure to wear some flowers in your hair

If you're going to San Francisco

You're gonna meet some gentle people there

For those who come to San Francisco

Summertime will be a love-in there

In the streets of San Francisco

Gentle people with flowers in their hair

"如果你要去旧金山，别忘了要在头上插朵花，那里的人们很友好，那里的夏天充满爱……"

这样的自由之风在美国的其他城市也是不多见的，这样的宽容在世界的城市也是屈指可数的。因为它的宽容，因为它的友好，因为它的自由，成就了人们的喜爱，使之成为最受人们喜爱的旅游和居住之地。

城市的魅力，不仅因为美丽，还因为生存的氛围，就如旧金山。

九曲花街（Lombard Street）

"如果你要到旧金山，别忘了把花戴在头上。如果你要把花戴在头上，别忘了到花街采一朵。"

——杰克·凯鲁亚克

凡是到了旧金山的人，一定会去九曲花街。

如果乘坐观光车，无论是缆车司机还是旅游巴士的司机都一定会提醒："花街到了，还不下去看看？"如果你感到茫然，司机一定会大笑着说："你竟不知道花街？"

为了看看旧金山最美的街道，为了尝试世界上最弯曲的街道，也为了不被当地人笑话，我们同所有的游客一样乘车到了九曲花街。

旧金山的九曲花街，正式名称为 Lombard Street（伦巴底街），是旧金山最吸引人的一条街，也被称为是世界上最弯曲的街道。

九曲花街是 Lombard 街中位于 Hyde 街与 Leavenworth 街之间的一个很短的街区，可却有八个 40 度斜坡的急转弯，且弯曲像"Z"字形，所以车子只能缓慢地往下单行。

站在斜坡上往下看，下行的车排着长队。听导游说这里是上坡容易，下坡难。车速必须在 5 英里以下，是一般公路驾驶速度的 1/10；同时，规定停放车辆必须前轮倾斜，以防溜车，否则均会受到相应处罚。所以，司机虽然开着车在鲜花丛中慢慢滑行，但都必须全神贯注、小心翼翼，紧握方向盘，不得有半点闪失。听说好多游客为了体验这里特有的惊险，专门租车到这里一试技术。所以，九曲花街的车辆几乎每天都是排着队下行。

导游还介绍九曲花街这段非常陡的街道原本是直线通行的，但考虑到行车安全，1923 年，旧金山市政府将这个路段改成弯曲迂回的车道，利用长度换取空间减缓沿线的坡度大小，并且用砖块铺成路面增加摩擦力，以此减少行车的事故，没有想到最终造就了旧金山最著名的旅游景点之一。

◎ 旧金山九曲花街。◎

"真是无心插柳柳成荫呀！"听着导游的介绍，同行的同学感叹道。

看着花团锦簇的九曲花街，我想，也许不是"无心插柳"，而是有心插柳，柳才

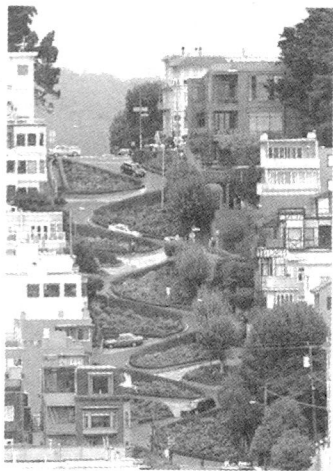

成荫的呀!

如果这里仅仅是光秃秃的"Z"字形斜坡,也许就不会有今天的旅游景象。要知道,花街并非世上最陡的街,就在旧金山城里,费尔伯特街与22街分别有31度的坡面。之所以这里会成为人们心目中最陡的街道、旧金山最美的街道,与它的花艳草碧的匠心设计息息相关。

九曲花街,无论春夏秋冬,都是繁花似锦、绿树环绕。春天的绣球、夏天的玫瑰、秋天的菊花、冬天的山茱萸,弯弯曲曲的一路繁花,色彩鲜艳、高低疏密,把它点缀得如美丽的花园,让人目不暇接。无论是从上往下,还是从下往上看,都宛然一幅精致的画卷,让人不禁联想起"黄四娘家花满溪,千朵万朵压枝低。留连戏蝶时时舞,自在娇莺恰恰啼"的动人诗句。如果此时正巧海风吹拂,花香是扑鼻而来,让你置身于这景致,不忍离开。为了保护花街的美丽,旧金山市对车辆行驶作出特殊规定,规定所有行驶车辆必须绕着花坛盘旋行进,不得对花坛造成任何损坏否则一定会受到重罚。

城市之所以让人留恋,是因为它有匠心独具的风格。这种风格是城市的基因,是城市的慧根,是城市的灵魂,是城市永恒的记忆。城市的人文景致是城市风格的内涵,城市的建筑布局设计是城市风格的外延。旧金山的九曲花街看似花园的设计,体现的却是这个城市最具特色的风格——与众不同的自由之风:看是斜坡却是花园;说是花园却为斜坡。难怪 Jack Kerouac(杰克·凯鲁亚克)会感叹道:"如果你要到旧金山,别忘了把花戴在头上。如果你要把花戴在头上,别忘了到花街采一朵。"

因为,九曲花街的花才是能真正代表旧金山的花。

域外撷英

创新的魅力

如果说旧金山最有特色的文化是自由、最漂亮的街道是九曲花街、最热闹的地方是渔人码头，那么旧金山最有魅力的地方一定是金门大桥（Golden Gate Bridge）了。

这座 1937 年完工的大桥，雄峙于美国加利福尼亚州宽 1900 多米的金门海峡之上，北端连接北加利福尼亚，南端连接旧金山半岛，全长达 2000 米，钢缆和桥身之间用一根根细钢绳连接起来。钢缆两端延伸到岸上锚定于岩石中。大桥桥体凭借桥两侧两根钢缆所产生的巨大拉力高悬在半空之中，是世界上第一座跨距千米以上的悬索桥。钢塔之间的大桥跨度达 1280 米，为世界所建大桥中罕见的单孔长跨距大吊桥之一。[1]

这样的建造，如果没有大胆的创新意识以及勇于突破的精神，是难以完成的。

创新，是人类发展的动力，是社会进步的源泉。虽然这一点已成为人们的共识，但真正要落到实处，确实是一件很难的事，特别是对深受儒家文化影响的中国人来说。

因为中国五年多年的文化推崇的是顺从、按部就班的思想，梁漱溟在其《东西文化及其哲学》中就指出：中国文化，是以意欲自为调和持中为其根本精神的。其表现为："遇到问题不去要求解决，改造局面，就是在这种境地上求得自我满足"；"他并不想奋斗地改造局面，而是回想的随遇而安。他所持应付问题的方法只是自己的意欲调和罢了"。在这样的文化熏陶下，中国人的创新力确显不足。

虽然，纵观历史，中国人也创造过很多的世界奇迹，指南针、火药、印刷术、造纸术的发明，促进了科学的复兴，对世界产生了巨大的影响；长城的修建，创造了世界建筑史的奇迹，成为至今在太空中唯一能看到的地球上的建筑物。但总体来说，比起"以意欲向前要求为其根本精神"[2]的西方文化来说，还是缺少创新的勇气与土壤。

暂不用谈及巨大的创造，就在学校的课堂上就明显表现出来东西文化的差异。今年暑假，我旁听了加拿大 UBC 的暑期课程。在课堂里，教授一提出问题，必定有学生抢答，阐述自己的观点，评论同学的论述，围绕一个问题，常常会争论很久。

---

① 部分内容来自 http://www.baike.baidu.com/view/303164.htm
② 梁漱溟：《东西文化及其哲学》。

但其中参与回答和讨论的中国学生却很少，大约只占所有参与人中的 10%。问其不积极参与的原因，多为还没有想好，别的同学就回答了；或本想回答，但别的同学已先举手了，诸如此类的事情不胜枚举。其实，很多外国学生的答案并不是完美的，但他们却敢于表现自己，大胆提出自己的构想，即使想法有很多的误区或不足，但在与同学和老师的谈论中，完善、提升或修正，甚至放弃自己的构想。如果要把所有的构想都完善后再提出，虽然减少了风险，但也很可能因为时间的偏差，而别被人抢先，错失良机。在暑期的 marketing 的课程中就专门讲到了 timing 的问题，教授特地指出，这是 marketing 中很重要的运营部分，就算同质同样的一件商品，因为你上市比别人晚一天，可能销售的结果就相差很大，因为 customer behavior 受心理定势的影响很大。

虽然我们的传统文化中创新的意识较弱，但文化是与时俱进的，在接受现代文明的同时，我们也应该接受现代的理念。创新，是现代文明中最重要的理念，没有了创新，就没有人类的进步与发展，就没有了现代的文明。所以，我们是不是应该从观念上提升，强化创新的理念，使之成为我们社会的重要推动力。

创新，并不一定是要创造出惊世巨作。关键是思想、理念的创新，是大胆的探索，是奋斗的态度，是克服阻挠的决心，是要在遇到问题时，勇于提出自己的构想，从而去改造局面，使其可以满足我们的要求。只有在这样的理念和思想指导下，才能创造出一片新的天地。就如旧金山的金门大桥的设计工程师约瑟夫·斯特劳斯创造出了前人从未设计、从未完成的桥梁奇迹一般。

金门大桥很美，但它创造出来的桥梁建筑奇迹才是千古传唱，这才是金门大桥魅力永存的根本。

从拉斯维加斯想到……

我们到拉斯维加斯是因为要去科罗拉多大峡谷。

说实话，我不喜欢拉斯维加斯，原因很简单，只因它是"赌城"。在我心目中，"赌城"是同"罪恶之城"联系在一起的。所以当在我们的行程中看到这个城市的名字时，心里别提有多少的不情愿了，但个人的喜好改变不了集体的决定，更何况要去科罗拉多大峡谷，只好极不情愿地踏上了拉斯维加斯之旅。

从 San Diego 出发，进入内华达州之后，基本是一路的荒芜，直到临近黄昏，眼前突然出现了一座现代化的城市，才知道，达拉斯维加斯到了。因为我们的年龄都不超过 18 岁，老师没有让我们下车。

可当车辆开过拉斯维加斯大道上（Las Vegas Strip）的街上，我被这座崛起于荒漠的城市之美丽惊呆了，总以为自己走进了海市蜃楼。虽说海市蜃城是不真实的，可拉斯维加斯却是真实的：

Luxor 大酒店（金字塔）的天蓝、Mandalay Bay 酒店的金黄、米高梅（MGM）酒店的祖母绿、Excalibur 大酒店（古城堡）的五颜六色……梦幻般的色彩在五彩的灯光中绚丽夺目，让每个踏入这个不夜的城市，都会有身入幻境之感。

大街两边的自由女神像、埃菲尔铁塔、沙漠绿洲、埃及金字塔、方尖碑、摩天大楼、众神雕塑等，构成了一条通向世界的通道，仿佛这里就是世界的缩影。在雕塑后矗立着美丽豪华的赌场酒店，每一个建筑物都精雕细刻，彰显拉斯维加斯非同一般的繁华。

真的没有想到"赌城"可以建造得如此的华丽、如此的精致，更没有想到这个在沙漠之中的荒地，可以成为全球最美丽、最迷人的城市之一。

在惊讶之外，不由想到，是什么成就了今天的拉斯维加斯？

博彩业！

几乎所有人的回答都是如此。可世界上拥有博彩业的不止拉斯维加斯，为什么只有拉斯维加斯能让人欲罢不能、流连忘返？为什么只有拉斯维加斯才成为人们心目中最佳的博彩之地？

这也许更多来自于城市品牌的挖掘与塑造。

城市的生命力来自于城市的品牌，即城市独有的特色与魅力，这是城市最有价值的名片。它是由一个城市的历史文化传统、建筑风格、社会文化活动以及文化氛围共同所形成的鲜明的特性，是这个城市独有的，并能在公众心目中产生强烈差异性的总体印象及评价的形象。这种风格一旦形成，就会造成一种牢固的核心竞争力，成为这个城市最具竞争力的品牌定位。

拉斯维加斯从最开始为人们提供消遣性的赌博开始，到 Bugsy 兴建第一座名为 "Flamingo" （火鹤）豪华赌场，再到美国的金融家们看准时局，投入巨资并整治黑社会，最后打造出一座独一无二的娱乐城市为止，逐步创建了区别于其他赌城的娱乐城市的形象特征：奢华、浪漫、刺激、绚丽、廉价。

这里不仅有全世界一流的赌场，也有非常豪华的度假旅馆、世界有名的娱乐节目、廉价但高级的晚餐、世界级的高尔夫球场、离赌城不远的水上活动场所和最近新增加的儿童游乐场等世界休闲度假设施及活动。这里遍布世界一流的酒店，据说世界上十家最大的度假旅馆就有九家是在这里。[1] 城市建造了不少主题度假旅馆，如 Stratosphere、Luxor、New York–New York 以及娱乐主题乐园，如 Wet 'N' Wild、Grand Slam Canyon 和 MGM Grand Adventure。这些游乐场和主题度假旅馆提供了迷你又刺激的度假经验，让人不需要踏入吃角子老虎机或赌桌旁，也可以在拉斯维加斯流连忘返。不仅如此，这里还是世界上著名的会议展览城市，Las Vegas Conventions Center （拉斯维加斯会议展览中心）和 Sand Expo Center （沙漠会议展览中心）都是享誉全球的会展之地；恺撒皇宫酒店的罗马广场商业街、雷诺的购物商场、韦恩酒店的商业街漫步等，足以与纽约和伦敦的大商场相媲美；拉斯维加斯艺术博物馆、Guggenheim Hermitage 博物馆、Bellagio 艺术画廊等，都能让你在刺激中感受艺术的洗涤。

拉斯维加斯在城市品牌的营造中，已从单纯的限制性的"赌城"，打造成为老少皆宜的综合性"娱乐之城"。正是它这种不同于世界其他"赌城"的特性，不同于世界其他"娱乐之城"的风格，才成就拉斯维加斯为世界独一无二的绚丽之都。要知道，19 世纪中叶，一名拜访过拉斯维加斯的陆军中尉曾经绝望地认为，从此以后，再不会有人涉足这片沙漠。可是百年时光竟将昔日的荒芜装点成今天的繁华景象，每年有超过 4000 万游客来到这里感受都市的繁华与刺激。[2]

提到大都市，人们会想到纽约、东京；提到浪漫之地，人们会想到马尔代夫、巴黎；提到历史名城，人们会想到伦敦、罗马；提到绚丽豪华的娱乐之城，人们便会想到拉斯维加斯，因为只有这里才配这样的称号。

一个城市，只有定位准了，才能打造出品牌；只有品牌建立了，才能传颂城市的风格，才能传承城市的血脉。

这就是从沙漠到名城的拉斯维加斯给我们的启示。

---

①② baike.baidu.com/view/7637.htm

我们拿什么回馈你?
——观 Grand Canyon 有感

前年妈妈从 UCSD 做访问学者回来，送给我的礼物就是 Ferde Grofe 的《Grand Canyon Suite》光盘，金属打击器、横笛、电子琴等共同协奏出的迷人乐章，让我对这世界第七大奇观充满着向往，希望能亲眼目睹她的芳容。

当我真的站在了一片褐红色的 Grand Canyon 的岩石上，看着一望无际的大峡谷，太惊叹自然造物的鬼斧神工——

在那火红的呈阶梯状的沉积岩层，科罗拉多河就如同设计师精妙的剪刀，在凯巴布高原裁剪出绝妙的图案：漫长的峡谷千姿百态，有的地方宽阔，有的地方狭隘；有的尖耸如宝塔，有的堆积如蜂窝；有的似雄鹰展翅，有的像猛虎下山，险峻陡峭、幽远深邃；谷壁地层断面，层层叠叠的纹理，就像万年的古书，细细诉说这一个个神秘的传说；缘山起落的循谷，绵延宛长，犹如一幅宏伟的万里画廊，在红沙褐石的五彩斑斓中呈现着千古的绝唱，印证了亿万年的沧桑变迁。

在惊赞之余，不由得扪心自问，面对大自然给予的厚爱，我们拿什么去回报？

凯巴布高原是印第安人世代居住的地方，传说大峡谷是在一次洪水中形成。当时上帝化人类为鱼鳖，始幸免于灾难。因此当地的印第安人至今仍不吃鱼鲜，他们要报答上帝的恩典。不管传说是否真实，印第安人用自己的方式在回报着今天的所得。

也许有人会说，大自然就如同母亲一般，不需要任何的回报；也许有人会说，这是几十亿年才形成的奇景，我们能用什么去回报；也许还有人会说，我们对大自然的欣赏与崇敬，本身就是回报；也许有人会说……

在太多的也许之中，我想是——

大自然的恩赐虽然是无私的，但人是必须学会感恩！就如天空赠与鸟儿一片蓝天，鸟儿以轻快的歌声回报；雨露赠与树儿一汪清凉，树儿用漫山的青翠感恩一般。感恩，不一定是惊天地、泣鬼神的大事，感恩常常就是一种敬重，是一种责无旁贷的责任，一种让生命自然延续的义务。

这就应该是我们对 Grand Canyon 迷人奇观的回报。

要知道，Grand Canyon 的壮观与奇妙是经过 20 亿年大自然雕琢，才呈现出的精品。在这地球上最为壮丽的峡谷之中，不仅有因地质沉积，风化侵蚀的峡谷岩壁奇貌，也有因河流不分昼夜长期冲刷而形成的两崖壁立千仞、千回百转的通幽曲径；同时这里的野生动物也十分繁富。有 200 多种鸟禽、60 种哺乳动物和 15 种爬行动物和两栖动物在此生息；在谷底还是在同一地区内共同生长着是无数的珍奇亚热带植物和寒带植物，如仙人掌、罂粟、云杉、冷杉等，这样的景观在地球上是很难再复制的。①

可是在过去的世纪里，全球表面平均温度上升了 0.3~0.6 摄氏度，这不仅使北极的冰川急剧融化，海平面上升了 10~25 厘米，②还引发了因气候的改变加剧了对岩层的风化破坏；而酸雨的大量侵入，导致水体酸化会改变水生生态，土壤酸化会使土壤贫瘠化，致使陆地生态系统严重的退化。已是酸雨区域的美国国家地表水调查数据显示，酸雨造成了 75%的湖泊和大约一半的河流酸化。在欧洲 30%的林区就因酸雨的影响而退化；③同时全世界每年产生的有毒有害化学废物达 3 亿~4 亿吨，直接影响到了动物与植物的生存，科学家估计地球上约有 1400 万种物种，但当前地球上的生物多样性损失的速度比历史上任何时候都快，比如鸟类和哺乳动物现在的灭绝速度可能是它们在未受干扰的自然界中的 100~1000 倍。④联合国环境规划署评估生物多样性的结论是：在可以预见的未来，5%~20%的动植物种群可能受到灭绝的威胁；⑤不仅如此，每天数以万计的游客与车辆，无控制的旅游，都直接影响到了大自然良性的循环与衍生，而造成这些危害的最大源头只有一个——人类活动。

面对大自然的无私恩赐，想想我们自私的行为，是否在羞愧之后有更多的顿悟？是否在反思之后有修正的行动？因为比起几百年精华沉淀而形成的自然景观，眼前的利益与效益似乎实在太过渺小；比起无际的延伸的自然古史，人类传承的不能只是钢筋水泥。为了自然，更为了人类，是我们担负起回馈感恩责任的时候了。

这不仅是因为 Grand Canyon 的美丽，更因为它的给予。

红岩、暴雨、阳光、蓝天、彩虹、雄鹰，随着吉他，横笛与鼓声又一次在耳边响起，眼前呈现一片亮丽、一派清新、一幅壮观……

这是 Ferde Grofe 的《Grand Canyon Suite》，好美！

好希望不仅是我们能听到、看到这样的奇观，我们生命无尽的延续也能为之而惊叹与感动。

---

① http://www.usa.bytravel.cn/art/215/mgklldxgxkgjtkf（zt）.html
② http://www.baike.baidu.com/view/758611.htm
③ http://www.biox.cn/content/20050414/10404.htm
④ http://www.lchot.com/job/kxdg/200808/113298.htm
⑤ http://www.eprce.com/produce1.asp?id=170

域外撷英

科罗拉多大峡谷的鹰

看到科罗拉多大峡谷的鹰，是在无意之中。

听到很多人谈起过科罗拉多大峡谷的神奇，也在网上看到过很多游记、相片，那里的岩石、那里的峡谷、那里的树木、那里的河流……都让人们迷恋、惊叹、敬畏。但几乎没有听到人们谈起过，没有见到人们描述过科罗拉多大峡谷的鹰。所以在我的印象中，也就没有了科罗拉多大峡谷的鹰。

当我站在科罗拉多大峡谷的岩石上醉心于眼前的景色时，突然发现阳光下金色的断崖上出现了一抹黑影，一眨眼又消失了，好奇怪。于是，我的视线顺着断崖移上了天空，湛蓝湛蓝的天空中没有一丝的杂物，干净得如同在清水中刚漂洗过。我正纳闷那黑影，霎时间，远处的峡谷中一只雄鹰冲上了天空。

在无际的天空中，只有这只雄鹰在独自地飞翔、盘旋，它是那样的安详，那样的自在，那样的孤傲。它无比从容地俯瞰着这辽阔的峡谷，俯瞰着这壮美的断崖，俯瞰着这如血的夕阳。金色而洁净的阳光，把雄鹰矫健的影子投射在峡谷的岩石上，岩石马上生动起来，变成了褐红的舞台，伴着雄鹰展开的刚劲双翼，随着它的上下飘浮、搏击，演绎出了一幕峡谷之魂的舞曲。

我被眼前的一幕震撼了，从来没有想过，也不曾见过，在绵延无际的大峡谷中有这样举世无双的"独舞"——自由、豪放、孤独、飘逸，如同科罗拉多大峡谷的精灵，把这里的安静与平和变得生动而富有朝气。

这就是科罗拉多大峡谷的鹰。

健壮，刚强，无拘无束。

它只属于科罗拉多大峡谷，在天空中翱翔，在岩石上跳舞，在谷中停息。明亮的眸子，锋利的脚爪，坚硬的双翅，尖利略带凄凉的叫声，圣洁而高傲，似卫兵，似朋友，坚守者，陪伴着绵延无际的大峡谷。

孤独？寂寞？

也许！高原的雄鹰有雪莲，有藏獒的相伴；草原的雄鹰有牛羊，有花儿的相随；深林的雄鹰有鸟儿，有绿树的相陪……而科罗拉多大峡谷的雄鹰，只有静静的岩石

和苍凉的枯树，在听着它的故事、看着它的独舞。

可不正是这坚守的孤独，才震撼了我的心灵！

因为并不是所有的舞者都愿意在没有喝彩的舞台上演绎着精湛的舞姿，也并不是所有勇敢的卫士都愿耗尽毕生的精力守护冰冷的防线。在无声中演绎出生命的光彩才是最让人感动的，也是最难做到的。就如在三清山看到的一对松树，一棵生命旺盛，一棵已经枯死，但多年来无论风吹雨打、电闪雷鸣，却一直没有倒下，好让人惊讶。也许这松树的干是枯了，但根还在，因为它必须坚持，只为对面的那棵松树。这样的坚持，这样的相伴，才如生命中的一抹彩虹，照亮着人们充满荆棘的前进之路。人生旅途，难免独行、难免挫折，但只要心存这一抹的彩虹，再难的历程我们也可以走过。

A friend in need is a friend indeed 就如科罗拉多大峡谷的鹰。

这样的情谊，这样的守候，能不让人动容吗？

域外撷英

执着，就是一种感动

踏进 San Diego 的科罗那多酒店（Hotel del Coronado），你就会被这里的一切震撼：

这座建于 1888 年的美国历史上第一座五星级大酒店，与当今常见的都市五星级酒店完全不同，没有高耸入云霄的摩天大楼，没有时尚的现代化电梯，也没有灯火通明的大堂，它是个长方形建筑群，一面为西班牙式尖顶大堂，另外三面为四层楼的客房，中间是鲜花盛开的园林。酒店依海而建，海滩边建有亭阁式凉亭，如果你喜欢，可以赤足走下沙滩，与海水嬉戏。远远望去，红的顶、白的墙、绿的树、蓝的海，就是一幅天然的美丽图画。

这座酒店最独特之处是它的木质结构，从上到下、从外到里，都是木质材料。这种超前的环保意识的确很让现代人汗颜。酒店内的一切陈设与装潢都古色古香，保留了一百多年前的原汁原味，走进酒店大堂，柔和偏暗的灯光、老式的栅栏式电梯，彰显着贵族的气派。据说，大发明家爱迪生亲手为酒店铺设了电线安装了电灯；美国历史上曾有 12 位总统先后来此开会与度假；著名影星玛丽莲·梦露在这里拍摄了著名的电影《热情似火》……当然，最让人津津乐道的，还是当年温莎堡公爵的爱情佳话。

据说当年英国王储爱德华八世（后来的温莎堡公爵）来到这儿度假。一天，他来到酒店底层的咖啡屋，忽然听到隔壁传来一阵悠扬悦耳的钢琴声，循声过去，结识了弹奏者美国的辛普森夫人。两人一见钟情，坠入爱河，山盟海誓……但此情却遭到英国王室的强烈反对，这位"痴情王子"毅然登报声明放弃王位，与心上人终成眷属、厮守一生，演绎了历史上最感人的"不爱江山爱美人"的浪漫一幕。

浪漫的故事，在历史上上演过很多，但为什么人们总是记得温莎堡公爵的故事？追其根源，我想真正打动世人的更多的是温莎堡公爵的执着——

不顾王室的反对，不管世人的不解，情愿放弃王位也要与自己心爱的人在一起长相厮守。这样的勇气不是每对相爱的人都能做到的，也不是每个面对强大权力压迫的恋人都能保有的，更不是每对情人都能如此坚守一生爱的承诺。执着，给浪漫添加了感动；感动，让世人为之敬仰。

也许，如果温莎堡公爵真的登上了王位，人们不一定能如现在一样记着他、敬仰他。因为在几百年的历史中，英国王室真正让人铭记的王族并不多，一般人也许只熟知两三个，这其中之一定有温莎堡公爵，不是因为他是王族，而是因为他执着追求自己的爱。

不知道什么才算海枯石烂的爱，但我想，那就是一种执着，是生命中最美丽的弧线。

雄鹰因为执着坚守着蓝天，藏獒因为执着固守着羊群，连理树因为执着相互守候，牵牛花因为执着染绿了红墙，小溪因为执着奔向了大海……无数的生命在执着中绽放光彩，在执着中找到了真谛。

祖先鲁班曾执着地研究因爬山被锋利的花草所刺伤的缘由，根据刺伤他的茅草的外形制成造福现代人的锯子；英国著名科学家牛顿曾因执着解释自然界中"苹果成熟了就会掉落"这一自然现象，创立了万有引力说，造福人类；居里夫人因为执着的研究，发现了铀……无数的成就在执着中诞生，无数的奇迹在执着中涌现。

执着，是一种坚持，也会是一种品质，更是一种精神，它是勤勉的跋涉、淡泊的心境、刚强的气质、无欲则刚的追求。

无论你身处何方，无论你身居何职，只要如锚碇般坚强稳定地执着追寻、探索，即使成功没有在今世出现，你也会笑傲人生。因为锲而不舍孜孜不倦的探求，那才是生命中最让人眷念的真情与快乐。这样的付出就如梵高的《向日葵》，越久越香。

人生，只有执着才能拥有光彩，就如温莎堡公爵。

另一种美

　　San Diego 的阳光，San Diego 的蓝天，San Diego 的绿树，San Diego 的鲜花，都是人们记忆中最美的画面。在这美丽的图画之外，更有一种美在心中跳动，那就是 San Diego 海湾静静停靠的航空母舰——

　　灰色的钢板、巨大的舰体、无数的大炮、宽敞的停机坪、整队的战斗机……冷峻而又严肃，满载着战舰的威风，散发着军营的威严，在 San Diego 的海湾，凭海临风，静静地展示着美国海军的雄风。

　　就如它的名字一般：Midway，这是一个让无数人都难忘的名字！如果没有 1942 年 6 月 4 日展开的著名 Midway 战役，第二次世界大战的胜利结束绝对没有那么快。在这次战役中美国海军不仅在此战役中成功地击退了日本海军对中途岛环礁的攻击、取得了太平洋战区的主动权，还由此完成了第二次世界大战太平洋战区的转折点。

　　在这次美军以少胜多的战役中，Midway 战舰因为中途岛战役而得名，它是美国海军的骄傲。Midway 曾经是世界上最大的战舰，长 298.4 米，自重 5.1 万吨，载员 4700 人，航速 30 节（海里/小时）。当时 Midway 舰上有 1 万余官兵，顶层可以降落飞机，甲板有 400 余米长，舰面的战斗机可以停靠 32 架；第二层还可以停靠预警机、直升机等；第三层是官兵生活层；第四层是动力机械层。航空母舰涉及后勤、通信、作战、航空等一系列活动。因此，航母的周围往往还有几艘护卫舰保护着航母的安全。Midway 航母还在越南战争的时候执行过三次战斗航行；在 1991 年的海湾战争中参加过作战。这艘战舰创造了世界海军史上多项第一，如第一艘起降喷气式战舰的航母；第一艘发射导弹的航母等。在 1992 年 Midway 作为美军中服役年限最长的战舰而退役，永久停靠在 San Diego 的 waterfront，这在期间，大约一共有 22.5 万名美军官兵曾在中途岛号航空母舰上服役。现在 Midway 航空母舰博物馆（USS Midway Aircraft Carrier Museum，San Diego，CA），在向后人展示着美国海军的航母史。[1]

---

　　[1] http：//www.uyau.com/usa.../midway.../index_gb.html

很震撼的历史，很惊人的战绩，也很苍凉的记忆！

一切骄人的战绩，都是用无数将士的青春与鲜血谱写的。Midway 战役美军虽然损失不算惨重，但也是损失 1 艘航空母舰，1 艘驱逐舰，147 架飞机，307 人阵亡；[1] 在第二次世界大战中美军伤亡人员总计为 101.3 万。其中死亡 40.5 万人、受伤累计 60.8 万人次；[2] 在长达 14 年的越战中，美军死亡 5.6 万人，受伤 30 万人；[3] 海湾战争中美军死亡人数 148 人，受伤人数 3436 人。[4] 一串串的数字，就如一滴滴的鲜血，滴在航母上，染红了战舰；掉在大海了，激起了悲凉的海涛；撒在大地上，浸染了万里的黄土，在无尽的哀痛之中，我们看到了军人的美——冷峻，刚毅，执着，苍凉！

没有浪漫，没有温情，更没有灯红酒绿，在军营之中，在大海之上的军人，有的只是——责任，使命，服从，忠诚！

很单调、很寂寞、很危险，可这就是军人，如航母一般坚毅的军人，他们用自己的青春与生命为自己的国家，为世界的和平，默默地奉献着自己的一生。

没有赞歌、没有鲜花，甚至没有人能记住死亡将士的姓名，但这也不能阻挡军人前进的步伐，在无声之中，谱写着只属于军人的壮歌，演绎着只属于军人的俊美。

就如 Midway。

① http://www.baike.baidu.com/view/45528.htm
② http://www.zhidao.baidu.com/question/46445898
③ http://www.china.com.cn/fangtan/.../content_17051241.htm
④ http://www.zh.wikipedia.org/zh/

域外撷英

雕塑的记忆

　　放弃了到 San Diego SeaWorld，放弃了到 La Jolla Cove，根据在 University of California，San Diego（UCSD）做过访问学者的妈妈的建议，在仅有的两天时间里，我选择了到 San Diego downtown 的海边去走走、去看看。

　　高大的棕榈树、艳丽的鲜花丛、蔚蓝的大海、无数的小酒吧……浪漫的气氛包围着 San Diego 的美丽港湾。在灿烂的阳光中，走在林荫的小道上，细细品味着海港的温馨。一切是那么的宁静，一切是那么的惬意，一切是那么的如意。直到我看到了海港边上的一组雕塑群：

◎ 圣地亚哥，美国著名的军港，停泊着多艘航空母舰，更重要的是妈妈在 UCSD（加州大学圣地亚哥分校）做过访问学者。◎

　　这组雕塑群记载着美军的一艘第二次世界大战时期的巡洋舰，1942 年参战从圣地亚哥出发，驶向东京湾途经第二次世界大战的各个战场，战功赫赫，地上用地灯镶嵌出了一幅标注这艘战舰转战航线的图示。纪念碑上镌刻的文字记载了这艘巡洋舰出征时有 756 个官兵，可当 1945 年第二次世界大战结束的时候，全舰只剩下一个士兵。

　　看着这串心酸的数字，看着站立在碑前的那个幸存的士兵的雕像，再看看眼前的祥和与宁静，突然感到这雕塑、这士兵，不是在告诉我们他们经历过什么样的苦难、承受过什么灾难，而是在告诉我们，眼前的和平是多么的来之不易，是多少人用青春、用生命、用鲜血换来的。

　　纵观历史，两次世界大战都给世界带来了巨大的破坏。1914 年 8 月~1918 年 11 月爆发的第一次世界大战从欧洲波及全世界，当时世界上大多数国家都卷入了这场战争，是欧洲历史上破坏性最强的战争之一。大约 15 亿人卷进战争。这场战争中大约有 6500 万人参战，死亡人数约 1000 万人；[①] 而 1939 年 9 月 1 日~1945 年 8 月 15 日的第二次世界大战，以德国、意大利、日本法西斯等轴心国为一方，以反法西斯同盟和全世界反法西斯力量为另一方进行的第二次全球规模的战争。从欧洲到亚洲，从大西洋到太平洋，先后有 61 个国家和地区、20 亿以上的人口被卷入战争，作战区

---

　　① http://zh.wikipedia.org/zh/第一次世界大战

域面积 2200 万平方千米。据不完全统计，战争中军民共伤亡 9000 余万人，4 万多亿美元付诸流水。① 在经历如此惨烈的剧痛之后，人们应该领悟到什么？

在离这组雕塑群不远的地方，还有一个著名的雕塑，名为"胜利之吻"。这是摄影师阿尔佛雷德·艾森斯塔德在纽约时代广场捕捉的情形。1945 年 8 月 14 日，人们涌上纽约街头和广场，庆祝第二次世界大战的胜利。大街上，人们情绪亢奋，素不相识的人也彼此拥抱和亲吻，欢庆战争的结束。在时代广场上，一名水兵和一名白衣护士萍水相逢了，他们犹如所有欢乐洋溢的人们一般，相拥在一起，深情相吻。从这组相片中我们可以看到当时人们的因战争结束而表现出来的解脱和欢乐。

两组截然不同的雕塑，表现的是一个主题：珍惜现在的幸福与和平，因为它来之不易。

世界如果充满了仇视，人类如果充满了敌意，生活的平衡就会被打破，灾难就会重演。纽约的"9·11"、阿富汗的动乱、莫斯科的地铁爆炸事件……无数不安分子在我们头顶这片阳光明媚的蓝天中制造惊恐与不安。人类为什么要彼此厮杀？人类为什么要相互争斗？同处一个星球，为什么就不能和平相处？

伸出你的手，捧出你的心，无论你我可曾相识，无论在眼前在天边，我们都应珍存同一样的爱：让世界充满爱，让世界平安和平。

和平，不应该在我们这一代断开；和平，不应该在我们这个世界消失；和平，应该从这里延伸，无穷无尽……

---

① http://zh.wikipedia.org/zh/第二次世界大战

一线之隔的差异

Tijuana（蒂华纳），这个在 1900 年只有 242 人的墨西哥小城镇，因为与美国的圣地亚哥（San Diego）接壤，现在已成墨西哥西北重镇，人口近 50 万。

因为凭着美国签证到 Tijuana 一天来回不需要再签证，我们也忙中抽闲开车到墨西哥的城市去参观。

从 San Diego（圣地亚哥）到 Tijuana 很方便，基本没有海关检查你的护照，可谓长驱直入。如果打算停留超过 72 小时，则自己主动在过境时找官员申请签证。在两国边境有一条长长的美墨边境隔离墙，一直延伸到太平洋。听说美国前总统布什签署了一项耗资 12 亿美元建立美墨边境隔离墙的法律，以阻止非法移民从加州进入美国。

我在 San Diego 就听说 Tijuana 的治安很乱，必须注意自己的贵重物品及现金，据开车的司机先生说，70%的美国人去 Tijuana 都有被偷或汽车被撬的经历，所以要我们十分的小心。

虽然早就听说了绝对不能用看 San Diego 的眼光看 Tijuana，但还是没有想到仅一线之隔的两个城市，差异竟如此的大。

当我们的车停在了 Tijuana 的市中心，我真的是吓了一跳。同样灿烂的阳光下，Tijuana 的市中心是如此的破旧，基本连中国的县城都不如。满街都是破旧的房屋、残破的墙壁，商店里卖的东西虽然很便宜，但明显比起一线之隔的 San Diego 的 outline 差出好几个档次。商店里热情美丽的服务员倒是很热情，不停地招呼我们，让我们很诧异的是她们还会说很标准的普通话"你好"，据说是今年中国游客多了，当地的小贩也学会简单的中文单字。

最让人受不了的是当地的卫生条件，我们去了一次洗手间，发现不仅散发着难闻的气味，而且没有洗手的水池，与我去过的国外城市完全不同。去年我到肯尼亚、埃塞俄比亚，就连那里的乡村洗手间都十分的干净，并且一定有洗手的水池。

碰到几个到这里旅行的中国人，他们说本来准备在这里住几天，但发现实在太不方便了。这里的语言是西班牙语，好多当地人基本不会说英语。同时，他们看了几个据说在当地还算不错的 hotel，感觉真的不行。他们很经典地说了一句话："绝对不能先到 San Diego 再来 Tijuana，实在无法比较。"

在不大的市中心转了转，因为语言问题和残破的景象没了心情，确实提不起精神进行参观，于是我们只用了 3 个小时就结束了 Tijuana 的观光行程，在回 San Diego

时，边境排起了长长队伍，因为要严防非法移民的进入。

到 San Diego 之前，我已到过 30 多个国家，50 多个城市观光、游学过，并没有感觉到 San Diego 有什么特别的漂亮。可从 Tijuana 回来，一过边境，仿佛有进入仙境的感觉，发现 San Diego 太有魅力、太迷人了。一时间仿佛明白了为什么会有那么多的墨西哥人冒着生命危险去翻越边境线。

经济的发展，城市的建设，生活的提升，是安居乐业的基本条件，是民族自豪感由升的源泉，是国家尊严的基石。如果没有了经济的发展，就如 San Diego 与 Tijuana 的差异一般，是天壤之别呀！

站在 San Diego，回头看着不远的 Tijuana，一面墨西哥旗帜，无数破旧房屋，这就是一线之隔的差异呀！

八千亩的 Stanford University

2010 年 1 月，在一个阳光明媚的早上，我踏进了 Stanford University 的校园。

第一次听说 Stanford University 是我还在小学读书，当时听在大学当教授的爸爸讲美国考察见闻时提到在 San Francisco 有所很漂亮很著名的大学，叫 Stanford University。很清楚地记得当时爸爸说："Stanford University 是我看到的最漂亮的校园。"所以，Stanford University 在我的记忆中就是漂亮的知名大学。

当我第一眼看到 Stanford University，就真的相信了爸爸的那句话。

当我们从学校正门的 PALM Dr（棕榈大道）进入校区，我一下被眼前的美景迷住了：

整条由棕榈树组成的大道上，每隔五米就是一棵几十米高的棕榈树，在阳光蓝天的映衬下摇曳着，就如一个个高大威武的士兵，整齐列队于道路的两旁。长长的树影就如一道道剪影投在了干净整洁的大道上，让人仿佛置身于美丽的热带岛屿。正门中央是一大片一大片的草地，嫩嫩的青草就如地毯般铺在了正门的中央。即使在严冬，你也能闻到浓浓的青草味。对于我这个刚从严冬的上海来的游客，这种春天的味道实在是太诱人、太无法抗拒了，我几乎在这一刻就喜欢上了这个美丽的校园。

Stanford University 很大，有 8000 亩，据说是美国最大的校园，这里的交通工具已不能"坐 11 路"（用脚行走），自行车和汽车是校园主要的交通工具。虽然不能走完整个学校，我还是不放过步行游览的念头，因为这里的空气、这里的树木和这里的建筑，对我来说，都透着无尽的诱惑，难以抵挡。

走在校园里，居然一点也不闷：两边全是苍翠一片，矮的是草地、灌木、野花，高的是棕榈、松树、梧桐，不时的还有各种园艺小品混迹其中，典雅别致，就如走在一座美丽的花园。听说 Stanford University 著名规划人是美国现代景观设计之父弗雷德瑞克·劳·欧姆斯特（Frederick law Olmsted）。这位把心理学运用于景观设计中的大师，在设计 Stanford University 的校园时，打破了他毕生追求的自然与人的和谐的理念，首次尝试了一种不同于东部公园系统设计的规划，他设计出的平整的草地、整齐的棕榈大道、大面积的不同层次的绿化，丰富了视觉感，拓展出空间的伸延；

北面是大道和草地，南面就是被称为 Main Quad（主方庭）和 Memorial church（纪念教堂）的主体建筑了，整个学校坐南朝北，以此为中轴线东西延伸，周围是各大学院，如教育学院、商学院、法学院、医学院等。整个校区有很明显的人工雕琢的痕迹、规整、干练，而又不失风韵，就如中国的园林。

虽然很多批评欧姆斯特的这个设计违背了他一贯"为普通人创造精神愉悦的空间"的风格，但我却感到这更与大学的风格相吻合。因为大学本身就是塑造、雕琢学子的地方，不仅从学术上，也从精神上在培育着学子，这就是大学不同于住宅小区，不同于城市建筑，不同于公园的最本质的原因，这也是不同大学文化的最明显的外在体现。

就如 Stanford University，从建校开始，就在传送着"爱"的理念，它要让它所有的学子都知晓爱、学会爱，在爱的呵护下自由的飞翔，这样的校园文化的塑造与灌输，难道不需要进行教化？既然需要教化，就是一个人生的规整过程，这与校园的建筑不正好是一脉相承吗？就像一百多年前首任校长乔丹所说："这所学校绝不会沿袭任何传统，无论任何人都无法挡住她的去路，她的路标全部是指向前方的！"

8000 亩很大，可我从来没有听人抱怨过，也许这不仅仅因为它的美丽，更因为它所饱含的文化以及它所传递的精神。

我想，这也是 8000 亩的 Stanford University 能成为人们眼中最美丽的校园的主要原因。

域外撷英

爱，在这里传承

在 Stanford University，我被一座富丽堂皇的建筑深深地吸引——

金碧辉煌的教堂以黄土色为基调，正面顶端是高高的十字架，中间是一个大圆形拱门和对称的三个小拱门，最下面是三个大圆形拱门，拱门的把手上是长着小翅膀的天使，大大的眼睛中透出一种无邪的神情，墙面镶嵌着美轮美奂的彩色图案。壁画讲的是主耶稣和门徒们的故事，近五十个人物各具神态，无一雷同。教堂与拱形的长廊相连接形成回廊，回廊依然是土黄色，长长的拱形回廊上有无数的拱形侧门，远远望去，仿佛难以看到尽头，非常壮观，这是 Stanford University 独特的景观。

走近教堂，在正门的长廊地面上，铺设着刻有建校以来每一年年份的铜砖，这里记载着历年学生的希望，即使一百年过去了，我们也可以从这些铜砖中看到 Stanford University 的风格。走进教堂，顿觉肃穆幽静，圆形的主讲台，整齐的桌椅，五彩的欧式玻璃，衬托出教堂的气派庄重。听说这个教堂是每年学生聚会、演讲、举行重大活动的场所。

教堂的庄严、瑰丽，让我流连忘返。但我更好奇的是在大学最中心的地区，为什么建的不是教学楼，也不是图书馆，更不是行政办公楼，而是这一座 Memorial Church？

看完介绍才知 Stanford University 完整的英文全称是"Leland Stanford Junior university"，是 1885 年加州铁路大王、曾担任加州州长的老利兰·斯坦福为纪念他在意大利游历时染病而死的儿子而修建的一所私立大学，学校的全称就是他儿子的名字。1903 年落成的 Memorial Church 是 Stanford 先生去世后，他的妻子为纪念他而修建的。

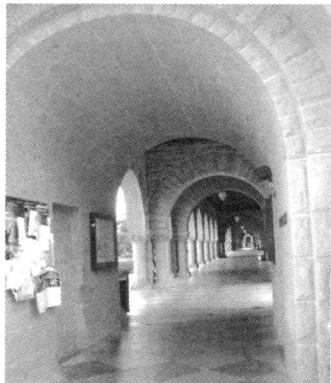

建校是因为纪念，建教堂是因为爱，所以，在上百年的 Stanford University 建设发展中，爱，就是这所大学的主旋律。

斯坦福夫人曾对斯坦福的第二位校长约翰·卡斯珀·布兰纳说过 "while my whole heart is in the university, my soul is in the church."（我的心在学校，我的灵魂在教堂）。她提出：教育的目的是培养完整的人，完整的人不仅具有丰富的科学知识，还应该有一个健康的灵魂，道德与灵性的传导是大学教育不可或缺的部分。这是 Stanford University 教育的基准，纵使技术进步了，知识更新了，灵魂与道德的塑造依然是不能放弃的。Stanford University 要传送的道德理念与灵魂洗涤就是爱！

所以，即使经过一百多年的风风雨雨，即使经过 1906 年和 1989 年两次毁灭性的大地震，经过无数次细致的修缮，教堂还如初建般光彩夺目地屹立在 Stanford University 的中心，屹立在 Stanford 师生的心中，因为这里是他们的精神家园。就如教堂巨幅画面下分别代表了 Love（爱）、Hope（希望）、Faith（忠义）、Charity（大爱）四张天使的鎏金马赛克壁画般，Stanford University 把它的道德理念代代相传（教堂的精神之一——HOPE）。

所以，校园里有了著名 Rodin（罗丹）雕塑——the Burghers of Calais（加莱义民）。这个雕塑讲述的是 14 世纪英法百年战争时期，法国的小城加莱的六位义士为了保全城市而赴难的故事。在这组群雕塑里一共有六位相对独立，神情各异的塑像，光着头、赤着膊、铁链锁颈，他们有的伸开双手，有的掩目低头，有的手执钥匙，神情平静地默默走着，走向那没有光的地方。他们没有生的选择，因为他们把活着的希望给了其他的加莱百姓，因为他们心存着爱，所以即使面临死亡，在他们的眼中仍然看不到恐惧与悲哀。这样的爱，深深地刻在了每个 Stanford University 的学子心中。

所以，我们看到了 Hoover Tower（胡佛塔）。作为斯坦福的第一届毕业生的美国总统 Hoover，1919 年捐款修建了此塔，它是胡佛战争与和平纪念馆（Hoover Institution on war Revolution and peace）的一部分，楼中最大的钟上刻有著名的名言："For Peace Alone Do I Ring"（我为和平而鸣）。这个纪念馆里面西侧厅还陈列了许多中国近代的艺术品以及珍贵的历史资料。正是因为，为了和平，为了友好，为了不被忘却的记忆，Stanford University 建造了这座塔，把曾经的学生、曾经的友人、曾经的情怀，都留在了校园。Stanford University 秉承自己的传统道德理念，把对每个学子、每个友人的关爱毫不保留地展示给了后人。

走在 Stanford University，我感到被包围在浓浓的爱中，继而发觉，大学，不仅是知识的殿堂，更是灵魂塑造的殿堂。

因为，心灵的洗涤与塑造是人生中最重要的部分，精神家园的建立是知识运用的基础，没有一定的道德理念、没有精神的归属，纵使有超人的才智，也有可能走入误区、陷入邪恶。如果那样，知识也许会成为危害人类的武器，智慧也许会成为伤害人类的源泉。

当我们走进大学校园时，是否想过这点？当我们踏入大学课堂时，是否感受到这点？大学，教诲学子的是不是更应该多一些灵魂的塑造，文化的传递？

就如 Stanford University 传承百年的爱。

从 Harvard University Library 中想到

因为对 Harvard University 的敬仰，所以在 Harvard Model United Nations 2010 活动的空当，我专程去了一趟 Harvard University。

因为从小就喜欢书，对图书馆特别有感情，所以到了 Harvard University，我最想去的地方就是图书馆。

计划用两个小时参观完图书馆后去走访 Harvard University 的校园。可到了 Harvard University 一问才知道这里的图书馆有 100 多个，如此惊人的数字是我压根也想不到的！本以为如同国内的大学，图书馆一般就是一个，或文理分开的两个图书馆，怎么算计两个小时也够用了，可面对 100 多个图书馆的 Harvard University，实在是无力用两个小时完成图书馆之旅。在遗憾之余，不由得感叹道——一个拥有如此多图书馆的大学，真的是读书和研究的好地方。

众所周知，大学之所以是大学，最重要的是它给学生提供了更多的自我学习的机会与空间。据当教授的爸爸开玩笑所说："什么是大学？就是大家自学的场所。"虽然是一句玩笑话，但我却认为这就是大学与中学的区别。中学注重的教会学生的对知识的理解和运用，"给你面包"，你要知道怎么吃，"依样画葫芦"的学习方式在中学时很普遍的；而大学强调的是学习方法的培养，"给你猎枪，你自己去猎食。"而要从"给面包"变为"给猎枪"，除了课堂的教学外，自我的学习是重要的途径。提升自我学习的最好场所就是图书馆，因为这里才是真正自我翱翔的知识海洋。

就如这次主要参观的 Harvard University 的主图书馆，它是美国最古老的图书馆，也是世界上藏书最多、规模最大的大学图书馆，连国会图书馆也甘拜下风。这里收藏有超过 1500 万册图书、550 万卷微缩胶卷、650 万份手稿，以及 500 万份照片、地图和录音带等研究资料。[①] 即使是本科生，也能利用这些丰富的资源。哈佛的电子书籍收藏系统十分强大，学生们几乎可以查看到每一期学术刊物的电子版本。Harvard University 的主图书馆设有 100 多个分馆，分别为每个学院自己的图书馆和各类专业

① baike.baidu.com/view/478364.htm 2010-5-22

图书馆，例如 Harvard–Yenching Library（燕京图书馆），收藏了珍贵的中国图书；La Monte library（拉蒙特图书馆）是世界上第一个供大学本科学生专用的图书馆；Wei Dohre library（魏德勒图书馆）是哈佛大学藏书最多的社会科学和人文科学的研究图书馆。虽然这些分馆也有远在美国首都华盛顿市，甚至意大利的佛罗伦萨，但大部分设在哈佛大学校园内，[①]这方便了在校学生的学习与研究。

在咨询了这里的馆员后知道，Harvard University 四年级以上的研究生、教授和来访的学者借阅书籍的时间可以长达一学期，而且还可以直接通过网络续借。听说这里的网络遍布到整个校园，学生只要用自己的网络账号和密码就可以进入学校所有的图书馆查阅资料、阅读全世界的在线论文。Harvard University Library 和国内外 100 多家的计算机数据库建立了联系，在 Harvard University 的电子图书馆里，可以查阅几乎世界各地的最新论文与资料；如果你希望借阅的书籍在 Harvard University Library 没有，你还可以通过图书馆系统利用馆际互借的业务，从美国国内其他高校的图书馆，甚至其他国家的图书馆借阅。如果需要的仅是某一本专著的某一章节的几页而已，还可以请图书馆帮你复印相关的几页并寄给读者，所有这些设施和服务都是免费的，这对于教授及学生了解本学科的学术前沿趋势和动态起到了极大的推动作用。

大学的图书馆实际上是"没有围墙的大学"，这里是大学生自我学习的中心，是大学的心脏。中国的著名学者郭沫若先生就曾说过："办好图书馆就等于办好了大学的一半。"他最著名的诗篇《女神》就得益于大学丰富的图书资料和对社会的感悟；牛顿 19 岁入剑桥大学，他的微积分、万有引力、二项式定理等三项伟大科学成果都是在大学期间创造出来的，他说："如果我比过去看得远一点，那是我站在巨人们肩上的缘故，伽利略 17 岁进比萨大学，19 岁就发现了单摆定律，大学图书馆查询的资料及数据成为他研究的基础铺垫；曹禺在大学期间常常泡在图书馆，在图书馆他构思、完成创作的著名的小说《雷雨》……这些巨人们的成就，凝结在图书馆里的文献资料中。就如歌德所说："图书馆就像是大宗的资金，默默流出无以数计的利息"。

可以毫不夸张地说：没有一个高质量的图书馆，就不会有高质量的大学教育。大学生是通过图书馆找到了所需要的知识，进行了再学习、再教育，从而提高了自身的知识文化素养。担任 Harvard University 校长长达 20 年之久的美国著名教育家 James Bryant Conant（詹姆斯·布莱恩特·科南特）曾经说过："大学的荣誉，不在它的校舍和人数，而在于它一代代人的质量。"学生的质量从哪里来？除了课堂，图书馆毫无怀疑地成为最好的文献信息中心和学术研究基地。

所以，我想 Harvard University 能多年雄踞世界大学排行榜之首与它遍布校园的 100 多个图书馆一定是息息相关的，因为这里为提升 Harvard University 师生的学术研究水平，维系它的教学、科研质量，以及高素质学生的培养都起到了不可磨灭的贡献。庞大而高质量的图书馆是世界著名大学实力的重要证明。

Harvard University 如此，世界上所有的知名大学都如此。

-/view/478364.htm 2010-5-22

波士顿地铁的启示

我们的美国之行在波士顿停留的时间最长，因为我们参加的 Harvard Model United Nations 就在波士顿举行。可天天忙于比赛，根本没有时间外出参观，好不容易挤出半天的时间，我们决定去参观这里著名的学府 Harvard University、MIT 和 Yale University。

我们起了个大早，在寒风凛冽中直奔地铁站。在地铁上，除了赶着上课的学生外，没有太多的乘客，整个车厢空空的、静静的。

坐在位置上，我们开始聊起来。因为要去我们各自心目中最理想的大学，那种兴奋与激动是难以表述的。聊着聊着，突然发现我们三个人成了这个车厢最特别的人——因为车厢里没有其他人像我们这样热闹地聊天。车厢里的学生基本上都是手捧一本书或一份报纸，在津津有味地读着，还有的人坐在位置上静静地听着自己耳机里的音乐。

在惊诧之余，我不由感叹道：这里的学生真的好用功。

在中国，我随在大学做教授的父母几乎跑遍了国内所有的知名大学，但无论是在地铁上还是在公交车上，这种景象是少之又少，不像这里，全车厢的人都在读书或听耳机。我不敢说他们都是 100%地在读教科书，但这种抓紧一切时间学习的态度着实让我很敬佩。

在网上看过 "Harvard University library 凌晨 4 点的景象" 的图片，虽然也有人说那不是真的，因为图书馆不会通宵，但我还真的是被这张图片震撼，我相信所有成功后面一定都有艰辛的汗水。就如现在看到的地铁读书景象一样，能进入 Harvard University、MIT 和 Yale University 的学生都是世界上最好的学生，这里学习竞争的激烈是可想而知了。再加上美国大学实行每年的学生淘汰制，能让所有的学生随时都紧绷着学习这根弦，只要有时间就抓紧看书。我听在 Harvard University 读书的师兄说过，这里的每个教授不但要求学生通读教材，还会列出很多的资料或论文，让学生去读。基本上所有的学生都会按要求去读课程材料，这样才能在课堂上参与发言。而课堂发言的次数直接加入学生的最终成绩。他说有的教授直接告诉大家："如果一学期下来，我还不能叫出你的名字，证明你要不没有来上课，要不从来不发言。"在这样的严谨的学习氛围中，不认真学习的后果一定是很可怕的。

我们常常听人说：中国的小学、中学的教育质量比起美国绝对不差，甚至在某些方面还要做得更好些；但我们的大学生与美国的大学生就明显出现了差距。这差距来自哪里？中国的教育工作者一直在寻找、修正，我认为其中很重要的原因是我们的大学生没有了美国大学生的学习热情和学习压力。在中国，只要能进大学，基本就能毕业，哪怕你从来没有读过教材，没有查阅过任何的课程材料，也可以靠临时背背老师的教义或考前"临阵磨刀"通过考试或考查。课堂的发言与参与，基本只是学习的点缀，好多的学生都不加入这个行列，因为这并不影响他们的成绩，中国大学也没有淘汰制。轻松、愉快是中国大学的特点，而这样的特点在美国恰恰是中小学的特征。把成人按中小学生的模式来培养，其结果是可想而知的了。

教育模式的不一样造就了不一样的大学生。我们在感叹美国培养出了不少高质量的大学生的同时，是不是应该检讨我们大学的培养模式？轻松、愉快的学习模式固然好，但高等学府是治学严谨的地方，是需要 hard work 的场所，如果这里过度宽松，自然就会影响到学生培养的质量。早在几千年前，荀子就说过："人之初，性本惰。"如果给予人生观、价值观还没有完全成熟的大学生过于宽泛的自由，也许并不是一件好事。

美国大学严谨的治学模式造就了独特的大学风格和高质量大学人才，也形成了特殊的大学地铁景象——波士顿的地铁如同流动的自修室，延伸着大学的文化，大学的气息，也见证了美国大学成功的教育模式。

我们不一定要全盘照搬，但从"洋务运动"就开始提倡的"扬其精华"的学习理念，我们现在应该认真去思考与领悟我们与美国大学的差异何在？

从校训看大学的定位
——Harvard University、Stanford University 和 MIT

美国之行，参观了三所著名的大学：Harvard University、Stanford University 和 Massachusetts Institute of Technology（缩写 MIT）。这三所大学虽然早已如雷贯耳，但直到亲历校园，与学生接触后，才发现著名的学府也有性格的差异，而这种差异之最直接、最具象地反映在了它们各自不同的校训上。

Harvard University 的校训为 "Amicus Plato，Amicus Aristotle，Sed Magis Amicus VERITAS"（与柏拉图为友，与亚里士多德为友，更要与真理为友），其校徽是拉丁文的 "Veritas"，即中文的 "真理"。

Harvard University 建校于 1636 年 10 月 28 日，比美国建国还要早 140 年，其最早的校训为 "Veritas"（"察验真理"，1643 年），可见最初创建者的意愿就是在美国创办一所培养追求真理的人才的大学，培养学生不以礼教为束缚，去探索科学、自然、宗教的品质。

300 多年过去了，校训虽有些改动，但其精髓依然保留篆刻在 Harvard University 校徽上的 "Veritas"，就如一道明光，引导着 Harvard University 在美国以及在世界的大学教育中开创出自己独特的路。

◎ 哈佛大学校徽。◎

在 Harvard University 历任校长都坚持 3A 原则，即 Academic Freedom（学术自由）、Academic Autonomy（学术自治）、Academic Neutrality（学术中立），以此营造学校求是崇真之风。埃里奥特在任校长时就提出了大学应该为学生提供三方面的机会：一是给学生学习上自由的选择；二是给学生提供在所擅长的学科上有施展才能的机会；三是帮助学生从被动的学习转化为自主的行为，改变学生与教师的从属关系；洛厄尔在出任校长也制定了 "集中与分配" 制，让学生有了更大的选修课的自由，在保证专业课学习的深度的基础上，扩大了学生的视野，也给学生的个人爱好留下适当的余地，让他们可以按自己的特长去追寻真理之路……

正是在这样崇尚真理的环境中，Harvard University 的学子勇于打破传统、积极追寻世间的真谛，创造出了 Harvard University 的辉煌——

Harvard University 出过 8 位美国总统；产生了 34 个诺贝尔奖获得者和 32 名普利策奖获得者；在美国独立战争时，马萨诸塞州几乎所有著名的革命者都是哈佛的毕业生，包括美国《独立宣言》起草人之一、美国第二任总统约翰·亚当斯。这对美国

域外撷英

的政治、经济、科学、文化都起到重要的作用。与此同时，Harvard University 的毕业生对世界其他国家产生了很大的影响，如在中国近现代史中赫赫有名陈寅恪、竺可桢、杨杏佛、梁实秋、梁思成、赵元任等都曾在 Harvard University 学习过。不仅如此，Harvard University 还研制出了许多影响深远的科学成果，如 100 多年前外科麻醉手术；40 年代发现的现已广泛用于化学和医学研究的核磁共振；50 年代首创的器官移植新方法；60 年代提出有机合成化学的理论和技巧，并首次人工合成了维生素 B_{12}；90 年代发明新的太阳能转化电能材料以及 2000 年抗癌新药等，[①] 都为世界科学技术的发展及探索做出了巨大的贡献。

而 Stanford University 的校训是"The Wind of Freedom Blows"（自由之风永远吹）。这个校训与带有浓郁宗教特色的 Harvard University 校训有着天壤之别。这也成就了 Stanford University 不同于东部古老大学的风格与特征。

Stanford University 的创办者是当时的加州铁路大王、曾担任加州州长的老利兰·斯坦福。斯坦福夫妇为纪念他们死在欧洲旅游中的儿子，决定捐钱在帕洛·阿尔托成立以自己儿子名

◎ 斯坦福大学校徽。◎

字命名的大学 Stanford University，并把自己 8180 英亩用来培训优种赛马的农场拿出来作为学校的校园。"我们要像爱自己儿子一样去爱加州的每一个孩子"，斯坦福夫妇希望每一个在 Stanford University 的学子都能在这个校园不受任何传统的束缚，自由快乐地成长。

由此制定的校训就很好地张扬了这个理念。Stanford University 校训的提出就是为了鼓励和保证学校师生能自由无阻地从事教学和相关的学科研究，哪怕是前人从来没有实践过的，运用过的教学和科研模式。就如 Stanford University 首任校长乔丹在斯坦福大学 1891 年 10 月 1 日正式开课之时向师生和来宾发表的演说那样："我们的大学虽然是最年轻的一所，但她是人类智慧的继承者。凭着这个继承权，就不愁没有迅猛而茁壮的成长……我们师生在这第一学年的任务，是为一所将与人类文明共存的学校奠定基础。这所学校绝不会沿袭任何传统，无论任何人都无法挡住她的去路，她的路标全部是指向前方的。"

在这样的准则之下，Stanford University 尝试了许多前人根本没有想过的事。比如在 Stanford University，学制与其他大学不同。在校规中，把一年分成四个季度，学生们每段都要选不同的课。因此，Stanford University 的学生比起两学期制大学的学生学习的课程要多，压力也要大得多。同时斯坦福的学生必须在九个领域完成必修课，其中包括文化与思想、自然科学、科技与实用科学、文学和艺术、哲学、社会科学和宗教思想。除此之外，学生的写作和外语也要求必须达到一定标准。最近 Stanford University 又把非西方社会作家的作品加入到它全年的西方文化教纲中时，这引起了

---

① 部分内容参考 http://www.baike.baidu.com/view/10504.htm 2010-10-7

学术界的注意和震动。

　　正是在这样的"自由之风"吹动下，1959 年 Stanford University 校园创立了"斯坦福工业园区"，即以极低廉、只具象征性的地租将一千英亩土地，长期租给工商业界或毕业校友设立公司，再由他们与学校合作，提供各种研究项目和学生实习机会。这仅是美国大学历史上的创举，也是世界大学历史上的创新之作，使 Stanford University 置身于美国大学教育的前沿：工业园区内企业一家接一家地开张，形成世界上最早的、最成功的高科技园区 Silicon Valley（硅谷）。高科技集团与 Stanford University 紧密结合，产、学、研形成一体，形成了独特的 Stanford University 办学模式："发展实用科学和技术，然后与研究所及企业合作，把研究成果转变成商业成果，累积财富，再转过来改善办学条件，增强研究实力。"这个办学模式为 Stanford University 提升教学水准和学生实习提供了最佳的案例及实践基地，而这也使 Stanford University 跻身于世界一流大学的前列，培养出了无数优秀的毕业生，硅谷中有 3/4 的管理者都来自斯坦福大学，他们创造了世界众多一流企业，包括 HP、Cisco、Ebay、Electronic Art、Gap、Google、Nike、Sun、Yahoo 以及数以百计的美国知名上市公司。[①]

◎ 麻省理工大学校徽。◎

　　所以，如果说 Harvard University 代表着美国传统的人文精神，Stanford University 展现的是 21 世纪科技精神的象征，那么 MIT 则代表了美国工业技术的创新精神。

　　Massachusetts Institute of Technology（MIT），这所由著名的自然科学家威廉·巴顿·罗杰斯（William Barton Rogers）创办于 1861 年，被誉为"世界理工大学之最"的大学，其校训为："Mind and Hand"（理论与实践并重）。

从这个直白而简单的校训中，折射出 MIT 的办学风格与模式：以其纯技术性质特色为其独特的风格，主要通过把理论科学和应用科学的教育与研究结合起来，培养工程师和技术人员，"通过实验进行教学"是 MIT 教育的信条。

　　这所由理工学科发展起来的世界著名大学一直倡导学生应当从实在的数据中了解具体的结论，要理论与实践结合，不仅要注重学生的理论教导，更要培养学生的动手能力与创新理论。首任院长罗杰斯强调积极主动的学习模式，让学生自己去寻找新的信息，个人的经验转化成知识。MIT 强调利用实验室、工厂和计算机资源进行教学，让本科生从事研究活动。比如 MIT 是第一所制定"大学生研究计划"的大学。1969 年 MIT 制订了"大学生研究机会计划"（UROP），它给本科生提供广阔的、开放的、作为教师的初级同事参与研究工作的机会，强化了学生参与社会实践的机会。UROP 至今仍是全美大学中最大和最广泛的计划，没有其他哪所大学在这方面能与之比肩。MIT 也是唯一一所学生可在每一门可选的学科中进行研究的大学，包括艺术、

　　① 部分内容参考 http：//www.baike.baidu.com/view/13725.htm 2010-10-9

域外撷英

社会科学和人文科学，而不是仅仅限制在自然科学和工程学领域。本科生可以在 MIT 的 5 个分院和 40 多个跨学科实验室与中心同教师一起做研究。"大学生科研机会规划"的课题还容许学生按照喜欢探索的专业，哪怕与自己专业很少有或几乎没有联系的领域中进行研究与探索；学生还可以利用假期自由安排自己的学习日程，从事独立的课题或做一些在学期内不可能做的事情。① 学生与教师合作研究的课题，让很多学生从本科起就学会了如何真正面对现实问题，解决实际问题的能力。这种能力的培养，不仅提升了学生的理论水平，也强化了学生的动手能力，使许多本科生直接进入了科学界。

这种与众不同的培养模式不仅造就了今天工程教育界巨擘的 MIT，也恰恰体现了百年校训对 MIT 的影响。

由三所著名大学的校训可以得出：校训是一种格言、箴言、座右铭，是一所大学独特的办学理念和办学精神的最集中的表述，是学校悠久历史和优良传统的高度浓缩，是校园文化的基石，也是最能反映学校风格特色定位的外向表述，同时也是学校整体价值取向的根本标志之一。它体现一个学校的精神文化风貌和办学理想及追求，是指导学校教育模式的灯塔。它在历史的沉淀中既激励和劝勉教师和学子们，也能体现独特的办学原则与目标。校训所具有的无形的力量，对于造就和培养独具特色的学者和学人起着了不可估量的重要作用。

不同的校训，缔造了不一样的大学，也就是同时培养人才的世界顶尖大学 Harvard University、Stanford University 和 Massachusetts Institute of Technology 与众不同的真正原因。

---

① 部分内容参考 http://www.baike.baidu.com/view/74918.htm 2010-9-17

中国的历史课：怎么就没有人喜欢？

认识美国女孩 Tamara，很奇怪的不是她的开朗与独立，而是她对美国历史的如数家珍，惊诧之余，我忍不住问道："你大学要选历史吗？""不，我选 Engineering。"更加好奇地问："你不选历史，为什么对历史这么的熟悉？"她也很惊诧地答道："不光是我，基本上美国的高中生对美国的历史都是这样熟悉。难道中国的高中生对中国的历史不熟悉吗？"在一阵无言的难堪微笑之后，我陷入的是深深的反思。

在中国的高中，甚至是重点的高中，在历史课上（除了高考选历史的外），你看到的一定是老师在台上讲，下面 98% 的都在做其他课程作业、看其他的书籍，有的人甚至在睡觉，其余 2% 的同学，还不一定是在听讲，很有可能在看各种各样的历史杂书。中国的老师绝对默许这样的状态，因为高考不考，就算考也是 3 + X 的"X"。所以，期末考试时，历史科目常常是仅有的开卷考试，而且题目都可以直接在书上找到答案，根本不用去思考、去探究。在这样"宽松"的环境下，中国高中生不要说对世界历史了，对中国历史能称得上比较了解的在各个学校也是屈指可数，而且这些人常常还会被认为是"怪物"，因为"不务正业"呀！甚至连班主任老师也不见得喜欢。

因为大多数的学生高考时不考历史科目，因此学生不听；此外，中国高中的历史课实在也不敢恭维。老师照本宣科，内容枯燥无味，甚至是只要期末不考的，老师连 lecture notes 上的内容都常常跳过，只解释一句为："这部分内容期末不考，你们下课自己找时间再看。"连上课都不肯听，学生下课还会看吗？老师，这不是在自欺欺人吗？这样的课，就算喜欢历史的学生，恐怕也要厌倦！

不敢说美国的历史课就是比中国的历史课好，但 Tamara 描述的课堂让我憧憬不已：期末考试时思辨性的论文写作，写出对某个事件、某个人的评价；虽然历史是由成功者写的，但美国历史老师对"成者英雄败者寇"的教科书常常提出自己的看法，并要求学生查阅资料，用自己的观点写出读书报告；历史课中老师还会在某些专题上将世界权威专家的完全不同甚至完全相反的观点带进教室，并用来分析定义与相关观点；美国的高中历史课已经包含很多历史研究的技术与技巧，而不是单纯地就历史讲历史，学生在这门课上必须学会用科学的方法来研究历史，比如把化学、地理的学科知识及研究方法用以研究区域历史的发展脉络等，这样的课堂不要说上了，我听着都激动不已。

美国的高考（Scholastic Assessment Test，SAT）中也没有"历史"的考试，但历

史作为每个公民必知的常识，无论是美国的初中还是高中，都是十分重视的。就如新移民到美国必须通过"美国历史"的考试才能宣誓入籍一样，学习美国的历史成为每一个美国公民最为重要、最为自傲的事，从历史中了解了血与泪的艰辛、看到了民族的自豪、增添了爱国的情愫，所以你走进任何美国一间中小学、任何一间办公室，甚至好多的家庭时都会发现那里挂着国旗，好多教室里学生的剪纸、绘画中都把美国国旗巧妙地放了进去。如果你是在美国国庆前后入关的公民，常常会听到海关官员用热情的语调告诉你："Welcome back home for National Day！"

而这样的语言可能很少有中国公民在入关时听到吧！民族的自豪感，爱国的热情是从小培养起来的，而担负这个重任的毫无疑问就是中学的历史课，试想，如果连自己国家的历史都不了解，怎么能心怀自豪、怎么能眷念热土，一个不知历史的人，就如走在荒漠之中，不知哪里是终点、不知哪里是归属？这样的人，就算再有科技创新的能力，他也不会属于这个民族、这个国度，因为，他的心底从来就没有在这里生过根。

中华民族五千多年来生生不息，就是因为我们热爱这片黄土地，就是因为我们钟情这里的山和水，就是因为我们知道"治学先治史，博古才能通今"。今天，当历史的车轮运行到我们的面前时，我们真的就要放弃或停滞它吗？

不要再问"学历史有什么用？"年鉴学派史学大师布洛赫用生命最后的时间所写那本小册子《为历史学辩护》中就做了最好的解答：历史不仅自有此魅力，而且历史最终目的是增进人类的利益与凝聚。

尊重历史就是尊重民族，学习历史就是了解社会的进化。如果我们还希望传承我们的文化，如果我们还希望民族的繁衍，请回归历史的课堂，请回归历史的精彩，请回归历史的严谨。

中国的历史课，怎么能没有人喜欢？

今天是 Family Day

我要讲的 Family Day 不是春节的团聚，也不是 Thanksgiving 的回家，更不是 Christmas 的欢聚，而是 Vancouver 周日及 holiday 月票计划。

众所周知，买月票就是为了方便。可以说世界上好多的地区都有月票计划，这并不新奇，在国内常常可以见到上班一族，上学一族手持月票上车的情景。Vancouver 的月票基本功能也是如此，除此之外，Vancouver 的月票持有者最特别的是可以在周日及节假日用月票带一个人免费乘车，而且可以跨所有区使用（在 Vancouver，月票分为 3 种，1zone 只能在一个区使用，不能跨区；2zone 可以 2 个区使用；3zone 的才可以在全市使用），名为 Family Day 计划。

Family Day 计划优惠的价格不仅提供了更多人们外出的机会，而且更重要的是增加了家庭的亲情。听过这样一个故事：一家人平时各忙各的，好不容易晚上聚在一起吃晚饭了，也没有太多的时间与心情聊天，如同紧张的工作一般，急急忙忙地吃饭，然后各自钻进自己的房间干自己的事去了。有一天，大楼突然停电了，钻进房间的人都不得不离开电脑、电视，一起走到了阳台，大家坐在阳台上天南海北地聊了起来。聊着、聊着，一种很久都没有感受过的亲情在家人的心中蔓延，大家突然觉得没有电的夜晚竟然可以如此的温馨、如此的美妙！不知不觉已到深夜，大楼的供电恢复了，一家人相视一笑，再次钻进了各自的房间。现代社会繁忙的工作压得人们没有休息的机会，电子技术的发展加剧了亲人之间的距离，在这样亲情越来越淡漠的环境中，也许抽出点时间远离现代技术，是恢复亲情的最好方式。

就如 Family Day 计划。

人，是具有很强的惰性，特别是在压力极大的现代社会。所以，周末外出仿佛就是一件奢侈品，可望而不可即。虽然我们都知道需要休息，需要调整，需要亲情，但这样或那样的事总让我们感到脱不开身，周末外出的承诺，游乐场玩耍的许愿，都在不知算是重要还是不重要的事情中食言。孩子失望的眼神，眼角流下的泪水，不只是难受，更重要的是心灵的伤害，因为快乐的家庭欢聚才是带给孩子幸福的源泉，才是塑造孩子健康心理的最佳方式。经济的保障只可以提供家庭的富足的生活，却不能提供幸福的源泉。据新浪网公布的幸福指数调查，中国农村人的幸福指数远远高过城市人，而小镇的幸福指数又要高过大城市。数据仿佛有点违背人们的思维，但却真正揭示了幸福的真谛：金钱不是支撑幸福最重要的因子，平静知足的生活才是幸福的源泉。

平静知足的生活来自于浓浓的亲情，就如人言道：一家人在一起，哪怕再苦再累，心里也甜。为什么"金窝银窝不如自己的狗窝"？因为在"金窝银窝"里没有"狗窝"的亲情。而亲情是需要经营和培育的，如同花儿一般，如果不花时间、不花精力、不用心去浇灌，再美再好的花儿也要凋谢。亲情虽然会一直存在于每位家人的心中，但亲人之间相连的红线却会因为人们无意的疏忽而越来越细、越来越淡，红红的线在岁月的忽视中渐渐看不出火红的色彩了。

也许是该寻找一个机缘才能把我们从毫无生机的生活中唤醒，也许是该寻找一个方式把人们从机械的工作中拔出，也许是该寻找一个契机去追觅失去的亲情。

让我们关掉电脑、关掉电视，走到户外，在山水间、在花木间，带着欢笑、带着激情，去放飞我们的心情，去寻觅我们的亲情。

因为今天是 Family Day。

Fredericton City Public Concert

听说 Fredericton City 是一个很漂亮城市，我们在去 Prince Edward Island（P.E.I）的途中，专程在 Fredericton City 停留了一晚。

当我们到 Fredericton City 时已是黄昏。登记好酒店，乘着还有西下的夕阳，我们在城里闲逛。快走到 City Hall 时，突然听到一阵很优雅的音乐声，已经在加拿大待了一年的妈妈说，附近一定有 Public Concert。我们加快脚步，来到一个 Public Park，果真在举行露天的 Public Concert。

舞台很简单，就是一个水泥台。乐队也不是在国内看到的极其专业的表演队，没有统一的服装，没有庞大的乐队，四个表演者只用吉他、大提琴和爵士鼓来进行演奏，演奏的曲子主要是乡村音乐、蓝调及爵士。表演者穿着很随意，很像是业余的音乐爱好者在表演，但表演的认真与专注又很像专业演员。观众是自己带凳子坐在草地上听音乐会，也有带着野餐边吃边听的，还有站在草地上随着音乐舞动的，甚至还有小孩跑到表演台上，随着音乐起舞。这样的音乐会和我在国内听的音乐会完全不一样，没有了严肃、正式，一切都很随意，也很惬意，仿佛夏天的小夜曲一般。

听妈妈说，这样的 Public Concert 夏天在加拿大的每个城市都可以见到，有时在海边，有时在公园，有时在步行街，有时在社区，有几个人一起的演奏，也有一个人的演奏，他们都不需要太正式的舞台，只要放上吉他、提琴或爵士鼓，一场 Public Concert 就开始了。表演者大多是音乐爱好者，他们让公众在夏天的黄昏感受到了音乐的美妙。

很欣赏这样的音乐会可以无拘无束，你可以按你的想法去聆听音乐的声音，哪怕是随着音乐不停起舞，也不会有人前来干涉；你可以穿着 T 恤牛仔裤来听音乐会，根本不用担心会被拒之门外；你还可以吃着汉堡喝着可乐听音乐会，绝对不用顾及周围人的眼光。音乐在这里还原了它本来的含义：Enjoy！

音乐原本就是来自于生活，而生活本身就是简单随意。虽然有时生活也需要正统、严肃，但平常的生活就如清水、淡泊、舒心。所以，音乐会是否也应该如此？

域外撷英

有高雅的，必须正装、购昂贵的票价、到音乐厅去听的；更应该有大众化的、普及的、免费的音乐会，不一定演奏水准很高，但却能满足公众欣赏的需求。因为并不是所有爱好音乐的人都能购买得起如此昂贵的门票，也不是所有爱好音乐的人都有如此恰当的时间去按时进场去听音乐会。

走在有夕阳的海边、湖边；坐着傍晚的公园、街旁，听上一场无拘无束的免费音乐会，对于普通大众而言，一定是一件很美妙的事。至少对于我而言是这样的！

爱永存

世界上很少有东西是永存的：物品会腐化，友情会淡薄，时间会流失，生命会终结……好多的东西，都在宇宙的变迁中慢慢地消失。但是在世界上有一样东西，是永不会消失的，那就是爱！

就如美国和加拿大边境的千岛湖（Thousand Islands）的 Heart Island。

Heart Island 本身只是千岛湖 1864 个岛屿中一个很普通的小岛，与其他岛屿的景色也没有太多的差异，但却成为了千岛湖中最引人注目，最受游人追捧的岛屿，其根本的原因只有一个：这是爱的纪念。

所有参观过 Heart Island 的人都一定听过这样一个动人的故事：1860 年左右，George C. Boldt——像千千万万个怀揣美国梦的新移民者，从当时的普鲁士移民到北美大陆。他希望在这片新大陆上创造非凡的业绩，实现自己的梦想。经过 30 多年不懈的努力，他从一个酒店最底层的服务员终于成为美国最成功的酒店经营者，拥有了两所超豪华的酒店：位于纽约的 Waldorf-Astoria 和位于费城的 Bellevue-Stratford，前者也成为了第五大道的标志性建筑。在成功之后，他很希望送给自己患难与共的妻子一个特别的生日礼物，于是选定了千岛湖中的一个岛屿，把它割成了心的形状，亲自监督在上面建造古堡。不幸的是，1904 年 1 月，他的妻子 Louise Boldt 突然因病去世，此时岛屿的修建距离整个工程完工只还不到一年了。悲痛欲绝的 George C. Boldt 致电岛上所有工人停工离开了，George C. Boldt 从此再也没有上过岛，Boldt Castle 也就就此废弃。

Louise Boldt 去世后，George C. Boldt 终身未再娶。在他去世后，1977 年，实在无暇打理此岛的他的后人，以 \$1 的价格将 Heart Island 和 Boldt Castle 卖给了美国政府，从此政府开始对城堡进行修葺并对外开放。

城堡很多，为什么人们偏偏钟情于这个还没有修缮装饰好的 Boldt Castle？岛屿上千，为什么人们偏偏留恋于这个并不是最美的 Heart

Island？这难道不是因为爱吗？

爱，是世间最美好的情感，它不带一点杂念，如玉兰一般的洁白，如莲花一般的清淡，也许并不是轰轰烈烈，但却是牵动人们心弦的红线。在每个人的心中都永存着这样一份爱，这份爱不会随着时间的消失而消失，也不会随着生命的完结而完结，它将它的感动，它的魅力，在一代一代人心中传递，就如人们登上 Heart Island，去看 Boldt Castle 一样。

虽然百年过去了，但每个登上 Heart Island 的游人，都能感受到 George C. Boldt 对 Louise Boldt 的一往情深，因为这里的每一块砖，每一片瓦都传递着爱的信息；因为这里的每一棵树，每一棵草都散发着爱的情谊，这样的情感包围着整个 Heart Island，让所有游人都为之动容。因为这份感动，因为这份情义，人们络绎不绝、流连忘返。

任时间流逝、宇宙变迁，带不走的是爱。因为这是刻在人们心中，烙在人们心底的情感！

寻梦绿山墙农舍

《绿山墙的安妮》（Anne of Green Gables）是我最爱的小说之一。不仅是因为它美妙的文字，更是因为文中的安妮就如生活中的我——爱幻想、爱做梦，更爱把梦想带进生活，因为我们都相信每一天的太阳都是新的，因为我们都相信只要坚持，梦想就能变成真。

所以，一直都很想去看看安妮生活的地方，去看看那个"今晚是一束洁白的百合花，恰如一个清香的梦，给房间平添一份淡淡的芬芳"的绿山墙农舍；去看看"马修·卡思伯特和那匹栗色母马优哉游哉地慢慢走过八英里的路程，前往布赖特河"；去看看夏天绿山的农舍是否还有"布谷鸟的叫声"；以及那个"闹鬼"的"恐怖森林"……

这是我心中的梦，从孩提时到少年时。

没想到，就在今年的夏天，我童年时代的梦想竟然成真！

当我真真切切地站在安妮生活过的那间爬满青藤、白绿相间的木屋前，看到小说中描写的开满向日葵的庭院、古老的四轮马车、葱绿的玉米地时，真的有点不敢相信自己的眼睛——我真的来到了绿山墙农舍。

这里的一切仿佛仍如 19 世纪末安妮生活过的加拿大农庄般纯朴、简单——

一座典型的 19 世纪乡间庭院：长方形的马厩，尖顶的谷仓，一幢两层的民居住宅楼。马厩内四周整齐地堆放着几捆干草垛，墙上悬挂着一副古旧的马鞍，墙角摆放着一套老式的犁地农具。农具虽旧，却很光亮，仿佛是主人昨天还在地里使用似的，让人感到格外亲切；穿过马厩，呈现在眼前的是一个宽敞的庭院。一辆四轮马车静静地停靠在院子里，白色的木栅栏内，是一片翠绿的草地，草地上花儿正盛放，红的、白的、黄的、粉的，姹紫嫣红，煞是好看；庭院的外面是一片果林，果林的外面是密密的树林，这应该是书中的"恐怖森林"了。但夏日中的森林一点都看不出"恐怖"的模样：密密的森林在夏日的阳光中跳跃绿的舞蹈，就如"初夏的阳光从密密层层的枝叶间透射下来，地上印满铜钱大小的粼粼光斑。"风儿暖暖地吹着，不知叫什么名的鸟儿在丛林中吟唱着夏的赞歌，"青草、芦

域外撷英

苇和红的、白的、紫的野花，被高悬在天空的一轮火热的太阳蒸晒着，空气里充满了甜醉的气息"，如此的美丽、如此的祥和，看来"恐怖森林"随着时间的推移也变得和善起来了。

庭院的中央是一座白绿相间的两层木质民居住宅楼，这就是《绿山墙的安妮》露西·蒙哥玛丽（Lucy Maud Montgomery）女士的故居，也是那座让无数游人心驰神往的安妮的绿色木屋——白色的外墙，墨绿色的屋顶，几扇精致的小窗半开半闭，还有爬在屋上的绿色爬山虎，一下子把喧闹的夏日带到了宁静的世界，就如夏日在静静幻想的安妮一般，虽然安静，却充满灵气。走入房间，环顾四周，无论是客厅、厨房还是起居室，大都是以绿色为主色调，家具简朴，房间里还静静地摆放着那个时代的缝纫机、纺织机、红褐色的木质家具，呈现出 19 世纪农庄的简朴生活气息。这里一切的装饰犹如书中描述一般"地上已铺上漂亮的席子，浅绿色的薄纱窗帘在摇曳的微风中飘忽，让高窗显得柔和悦目。墙上挂的不是梦寐以求的金银丝线织就的锦绣壁毯，而是一张印刷精致的苹果花的纸，上面贴着牧师太太送给她的漂亮图画"；"明亮的阳光透过窗户照了进来，屋下斜坡上的果园里，开着白中带粉红色的花朵，就像新娘面颊上泛起的红晕一样，成千上万的蜜蜂围着花朵嗡嗡叫着。"站在小屋内，满眼看到的、想到的就是《绿山墙的安妮》中的家。

房间内摆放着露西·蒙哥玛丽（Lucy Maud Montgomery）女士的画像，正是这位情感细腻，文采飞扬的女士让安妮成为马克·吐温眼中"继不朽的艾丽丝之后最令人感动和喜爱的形象"，将这座普通的农舍赋予了厚重的人文内涵，使这座农舍承载了无数人寻梦的沉甸甸的期待。她安详的神态，明丽聪慧的眼睛中透出了与安妮一样的气质：乐观、执着，看着她的画像，我再一次想起了红发小精灵般的安妮：活泼乐观、富于想像、坚持执着。

Anne of Green Gable house 的田园生活气息，一一在我的眼前展现，恍然间，我仿佛走进了小说中的那个纯真年代、纯朴天地……

是梦还是现实？也许这并不重要，最重要的是——

只要有梦，只要坚持，梦想一定能成真！

这是安妮的生活准则，也是我寻梦的明灯。

美丽浪漫的 Lake Louise

　　如果你想自助游览加拿大落基山国家公园（Canadian Rocky Mountain National Park），几乎所有的人都会向你推荐露易斯湖（Lake Louise）；如果你想参加旅行团，几乎所有的导游都会告诉你 Lake Louise 是所有行程中最精华的旅游景点之一。所以，如果想去看看李安导演的《断背山》片中令人迷幻的外景地——名闻遐迩的加拿大瑰宝——班芙国家公园（Banff National Park），Lake Louise 是一定不能错过的，不然一定会被当地人笑话：你觉得这算去过 Banff National Park？！

　　我们到达距离班芙镇 56 公里，位于 1731 公尺的山坡中，素有"加拿大——落基山的宝石"美称的 Lake Louise 时，我被眼前的景色惊呆了，三面环山、层峦叠嶂、翠绿静谧的湖泊在宏伟山峰、壮观的维多利亚冰川映照下，秀丽迷人，风情万种。我差不多是狂奔至湖边，只因想零距离感受这让人惊艳的景色。这里的湖水太绿了，如碧绿的玉一般；这里的湖水太清澈，远山和云彩的倒影在湖中清晰可见，连树叶的飘动都可以看得清清楚楚；如果走远点，你会很惊讶地发现湖水的颜色是变幻多姿的：近处看湖水是浅绿色的，远处看则是碧绿色的，登高看则是蓝绿色，如此美轮美奂的景色让我都不敢相信自己的眼睛了。难怪当地的印第安人敬仰地说道："露易斯湖水经由孔雀尾巴蒸馏，才产生如翡翠的绿。"

　　但在拥有 6641 平方千米的班芙国家公园中，长 2.4 公里，深 900 公尺的 Lake Louise，不算最大、最深的湖，长 24 公里、深 142 米的明尼汪卡湖（Lake Minnewanka）才是班英国家公园里是最大、最深的湖；虽然 Lake Louise 的美丽是毋庸置疑的，Lake Louise 的炫丽也是不用探究的，但 Lake Louise 也不是游人心目中最美的湖，梦莲湖（Moraine Lake）才是被世界公认为最有拍照身价的湖泊。宝石蓝色的湖面晶莹剔透，在锯齿状的山谷的拥环下，就像

一块璀璨的宝玉。它美丽的景色作为"国宝"被印在加拿大 20 元的纸币上。可在所有有限时间的推荐行程中，我们听到的一定是 Lake Louise，而不是 Lake Minnewanka 或 Moraine Lake。

分析其缘由，从路程的角度而言，Moraine Lake 位于班芙国家公园，距露易斯湖仅 15 公里，大约 20 分钟的车程，Lake Minnewanka 距离班芙镇以东约 15 分钟车程，距离都不算太远；从观景的角度而言，Moraine Lake 的惊艳一定超过 Lake Louise，而 Lake Minnewanka 不仅是班英国家公司最深、最大的湖，也是野生动物和独特岩石最佳的观赏之地。也许大家强烈推荐 Lake Louise 只有一个原因：它有一个美丽的故事——

Lake Louise 的名字取自英国维多利亚女王的小女儿路易斯·卡罗琳·阿尔伯塔公主（Louise Caroline Alberta）。她当年不顾自己的高贵血统与皇室的强烈反对，与年仅 25 岁的下议院青年议员侯爵罗恩相爱、结婚。婚后，维多利亚女王将他们贬黜到遥远的加拿大。5 年后，罗恩当上加拿大总督，Louise Caroline Alberta 并与丈夫一起为加拿大的经济发展做出了重要的贡献。为了纪念他们的功绩，人们用公主的名字正式命名这美丽的湖泊为路易斯湖，并将公主的姓赐给了路易斯湖所在的省——阿尔伯塔省（Alberta）。正是这个美丽浪漫的故事成就了 Lake Louise，让它在成千上万的 Canadian Rocky Mountain National Park 中脱颖而出，成为瑰宝。

"山不在高，有仙则名。水不在深，有龙则灵。"说的不就是 Lake Louise 吗？

沿着湖畔小径漫步，体会 Lake Louise 艳光四射的美，感受公主的浪漫情怀；扬帆湖面，亲吻湖水的柔情，体验公主的执着；如果有时间到湖旁边的 Chateau Lake Louise 小歇，坐在维多利亚式的建筑里喝着醇香的英式咖啡，看着窗外的湖景，所有的思绪都会随着 Lake Louise 一起去寻找 Louise Caroline Alberta 的倩影和那动人的爱情故事……

尼亚加拉大瀑布

　　"飞流直下三千尺，疑是银河落九天。"

　　见到尼亚加拉大瀑布（Niagara Falls）的第一眼，李白的这句诗就跃入脑海。以前一直以为是诗人的夸张，没有想到在世间还真能看到这样的奇观——

　　远离瀑布几里之外，就能听到水声的轰然，感到雾气的弥漫；走近了，万顷骇浪，惊涛拍岸，奔涌而至，如脱缰的野马，狂奔而下；似十里的冰川，轰然而至；更犹如有万千猛虎在翻腾咆哮；再看那瀑布，顺着刀劈一样的绝壁一泻千里，仿佛青龙吐涎，翻腾着，狂奔着，怒吼着，喷云吐雾，扑入墨绿色的河中……

　　千万别以为这就是尼亚加拉大瀑布的全景，因为这里的瀑布不仅是汹涌的，也是多彩的、变幻的：

　　尼亚加拉河（Niagara River）流至格兰德岛，被一分为二，分属美国和加拿大。河水穿过山羊岛、月亮岛，跳入万丈深峡，演绎成"美国瀑布"、"新娘面纱"和"马蹄瀑布"，形态各异，气势炯同——

　　"美国瀑布"（American Falls）位于美国境内，长320米，宽56米，如一幕宽宽的银色屏风，把悬崖的险峻、壮观全都遮盖了起来，只在谷底的巨石林立的石滩上溅起阵阵水烟；透过银白色的水柱，依稀可见石呈赭色，陡峭险峻，而在瀑布之后的绚丽与神秘也许只有尼亚加拉河水才能知晓了。站在岸边，遥首眺望，雪白的瀑布飞流直下，河水砸在礁石上，溅起的一朵朵水花，腾空而起，在空中形成了银白色的"礼花"；夕阳落照，雾影晕红，烟霞水血，如幻如梦，十分壮观。因其在夏日灿烂的阳光中，常常可以看到瀑布的水花溅起的一座七色彩虹，也被称为"彩虹瀑布"（Rainbow Falls）。

　　"马蹄瀑布"（Horseshoe Falls）位于加拿大一侧，宽670多米，呈马蹄状向内弯成弧形，是三个瀑布中最为壮观的。瀑布高54米，潭深55米。弯弯的瀑面就像一轮皎洁的半月悬在两岸，水从半月悬崖上轰然坠落，似千军鸣鼓，如万马奔腾，在一阵阵的雷鸣声中，滚滚巨流，炸入马蹄峡。峡谷内，雪雾迷茫，翻卷蒸腾，如青龙扶摇直上，气冲霄汉。水雾从水面向上腾飞的高度，竟是瀑布自身高度的2倍以

域外撷英

上，让你难以看清它的真面目。

"新娘面纱"（Veil of the Bride Falls）位于"美国瀑布"和"马蹄瀑布"之中，窄窄的，洁白无瑕，夹气势磅礴的两大瀑布之中，尤显得安静而飘逸，如天上的浮云，似地上的溪水，静静地，悠悠地，在峡谷飘荡，也许这就是"新娘面纱"的来历。清清的河水，飞落到谷底，石挑练破，化为点点玉珠飞溅；如面纱上的宝石，晶莹透亮，似面纱边的银坠，跳动漂浮。风一吹，银光闪烁，如烟似雾，就如春天的梨花，在清风微雨中飘散。就算是轻纱未掀起，也能感受到"新娘"恬静娴熟的美丽。真的很想知道，美丽的"新娘"到底心许何家？

如果想真真切切地感受大瀑布的魅力，一定要选择"雾之少女"号（Maid of The Mist）这个有着 100 多年历史的游船，会把你带到大瀑布的心脏——瀑布的底端。穿梭于波涛汹涌的瀑布之间，在水雾缭绕、水鸟翻飞、水声轰鸣中，只见瀑水从几丈高的岩石上铺天盖地滚滚而来的，如似千万条张牙舞爪的黄鳞巨龙飞扑面前。它们翻滚着、缠绕着、拥挤着、撕咬着，昂首摆尾，咆哮而来，直捣湖底。轰隆隆的水声，激荡起阵阵狂风，喷迸出如雹的急雨；那急促的流水声，像古代军中急雨般的号角鼓点，像狂风中波涛汹涌的海浪，惊得数十只鸥鸟，在水雾上盘旋往复，飞翔鸣叫。瀑水溅珠飞玉，像飘带轩霞，扑面而来，令人难睁双眼，仿佛只身于浓雾之中；使你真正置身于扑朔迷离的水雾之中，涛声惊心动魄，雾水涤尽尘嚣，此时早已感觉不到游船在前行，人与水雾融在一起，瀑布不见了，船不见了，世界上似乎所有的声音都消失了，剩下的只有你与瀑布忘情的亲吻……

如果你认为尼亚加拉的大瀑布只是气势磅礴，雄伟壮观，那就大错特错了，因为它还有无尽的柔美与多情——

尼亚加拉河（Niagara River）如一条银链，把伊利湖和安大略湖连成一体，一路上水阔天空，浩浩荡荡。虽然也有的奔涛跌雪，穿石凿岩，挟雷霆而撼深谷，腾紫雾而蔽长天的宏伟气势，但更多的是万里河淌，千回百转，轻柔流淌。清清的湖水在碧绿的尼亚加拉河中流淌，不时溅起乳白色的水花，就如春天的少女般娇美、柔嫩，也如印第安人的传说般神秘。

据说 300 年前，居住在当地的印第安人震慑于自然的威力，在每年收获的季节时会选一天，集合全村少女，酋长站立中央，对天放箭，箭尖下落，离哪位少女最近，这一少女即被选为代表，送上装满谷物水果的独木舟，从上游顺着激湍冲下，坠入飞瀑中，以献神灵。

因此当地的土著人都说尼亚加拉瀑布美轮美奂的雾气，是美丽少女的化身。

　　所以在尼亚加拉大瀑布的介绍中看到了这样的描写："阳光照出你凝脂般的肌肤，照出你玫瑰花一样粉色的脸颊，夜风轻轻吹起你的裙裾，星星宝石缀满你的长发，披一件轻柔的用七彩之线织就的锦缎……"英国著名作家狄更斯游赏了大瀑布后也感叹道："尼亚加拉大瀑布，优美华丽，深深撼动了我的心，铭记着，永不磨灭，永不改变。"

　　尼亚加拉大瀑布，呈现了自然界的辉煌和美艳。面对这样鬼斧神工的自然杰作，在惊艳，在震撼之外，剩下的只有感谢——

　　感谢大自然对人类的恩赐，感谢大自然对人类的厚爱！

北美最美的古城

——魁北克旧城

Je me souviens（记住我！）

这是魁北克城市的座右铭，也是走在魁北克的大街上，看到最多的话——在这个城市里几乎所有的车牌后面都有这句话。

一路走来，美丽的景致很多，但魁北克还是会让游人牢牢地记住它——它是北美最美的古城。

最喜欢魁北克的 old downtown，这里是魁北克旧城区，是北美唯一以城墙围起的城市，也是法国文化在这块大陆的起源。古城墙、碎石街、灰石屋、旧教堂、大广场，让这座古老的城市处处充满着往日的迷人情怀，成为北美洲唯一被联合国教科文组织列入"世界级古迹"的城市。

踏进城门，沿着蜿蜒的石板街道，18世纪时法国城市的风貌赫然呈现在眼前：

如同所有的法兰西城市，魁北克 old dtownown 拥有市政厅、军人广场、圣母院、修道院，这些怀旧的中世纪建筑，让人联想起法国的马塞。在这儿，游客可以随时随地看到典雅的欧式建筑，一砖一瓦，一草一木，都散发着当年法兰西帝国的风情——

踏进城门，随着邮政大楼往下走，就可以看到下城区的兵器广场。广场上矗立着在法兰西常见的巨型城市人物铜像——魁北克市创建者 Samuel de Champlain 的雕像。作为法国探险家、地理学家的 Samuel de Champlain，不仅是魁北克城的建立者，也是法国同北美贸易，特别是皮毛贸易的开拓者。他的一生为魁北克市的创建和扩建、防御工事的修建以及同印第安人关系的改善中，做出了巨大的贡献，甚至可以说，没有 Samuel de Champlain，就没有魁北克市。

在 Samuel de Champlain 的雕像的旁边就是魁北克城的地标建筑——建于 1893 年的 Chateau Frontenac（芳堤娜城堡饭店）。城堡以 17 世纪新法兰西殖民地总督 Frontenac 伯爵 Louis Buade 命名，倾斜

青铜屋顶和红砖外墙，无论从哪个角度看都弥漫着法兰西的浪漫与情调。城堡设计的最巧妙之处就在于游客无论从哪个角度看古堡，都觉得自己看到的是城堡的正面。100多年来，这座圣劳伦斯河边上的城堡，静静地向世人展示着她的独有的法兰西柔情与壮观。美丽的不仅是外观，走进饭店，你会发现满墙的西式壁画，古老的吊灯，金碧辉煌的大厅里弥漫着挥之不去的法兰西味道；如果运气好，你还可以穿民族服，在左右穿梭的侍者中间看到顶级大厨 Mr.Jean Soulard 端着特色的佳肴轻轻地走来，奇特的香味，精美的图案，从大厨的托盘中弥漫开来，观赏着，品尝着，亨利四世的名言在脑海跃出："佳肴美酒，人间天堂"……这里的一切，让我仿佛再次走进了巴黎的银塔餐厅（La Tour D'Argent）。有空在餐厅选在窗边的位子坐下来，透过洁净的玻璃，你会猛然发现不远处被夕阳染红的圣劳伦斯河，一改白天娴熟端庄的柔情，就宛如不时经过你身边红妆的艳丽法兰西女郎，娇艳、妩媚、百态生媚。

沿着石梯往下走，就可以看到旧城区老城著名的 Rue Du Petit Champlain（香普兰街）。这里被誉为"北美最古老的繁华街"。城区倚山而建，狭窄的街道、清一色的石板路，绵延悠长；街道两侧小楼林立，层层街市有木头阶梯连接，鲜花点缀着街道、门面、阳台；街道两侧的咖啡馆、餐厅、陶器、工艺品店、画廊鳞次栉比，颇有巴黎小街的风情。走在街道上，抬起头来，蔚蓝的天空在楼房中变成了狭长的一条线。就在这狭长的天空中，翩翩起舞的小铜人给单调的缝隙平添了浪漫欢乐的气氛。这里的每家小店都有自己的特色，再小的店面也是匠心独具：有的门口摆着两只可爱的木刻猫咪，有的墙上挂一个展翅飞翔的雄鹰，有的橱窗摆放各种各样魁北克的城市纪念品……如果累了，停下脚步，只要十几分钟，就能拿到一张惟妙惟肖的素描肖像画；或者，找个地方坐下来，听听街头艺人很专业的演奏；要不坐上欧洲老电影里的那种马车，或踱进路边咖啡馆，坐在树阴掩映的维多利亚式老房舍前，细细地品味法兰西的味道……

漫步走在魁北克古城窄窄的小巷里，一个拐弯就是一道风景，再往前走十来米又是一道风景。风景各异，目不暇接、美不胜收，这里的法兰西风情让你无可救药地陷入异国的情调，迈不开腿，移不开眼，难以忘怀……

我们的温哥华

到了温哥华后，最强烈的感受就是：我怎么还在中国？

熟悉的语言，熟悉的人种，熟悉的食物，甚至熟悉的气候……仿佛飞机只是在太平洋上打了个圈，又回到了熟悉的城市，熟悉的故乡。

在这里，你可以在几乎所有的银行都可以找到会讲中文的工作人员；你几乎在所有的城区都可以找到中国超市、中国饭店；你走在马路上几乎随处都可以看到方块的汉字；甚至在这个城市好多的教堂，还有中文的查经班……走在这个城市里，居然一点陌生感都没有。我到过世界上 30 多个国家，这样的感觉还是第一次。

很纳闷，我是否真的出国了？

很意外，同是北美的东海岸的华人乐意居住的城市，温哥华给我的亲近感怎么就远远超过 San Francisco？

很惊讶，在这个异国他乡的地方，我居然没有感到太多的 culture shock（文化冲击）。

很诧异，中国的文化在千里之外的枫叶之国，居然可以如此的繁荣昌盛。

太多的疑问，太多的意外，太多的惊讶，从我到温哥华的第一天起。

来接我们的是妈妈的一个朋友李太太，她是 7 年前全家从中国台湾移民到加拿大的。在车上她就告诉我们，在这里不用担心语言问题，因为她到现在还不会说英文。这让我很吃惊，因为在我的印象中，加拿大的官方语言是英语和法语，中文只能算是"少数民族语言"。不懂英语怎么生活？

李太太很微笑着解释，这就是温哥华。因为这里的华人移民很多，而且很多移民的英文都不好，为了方便新移民的生活，这里很多的服务机构都有懂华语的工作人员，无论你是讲普通话，还是粤语，都不会遇到太多的语言障碍。如果你到了 Richmond，就更方便了，基本就是北美最大的中国城。当然，这也是她一直没有学好英语的主要原因，因为政府太人性化了。

其实，听李太太说这番话时，我还是将信将疑，因为，这毕竟是另一个国度。

但接下来我看到、听到的，真的就证明了李太太的话：温哥华市政府很人性化！

我们去了 Richmond。走在 Richmond 的大街上，你就如走在广州或深圳的大街上一般，基本上满耳听到的不是普通话就是粤语，英语还真很少听到。这里大部分的商店都是有中文的招牌，卖的中国货，不仅有豆浆，还有"老干妈"，连"宜宾芽菜"都有；饭店也是地道的中国菜，从"老四川"的川菜，到"麒麟"的广东菜，再到"一只鼎"的上海菜，还有"台湾美食"台湾菜……真的是应有尽有，其烹饪水准绝对不比国内的差，真是让我大饱口福。

为了旅行方便，我们到 UBC 附近的车行租车。走进车行，一位工作人员笑脸相迎地接待我们，发现我们的中国口音后，很热情地问我们是否更愿意同讲华语的工作人员交流。在与随后的讲华语的工作人员交流中知道，不只是他们的车行，在温哥华的很多车行都有会讲华语的工作人员，方便接待英语不太流利的顾客。在我感叹之时，妈妈告诉我她的一个朋友今年新年的凌晨要搬家，因为据说那时的农历时辰最适合她搬家。每逢节假日，加拿大的公司是绝对休息不上班的，但她找到了当地的华人搬家公司，真的在那个时辰搬了家。在惊讶妈妈的朋友对中国文化的执著外，我也很感叹温哥华生活的便利。

妈妈刚到加拿大时住的 Richmond 的 Quick Inn，所以在 Richmond 的 CIBC 开了户。无论任何时候，你打电话给 Richmond 的 CIBC，你都可以听到英语、国语和广东话三种语言的语音提示，你可以根据自己熟悉的语言，选择进行咨询。听妈妈的朋友说，在 Richmond，还有小学、中学的中文学校，为希望自己孩子学习中文的家庭提供了方便。

因为 UBC 及其附近的居民中华人比较多，如 Sauder Business School 里就有 60% 的学生来自华人的家庭。所以在 UBC 的 Church，还在每周六晚上 7：15~9：00 专门开设中文的查经班，帮助从中国来的新移民和中国留学生，让他们学习《圣经》、了解西方文化的底蕴，为更好地融入这个新的国度减少障碍。

很熟悉，很轻松，很自如。

这就是我对温哥华最深的感受。

也许正是因为与我相同的感受，许多华人把温哥华作为移民加拿大的第一选择居住地；也许正是因为这样便利包容的生活环境，让温哥华成为了世界上三大最适合人类居住的城市之一。

当你对新城市没有了陌生感，当你对新的城市没有了恐惧感，当你对新的城市没有了压迫感，你会有什么样的感叹？

这里的一切好熟悉——不仅仅是一种感受，而是从心底升起的温暖与亲近，是一种想贴近亲吻的思念，是久久不能释怀的情愫。这就是城市真正的魅力所在。

在 Montréal 的 Frenglish

坐落于渥太华河和圣劳伦斯河交汇处的 Montréal（蒙特利尔），是加拿大的第二大城市，也是北美第一大法语城市，是世界上仅次于巴黎的第二大法语城市。Montréal 给人的印象也许并不仅仅是曾于 1967 年举办过规模宏大的世界博览会和 1976 年的奥运会，更多的或许是其浓郁的欧洲风情建筑，以及这个法语占领主宰地位的城市本身特有的神秘色彩。

漫步在 Montréal 的大街小巷，虽然我已有心理准备，但还是常常会情不自禁地想到：我这是置身在哪里？法国还是加拿大？在这个 70% 以上的人口都讲法语的城市，无论是马路上的广告还是地铁里的标识牌，几乎全是法语或法语、英语双语制；无论是 Bus 每站报站名时的广播，还是餐厅、商店、邮局、医院、政府大楼，几乎全部有公众设施的地方，你看到的、听到的第一句肯定都是 Bonjour（你好）！在 Montréal，所有的标识可以不用英语，但必须用法语，就连在巴黎也用英语标识的 KFC，在这里也得改成法语的 PFK。

虽然在学校学过几堂法语课，但真正到了 Montréal，还是认为讲英文更为自如流畅。在 old town 的一家雪糕店，我一进门就告诉店员，"I am foreigner. I can't speak French." "Vous parlez English?"（您讲英语吗？）店员热情地问道。好晕，这是什么语言？英语？我读了 12 年的英语从来没有听过这样的英语？法语？虽然只学过几堂，但基本的问话还是能应付的，这分明不是法语！看到我一脸的茫然，店员赶紧进行问道："What would you like to prendre?"（你想要买点什么？）我彻底傻了，真的不知道他在讲什么！旁边一句法语都不懂的妈妈猜测到："是不是他把英语和法语混起来了？"这一下子让我醒悟，对呀，他是把法语词掺到了英语句子里了！

后来听妈妈 Montréal 的朋友说，这种英语与法语的混杂语言形式的在这个城市十分普遍。当地人叫 Frenglish 或 Franglais，这两个单词代表了同一个意思，即法语

与英语的结合。Frenglish 即是英语单词"French"（法语）和"English"（英语）的混合合成词；Franglais 是法语单词"Franéais"（法语）和"Anglais"（英语）的混合合成词。这主要是由于 Montréal 是一座法语、英语并存的双语城市。尽管这里讲法语的人数多过讲英语的人，但从幼儿园开始一般就接受双语教育，不论是英语学校还是法语学校，都开设有双语教学，所以这里的大多数人都会讲法语和英语两种语言。正是由于这种特殊的语言文化氛围和环境，使得这里大多数人都能比较流利地进行语言的转换，这也造就了一种特殊的语言文化现象 Frenglish 或 Franglais。

这种独特的语言文化现象与 Montréal 发展历史是息息相关的。从 1535 年法国探险家雅克·卡蒂亚（Jacques Cartier）到达 Montréal 起。之后的 200 多年，这片土地一直是法国人的殖民地。但是自 1763 年英法战争法国的失败，英国人便占领了这片土地。可此时法国文化已在这块土地上生根发芽了，所以 Montréal 的法裔后代一直依然坚守着他们自己的文化，坚守着他们的法语。虽然几个世纪过去了，虽然这里的法语从用词到发音等很多方面，已经不同于法国本土的法语了，但法语的主宰地位在这里依然没有被动摇。Montréal 市政府、教育局等一切政府机构，也都致力于法语文化的传播和推介。在这里，最隆重的节日是 6 月 24 日的魁北克省庆而非 7 月 1 日的国庆节。这里的当地人，更愿向别人介绍自己是 Je suis Québécois（e）（我是魁北克人），而非"我是加拿大人"。

这样的历史，这样的文化，熏陶养育之下的 Montréal，创造了独特的语言形式——Montréal 的 Frenglish，这种特殊的语言也成为加拿大独特的文化，著名歌手席琳·迪翁的一首著名的歌曲"Pour que tu m'aimes encore"用的就是这样的语言演绎的。

虽然很难懂，但我仍然很敬仰 Montréal 的 Frenglish，因为它是一个民族的文化的产物，也是民族历史的传承。

由 Kingston 的 Candian Pacifi 火车头想到

　　Kingston 是加拿大最古老的城市之一，也是加拿大最早的首都，是加拿大的第一任总理、加拿大太平洋铁路之父约翰·亚历山大·麦克唐纳（Macdonald·John·Alexander）工作生活过的地方（Bellevue House）。这里有很多的古迹，也有加拿大最早的大型男子监狱和女子监狱，还有闻名世界的皇后大学、皇家军事学院、圣劳伦斯学院、美丽的安大略湖、著名的帆船基地等，美丽的景致，欧陆风情的城市建筑，让游人流连忘返。

　　心醉于这些景色的同时，最让我心动的还是在 Kingston 的 visitor information center 边上的那个火车头：黑色的蒸汽车头，红色的窗框，似乎与一般的蒸汽火车没有太大差别，可火车头上标识的两个英文单词表明了它的独特：Canadian Pacific（加拿大太平洋铁路）。Canadian Pacific Railway 是首条横跨加拿大东西的铁路，也是加拿大首条洲际铁路，而这条铁路的完成，华工在其中起到了不可磨灭的作用，听友人介绍在 Kingston 的 Visitor Information Center 边上的那个火车头，就是为了纪念当时华工为这条铁路做出的巨大贡献。

　　Canadian Pacific Railway 是指加拿大东部至不列颠哥伦比亚省之间的铁路线，1875 年 6 月 1 日，全长 20000 多公里的加拿大太平洋铁路动土兴建，至 1885 年 11 月 7 日正式完工，用以连接渥太华及格鲁吉亚湾两地的既有铁路，横跨西部温哥华至东部蒙特利尔，并连接跨境路线，通往美国的明尼阿波利斯、芝加哥、纽约市等大型城市。它曾经是全加拿大唯一的长途客运运输工具，为加拿大东西部地区的经济发展带来了巨大的贡献。

　　在整个铁路的修建过程，先后有超过 15700 名华工参与修筑加拿大太平洋铁路，其中 4000 多人客死异乡。在穿越 BC 省（British Columbia）沿峻峭的菲沙（Fraser）河谷陡崖铁路修建中，15000 人用了 7 年才

完工，其中有 9000 名来自中国的华工承担了最艰苦的慕迪港（Port Moody）至飞鹰坳（Eagle Pass）之间长达 615 公里的修建工作，^①华工们担任开山、挖隧道和放置炸药等最危险的工作，为 Canadian Pacific Railway 的顺利完工做出了巨大的牺牲。据记载，这段铁路每向前铺进 1 英里，就会有 6 名华工送命。^②可以说是华人劳工用自己的汗水和生命打通了洛基山脉的崇山峻岭，将横跨加拿大的大铁路铺到了太平洋边上。加拿大首任总理麦当劳（Sir John A. MacDonald）曾经说过，"没有中国工人，就没有铁路。" Canadian Pacific Railway 的完成，终将犹豫不决的 BC 省纳入加拿大联邦的版图，实现了加拿大联邦版图的完整。因为 Canadian Pacific Railway 的修建完成，是 BC 省提出加入加拿大联邦的重要条件。这段历史在 BC 省的克莱拉奇（Craigellachie）的最后一颗钉（Last Spike）的纪念地也有详细的说明。

加拿大官员至今在每年国庆致辞中往往还会回顾华裔在这段建国历史中的贡献。2005 年是加拿大太平洋铁路建成 120 年，为铭记华人对该条横跨加国铁路付出的贡献，加拿大皇家造币厂于 2004 年 11 月 27 日推出一套"2005 铁路华工纪念币"。该一套两枚的纪念币，分别以 B.C. 省 Fraser River（菲沙河）铁路桥上一辆空载车及多伦多铁路华工纪念碑作为设计图案，全球发行量是 20000 套。

◎ 2005 年加拿大太平洋铁路 120 周年纪念币。◎

但这段血泪的历史曾经也被加拿大政府无视，在铁路完工后不久，他们违背承诺，向华工征收"人头税"，从 1885~1923 年，近 40 年间，加拿大政府向 81000 名华工共征收了 230 多万加元的"人头税"。^③从 1923~1947 年，当时的加拿大政府通过排华法案禁止华人入境。虽然华工对 Canadian Pacific Railway 做出的牺牲得到承认，但直到 2006 年 6 月 22 日，加拿大政府才正式对征收华人的"人头税"一案，公开向华人道歉并提出赔偿，华人的权利与地位终于在本世纪得到加拿大政府的重视。

站在历史的遗址前，听着辛酸的血泪史，很心疼，因为是我们的祖先用汗水和生命开辟了今天的和谐与繁荣；很难受，因为这样真切的历史居然曾经也被活生生地无视；但也很欣慰，因为历史是不能篡改的，我们的前辈为加拿大的发展奉献出的血汗与生命，将成为加拿大历史中永远不可磨灭的记忆。

历史可以过去，但绝不能忽略与篡改，因为它不会随着时间的流逝而淡化与消失，哪怕曾被抹杀，它也是不能忘却的记忆，会永存世间，再现本源。

---

① ③ 数据来源：http://www.gb.cri.cn/1827/2004/11/08/405@352555.htm
② 数据来源：http://www.sgwritings.com/9/viewspace_2182.html

域外撷英

城市的标杆
——CN Tower

到多伦多之前，妈妈的当地朋友 Ami 就电告我们，如果没有乘"雾中少女号"（Maid of the Mist），就不算到了尼亚加拉大瀑布（Niagara Falls）；如果没有到"加拿大国家电视塔"（CN Tower）就不算到过多伦多（Toronto）。所以，我们一到多伦多就直奔 CN Tower。

CN Tower 即是"加拿大国家电视塔"，是多伦多的地标式建筑。它不仅是加拿大国家十大景观之一，也是世界第二高的独立式建筑物（只因刚刚落成的世界第一高塔——"迪拜塔"高度为 828 米）。建于 1976 年的 CN 高达 553.33 米，147 层，圆盘状的观景台远看好似腾空的飞碟，如针形般矗立在多伦多的港湾旁。[①] 在这里登顶远眺，可以一览最完整的多伦多都市风景。美丽的景色吸引了每年超过 200 万的游客前来参观。

搭乘时速 22 公里的 CN Tower 观光电梯仅需 58 秒就可抵达 346 公尺，约 113 层楼高的观景台（Observation Tower）。[②] 当我们站在瞭望台上，夜色中的多伦多就如镶满了璀璨明珠般在我们的眼前闪烁：五光十色的路灯、房灯、霓虹灯、车灯，像彩砖层层叠叠地向上垒，像音符在墙面上闪烁，像星光照耀着大地，像灯河在流淌……地面的彩灯，天上的繁星，相互辉映，如梦如幻，站在被星光点点包围着的高塔上，头顶的星空，地下的灯海，真让人疑是站在银河的天桥上，走在仙境的梦幻中。

在 CN Tower 上还有是世界第一高的酒吧 Horizons Cafe（346 米），世界最高的旋转餐厅（351 米）。但 CN Tower 最独特之处是在观景台所建的世界第一高的

---

①② 数据来源：http://www.baike.baidu.com/view/86001.htm

玻璃地板（342 米），① 这块呈扇形的玻璃地面让几乎每个尝试踏越这块地面的游客都是战战兢兢。当我小心翼翼地走在玻璃地面上往下俯视，发现宽敞的大街和高耸的大楼都如积木般大小，车辆、行人就更是如蚂蚁般微小，城市的各种景色是尽收眼底，但站在上面，脚是有些发抖，心是有些狂跳，真的是感受了"惊心动魄"！所以好多一定与我有同样感受的人，都躺在玻璃地面上不停地拍照，希望留下这心跳的一刻。

如果不畏高，还可以从观景台再上一层，直到 443 公尺的"天空之盖"（Sky pod），即 CN Tower 中白色"针"的基座。站在世界最高的观景台（447 米，1465 尺）② 上，除了可以眺望多伦多全景，据说天气好的时候，甚至看得到尼加拉瓜瀑布和美国纽约州的曼彻斯特！可惜我们到达时已是晚上，失去前去参观的机会。

迎着风，站在 CN Tower 的观景台上，面对着一览无遗、美不胜收的多伦多，不禁想到，CN Tower 之所以能成为人们趋之若鹜的旅游胜地，不是因为它独特的功能，也不是因为它的壮美建筑，而只是因为它的高度，一个从城市的任何一个角落都可以看到的 Tower，它就如这个城市的指南针一般，Ami 就很认真地对我们说："在多伦多，只要看到了 CN Tower，就不会迷路。"

当一个物品，一个高楼，甚至一个人，有了它引人注目的独有特性之后，一定会成为人们追逐的对象，就如 CN Tower。

①② 数据来源：http：//www.baike.baidu.com/view/86001.htm

域外撷英

多伦多大学：像大树一样茁壮成长

蓝天白云，艳阳和风，一条满是旧时英伦风范的道路，一片如茵绿草，一座古堡，还有满眼 19 世纪欧洲的古楼，让人很容易以为是走在英国的某个城市。

这就是建于 1827 年，是北美大陆最古老的大学之一的 University of Toronto（多伦多大学）。

这个满眼爬山虎，红墙绿草环绕的大学，到处弥漫着古英伦的气息。沿着 College Street 向 University of Toronto 主校区走去，除了古老的维多利亚建筑和现代化的钢筋混凝土大楼在林荫夹道，花坛遍地，雕塑林立中鳞次栉比，交相掩映外，见到最多的就是学校的校徽和校训：上方一棵栎树，寓"百年树人"之意，英王皇冠下方的飘带上用拉丁文写着出自于古罗马大诗人贺瑞斯《颂歌》中的诗句："Velut arbor aevo."（像大树一样茁壮成长）。英译为："As a tree with the passage of time."

让学校像大树一样成长，就得让教员，让学生像大树一样成长。University of Toronto 自开办以来，就把坚持"学校是追求真理、探讨学问和传播知识的地方"作为办学的指导思想，强调"学术自由"。为了保证学校的教员与学生不受学校当局或任何能行使权力的单位负责人的歧视与其他不合理的待遇，学校专门设有一个平反诉宪的监察机构，它不受任何行政人员包括校长在内的督管或干预。有效的管理，使之成为一所加拿大最具有竞争力的大学。

University of Toronto 拥有超过 13 亿加元的捐款用于学校的建设及科研的发展。建立了 20 多所主要从事边缘学科

◎ 多伦多大学校徽。◎

研究和发展跨学科研究。它们不仅从设备到人员全面配套上都自成系统，在课题选择、人员聘用和经费使用上都有很强的自主权，鼓励老专业在加强传统优势的同时，不断开创新领域、研究新学科。例如机械的计算机制造和辅助设计，早在世界上计算机普及不久就列入了研究日程，现在这方面每年培养出来的博士生和硕士生，很受社会欢迎；目前世界上最高的无支撑的建筑物——CN Tower（加拿大国家通讯塔）

也是大学土木工程系的教授们设计的；应用科学的教授们已向加拿大联邦政府和安大略省政府申请到 22 项大的应用科研项目，研究成功后，将能提出改变整个加拿大能源结构的计划等科研与实践结合的新课题，为加拿大的经济及城市建设做出了巨大的贡献。为了使大学研究成果尽快地应用到生产和社会实际中去，多伦多大学于 1980 年成立了"发明基金会"。它把学校的技术发明和创见介绍给社会、工业界，从使用这些成果而获得的收益中提取一定比例的分成，再用于资助学校的科研。仅 1981~1982 年度，这项收入就高达 7300 万加元，资助了 2091 个研究项目。University of Toronto 有一台即使在北美洲也出类拔萃的超级计算机以及其他几十台大、中型计算机，数百个终端。除大学计算机中心以外，许多学院都有自己的计算机中心。这些计算机中心可与多伦多市、加拿大或北美的分类使用系统中的数据、信息资料和软件联网等；大学有一个视听教学中心，专为教学、科研提供包括人员、设备租借，

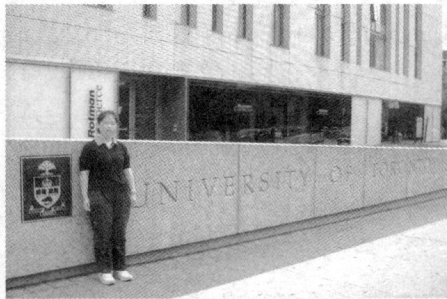

会场视听装置布置，设备包括运输胶卷、磁带等视听材料制作和复制，视听设备使用培训等提供服务；University of Toronto 拥有藏书 500 余万册的加拿大最大的图书馆，同时在各学院还设有各种不同的图书馆 40 多座，有完备的藏书和研究资料，供师生们选用。这些先进而又丰富的科研资源，为大学的发展及人才培养提供了良好的技术及培养土壤。[①]

在对学生的培养中，University of Toronto 也秉承它的校训，下设的 9 个学院、15 个专业从航天技术到动物园学无所不包，教学学院的设置上各有自己的侧重点，又有许多课程交叉。全校共有 400 多项教学计划，[②] 近百个学科、数千门课程，其开设的文理专业课在加拿大各大学中居首位。因此，学校允许学生在不同的学院同时选课，使学生能够获得比较全面的营养，受到较宽的人文科学和社会科学知识的熏陶，让他们在具有专门知识外，还能有较高的文化修养，如同大树一样茁壮成长。

除了对学生知识的培养，学校还十分重视对学生专业素养的培养。工程学院的学生就在毕业时，每个学生都会被授予一枚同样的戒指（Iron Ring）。这戒指不是金子做的，而是用钢做成的。这枚戒指代表着工程师的责任、义务以及谦卑，提醒他们永远不要忘记历史的教训与耻辱。它来源于一个工程悲剧：

1900 年，横跨圣劳伦斯河的魁北克大桥开始修建，可是，负责设计的工程师忘乎所以，一心要创造纪录，建造一座世界上最长的桥梁，结果原本设计为 500 米的大桥被人为延长到了 600 米。1907 年 8 月 29 日，当桥梁即将竣工之际，发生了垮塌，造成至少 75 人死亡、多人受伤的重大事故。1913 年，开始重修大桥，可是设计

①② 资料来源，http://www.info.51.ca/news/canada/2010/06/20/200851.shtml

者似乎并没有吸取教训。1916 年 9 月，由于某个支撑点的材料指标不到位，悲剧再一次发生。这一次是中间最长的桥身突然塌陷，造成 10 名工人死亡。在经历了巨大的磨难后，1917 年，大桥终于建成通车，成为迄今为止最长的悬臂跨度大桥。①

为了让后人记取血的教训，1922 年，加拿大七大工程学院出资将大桥倒塌过程中的所有残骸一并买下，并决定把这些钢条打造成一枚枚戒指，发给以后的工程学院毕业生，作为纪念。戒指特地被设计成残骸般的扭曲形状，戴在工程师的小指上，作为一种警示，时时提醒着工程师肩负的责任。将近一个世纪过去了，加拿大再也没有出现过类似的"豆腐渣"工程。

100 多年过去了，像大树一样茁壮成长的 University of Toronto 不仅成为加拿大最具盛名的大学，也跻身成为世界上最顶尖的大学，培养了包括 4 位加拿大总理，15 位最高法院大法官及 9 名诺贝尔奖获得者，以及无数多名如 Marshall Mcluhan（马歇尔·麦克卢汉）等在各自学科产生重大影响的学者。他们就如大树中茂盛的树叶，映衬着 University of Toronto 这棵大树茁壮成长。

① 资料来源，http://www.baike.baidu.com/view/30437.htm

UBC 校园里的松鼠

走在 UBC (University of British Columbia, 英属哥伦比亚大学) 的校园里，你最容易看到的动物就是松鼠。

第一次在 UBC 看到松鼠是在我刚到的那天。

安置好行李，我和爸爸、妈妈一起到校园里散步。UBC 的校园就如公园一般的美丽，绿树成荫，鲜花盛开。因为是周末，校园里的人出奇的少。

我们悠闲地走着、聊着，突然发现一个毛茸茸的黑影在草丛中跳跃，我顺着那影子找去，发现是一只黑色的小松鼠，在绿绿的草地里慢吞吞地跳着、跑着。小松鼠看见我，居然一点都没有要"逃跑"的意念，瞪着一双明亮的棕黑色眼睛，从上到下地打量着我，仿佛在说："你是谁呀？我怎么没有见过你？"瞧这小松鼠一脸的疑惑，我试着一步一步地走近它，它一点不动地站在草地，就如同是这里的主人一般。当我蹲在它的面前时，它还跷起两条腿站立起来，仿佛是在欢迎我这个 UBC 的客人。瞧着它可爱的样子，我忍不住拿出包里的花生来喂它，它好像知道我的友善，慢慢地跳到我的面前，吃着放在草地上的花生。我正陶醉在与小松鼠的融洽情景里，妈妈走来，轻轻地告诉我，不要喂小松鼠，因为这样会让它们失去原本的自然天性。虽然很不舍，但还是听了妈妈的话，离开了草地。

继续走着，发现 UBC 的小松鼠真的好多，在草丛中，在树梢上，在大路上，你都可以看到小松鼠的欢快的身影。妈妈说，UBC 的环境保护得很好，这里所有的人都爱护动物，不去伤害它，所以这里的动物同人之间是相当的和谐，就如同邻居一般。

其实，野生动物从本性来看，是不害怕人的，因为我们同属自然界生物链。所以野生动物原本是不会防范人类，直到有一天它们的同类被人类伤害了、残杀了，它们才会突然意识到人类不是想象中的友善，于是开始防备，开始逃跑，开始攻击。所以，就如同我们在非洲大草原看非洲象得躲到树后，以防被大象攻击。起因只是"天下无敌"的非洲象，每年都有无数头惨死在人类的猎枪下。记得在埃塞俄比亚旅行时，当地人告诉过我一个真实的故事：一头公象被人类枪杀，取走了象牙，它的

域外撷英

配偶每天都到公象被杀的地方来，只要看见人类就会暴怒，发起猛烈的攻击，当地人说这是"寻仇"来了。同属自然界的食物链，为什么要自相残杀？为什么不能和平相处？"本是同根生，相煎何太急？"

试想想，如果无数的物种因人类而消失，我们拿什么去给子孙展示自然界的辉煌？试想想，如果地球上的动物都消失，人类还能如此幸福快乐的生活吗？试想，如果人类的残杀到最后演变为同类的自相残杀，世界会是什么样？为什么我们就不能还给动物一个 UBC 这样的环境，与它们和平共处，协调发展？

很爱 UBC 可爱的小松鼠，很爱 UBC 美丽的环境，更爱 UBC 人环保的理念。但愿在我自己的校园里也能常见小松鼠。

Irving K. Barber Learning Center

到了温哥华的 UBC，去的最多的就是图书馆，UBC 的图书馆有好多，最喜欢的是 Irving K. Barber Learning Center。

Irving K. Barber Learning Center 分成三部分：图书馆、电脑中心和学习中心。图书馆看书不需要图书证，但借书需要，开放的时间是 9：00am~5：00pm；电脑中心只要有学校的上网密码就能随时上网，开放的时间是 9：00am~9：00pm；学习中心是对外开放，开放的时间是 8：00am~1：00am。

因为贪玩，到了温哥华来观光；因为要高考了，只要有时间还是得到图书馆看书。我因为没有图书证，也没有上网密码，所以总是待在学习中心。

我到 UBC 时是这里的 Summer Holidays，校园里的人很少，但 Irving K. Barber Learning Center 的人却不少，仿佛所有到学校的学生都在这里似的，每天早上 9：30 后，你在 Learning Center 就很难找到位置了，在晚上 10：30 之前这里的学生一直很多，即使到凌晨 1：00 还是有不少学生（为了证明到底有多少学生坚持到最后一分钟，我专门两次熬到 Learning Center 关门才回去）。妈妈说这是假期，如果是上课期间，Learning Center 很难找到位置，所以好多学生就是席地而坐，在图书馆看书。

很奇怪，因为在暑假，中国大学图书馆看书的学生可是寥寥无几，为什么这里的大学生如此的用功刻苦，在我的印象中，大学生相对于高中生而言是很轻松的；大学生活相对于高中生活，要愉快得多？很是不解！

乘着在 Learning Center 学习的机会，我就这个疑问咨询好几位在这里学习的 UBC 学生，他们的答案是——

在加拿大，中小学是快乐而轻松的学习环境，没有太多的作业，也没有太多的学习压力，80%以上的高中生都可以考进大学；但是到了大学就完全不一样了，每门功课除了 textbook 外，每周都有大量教授布置的 paper 需要读完，如果你读不完，在课堂上就无法参与讨论，无法回答教授提出的问题，课堂的参与和回答问题是算平时成绩的。UBC 还有很严格的淘汰制，每一年的淘汰率大约 20%以上，这个淘汰率不是既定的分数线，而是全班最后的 20%学生，同时这个淘汰制是贯穿大学四年的。在这样的学习压力下，如果不努力，就很可能被学校淘汰。所以，就算是在暑假期间，还是有不少学生专门从住地乘车到学校来看书学习。

这样的答案听得我是目瞪口呆，因为在中国的大学基本没有淘汰制，有在中国大学读书的朋友说中国的大学基本是"保险缸"——进去了，就能出来。这样的说法虽然有些偏颇，但也说明了中国大学相对于加拿大的大学而言，真的很"友善"。这种"友善"却误导了一些中国的大学生，让他们认为进了大学，就是完成了人生学习的使命，没有必要再用功、再努力了。其实，在人生的学习路途中，大学阶段比高中阶段要重要得多，因为大学阶段人的生理与心理都趋于成熟，更容易接受各种的知识与信息并加以分析运用，所以在大学期间不仅是知识的接受、学习方法的更新过程，也是人生观、价值观的塑造过程，在这个过程中的收获不仅为将来的工作打下了良好的基础，而且还是一生受用的。牛顿的"万有引力"就是在三一学院的苹果树下产生的；曹禺的《雷雨》就是在清华大学的图书馆中完成的；钱钟书的《围城》也是在海外留学后孕育的……

常听人说，中国的中小学生的知识功底比外国的中小学生强，中国大学生的知识运用能力就比国外的大学生要弱了。这看是很不符合逻辑，因为有很好的基础，为什么中国教育盖出来的"高楼"不如地基不大的"大厦"？细想想，主要的答案就应该是：我们在大厦的建筑中，管理太过松懈，太过放任，太过散漫，太不重视质量了！中国的大学生与国外的大学生相比，没有输在起跑线上，而是输在了冲刺上。

图书馆是大学很小的一角，却能折射出大学的学风，就如同一滴水能折射出太阳的光芒一般。UBC 的 Irving K. Barber Learning Center 让我看到了这里的大学拥有什么样的学风，也带给我很多的启迪……

与兔子为伴的大学

　　说实话，在到加拿大之前从来没有听说过这里有一所大学叫 University of Victoria（维多利亚大学）。在妈妈做研究的 UBC（University of British Columbia）的图书馆查阅资料时才发现在美丽的 Victoria Island（维多利亚岛）上，居然还有一所加拿大著名的大学——University of Victoria。

　　因为对大学的偏好，于是乘着我们到 Victoria Island 游玩的机会，专程乘车到了位于 Victoria Island 东部的 University of Victoria 参观。

　　当车开进大学区，发现与 UBC 的校区没有太多的区别，都是与大自然融入一体，如花园般美丽的校区，校园的建筑群深藏在广阔森林的绿草之间，只是比 UBC 少了些高楼，少了些学生、行人罢了，参观的兴趣顿然淡之。

　　我们在 Book Store 对面的停车场下车后，妈妈让我到 Book Store 去问问是否有 Campus map，我懒洋洋地正要穿过马路，突然听到爸爸说道："你们看，前面车边上的是什么动物？是兔子吗？活的吗？"这话一下提起了我的精神，定眼一看，真的呀，在停车场的车边上蹲着三只黑色、棕色的兔子！在大学怎么会有兔子？兔子不是要在饲养场才有吗？UBC 见过好多的松鼠，也见过小浣熊，兔子却没有在校园见过！于是，很好奇慢慢往前行，看看是否是我们眼花认错？

　　一步一步小心翼翼地前移，恐怕吓跑了兔子。要知道，在中国，要近距离看兔子可不是一件容易的事，敏感的兔子在你还没有走近就早跑得无影无踪了。一点一点地靠近，瞪眼一看，真的是兔子，而且还是只很胖很胖的兔子，比我在中国的饲养场看到的胖多了。兔子蹲在地上只顾自己吃着不知什么食物，一点都不在意我是否走近看它。正在这时，妈妈拍了拍我的肩膀，让我看前面的草地，抬头一看，草地上好多好多的兔子：白色的、黑色的、棕色的，还有花色的，蹲在草地上，各具形

态：吃草的、睡觉的、聊天的……可爱极了！我迫不及待地走近，拍下了一只我认为最漂亮的公主兔子。

很惊讶地发现，这里的兔子根本不怕人，无论你走得多近，都不会妨碍它们的活动。它们只对一种声音敏感：那就是汽车的声音。猜想缘由，一定是这里的兔子从来都受到学生及路人的保护。所以，University of Victoria 的兔子也成为校园的一景及特色。

在我游览过的 30 多个国家中，参观过 40~50 所大学，但大学把兔子作为景观及特色的还是第一次见到，印象极深，也很好奇，是什么驱使这所加拿大著名的大学以兔子为伴？于是在 Book Store 的 Information center 问了正在中心中做兼职的一个大学生。她告诉我：兔子的起源现在谁也说不清，但当第一只兔子搬到这个美丽的校园后，就再也没有决定搬出。年年岁岁，不断繁殖，兔子越来越多，就成了今天的奇景。最后学生很认真地强调说："我们都很喜欢校园的兔子！"也许正是因为喜欢，所以爱护；因为爱护，所以兔子与大学融为一体，共同成为校园的风景。

走着，想着，在图书馆突然看到了校训："Let there be light!"（打破黑暗）这个校训传递的不就是要打破常规，创造独特吗？这样的校训与这样的校园之景难道不是恰成异曲同工之处？

也许很难有人解释 University of Victoria 校园为什么有那么多的兔子，也许根本不用去追究兔子来自何处，因为那里是 University of Victoria。

在温哥华乘 Vancouver Skytrain 基本是 "free"，因为基本是没有人查票。

这个由大温运输联线（TransLink）运营的交通系统，是目前温哥华最快捷的交通系统，每天运载超过 300000 名乘客。根据乘坐的长度，其票分为 1 个 zone、2 个 zone、3 个 zone、5 个 zone 四种。"一卡通"是 3 个 zone 的。乘客可以在每个站台的自动售票机上自动售票，在自动验票机上自觉检票，你购票的种类也是自觉选定，即使你坐了 3 个 zone 的长度，买的是 1 个 zone 的票，也基本没有工作人员监督。在 Skytrain 的 47 个车站，很少能看到有人查票，乘客全凭自觉。

第一次看到这个现象很奇怪，因为与国内轻轨和地铁的反差太大。在上海乘坐轻轨、地铁时，进站和出站都必须验票，如果你不小心或票据自己出了差错，在出站时的验票机上一定会被警告，随后，一定有工作人员前来了解情况。在好多站台，不仅有机器验票，还有工作人员监守。想着上海每次在上班、上学高峰期间进站、出站时的人头涌动，比较这里的轻松自由出入，真的很感叹：

是否 Free，不在监督，而在素养。

在上海，即使有机器验证每一张票，还是有人乘工作人员不备，从验票机下的栏栅中钻进，钻出，逃票。所以，工作人员常常很辛苦，得打起十二分的精神，以免有人钻空子。在 Vancouver，我问过好多居民，大多数都说没有碰到过查票的。但你却发现这里的人们基本都很自觉买票、验票，即使没有人监控。问其原因，所有的回答都是："为什么要逃票呀？"

是呀，为什么要逃票呀？

也许逃票可以省下 2 加元甚至 5 加元，但如果被极少抽查的警察抽查到了，不仅会罚款 200 加元，而且这个不良记录会一直跟你，对于极重信誉的文明社会而言，这样严惩带来的后果可想而知。当然这也不是人们自觉买票的全部原因，其中最重要的还是来自市民的个人素养。

个人素质的内涵很广，除了包括学习能力、学识经验、进取精神、责任心、自我控制力等因素外，诚实水平也是其中重要的组成部分。诚实，讲求信用一直是个人素养中重要的部分，从墨子的"言不信者，行不果"到高尔基的"人类最不道德订户，是不诚实与懦弱"；从西塞罗的"没有诚实哪来尊严"到孟子的"诚者，天之道也；思诚者，人之道也。"我们都可以发现诚实是做人最基本的素养和道德准则。这种个人素养不仅影响着个人的言行，还影响着社会的发展、城市的文明。因为城

域外撷英

市的文明是由城市中的每一位公民共同建造起来的，公民的个人素养也决定了城市的素养。温哥华被列为世界三大最适合人类居住的地方，不仅在于它宜人的气候，还在于这个城市的文明程度。因为世界上比温哥华气候好的城市不止一个两个，但温哥华却能荣居三甲，这就说明最适合人类居住的地方自然环境的优异是最基础的，城市的文明，城市的风貌，城市的文化才是人类居住的最重要的条件。

看似 Free fee，其实在当地人心目中并不是 free，因为在他们的心中都有道德的准则，他们知道自己的言行不仅对个人也对城市的影响是什么？

真希望在不久的将来，这样 free fee 也能出现在我居住并热爱的城市——上海。

美中不足

在大温哥华地区，温哥华架空列车有个很美丽的名字——Vancouver Skytrain。

它主要包括了加拿大线（Canada Line）、博览线（Expo Line）和千禧线（Millennium Line），总长度分别为 68.7 公里和 49.2 公里，横跨大温哥华地区的东西南北，每天运载超过 300 多万名乘客，是大温哥华地区的生命线，也是全球最长的无人驾驶空架列车系统，[①] 系统自通车至今未发生过出轨或撞车意外，被当地人称为"最安全的快捷线"。

无论是天蓝色的 Canada Line，还是深蓝色的 Expo Line，或者土黄色的 Millennium Line，每趟列车、每个站台都干净整洁，地上基本不见纸屑。每个站台上都有清晰的站台标识和转车标识。即使在三线相交的滨海站（Waterfront），你只要顺着标识一定能找到你要乘坐的 Skytrain 车站。即使你看不明白，在所有的转乘车站都有流动的工作人员，会热情地帮助你。哪怕你的英文不好，也可以找到会说中文的人给你指点方位。

不仅如此，所有 47 个车站附近都有很多的小店，卖果汁、甜甜圈和其他各种零食和汉堡包等食物，为急着出门没有吃饭的人们或路途中口渴的人们带来了方便；每个车站都有自动售票机、自动验票机，Skytrain 线路图更是为每位赶时间的市民，不熟悉线路的游客提供了便利。

对我而言，每次坐 Skytrain，即是一次享受——

享受便捷，享受安全，享受整洁，还有沿途的风景。

直到有一次，在 Vancouver City Center，我见到一幕：

因为同妈妈约好在 Vancouver City Center 车站站台等，所以到站后没有像平时一样马上离开，闲站在边上等着妈妈。当时不是上下班的高峰期，站台上等车的人很少，只见一位华人中年妇女从站台的这边走到那边，在寻找什么，神色很急。仿佛是没有找到，她神色匆匆地走到了站台的工作人员面前去咨询。不知是什么原因，工作人员与那位中年妇女向我走来，问道："Do you speak Chinese?" "Yes, I do." 我回答道。工作人员马上请我给她翻译那位中年妇女的问题，原来，那位中年妇女是问："哪里有洗手间？"工作人员明白后微笑着回道："No restroom in the station. Maybe you can find in the store outside the station." 并很热情地为中年妇女指路。中年

---

① 资料来源：http://www.skytrain.info

域外撷英

妇女一脸难堪地用中文说道:"还要跑到外面去找,我现在就很急了。"我不知怎么去翻译她的抱怨,告诉她还是赶紧按工作人员的指示去找,因为在车站里就是没有。

看着中年妇女一路快跑地离开,真为她不懂英语是否能很快找到 store 并找到卫生间而担心。感叹也不禁由心底涌起:

Vancouver Skytrain 怎么就没有想到这点?

在仔细观察后发现,不仅是 Vancouver City Center 站没有洗手间,基本所有的车站都没有。对于一个每天运送 300 多万人次的运输线,是不是真的有点美中不足了?

如果家住在 Loudheed,要想到 UBC,不在交通繁忙的时段,最起码也是在一个小时以上。遇到内急,就是正常的生理现象,在庞大的 Skytrain 系统中,一个卫生间都找不到,对于运营公司"大温运输联线"(TransLink)来说,是不是欠考虑了人性基本的需要了?

当然,修建洗手间一定会增加经济成本,不仅在建设中,在管理上也会加大管理费用的支出,但作为现代企业,特别是温哥华的知名企业,在企业运营中对产品的开发、建设及维系应该注重的不光是自己的利润,更应该注重消费者的利益,特别是服务性行业,对消费者需求的满足才是企业可持续发展的基础。就如松下集团的创始人松下幸之助所说:"利润是你对社会的承诺实现之后,社会对你的回报。"也许这也是 Translink 在 2010 年加拿大最佳的 100 名工作企业中榜上无名的原因之一吧。

企业的社会责任已是现代企业发展的主要基石之一,这种责任不一定是捐助了多少的善款,也不见得是参加了多少的公益活动,更不见得是在媒体中高呼了多长时间的口号,它常常表现在细小的运营细节中,细节决定成败也是由此而来吧。

真的好希望这样的事件不是发生在 Skytrain,因为我很喜欢它。

温哥华的 Senior Houses

　　听妈妈说，她的英语老师 Vera 住在温哥华的一所老人院（Senior House），我很好奇，想知道温哥华的老人院是什么样的？于是，在拜访 Vera 时顺便参观了这所老人院。

　　Vera 住的老人院位于温哥华的 2799 Yew 街，如果没有人告诉你这是一所老人院，你一定不会注意到，因为从外观看，它就是一幢很普通的大楼，只是在楼体上有"Senior Houses"的标志。这幢老人院有8层楼，是按宾馆的模式建构的：一楼是大堂、游戏室和饭厅，二楼有 SPA 室和电影厅；二楼至八楼是客房，每层楼都有独立的洗衣房（laundry room）、桌球室和休息厅（lounge），楼道中摆放的各种的绿色植物，平添了楼道的生机。老人们住的房间基本是各自单独的一房一厅，带了厨房和卫生间，可以自己在家做饭，因为这里是只包一餐（早、中、晚任选），其余两餐如果需要得另加费用。每周 cleaning lady 会来打扫一次房间；每天早上工作人员会电话问候每位老人（一则为问好，二则为确认各位老人是否安好？），如果老人外出，工作人员在上午不停地电话，直到确认老人安好为止。

　　这些与中国的老人院基本没有太大的区别，最特别的是，这里每天都有为老人安排各种不同的娱乐活动，比如，每天大堂的餐厅都会随时提供免费的咖啡供老人们聊天欢聚；每周都有一次的外出购物；每月一次的 bus trip（参观游览温哥华地区）；每月一次的 fire drill（防火演习）；还有 SPA、电影、瑜伽、读书会、移动图书馆、简易有氧运动、Wii Game、Sit Fit、桌球活动、文化沙龙（如：African Culture Workshop）、演讲会（如 How to Listen& Understand Great Music）、购物日（各种衣物的展示都设在大堂）等各种各样的活动都会安排在不同的时间，所有这些活动都会在每月底用宣传单（Tapestry）发放到每位住户的手中，而且每天都把当天活动公布在大堂的电视公告中。除此之外，Senior House 还常常在大堂举办各种音乐会、购物会、演讲会，给不

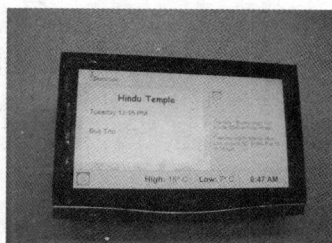

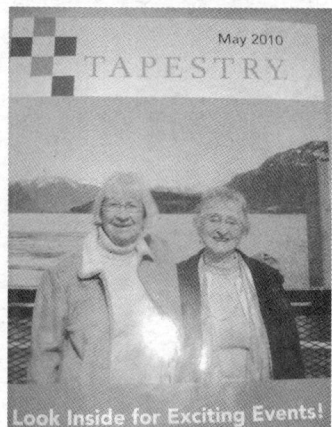

方便外出的老人带来了很多的精神享受。这里的餐厅还专门设有包房，提供 restaurant 的服务和餐食，为来探访老人的朋友与老人共同进餐提供了方便。

老人院实际是为老人们提供一个安度晚年的场所，既然是为老人们服务的，就应该尽力去满足老人的所有需求。除了物质条件的满足，精神生活也许是老人院最重要的服务内容。进老人院的老人基本上都是丧偶的，他们选择老人院不仅希望得到物质上的照顾，而且更希望能与人进行交流，因为在家儿女太忙，实在没有时间和精力来照顾他们，他们最害怕的就是孤独，最需要的是与人的交流和得到精神上的关爱，老人院里各种各样的集体活动，会让老人感到与社会的同步，减少失落感，精神上的满足也许比物质上的满足，对于老人们而言，更加重要、更加迫切。

上海的老人院我也去过，硬件的设施不比我在温哥华参观的这 Senior Houses 差，但老人院里基本没有组织太多的集体活动，更没有音乐会、演讲会或集体旅游这样较高层次的交流活动，老人们见面就是在棋牌室，如果对此不感兴趣的老人就很难有机会与别的老人进行交流了。所以，还听说在上海有住进老人院不久的老人急着要搬出老人院，原因只有一个，就是太闷了。

既然我们办了老人院，就应该急老人所急，应老人所应，真真切切地为老人办事。也许国外 Senior Houses 还是有一些很值得我们借鉴的长处。

这里有个老人叫 Vera

　　妈妈在 Vancouver 有个英语老师叫 Vera，她已经 90 岁了，执教已经有 50 年，到现在还坚持每周都到教会的 ESL（English as a second language）课堂里给外国学生上英语课。

　　很早就听妈妈说起过 Vera，说她很 nice，说她很 patience，面对学生在发音上的问题，她总是一个音一个音地帮学生矫正，哪怕学生要重复几十次，她也会很仔细、很耐心地一点一点地教，直到学生学会为止；无论学生问她什么问题，她都会尽力地为大家解答，直到大家听懂为止。所以，所有的学生都喜欢她，好多学生都跟了她五六年了，甚至硕士、博士都毕业了，还愿意继续在她的班上学英语。在她 90 岁生日时，她的学生专门聚集在一起给她开 party。妈妈还说，别看 Vera 已经 90 岁了，可是有 sensitive 的听力和极好的眼神，特别牛的还是她的电脑用得特别熟练，妈妈说加拿大的 CBC 报道过一个 80 岁的老人写如何做菜的博客，很受欢迎，但比起 Vera 可是要差远了，Vera 不仅会收传邮件，还能用电脑写书。此外，Vera 在英国教书时还曾经被英女皇接见过。

　　说实话，听着太神奇，因为在我的印象中，90 岁的老人能生活自理就不错了。Vera 却在做好多中年人都做不到的事，所以，到了 Vancouver，决定一定要拜访 Vera。

　　妈妈先同 Vera 约定了时间，我们如约来到 Vera 的住处。

　　Vera 住在西温哥华区的一家老人院，她的先生在 5 年前去世，她一人住在这里。

　　当我第一眼看到来开门的 Vera 时，怎么也不敢相信面前这位老人已经 90 岁——她满头银发，梳理得丝毫不乱；满脸的笑容，居然没有太多的 wrinkle；金丝眼镜后面是明亮而慈善的目光。从外貌而言，Vera 在我的眼里也就 70 岁。

　　Vera 热情地把我们领进了她的客厅，并向我们介绍温哥华的历史、相关的文化以及她的个人经历。Vera 丰富的经历及惊人的记忆着实让我吃惊，比如 60 多年前她在英国教书时，碰到一个小男孩，所有人都认为他很差，小男孩看见 Vera 的第一句话就是 "I don't know anything. I am stupid." 连他的母亲都认为他是 "He is not

域外撷英

smart."但 Vera 却坚信这个小男孩 very smart，所以在课堂上总是提供机会让他读书、做题。慢慢地，小男孩居然也能很流利地读课文、做数学题了。连校长都对 Vera 说："You are the first one who lets the boy work."正是由于她卓越的工作，在英国工作期间受到了英女王的接见。

Vera 告诉我们，"I love to teach. I like to stay with students."正是因为这样，她在教堂给 ESL 上课一直 volunteer，她希望能用她能做到的一切去帮助别人，就如她说："For me, giving is important than getting."正是因为有这样的信念，Vera 一直无私地帮助所有她认识的人：帮有困难的学生找房子，免费天天给语音差的学生上课，把家里的书籍借给学生学习，用自己节省下来的钱给教堂买书籍……这些默默的奉献，让 Vera 赢得了学生的赞扬，赢得了大家的尊重。妈妈说，在 Vera 90 岁生日时，她所在的教堂专门为她定制蛋糕，举行特别的生日庆祝。

听着 Vera 激情的经历，看着 Vera 快乐的笑容，突然感到：Those who look at the world through caring eyes will always be by young at heart.这也许就是 90 岁的 Vera 怎么看也不像这个年纪的老人的缘故吧。

45 分钟的历史传递

在 Victoria，我们居然可以只用 45 分钟再次深入地了解了 BC 省（British Columbia）的历史，这是我在 Victoria 旅游时最大的感慨。

我是一个在每次旅游之前都要做足"功课"的游客，也是一个喜欢了解当地文化历史的游客。所以，这次在去 BC 省的省会城市 Victoria 之前，我不仅把 Victoria 的相关资料认真地浏览了一遍，也把 BC 省的历史查阅了一遍。

根据查阅的资料，我们到了 Victoria，很快找到 Parliament Building（省议会大厦），参加了它的 free tour，因为资料显示这是在 Victoria 观光时很值得去的地方。

Parliament Building 是由当时还不是 BC 省公民，年仅 25 岁的英国设计师佛朗西斯·拉登贝利（Francis Rattenbury）以维多利亚、罗马、意大利文艺复兴等各种建筑风格的交融而设计的，于 1893 年动工，1916 年正式完工，[1] 气势宏伟的大厦尽显了 19 世纪欧洲的建筑风格与精髓。

Parliament Building 的 free tour 为时 45 分钟，与其说是 Parliament Building 的内部建筑风格介绍，还不如说是 Victoria 历史的讲解。

Tour 从一楼开始，也就是从 James Douglas 船长的到来开始。在 1842 年英国的代理商詹姆斯·道格拉斯（James Douglas）和他的船队在太平洋沿岸寻找可成立哈德孙湾公司（Hudson's Bay Company）新总部的地点。当他们不远万里抵达维多利亚港后，受到了当时遍布现在大维多利亚（Greater Victoria）地区海岸边的雷温曼（Lekwammen）民族的热烈欢迎，一反当时大英帝国习惯用枪炮掠夺的方式，James Douglas 船长与原住民签署租赁土地协定，和平地定居了下来，并选定了名为 Camosack 的地点。1 年以后，即 1843 年，维多利亚堡（Fort Victoria）建成，

① 资料来源：http://www.qidian.ca/baike/doc.php?action=view&docid=93

该地就位于现今的旧城（Old Town），即维多利亚市中心。新移民在这里开始了新的生活：开荒淘金和贸易，维多利亚从此成为当时与欧洲贸易的集散地。BC 省（British Columbia）的省徽就很好地印证了历史的演绎：顶上的皇冠代表女王至高无上的地位，左边的白尾鹿和右边是山羊代表当时在此居住的两个主要原住民族（这两个动物是他们各自最主要的生存来源），中间是指属于大英帝国的处于太平洋西岸的 BC 省的地理位置，下面用 BC 省独特的 dogwood flower 衬托出用拉丁文表示的"美丽"字义。当时英国人与土著之间的和平友好尽显其中。

大厦内拱形屋顶上有四幅很特别的壁画：分别展现出当时 BC 省主要的经济来源：农业、牧业、渔业和果业。Tour guard 还风趣地介绍道："如果现在再重画这些壁画，就得再加上两幅了：一个是 Tour guy（旅游业），一个是拿 iPhone 的商人（金融贸易）"。

45 分钟很短，但从中了解到的历史知识却是远远超过仅为 45 分钟的大厦游览。在庄重和高贵的 Parliament Building 中，听着 tour guard 的介绍，仰望那拱形的楼顶、瑰丽的玻璃和彩色的图画，仿佛历史在重现，这样的 free tour 展示的不仅是参观大厦美轮美奂的建筑和装饰，更多的是让游客进一步地了解了 BC 省的历史，传递了 BC 省的文化，这样的 free tour 对于 BC 省和游客而言，是双赢的！

和历史亲密接触

"忘记历史就意味着背叛!"

——题记

　　当我走进 Nova Scotia 的省府城市 Halifax 的 Halifax Citadel，最深的感受就是列宁这句发人深省的忠告。

　　Halifax Citadel 是 Halifax 最著名的游览景点之一，它的名气不在于它美丽的景致，而是在于这个 Citadel 中重现的 200 多年来的军事活动：

　　古堡坐落在 Halifax city 的最高点上，居高临下，可以看到整个 Halifax 海港。其占地面积很大，外形很像中国古代的城楼，四周环绕着一片草地。

　　走近城堡，首先见到的是头戴高高熊皮帽、身穿绿色格子的苏格兰裙及红色制服、脚蹬红白格子羊毛长袜加白皮鞋，全副典型爱尔兰军队的服饰，在城堡的外面站岗的"战士"。沿着外界连接城堡的唯一通道往里走，在门卫室你也可以见到身着全绿苏格兰便装军服的"战士"，他会很详细告诉你这个城堡的历史和在当时的重要作用——

　　城堡建于 1749 年，1856 年完成扩充到现在的规模。因为 Halifax 港口在当时已经逐渐取代了法国人在东北所建的路易士堡的功能，成为英国四个在海外设立的海军基地之一。为了维护 Halifax city 及港口免遭袭击，英国在此建造了 Halifax Citadel。

　　这个城堡的防御工事采用了星形城堡（star forts）的构架，3 层城堡，城墙是用当地坚固耐用的火层岩砌成，城墙高数丈，必须借助云梯等工具才能越过，易守难攻；墙内设有长长的暗道，内挖用以射击入侵敌人的小窗，就如中国古代城墙上的防御工事一般。城墙内有军营、枪械库、火药库、餐厅及办公室等各种设施。站在城墙上，可以远观海面，只要发现任何的情况，都可以利用城墙上的信号桅杆用不同的旗子传递信号。

　　Halifax Citadel 的军事驻扎到 1906 年英军撤离才结束。之后便交由加拿大军队接管，现在已移交 Halifax 公园管理区管理，成为当地重要的历史及军事遗迹。为了恢复维多利亚时代的生活状态，Halifax Citadel 按照当时英国皇家 78 团炮兵在此驻扎形式进行了还原，以当时军人的服装、军队操练、军人的生活为蓝本，以当时的军人、

域外撷英

军人妻子、工匠及平民等当时城堡主要的人员为主角，在城堡内还原当时的军队生活。比如每到正点的大炮鸣响，八角军乐演奏；中午的射击表演，以及每天两次的仪仗队表演等，都吸引了大量的游客。城堡内的"陆军博物馆"，收集展出了加拿大军队曾经使用过，已很罕见的武器、奖章和制服；博物馆中不停滚动播出的电影"海港保卫战"（A Harbor Worth Defending），讲述的就是 Halifax 及其 Halifax Citadel 的重要作用。

　　说实话，Halifax Citadel 除了还原历史，并没有什么很特别之处。但它还原了历史，重现了历史，让现代人感受到了历史的痕迹。正是这点，才让人们趋之若鹜。因为虽然历史已是过去，但不会消逝得无影无踪，从历史流下的一堆堆资料、几块碑刻、数处遗址都可以真切地再现历史的场景。人类社会在飞速发展，如果没有了历史的记载，即使再伟大的东西，也会从地平线上消失。历史是民族和社会的集体记忆，如果一个民族不知道"从哪里来"，就不会知道"到哪里去"。

　　忘记了自己历史的民族，也就等于失去了民族的记忆；失去记忆的民族是可怕的，是可悲的，它会在今天发展的进程中，失去方向，丧失尊严。所以，当人在参观 Halifax Citadel 时，更多的是在重温历史，缅怀在这个地方曾经发生过的事，记住这个城堡曾经拥有的战绩。这样的参观也许会凝重些，也许会沉闷些，但其意思却是让人深思的。

　　也许，这也是我在 Halifax Citadel 参观的一个小时中，看到数不清的大学生、中学生、小学生络绎不绝前来参观的缘由吧！

方便的 Downtown Map

在加拿大从西边的 Vancouver 到东边的 Princes Edward Island，再到中部的 Banff，旅途中，最大的体会就是 Information Center 真的好多，而每个 Information Center 中都能找到这个城市免费的 Downtown Map。

说实话，我去过的国家和城市也不少，也许是以前太小，也许是有爸爸妈妈的朋友相助，很少发现有加拿大如此多的 Information Center。在加拿大哪怕是个很小很小的城镇，进城前也一定有一个这样的 Information Center（听说美国也有很多，可惜我们在美国时有老师带路，也就没有在意了）。这样的 Information Center 很容易找到，一般都设在入城的主要路口，其主要目的是给游客提供这个城市免费的旅游咨询，宣传册和旅行线路图。在这里最方便的是找当地 downtown 的地图，downtown 地图大小如报纸般，正面一般是 downtown 的行走地图，反面一般是从不同角度开车进入 downtown 的路线图。这样的地图不仅把 downtown 所有的大街小巷标识得很清楚，甚至连这里的主要酒店、餐馆、游乐场、market 都可以在地图上找到。有了这样的地图，在任何城市的 downtown，你都不用怕迷路。我们一家就是靠着这样的地图，基本把旅游的每一个陌生城市都逛得极为透彻。

由此联想到在日本旅游时，就很惊诧日本每个城市的城市地图，标识清楚到每个红灯口都可以在地图上找到，很类似加拿大的这种 downtown map。这对于外来的旅游者来说，是极为方便的。这样的城市地图，为什么在国内很少见到呢？

无论是在我居住过的重庆、深圳还是上海，最常见的就是外来的旅游者手拿一本厚厚的地图册，站在城市的某个路口，很迷茫地不知所在位置。书籍般的地图册，城市的地图很小，标识自然就是挑大路主街。寻路者与讲解者都常常很难对着地图讲清楚需要前往的地点，如果遇上问路者是外国友人，麻烦就更大了。语言的障碍

城外撷英

加上标识的模糊，即使解释者讲得口干舌燥，询问者还是听得一头雾水。这对于城市的旅游，这对于城市的形象是否会多少都有一点影响？

中国是一个世界闻名的古国，也是近年来世界经济上发展最快的国家，所以会有越来越多国内游客乘着假期游玩国内的各处名胜，也会有越来越多的外国友人前往中国游览观光，清晰的标识不仅利于游客了解参观的城市，也会增加游客对于城市的好感及认同。城市的形象不光是指漂亮的高楼大厦、干净的大街小巷、文明的公民行为，也包括城市细节处理、花草、路标、地图……

细节决定成败，有时就是一个小小的细节就决定了友人对这个城市的感官及印象。如果这样的细节是我们可以修正或改善，为什么不去努力矫正呢？要知道，人际的传播的影响有时远远大过大众的传播，人们头脑中西方城市的文明程度比起东方城市要高的刻板印象也许就是从细节开始的。

既然知道了问题，既然知道了差距，就要鼓起勇气去修正。相信在不远的将来，这样的刻板印象一定会得到改观。

我们该怎样对待母语

汉语与英语属于不同国度的母语，从理论意义上而言，其重要性相对于其国民而言，都是同等的。可在现实生活中，却是差异巨大，这是我在加拿大 Vancouver 接触过一些中学生后最大的惊诧及最大的羞愧。

作为华夏的子孙，深为自己的民族悠久璀璨的文化而骄傲，也为以方块字为基准的汉语而自豪。汉字及汉语是中华文明古国最基本的标志及推动力，它不仅是世界上最早的语言之一，也是世界上最多人运用的语言，同时还孕育了东亚数国的文化及语言。所以，汉语对于中国人而言毫无疑问是更应该得到尊重与崇敬，更应该发扬光大，传承积淀。

但现在踏在华夏大地上，喝着黄河长江水长大的炎黄子孙，似乎不再有这样的思维，在他们的眼里，汉语不过是一种母语，仅为母语而言，没有任何的价值，更没有任何值得骄傲之处，甚至有些人更希望自己的母语是英语，是法语，是德语或其他语言。我不敢去评价这些人的民族气节与民族精神，但我一直记得读过阿尔封斯·都德的一篇文章，叫《最后一课》，记得里面有这样的文字："法国语言是世界上最美的语言——最明白，最精确"；"我们必须把它记在心里，永远别忘了它，亡了国当了奴隶的人民，只要牢牢记住他们的语言，就好像拿着一把打开监狱大门的钥匙……"这些发人深省的字句，从看到开始就一直留在了我的心底，它让我更加喜爱自己的文字——汉字，更加热爱自己的语言——汉语，因为，我是中国人；因为，我为生在这个国度而由衷地自豪与骄傲。

很可惜，我们身边并不是所有的中国人都如此认为，只要看看我们高中的课程设置及高考模式就很清楚。在我们的高中学习中语文课虽然是必不可少的，但同学们的重视程度确实极低，在课堂上不听课、做数理化习题的比比皆是，哪怕在一些省重点中学。原因很简单，在高考中语文的分数都相差不大，拉不开太多的分数差，甚至有很多老师在课堂上也很明确地告诫我们："数理化才是高考拉开档次重要砝码，语文的分数相差最多也不过 10 分，数理化会做一道大题就会超过这个分数"；"大学中文系都是考不上理工科及文科其他专业的人才上的"；"语文阅读理解从小就在学，没有什么的难度"；"即使语文差点，只要数理化好，一样会有好成绩，一样能上重点大学"……正是因为这样，我们有好多的大学生，特别是理工科学生，都不太会读古文，不太会写文章，可是，他们会建严密的数理模型，会讲一口流利的 native English，因为，由方块字组成的语言在他们的眼里远不及阿拉伯数字或英语重要。

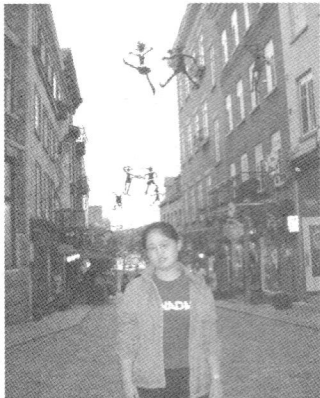

◎ 魁北克旧城是我特喜欢的地方，可惜我只学过一点点法语，而他们的英语发音又有点特别。◎

在加拿大，英语是他们的母语，学校及政府的重视不仅在学校专门设有英文写作、英语文法、文学等多门英语学习的课程，而且所有的高中毕业生如果平时英语成绩的平均分没有达到 80 分是不允许参加大学升学的申请的；必须参加省际英语会考，考试过后才能申请，而省际英语会考的难度比平时的考试要难得多。也就是说如果你平时不好好学习英语，不仅连升学的资格都不可能有，而且补考的难度更大。不敢说这种方式就一定是最好的，但对中学生提升对英语的重视程度是一定有效的。因为我们都知道，青少年是国家的未来，青少年强则国家强，青少年对国家的认同与热爱直接关系到国家的进步与发展；而语言，是最直观、最直接的民族文化符号，文化是民族之魂的基础。

很惭愧，我们对于民族文化的忽视；很难受，我们至今还没有意识到自己的疏忽；很痛心，我们这样的文化基地，怎样去传承文化的精髓！

站在黄土高坡，立在黄河之滨，我们该怎样去面对我们的祖先，我们该怎样去教导我们的后代？无言之后的沉思，也许能让我们走出困境，再现千年文化的辉煌。

期待的幸福

几年前的暑假去芬兰旅游，听到过一个动人的传说：有一只美丽的狐狸，奔跑时大大的尾巴扫起地上的雪花，在月光星空的反射下，形成了美丽多彩的光幕，这就是 Revoutulet（狐狸之火）的传说。Revoutulet 即 Aurora，也是罗马神话里能从黑夜带来黎明第一道曙光的漂亮曙光女神。据说，看到过北极光的人都会得到幸福。

一直好向往能看到极光，不光是因为传说中的能交上好运，更重要的是想目睹这自然神奇的奇观。要知道极光不是在任何时候任何寒冷的地带都能看到，它是由于太阳的激烈活动放射出的带电微粒流射向地球进入地球磁场时，因受地球磁场的影响，高速进入到南北磁极附近的高层大气中，与氧原子、氮分子等质点碰撞而产生"电磁风暴"和"可见光"的现象。① 这种大自然的奇观常常是可遇不可求的。

很想乘着寒假去北极圈看看 Aurora，可惜高中的功课，高考的压力让我一直挪不开脚步。听到在温哥华 UBC 做访问学者的妈妈说会利用复活节的 holiday 到 Yellowknife 去，于是恳求她如果能碰到 Aurora，无论如何都要多拍些相片传给我。虽然网上也有很多 Aurora 的相片，但我更信任 word of mouth。

从妈妈离开 Vancouver 的那一刻起，我所有的思绪都随着她一起，飞到了 Yellowknife。

我是一个挺随遇而安的人，从小到大，几乎没有特别期待过什么，无论是考试的成绩，还是升学的学校；无论是成功的掌声，还是胜利的鲜花，我都不是特别的在意。一直认为，只要我努力了，只要我付出了，总是会有收获，只不过是时间的早晚而已，为什么一定要给自己规定一个收获的时间表？所以在特别好强的教授妈妈眼里，我就是不够进取，仿佛缺了点血性。面对妈妈常常提出的"你真的就没有什么特别期待的事？"这样的问题时，我总是一笑而过地答道："有！但我更相信凡事随缘。"总在想，为什么一定要去期待什么？为什么一定要去争取什么？为什么一定要有 Rigid timetable？要知道有时候，"一定"是件很辛苦，甚至很痛苦的事，因为当"期待"变为泡沫的时候，"期待"就是"痛苦"！我们为什么不能平和地对待现实？我们为什么就不能抛弃等待的煎熬？我们为什么不能 enjoy our life？特别是在这一去不复返阳光灿烂的花季里，为什么一定要给自己的花儿加上泪水？所以，我不爱期待。

---

① 资料来源：http://www.wenku.baidu.com/view/cf841f45b307e87101f696a3.html

但这次，我是怎么了？理智仿佛与情感彻底的 separation，牵挂的心，一刻都没有停过；期待的情，一直占据在心房。

不知妈妈是否看到了 Aurora？不知妈妈是否能拍下相片？不知妈妈看到的 Aurora 真的同我在芬兰听到的美丽传说一样？

太多的期待，太多的幻想，太多的担忧，一齐拥进脑海，挤进心房，勾画出美丽中带着忧郁的油画，宛如 Vincent Willem Van Gogh 的《Sunflower》——

红色的花蕊，黄色的花瓣，美丽的向日葵，在灿烂的阳光盛开，就如 Van Gogh 自己所描述般"背景上迸发出燃烧的火焰"，是那么的温暖，那么的快乐，那么的感人。可就在"这是爱的最强光！"的画面中，我们也看到了 Van Gogh 不为世人认同的悲哀、忧虑与期待。

但也就是在这样的期待，Van Gogh 完成了上百幅的油画，成就了《Sunflower》那样的旷世之作。

这不能理解为期待的魔力？

因为期待的忧虑与痛苦，最终将会化成期待的动力，在你前进的旅途中，融入你的血液，激励你的意志，化解你的退却，在成功与等待中坚定你的信念，平息你的失意，推进你的脚步。即使没有看到山顶美丽的奇景，你在登山途中的收藏也将是一生中最珍贵，最璀璨的财富，远胜于 on the podium。

成功与所得，并不一定是要是看得见的香槟与鲜花，精神上的满足与所得才是期待真正的归属。

◎ "海澜之家"的品牌是爸爸策划的，不过我感兴趣的不是他们的服装，而是他们的马场。◎

Van Gogh 如此，我们也是如此。

在幸福并痛的交织中，期待着、努力着，这样的期待是痛苦，但更多的却是幸福！

突然发现，即使妈妈没有看到，没有拍到 Aurora，我依然感到幸运，因为，我仿佛领悟了期待的幸福！

两新元门票

——游新加坡"圣淘沙岛"有感

　　一到新加坡，爸爸的学生陈叔叔就把我们带到圣淘沙岛，说这是每个到新加坡游客的必到之地。

◎ 南亚的风情很独特。相比之下，中国与之最相似的恐怕就是海南岛了。◎

　　占地 390 公顷的填海度假区算新加坡最大的旅游娱乐区了，包括了西乐索海滩（Siloso Beach）和丹戎海滩（Tanjong Beach）的 3.2 公里的海滩提供各样的水上与地面活动。海底世界和海豚乐园里有可爱的粉红色海豚和其他海洋生物，蝴蝶公园与昆虫王国有 50 多种、2500 多只蝴蝶和其他罕见的昆虫。① 西乐索炮台记载了日本侵略新加坡时英军的抗击史。37 米高的鱼尾狮塔是新加坡的旅游标志，塔顶 360 度无阻挡的视野，正好欣赏到新加坡的市容及周围小岛的美景……

　　在圣淘沙岛走走看看，不觉已过了大半天。坐下吃饭时，我随口问了句，"这里的门票是多少呀？""2 新元"陈叔叔答道。

　　"什么，才 2 新元？"我大叫起来。这太超出我的想象了，一个在当地最大的旅游娱乐区，才收 2 新元的门票，太不可思议了。

　　陈叔叔解释道，这里的大门票只要 2 新元，是便于市民周末或节假日前来游玩。人们可以来这里游泳、打沙滩排球、在棕榈林中野餐；也可以到英比亚山天然保护区的自然小径走一走，看看孔雀、猴子和松鼠等各种野生动物及鸟类；还可以一家人到这里的新世纪奥妙高尔夫球场来一展球技；如果家中有客人来，这里游玩的项目也很多，Carlsberg 摩天塔、动感电影院、音乐喷泉新加坡万象馆等都很受客人欢迎，当然这些项目就需要再付费了。但总的来说，费用都不算高，一般的只要几个新元，最贵的海底世界也不足 20 新元，而且 12 岁以下的孩子可以享受免票。所以很多市民都喜欢选择圣淘沙岛来度假旅游，可以说几乎每个新加坡人都不止一次地来过这里。

---

　　① 资料来源：http://www.baike.baidu.com/view/697320.html?goodTagLemma

听陈叔叔这么一说我才想起，难怪我在海边、树林看到很多野餐休闲的市民。在一个国土面积只有647.5平方公里的国家，能为市民提供这么一个廉价的休闲之地，真的是很不错！

在感叹之余，不由想起国内价格疯涨的旅游景点，很有感触。

我们的祖国地大物博、风景名胜数不胜数，这是我们的骄傲，这是我们的财富，我们应该让中华的儿女了解它、爱护它。可不断疯涨的景点门票实在是让人望而却步。2007年包括庐山、泰山、崂山、峨眉山在内的旅游景点门票价格平均上涨幅度达20%~30%，一般的门票价格都高达100人民币左右，黄山的门票更是上升到200元。① 对于一个人均年收入仅3000美金的国家，一般的旅游门票都要100人民币左右，而人均年收入高达2.3万美元的新加坡，旅游门票只要2新元来说，这样的门票是不是太高？这样的景观是不是太让人望尘莫及？

殊不知还有多少的中国人没有摸过长城的石墙？没有见过泰山的日出？没有领略过黄山奇观？没有目睹过敦煌的奇妙？民族的辉煌，文化的遗产只是在书中读过，只是在电视上看过，这与外国人有什么区别？我们的自豪，我们的骄傲，我们的责任，从何处可得？

给国人一个机会，让我们能感受秦始皇的兵马俑气势；给孩子一个机会，让他们能领略乐山大佛的雄伟。让我们能真真切切地把这些文化的遗产，自然的风光留在脑海，嵌入记忆，因为我们是中华民族的子孙！

---

① 资料来源：http://www.finance.ifeng.com/zq/.../200704/0418_932_104981.shtml

牛车水原貌馆

　　新加坡的整洁令人叹服，也让人压抑，与去说像"花园"，不如说像"盆景"。

　　在新加坡，给我印象最深的不是干净的街道，不是美丽的圣淘沙岛，也不是繁华的武吉士街，而是在宝塔街（Pagoda Street）一间不大的牛车水原貌馆（Chinatown Heritage Centre）。

◎ 新加坡的整洁令人叹服，也让人压抑，与其说它像"花园"，不如说像"盆景"。◎

　　走进挤在商铺中这间经过翻新的三层店屋，犹如走进一条时光隧道，影片、文物展览和原貌重现的各种摆设，把当年华侨冒险渡海到新加坡拓荒的艰辛，历历展现在眼前：

　　走进原貌馆里面首先映入眼帘的是一个只有两桅帆木帆船模型，就是这样简陋的一只小船，在经历了太平洋上几个月的惊涛骇浪，才能把饱受磨难的华侨运到新加坡。难怪大难不死的移民们登上岸的第一件事就是到妈祖庙烧香，感激海神娘娘对自己的保佑。

木船边摆放的几件行李：一个破木箱、一把折纸伞、几件破衣服、一顶草帽、一杆旧式的秤、一把破算盘……这就是移民们离乡背井的全部家产。由此可见，不是到了走投无路，谁也不会愿意离开自己的祖国，离开自己的家乡？

　　二楼的原貌馆，早期移民的生活历历在目：墙上放映着当年的新加坡街景和当时"红头巾"阿婆（即当地做建筑粗工的佛山市三水区籍华侨妇女的一种称谓）生活的叙述，大量当时人们口述的史料写明，早年的移民大都从中国大陆而来，其原因是为了躲避中国大陆的战乱与极度贫困，希望能在南洋赚点钱就回故乡，但是他们基本上最终永远都没有能离开这里。新加坡当时极度艰辛的生活、孤寂的心理与混乱的社会秩序，使很多的移民染上了抽鸦片、赌博、嫖妓或参加私会党（即黑社会）等恶习，难以自拔。在展览室中，你可以看到赌徒们赌博的疯狂、黑社会横行霸道等体现社会明暗面的画面。新移民的艰辛与苦闷使许多人在吃喝嫖赌中寻求心理的解脱。

　　三楼原貌馆则展示了 50 年代初期牛车水的"黄金时代"。各种生意场景的复原模型，配合着墙上的老照片，卖菜的、开餐馆的、杀蟒蛇的、卖香烟的……车水不夜城车水马龙喧闹的市声似乎一下子扑面而来。走过夜市，前面的小屋里陈列的是

域外撷英

牛车水传统节日庆典的饰物：灯笼、鞭炮、锣鼓、狮子、戏装、祖宗牌位、红对联等，配合墙角电视中放映的传统节日盛况的画面，惟妙惟肖地再现了当时的欢乐的盛景，因为每放到一种节日场面，室内相关的部分就活动了起来。如讲到春节，就是鞭炮声鸣，狮子起舞；谈到端午节，龙舟竞渡的场面就会出现在天幕。原貌馆走廊的两边放着当时新加坡最高的南天大酒楼与大华大戏院的模型与相片，充分展示出牛车水的繁华及在当时经济商贸中举足轻重的地位。

走过陈列着几组旧家具和生活用具的 20 世纪 50 年代的天井与店屋，近代生活的气息随处触及：电视机巧妙地设置在碗柜、壁柜、衣柜之中或梳妆台上，播放着每组家具的主人的口述。这些人中有小贩、家庭妇女、商人、车衣女工、红头巾、裁缝等，他们向我们讲述自己的家庭历史，描述移民生活的苦难、艰辛与为求生存而进行的拼搏。

走下楼梯，是一排当年移民的格子屋。每间屋子约六七平方米大小，格子屋的主人，有的是苦力，有的是红头巾，还有小贩、木匠、油漆匠、车衣女工等。格子屋尽头的中医屋的墙上还贴着价目："看病 2 元，出诊 5 元，远处酌加，贫者不收诊费"。在格子屋外，是一条长长的走廊，走廊尽头是这些居民的公共厨房与简陋的厕所，这里是他们做饭、洗澡以及孩子们玩耍活动的唯一空间。重新回到一楼，是本楼的房东裁缝住的房子，从他门面中展示的衣服样式看，既有西装领带，也有中国传统服饰。这些拥挤而阴暗的实景都在明明白白地述说着拓荒者艰难的生活。

走出狭窄幽暗、仿佛散发着霉气的格子屋，外面的大街清新的气息扑面而来，虽然明媚的阳光很灿烂，可我的心情依然是沉重的，那一件件实物、一句句口述，就如同当年的历史再现，很真实，很实在，没有夸大，也没有隐瞒，把当年的血泪，苦难以及恶习都放在了我的眼前，让我真切感受到了新移民的喜与痛，欢与难，看到来了拓荒者的辛酸的奋斗史：有眼泪，有欢笑，有堕落，更有奋起。

不需要很大的空间，不需要很先进的科技，只需要还历史以本来面目，就是让我们得到最好的传承和教育。

这就是牛车水原貌馆给我最大的启迪。

我的非洲印象

　　寒假，爸爸妈妈告诉我说要带我去肯尼亚、坦桑尼亚去看真实生活的动物世界，我兴奋之余问的第一句话就是："肯尼亚、坦桑尼亚不是很脏、很乱的地方吗？能去吗？"告诉朋友们，几乎所有的反应都一样："你去那里干什么？会有战乱的！""要不你们带点饼干、方便面，不然会找不到食物的⋯⋯""晚上一定不能上街，要记住大使馆的电话！"⋯⋯

　　的确，非洲，特别是中非、东非的国家，从国内的新闻媒体中看到的基本上就是这么几个画面：在毒辣的太阳炙烤之下，骨瘦如柴的平民们，或坐或躺在贫瘠的土地上，等着救援组织派发食物；一个个肚子比身体大无数倍的儿童，睁着无助的双眼，赤着伤痕累累的双脚，好奇地看着救援人员的相机；荷弹实枪的部队在田野、在大街上紧张地戒备着，随时准备与叛军作战⋯⋯

　　在这样的熏陶下，我们怎能不害怕？不紧张？

　　但爸爸妈妈一直坚持说我们去的肯尼亚、坦桑尼亚是很安全的地方，不会有我和朋友担心的事。虽然有爸爸妈妈的许诺，但还是悄悄在自己的行李箱中放了好几包饼干、方便面，以备万一。

　　当我们在经历了 23 个小时的乘机、转机，带着惴惴不安的心情走出内罗毕国际机场时，顿时惊呆了：湛蓝的天空白云飘，干净的大地绿树摇，红的、白的、粉的、黄的花儿簇簇相拥，人们的脸上全是祥和与安宁，这哪里是我印象中的非洲！这哪里是我常常在新闻中看到的非洲！

　　心里在想，这也许是中国常常见到的"面子工程"吧，毕竟这是国际机场呀！可从机场一路往市区，都是如此的景象。于是实在忍不住问来接我们的 Tim："肯尼亚都是这样的干净整洁吗？"Tim 笑了，和善地答道："内罗毕都是这样，其他地区可能会差些。你在这里的十几天可以体会到。"

　　眼见为实，在之后的十几天肯尼亚、坦桑尼亚之行中，除了动物世界带给我无限的震撼之外，就是这里的生活环境带给我巨大的震惊：在十几天的游玩之中，我们看到的是整洁的城市，车水马龙；干净的乡村，自成一体；宽阔的公路，发达的交通；说实话，这里的环境比中国的乡村还要好得多、干净得多，交通的发达是我们好多地区都不敢想象的。这里的人民更是没有我们印象中的困难与无奈，看到都是一张张和善微笑的脸，就连我们的车经过，常常都有路人向我们挥手打招呼，见面都是友好的问候"Jumbo！"（当地斯瓦西里语："你好！"）就连我带去的方便面、饼干全都没有用上，在酒店吃的食物不比我们的五星级酒店差，就是这十几天，我的体重居然增加了4斤。战乱和枪战更是没有碰到，Tim告诉我，现在在肯尼亚，基本上没有什么内战，还很迟疑地问："你看的新闻是哪个年代的?"

是呀，我看的新闻是哪个年代的? 这真的是一个很奇怪的问题。我生于90年代的中期，看到新闻应该不属于六七十年代的吧?! 为什么我，还有我同龄的朋友对肯尼亚、坦桑尼亚都有相同的误解? 真的是我们这一代人的理解力和判断力退化到无法准确地读懂、看清新闻的内容与图片吗?

如果说我一个人在认知力和理解力上有问题，也许是对的，但如果说十几个青少年都有相同的感受时，是不是在批评青少年各种能力的退化时，也应该检讨一下我们的新闻媒体，因为他们才是真正掌握着新闻选择与新闻制作的把关人，因为他们才是真正引致了我们思维的刻板印象。

刻板印象是指人们对某一类人或事物产生的比较固定、概括而笼统的看法，是我们在认识他人或他事时经常出现的一种相当普遍的现象。而对于无法亲身经历的事，人们获得信息只有通过新闻媒体，媒体传播什么，我们就看什么、听什么，从中知晓无法亲身触摸的事实。所以，媒体在进行新闻信息的把关，就决定了受众的信息内容，决定了受众对事、对人的判断。

我不敢肯定我们的媒体给我们传递的肯尼亚、坦桑尼亚就一定是贫穷、战乱，但非洲的印象一定是如此。可事实上并非整个非洲大陆的国家都如此，有如媒体报道般的国家，但也有人均收入在中国之上的南非等国家，为什么我们的媒体在对非洲的报道中不能更详尽些，更具体些，让我们对无法涉及的国度有更亲近，更真实的认知?

媒体报道的误区导致受众刻板印象的恶劣后果我们是深有感受，是受害不浅的。西方媒体对中国好些问题的报道都是如此。就如去年的"西藏事件"，德国《柏林晨报》网站在2008年3月17日，英国广播公司（BBC）在网站上刊登题为"藏人描述持续骚乱"的报道，所用配图是西藏当地公安武警协助医护人员将骚乱受伤人员送进救护车的场景。然而BBC给出的图片说明却写道："在拉萨有很多军队"，似乎完全没有看到救护车上大大的"急救"二字。2008年3月18日又将一张西藏公安武警解救被袭汉族人的照片硬说成是在抓捕藏人；美国福克斯电视台网站刊登图片称，中国军人将藏人抗议者拉上卡车，可图片中明明是印度警察。德国NTV电视台也在报道中将尼泊尔警察抓捕藏人抗议者说成是"发生在西藏的新事件"。这些报道对当地受众的误导可想而知，这样形成的刻板印象到底要花多少时间和精力才能修正?

我们一直将新闻记者誉为"无冕之王"，不仅是指他们有权到世界任何地方采访，更是指他们应该把所有事实的真相还原给受众，这样才能无愧于"无冕之王"的称呼，因为新闻媒体是制造或者修正受众的刻板印象的重要机构。

肯尼亚和坦桑尼亚很美，很宁静，也很祥和，愿这样的印象能进入每一个中国人的心里，而不只是我们这些曾经去过的人。

Arusha International Airport

当我们从内罗毕国际机场乘上一架 60 座的小飞机飞往坦桑尼亚的北方重镇阿鲁沙时，我就很奇怪，为什么我们飞机的目的地是 Kilimajaro（乞力马扎罗）机场，而不是要去的阿鲁沙。陪同我们前往 Tim 解释道："阿鲁沙的机场太小了。"

这样的回答让我听得一头雾水，要知道，阿鲁沙是坦桑尼亚的第二大城市，是东非会议的所在地，怎么可能连 60 座的飞机也停不了？

直到从乞力马扎罗机场出来乘车前往曼雅拉湖的路上，Tim 突然指着一座在草丛中隐现的小楼说："这就是阿鲁沙机场！"才让我无言以对，原来就是这样小的一座平房也可以叫机场，看来真如 Tim 所说。

没想到两天后，我们居然从这座小小的平房机场——阿鲁沙机场，乘机前往桑给巴尔岛，才有了与它"零距离"的接触。

在阿鲁沙吃过中饭，我们驱车前往机场。虽然早有心理准备阿鲁沙机场很小，但真的没有想到小得基本上就如我们中国乡村的小卖部一般的大小，没有换票厅，更没有位子，航班信息用白色粉笔写在"小卖部"左边的一块如同我们教室里的书桌大小的小黑板上，全天的航班不到十个，基本上全部是飞桑给巴尔岛的。所有乘客都在"小卖部"外等着，直到换票时才能走近，否则会堵塞通道。从窄窄的、阴暗的安检通道走进候机大厅，我彻底晕了！所谓候机大厅就是在一片还算平整的地上搭着个雨棚，下面放着十几张沙滩塑料椅，没有桌子，后进去的人根本不可能找到椅子坐，只好站着等；候机厅里一般只能容纳两个，最多三个航班的旅客；去洗手间时还时不时会碰到头顶施工溅出的火花。行李是人工在推，登记牌是如我们半本教材大小、没有姓名、没有航班号，只有颜色不同、过胶重复使用的纸片；如果前一班飞机没有飞，后一班飞机的人是进不来的，因为没有登记牌。飞往桑给巴尔岛的飞机只有 19 座，是我见过的最小的飞机，而且螺旋桨在转动之初还需人工辅助……所有这些让我直对自己和行李的安全性深表怀疑，但又无退路，在爸爸"小飞机最不容易出事，飞得低"的鼓励下战战兢兢地登上飞机，想着再飞得低，如果要出点什么事，怕也是很难还生。此时唯一能做的也许只有：God bless me！

虽然很庆幸能平安地到达桑给巴尔岛，但阿鲁沙机场的经历却让我一直在思考一个问题：经济的发展与交通之间到底是什么样的关系？

阿鲁沙是坦桑尼亚的北方重镇，按理说算是坦桑尼亚经济比较发达的地区，我们也看到马赛人热热闹闹的集市，但总感到缺些什么？想来想去，觉得缺的就是支柱经济的拉动力。每个地区都应该有自己主要的经济推动因素，阿鲁沙的经济中旅游业毫无疑问是其中重要的经济支柱产业，而与旅游业息息相关的就是交通运输。中国老百姓有一句话很通俗，但很有道理："要想富，先修路。"交通的发达是物流与人流流动的基础，没有了这个基础，根本就谈不上经济的发展。想想幅员辽阔的美国，横跨东西南北的公路、铁路、航线把整个美国变成了一个小小的村落，这为东西南北的交往与流动带来了极大的便利，这也不能不说是美国经济起步的最重要因素。发生在英国的第一次工业革命，其标志就是蒸汽机的发明，这使英国走向了"日不落帝国"，可见交通对经济的影响。而我们发现同为中国援助之国，肯尼亚就要比坦桑尼亚富裕得多，这是不是与肯尼亚在交通上更胜一筹有关联呢？虽然不得知，但在这十几天游玩中，明显地发现肯尼亚的道路交通设施比坦桑尼亚要好得多。

　　如果交通设施跟不上，自然就无法进行通畅的物流与人流的交往，发达国家如此，发展中国家也如此。在寄希望阿鲁沙能有更大更好的机场的同时，也希望我们的城镇乡村也能路路相通，繁荣昌盛。

走进马赛部落

在到肯尼亚、坦桑尼亚之前对马赛人（Masai）的了解基本上是无知的状态。只知道在东非，特别是在肯尼亚南部和坦桑尼亚北部的草原地带生活着的一个一直保持着自己独特文化的部落。

到了肯尼亚和坦桑尼亚后，常常看到路边或山脚处有一群群的像倒扣缸似的茅草屋，这就是马赛人的部落。听陪同我们的 Tim 介绍，在肯尼亚发现了 300 万前直立人的骨骼化石，据说马赛人就是从那时一直延续下来的，保持原有文化风格最好的部落。他警告我们：除了在可以参观的马赛部落外，路边看到的马赛人都不可以照相，他们会跑来向你要钱，如果不给，他们会用石头袭击你，要知道马赛人是猎狮子的高手，是连狮子也怕的动物；因为他们男人都披着红底黑条的披肩，所以到这一带来要避免穿红色，以防激怒狮子……听到这些关于马赛人的传说，我感到很好奇，就如一条长长的线牵引着我，去马赛人的部落看看古老的马赛人到底是怎样生活的？

在肯尼亚的马赛马拉（Masai Mara）草原，我终于如愿以偿，走进了神秘的马赛人部落。在部落门口看到的全是男人，老年的、青壮年的、少年的。马赛人很好客，一进村，一群青年男人就在他们的部落门口表演起传统的舞蹈，说实话这舞蹈到底在展示什么，我也弄不明白，但节奏感很强，很奔放，很原始，也很有感染力，连从不跳舞的爸爸都被感染，被拉去和他们一起狂舞。很奇怪，这里的舞蹈为什么只是男人在跳，为什么没有女人参加？咨询后才知女人都在部落里，一般不出来。

随部落的低级长老走进部落，发现这里的马赛人部落一般是由 4~8 个家庭及其牲畜组成，部落是排成一圈圆环形，圆环外用带刺的灌木围成一个很大的圆形篱笆。他们的房子是以树枝为骨干，再涂上牛粪泥而成，没有窗户，开一个很小的门，人只能弯腰才能进去，这样，主人轻而易举地捕获入侵者。房间里很暗，如果不是他们领路，一定会撞墙。他们的祖宗三代常常处在一起，仅用木棍分成三个部分。低级长老在他自己的家里介绍道，马赛人仍然实施严格的部落制度，部落内分低级武士、高级武士、低级长老和具有最高决定权的高级长老。男子在小时候必须学会放牧，在 14~30 岁时，即传统上称作"磨难人"（morans）的时期，他们得独自住在丛林里，学习部落文化、锻炼体力、勇气和耐力。其检验男人的标准是必须猎杀一头狮子，这才能算成年，才能娶妻，这也是马赛人一生唯一一次的狩猎。虽然马赛人生活在草原、丛林中，与野兽为伍，善于捕猎，但事实上，马赛人不仅不狩猎，甚至只是在庆典的时候才吃家养的牲畜，而且从来不吃包括鱼在内的野生动物，对自然的崇拜使他们远离了狩猎。正是由于马赛人不狩猎、不吃野味的习俗，才使这片土地成为野生动物的乐园。

听介绍才知马赛人认为牛群是神的赐予，他们鄙视农耕生活，认为耕作使大地变得肮脏。马赛人把牛群看成生命，在夜间，牛群关在村落里，甚至和主人共居一个茅舍，难怪一走进马赛人的房间，就感到"味道"很特别，不敢长待。在这里，白天由小孩子照看牛犊，大孩子则赶着牛群去较远的草原吃草。女人是不外出的，一般在家做家务事，或整理、修缮或修建房屋等。男人的主要任务就是保护家园和在部落口迎接来客。马赛人的日常需要是由牲畜的奶和血提供的，他们口干了就拔出腰间的尖刀，朝牛脖子上一扎，拿根小草管就去吸，就像我们喝饮料。总感觉很血腥，但据说这就是他们主要的食物。此外，马赛人都随身携带一根圆木或长矛用于防身、赶牛。由于长期形成了习惯，即使进城逛街也不离身。据说这是政府特许，除此之外，其他人是绝对不可以这样做的。

我们看到的马赛人很传统，但在结束参观时，长老拉着我悄悄说，他脖子上挂的是他杀死的一头狮子的牙齿，具有保护神的意义，想送给我，但我要给他 5 个美元。我听后突然呆住了，这种现代的经商意识长老也会有？后来，爸爸因为鞋子破了，想让他们帮忙补一下。Tim 去问，他们说可以，但如果是爸爸的要 5 个美元，如果是 Tim 就只要 2 个美元。我们忍不住大笑，随后付了 5 美金，感觉又回到了现实社会。Tim 还告诉我们现在有的马赛年轻人已开始用砖瓦建房，或者进城生活了。

马赛人，用自己的方式在维护着保留已久的文化习俗，但现代文明对他们毫无疑问有着巨大的冲击，他们在这样的文明包围中到底还能坚持多久，真的不知晓。很希望他们能融入现代的文明之中；也很害怕，马赛部落就会这样消失在现代文明之中。看着随车远去的马赛部落，不禁想问：马赛游牧部落文化还能走多远？

圈养，人还是动物？

"They have the right of the way." （他们有对这里的统治权。）

——Treetops Hotel 的提示语

在肯尼亚著名的 Treetops Hotel 所在的保护区的门口标牌上看到这样一句话，很震撼，因为突然发现人的权利受到了前所未有的挑战，更因为突然发现原来自然界的一切生物都是平等的！

走在肯尼亚、坦桑尼亚，无论你到哪个野生动物保护区，Lake Nakuru（纳库鲁湖），还是 Masai Mara（马赛马拉国家公园），你都必须遵守这个条例：

车子见到动物必须避让，惊吓动物一定是重罚；擅自离开酒店被动物袭击一定判动物无罪，哪怕它们把人撕得粉碎；被关起来的一定是人而不是动物，保护区周围的酒店是电网密布，人不能随便离开，而狒狒却可以自由出入你的阳台，当然如果你手里有香蕉，而你又正好没有关好房门的话，狒狒还可能与你零距离亲近……

这里的一切都是还自然的本原，谁是主人就是主人，客人就得听主人的，哪怕英女王来了也是如此！

在新奇和惊讶之余，联想到国内所有的野生动物园都是把动物圈起来，不由感叹道：都是野生动物园，为什么有这么大的不一样？到底是把人圈起来好还是把动物圈起来好？这还真是一个棘手的问题。

一般来说，按照自然的本原来生活，无论是对人还是对动物都是最好的，因为那才是它们原生态的生活模式。如果把动物圈养起来，虽然给了一定的活动范围，但它们的生态模式照样会被彻底打破：不需要在为生存去捕食，定点定时自然有食物送上门，哪怕是几个同类争抢，也远比在郊外自己觅食、捕食要简单、轻松得多，因为野外的生活生态不是想捕到食物就能捕到的，不是饿了就有吃的，这需要等待，需要机会，需要能力，缺了任何一点都不可能填饱肚子，这也是为什么在野外，年老体弱的动物，哪怕是狮子，也一样面临被赶出狮群而被人猎杀或因无法捕食而饿死的情形。圈养起来的动物，如果袭击过人类，就一定会被关"禁闭"，三五次还不"悔改"，就会被处决。动物的野性在"圈养"中慢慢地退化，人和动物会越来越亲切，就算动物病了，也不用急，自然有兽医来治疗，动物的自我保护能力在舒适的动物园中就会渐渐磨去，我们去看到的猛兽基本上是驯养得很好的、比较的温驯"猛兽"。这样的动物园其实对野生动物和人都不公平，因为野生动物希望过的是它们自己的生活，而人来这里是希望感受从未感受过的野性的动物世界。

域外撷英

但是，人类本身的生活环境就是狭窄，特别像中国这样的国家，人多地少，实在无法拿出如肯尼亚、坦桑尼亚那样多的地区来还原野生动物的乐园，心有余而力不足呀！就连人比中国少，地比中国多的美国，也没有建立如肯尼亚、坦桑尼亚般的野生动物园。同时生态的环境也不是所有的地方都能如肯尼亚、坦桑尼亚般给动物良好的生存环境，其实在非洲也就东非、南非才有这样良好的自然生态还原给野生动物。所以，野生动物的观赏与追踪也成为这些国家招牌的旅游项目，就如"动物大迁移"的观赏，全世界也只能在南非和肯尼亚才看得到。

由此想到，其实"圈养"不管是人还是动物，都各有利弊、各有得失，关键是我们从什么角度去看，关键是我们从中能得到什么？能悟出什么？凡事我们是不是可以从不同的角度看，2001年美国的世贸大楼被袭击，给美国，给世界带来了巨大的悲哀，但从此后反恐任务成为各国间极具默契的共同的任务；就如2008年美国的金融危机带来了世界性的金融灾难，但也给脆弱的金融体系和过度依赖金融的国度敲响了警钟；2008年中国"西藏事件"在西方国家的误报，极大地影响了中国的国家形象，但也带来了中国新闻界的反思，同年中国"汶川地震"的新闻报道史无前例地收到西方媒体的认同与赞扬……

所以，还是印证了老子所言："祸兮福之所倚，福兮祸之所伏。"

那车·那人·那城

知道亚洲哪个城市最浪漫吗？知道"东方珍珠"在哪里吗？知道"印度洋上的绿宝石"在何处吗？

无数的美誉只因一个城市，那就是马来西亚的槟城。

要想抚摸这个美丽的岛屿之城，最便利也是最特别的交通工具就是人力三轮车。

无论是旅游景点还是任何一处的马路边上，你都可以看到这道独特的风景线。这里人力三轮车很怀旧，蹬车人在后，乘客在前，这种在世界别的城市已很难再见到的仿佛是一个世纪前造型的人力三轮车，很容易把人带回那些遥远的年代，随着车去追思那100多年前在这里的繁华。三轮车不时髦却很耀眼，它们被鲜花打扮得花枝招展，煞是好看，就如这座四季如春的城市。价钱不贵，却很惬意，坐在位于车轮前凹陷着的斗篷般的位子里，就如同偎在城市的怀抱之中，随着缓慢的车速，去轻轻触摸这个历经风雨的城市，去慢慢感受最古老最真实的情怀。

◎ 在马来西亚和爸爸一起坐人力三轮车，踩车的人在后面，不但看景合适，而且车上插着不少花。◎

而在你身后的蹬车人，无论是年长的还是年轻的，无论是马来西亚人还是华人，都是义务的导游，踏着车轮的转速用着不同调子的英语，缓慢而耐心地给你讲述着这个城市的故事：

据蹬车人介绍，"槟城"（马来语"Pulau Pinang"，意为槟榔之岛；英语"Penang"）这个名字还是郑和最先叫出来的，大概是因为他看到岛上遍植槟榔树的缘故吧；康华丽斯古堡（Fort Cornwallis）是发现这座城市的英国东印度公司的法兰斯船长1786年登陆的地点；孙中山故居（Dr Sun Yat Sen Base）是100年前"庇能会议"的会址，正是这个会议决定了震惊中国的"武昌起义"；称为"东方的洛克菲勒"的之称张弼士故居（Cheong Fatt Tze Mansion）尽显了中国庭园精致的雕梁画栋之美，是联合国教科文组织的古迹保护之地；极乐寺（Paradise Temple）、拥有世界第三大睡佛的卧佛寺（Wat Chaiya Mangkalaram）、大马唯一的缅甸佛教寺院——缅甸佛寺（Myanmar Buddhist Temple）、甲必丹哥林回教堂（Kapitan Keling Mosque）、斯里马利亚曼印度庙（Sri Mariamman Temple）等，尽显出多民族文化的璀璨；美丽的热带香料庭园（Tropical Spice Garden）让人在烦躁的都市中寻找到了与大自然亲近的安宁；小印度（Little India）街上飘荡的印度歌曲，满街鲜艳夺目、色彩对比强烈的纱丽、花冠、金银首饰、雕塑，都让你如身处印度古国一般……周游槟城富有19世纪殖民地色彩的街道上，英印式、印度马来式、中国式、哥德式、新古典式的古建筑比比皆是，在一阵阵扑面而来的海风中，散发古朴沧桑的味道，如同时光倒流……

坐在这个城市流动风景的人力三轮车上，一路听着，一直看着，如同坐在时空穿梭机里，把你的思绪带到殖民地的时代，带进风情万种的马来王国，带入百年繁华的海运和贸易市场……

走进槟城，就如同走进了殖民地的历史博物馆；亲吻槟城，就如同亲吻多民族的文化。这里的阳光、沙滩、海浪、街道、槟榔树，还有那古雅的旧式建筑，带给我们的不仅是异国风情，更多的是岁月沉淀的情怀。

城市是什么？是建筑，是人，是文化，是积淀，是那一份让人魂牵梦绕的情愫。

就如同槟城。

"处女星"号上的安全演习

　　人生，最重要的是什么？有人说过得有意义，有人说是过得丰富多彩，也有人说是能实现自己的理想……可我想说的是——尊重生命！

　　无论是平平淡淡的一生，还是轰轰烈烈的辉煌，鲜活的生命都是最基础的保障，这是立命之本。

　　可能很少有人会去关注它，重视它，它就如阳光与空气一般，太熟悉，太平常。我也一样，从来没有去想过，审视过，因为我们受到的教育都是向着山巅之峰进发，追着太阳之光奔跑，我们有太多的理想，我们有太多的追求，有谁会去在意天天与你形影不离的"生命"？

　　直到有一天——

　　乘着寒假，我和爸爸、妈妈一起登上了亚太地区最大的游轮——丽星游轮"处女星"号。在游轮起航半个小时后，我突然听到了一个紧急通知："各位游客，请你们在 15 分钟内按照房卡的颜色，带上房间衣柜中的救生衣，到七楼甲板，我们将进行安全演习，所有游客都必须参加。"虽然在国内常常坐船，3~4 天的旅程也不是没有经历过，可从来没有听过有安全演习的，只有在电视上见过机场的安全演习，可那全是消防队和机场工作人员的事，与我们何干？

　　因为好奇，因为好玩，我连忙从房间衣柜中拿出救生衣，冲到七楼甲板。虽然我是以百米冲刺的速度从 12 楼一路狂奔而下，可到甲板已是人满为患。没想到一个普通的演习大家还如此重视。15 分钟一到，四位工作人员就开始教导大家如果发生意外，我们应该怎样逃生。几百人站在甲板上鸦雀无声，很认真地听着、学着，一丝不苟。从每个人严肃的面容中我突然感到深深的触动，那是来自心灵深处的感动，是对生命的尊重。

　　演习很快结束，可在我心中却打下了深深的烙印。生命对我们意味着什么，每个人都知道，可又有多少人会真正的重视？又有多少人会真正的珍惜？

　　想起了 4 年前在日本幼儿园、小学看到的灾难时的逃生演习，很不以为然，认为是大题小做；想起了新疆克拉玛依市友谊馆的火灾，烧伤 130 人，烧死 323 人，遇难的大部分人还是观看文艺汇报演出的中小学生；想起我们年年都有的以消防队员和专业人士为主的消防演习；更想到了我们从来没有学习过遇到灾难时的逃生知识，如果遇到这样的灾难，后果将不堪设想。太多的思绪，太多的遐想，太多的自责——连生命都不重视，还希望去实现什么宏图大志？还谈什么报效祖国？

域外撷英

　　在自责之余，生出的是更多的担忧——为什么没有人去告诉我们的国人自救的方法？为什么没有人去教导我们的孩子逃生的技能？

　　尊重生命，这才是人生中最重要的！

东京的地铁：精致的典范

精致是什么？

时尚，唯美，风范———种难以忘却魅力，一种由心而发的感动，一种魂牵梦绕的情愫。

坐过东京的地铁就会有这样的感觉。

游走在东京的地铁里，就如同游走在这个城市的血脉之中，东京把它一切的精华和灵魂都给了地铁，在一条条隧道中，在一个个站台上，舞动着现代都市的精致。

东京地铁的时尚是可以用尺度衡量的。虽然是世界上最繁忙的地铁网络，近300个地铁站，每天运送800万人，可它的准确度可以用分秒来算，只要手中有一份地铁时刻表，哪怕是到繁忙的成田机场乘飞机，也可以按地铁时间表掐准出门，一定不会误点；在东京地铁里很难找到纸屑、烟头，甚至连手机的噪音声也很难听见，车厢里聚集着各色各样的人看书、看报、打盹，安静的，孤独的，在自己书里，梦里游走，绝不打扰别人，更不会高声喧哗。东京的地铁把时尚用最现代的标准演绎得惟妙惟肖。

东京地铁的唯美是随处可见的。12条地铁线，无论走到哪里都能隐约地，从转角处或是走廊那头，传来一阵流浪艺人演奏的音乐声，有的忧伤，有的激情，很让人动容，让人留恋。列车的如期而至，你闪进车厢，门关了，留下空空的月台，以及飘荡在月台上的乐声……而那些隧道中的画廊、插花，会把你带到松柏、小桥、流水的日本庭院，听着古筝，喝着清茶，静思禅的意境；还有市内的一条环状铁路——山手线，它途经银座、上野、新宿、秋叶原、代代木、原宿等地，这一个个耳熟能详的地名，把上野醉人的樱花，新宿灯红酒绿的热闹，涉谷逼人的青春，银座时尚的风情，全都包容了起来，调成东京的味道，东京的情调，东京的风姿。

东京地铁的风范是感人的。涉谷地铁口的忠犬"八木像"就如一个忠诚的传道士，向每个东京人，日本人，外国人传递着东京的文化，日本的理念："忠诚！"一个国家，一座城市，都要有灵魂，有慧根，地铁也如此。东京地铁把它的精灵立在了繁忙的地铁口，让乘客监督，也感受到分秒不差的忠诚。很简单，很直白，但很感人，因为风范不是摆设，因为风范不是描述，它是实实在在引领，是发自内心的感动与触动。

这就是日本的地铁——如同一本时尚的杂志，精致而有底蕴。

地铁，就如同一道亮丽的城市风景线，意味着一种个性张扬的繁华，一段难以忘却的感动，一种风情万种的精致。

要想触摸城市的脉搏，请走进地铁。

山水之外

假期全家去了泰国的普吉岛，因为妈妈的泰国朋友说那里是泰国最美的海湾。

到了普吉岛，妈妈的朋友又说一定要去 007 岛和 PP 岛，因为那里是普吉岛最火的景点。

蓝天白云，青山绿水，着实让人陶醉。远离了都市喧闹的 007 岛和 PP 岛，的确给了我一份宁静与安详的心境，很舒适，很安逸！

但确很纳闷，这样的美景在泰国并不少见，这样的宁静在普吉岛也四处可寻，为什么单单这两个岛如此让人热衷？

妈妈的朋友解释道，因为在 007 岛拍摄了"007 金枪客"，在 PP 岛拍摄了"海滩"（The Beach）这两部在全球颇负盛名的电影。

原因很简单、很普通，就是因为电影，就是因为电影中"占士帮"风靡世界的机智与勇敢，就是因为电影中 Richard 引人入胜的探险经历，让两个在当地很常见的岛屿成为人们追捧的景点，从四面八方，蜂拥而入。

山与水，岛与洞，本是自然的产物，几十年、几百年，甚至几千年、几万年前就静静地出现，慢慢地生长，不去打扰万物，也不想有过热闹。

可再安静的山，再平静的水，一旦沾上仙气，就不再有宁静与平凡。

山还是原本的山，但因封禅的大典，就成为五岳之尊；湖还是原本的湖，但因是中共"一大"的会址，就成为红色的圣地；塔还是原本的塔，但因法老的遗骨与神秘的建造，就成为世界的奇观；岛还是原来的岛，但因巨人石像的发现，就成为万人向往的复活岛……

所以刘禹锡在《陋室铭》中就说道："山不在高，有仙则名，水不在深，有龙则灵。"仙或龙是什么？是文化、是底蕴、是山水的灵魂。

所有的山、水、岛、塔，都是形式，是静态的，可只要注入了内容，增添了故事，它就活了起来，有了生命，有了精气。就如黑格尔在《小逻辑》中论述的一般："这个内容，无论它仅是单纯被感觉着，或掺杂有思想在内而被感觉着、直观着等等，甚至或完全单纯地被思维着，它都保持为一样的东西……但当内容成为意识的对象时，这些不同规定性的形式也就归在内容一边。""无论是哪一种内容，都是构成情绪、直观、印象、表象、目的、义务等等……依此看来，情绪、直观、印象等，就是这个内容所表现的诸形式。"因此，任何有精气的生物都是内容与形式相辅相成的，内容没有了形式就难以张扬，而形式没有了内容就平淡如水，苍白而又肤浅。

山和水也如此。

悠久的历史，深厚的底蕴，丰富的文化才是其生命的支撑与灵魂，红红火火的热闹，络绎不绝的人群只是它生命形式张扬的结果，那讲不尽的故事，说不完的情怀、展不完的画卷才是生命内容精髓，有气、有灵、有魂。

情迷『枪手』

足球无关生死，足球高于生死。
既然有缘支持，便至死不渝。
一日为"枪迷"，终身为"枪迷"。
Gooner till I die.

"枪手"勇夺"酋长杯"

因为喜欢阿森纳队，所以关注他们的每一场比赛、每一位球员。2007年7月28~29日的"酋长杯"自然是不会错过。然而，赛前向来平静的我却格外忐忑不安。

曾经是昔日英超霸主的阿森纳因近年来屡屡战绩不佳而被戏称为"欧洲没落的豪门"。确实，从2005年"足总杯"点杀死对头曼联夺冠后，阿森纳就再也无缘任何一项赛事的冠军，虽然2006年冲进了"欧洲冠军杯"决赛，2007年又闯入了"联赛杯"决赛，但都因运气和经验含恨而归。这半年来，阿森纳更是"多灾多难"：为俱乐部做出过巨大贡献的副主席大卫·戴恩离职；功勋教练"教授"温格迟迟不肯续约；球队队长，历史上最优秀的射手亨利和八年老臣永贝里离队，那个曾经创造了49场不败纪录的"黄金一代"只剩三人，其余已是天各一方；笼罩俱乐部已久的收购疑云依然未解……可就在这时，球队却0比1输给实力并不强劲的奥地利冠军队萨尔茨堡红牛，更使本就被外界的批评所包围的小"枪手"们饱受责难。阿森纳将何去何从？球队的前途是光明还是黑暗？他们还能东山再起吗？一系列的疑问在球迷的心中升起，我们不愿自己钟爱的球队退出争冠行列，我们不愿自己欣赏的球星黯然离开，但是，希望在哪里？赛前，所有人的心中都有一份隐隐约约的忧虑。

但现在看来，这许许多多的波折只不过是成长的代价，"酋长杯"的两场比赛让所有的阿森纳球迷重拾了对未来的信心。在主力队员吉尔伯托·席尔瓦等人因故缺阵，被认为是"亨利替身"的新援埃杜阿尔多·达席尔瓦又因劳工证问题无法出场的情况下，由法布雷加斯、沃尔科特、德尼尔森这群20岁上下的年轻人组成的阿森纳在新队长加拉斯的带领下，用自己的行动击碎了质疑的声音。他们是在为球队的尊严而战，也在为自己的信仰而战。"没有必胜的信念，上帝不会把胜利施舍给你"，也就是因为这份信念，绰号"枪手"的阿森纳终于能够用密集的子弹把对手打得落花流水。如果说2比1战胜上赛季法甲濒临降级的巴黎圣日耳曼尚缺少说服力的话，那么在一球落后的情况下连扳两球逆转上赛季意甲冠军国际米兰夺得"酋长杯"冠军足以让人心服口服。或许有人会说这比赛如同鸡肋，但这却是两年来小"枪手"们所捧起的第一座冠军奖杯，也是他们今年收获的第一份礼物。我们可以相信，这会是阿森纳重振雄风的开始！

记得《孟子·告子下》中有这么一段话："故天将降大任于斯人也，必先苦其心志，劳其筋骨，饿其体肤，空乏其身，行拂乱其所为，所以动心忍性，增益其所不能。人恒过，然后能改。困于心，衡于虑，而后作。"讲的就是：只有经过了磨难才能成就伟业，只有经历了风雨才能看见彩虹，世界上没有什么事是可以随随便便能成功的。生命的韧性是在不断的磨炼中造就的，足球如此，人生也如此！

情迷阿森纳

We love you forever.

——**题记**

2008年5月12日零点整，我关上电脑知道，结果已定。给几个要好的曼联球迷朋友发去祝贺红魔夺冠的消息，看着他们兴奋的回复，在静寂的深夜，手机屏幕上的亮光竟然也显得这样凄凉。虽然，一周以前，他们的赛季就已经结束，但当时尚能笑着谈起这些事情的我那迟钝的反应使心痛晚了一周到来。但那也是到来。坐在书桌前才发现，除了不再会为胜败落泪，本以为已经习惯了这一切的我的感觉和两年前一模一样。虽然，这已经是他们连续第三次四大皆空。

他们正是"枪手"阿森纳。

在美国环球影城，看谁都有些明星的派头。

2004年因为一条新闻记住了这个还算顺口的名字，2006年欧冠决赛他们败北之后发现自己已经不知不觉地成为了这支我当时对之几乎一无所知的球队的球迷，我支持枪手的过程自己想想也很搞笑，既不因为他们的比赛风格，更不因为哪一位球员，就这么不明不白莫名其妙地喜欢上了

◎ 在美国环球影城，看谁都有些明星的派头。◎

这支球队，这恐怕在球迷中是极其罕见的。但是，在2006年的法兰西大球场雨夜后，当我擦干脸上的泪水，在本子上写下"Next season, they will be back"时，我不知道，这是枪手霉运的开始，而绝非终结。当2007/2008赛季进入尾声时，蓦然回首，才意识到，这三年来，枪手的奖杯陈列室除了多了些灰尘之外没有任何的变化。整整3年。

突然觉得，2007/2008赛季对于枪迷来说就像一场梦。第六轮坐上阔别三年的积分榜头名宝座；17轮四年来首胜切尔西；第19~25轮间积分榜榜首四易其主，但最终还是回到了枪手的手中；欧冠1/8决赛客场淘汰卫冕冠军AC米兰……前半个赛季，枪手的表现出乎包括枪迷在内的所有人的意料，2月底时，他们还领先排名第二的曼联5分。但是，几年来最棒的一支阿森纳碰上了几年来最棒的曼联切尔西，经验不足、人员短缺和从未离开过枪手的霉运让他们的梦想化为了泡影。虽然他们最

后四轮取得全胜，但那实在来得太晚，最终只是让他们留下了一个不屈而落寞的背影。

比起 2006/2007 赛季的枪手那种从第一轮开始就没给过枪迷希望的溃败，2007/2008 赛季的阿森纳更让人尊敬，同时也更让人心酸。几天之后的欧冠决赛，又有一支红衣球队出现在莫斯科卢日尼基体育场，但是，此红已非两年前的彼红。

第一年看球，为枪手的失败落泪；第二年看球，在轻飘飘一声叹息后会惘然许久；第三年看球，却发现自己不知该评价阿森纳什么，是固执还是执着。其实，"枪手"是一支追梦的球队，他们对于唯美的不懈追求让人不忍指责。但是，自从 2006 年欧冠决赛那场华丽的巅峰对决之后，似乎应了乔丹那句"进攻帮我们卖光球票，但防守帮我们赢得总冠军"的名言，这一风格在实用主义的面前日益式微。如今，欧洲依然坚持唯美足球的队已经屈指可数，但"枪手"依然没有放弃他们的追求。只是，我不禁自问，他们的坚持还会不会有结果？

突然发现，身边看球的好友中，"枪迷"只剩了我一个。看着网上铺天盖地的对枪手的指责，我已经习惯于静静地关掉那些不实的评论的窗口。

这时，我记起了另一个事实。

就在九个月前，赛季初，有多少的媒体和专家预测说假期在转会市场上毫无动作的枪手本季会在亨利走后一蹶不振，甚至会被同城死敌热刺在积分榜上超越。但最终，他们离冠军只有 4 分之差，甚至排到了花了大价钱引援的利物浦前面。不要忘记，2006/2007 赛季他们与榜首的差距是令人难以想象的 21 分。

不要因为他们打法细腻就说"枪手"没有血性，他们也有置之死地而后生的气概，有破釜沉舟的勇气，有属于球队的精神。毕竟，英国顶级联赛历史上最惊心动魄的冠军的得主是 1988/1989 赛季的阿森纳，从此，"枪手"就有了自己的不屈与坚持。在 122 年队史中，他们失败过、低迷过，但他们从未就此沉沦，而每每在困境中浴火重生。因此，"枪迷"有理由相信，下一次，他们一定会回来，会带着那口不服输的气回来，会重新夺回曾经属于他们的王者的宝座！

至少这一季，他们可以昂首离开，虽然没有夺冠，虽然他们上一次正式比赛捧杯还是 2004/2005 的足总杯决赛，但他们努力过、拼争过，这就够了，因为不只有冠军可以称之为收获。试问，赛季开始前，有多少人预测到曼联会卫冕，又有多少人料到"枪手"占据了大半个赛季的积分榜榜首？

第三次在本子上写下"Next season, they will be back"，一半是安慰自己，另一半是真正的不仅是我的，也是所有枪迷的希望。年轻是这支阿森纳的财富，在如今的足球世界里，坚持使用自己培养出来的新人使得枪手成为了豪门中的异类，但同时，这也意味着，他们拥有明天。

我希望，这也是我最后一次写下这句话。

情迷『枪手』

"枪迷"的一天

今年是上海百年未遇的暖冬，早春三月就已是阳光灿烂，春意盎然了。走在洒满暖融融阳光的校园里，闻着随风飘来的阵阵青草香，真是感觉好极了！

"今天的天气真好，舒服极了！"这种感觉一直占据心房，让我很快乐，很满足。在这温暖的春日里，一切仿佛都是那么的美好，春光一扫冬日的寒冷，欢笑在每个同学的脸上荡漾，就连平时让人讨厌的体育课也破天荒地没有了需要拼命的50米短跑，也没有了时上时下的杠上运动，更没有了累得人死去活来的800米长跑，老师很仁慈地让我们做了些基本的准备运动，就自由活动了。这可是难得一遇的"快乐体育课"。

"今天真不错，这是个好兆头！"我不由暗暗地欣喜。因为今天凌晨，我最喜欢的球队——"阿森纳"与其死对头"切尔西"进行了英格兰足球联赛杯的决赛，鹿死谁手还不知。我当然希望"阿森纳"再捧冠军杯，但"切尔西"也是实力很强的球队。两队进行过无数次的比赛，大家都可谓喜忧参半。但今天我总预感"阿森纳"会夺冠，因为今天我的感觉真的很不错，而运势和信念是可以传递的，毕竟我们同处一个地球。

带着感觉，带着渴望，我如春天里快乐的小鸟，一放学就飞奔回家，去看另一个"阿森纳"铁杆球迷——孙叔叔给我的好消息。因为时差原因，"阿森纳"的很多赛事都在我们的凌晨进行，在妈妈的严厉看管下，我只有在周末或假期恰好能碰上比赛才能看，所以一般是孙叔叔看完后，把消息用短信告诉我。

一到家，就迫不及待地打开妈妈不准带到学校的手机，寻找我渴望的好消息。很快找到孙叔叔的短信，连忙打开一看，我整个人就惊傻了："输了——0:2！"

"怎么是这样？"我不停地问自己，没有答案，却从心底冒出一股寒气，让我不禁地打了个冷战，眼泪也随之掉了下来。

不知过了多久，只觉得浑身上下很冷，于是站到了阳台的一片阳光之中。阳光依然明媚，可我却再也感不到了温暖，那股直冲心房的寒气让我只感到冰凉，感到悲哀。

今天真的好冷！

我的"枪手"，你虽败犹荣

当英格兰联赛杯决赛结束的哨声响起，场上交杂在一起的红色与蓝色骤然分开。与狂欢不已的"蓝军"切尔西相比，那耀眼的红色也掩盖不住阿森纳被逆转失杯的悲哀与痛苦："教授"温格满脸的悔恨，只为那一球的领先优势没守住；攻入一球的"小老虎"沃尔科特沮丧地坐在了地上，就是不明白今天的球运为什么那样的差，明明本队已先发制人；最后时刻被红牌罚下的图雷则为自己的冲动与莽撞而懊悔，如果没有那场斗殴，也许结局会重写；代理队长法布雷加斯即使在老大哥亨利的安慰下也难平自责，为什么不能在全场局面占优的情况下把球队带向胜利的彼岸？一面是欢庆的热闹，另一面却是失败的哀愁，这巨大的对比与反差让阿森纳球迷体会到了最刻骨铭心的痛。

可是第二天，几乎所有的英国媒体都不约而同地给了"枪手"阿森纳高度的评价，对于切尔西的夺冠却绝少提及。在这个很注重成绩的足球国度，这一反常态的举动让我很是不解。认真研究各种报道后，一个标题顿解迷惑："足球需要梦想者！"

足球，这个让人痴迷让人狂的体育运动，带给世人的不仅是成功的喜悦，还有拼搏路上的激情与冲劲。赛场上的成功永远都是暂时的，只有奔向成功过程中的拼搏才是永恒的，因为世界没有永远的成功者，只有不断奋进的梦想者。梦想，是足球事业赖以生存和发展的根本和动力，就如虽败犹荣的阿森纳队！

阿森纳，这个在英格兰足球史上赫赫有名的百年老店曾无数次地摘下桂冠，创造出了众多让人津津乐道的足坛奇迹，培育出了数不胜数的如亨利这般的世界巨星。近年来，由于资金储备难以与切尔西等新贵抗衡，这支一直坚持小本经营的传统豪门逐渐走向年轻化，在拥有了未来的同时，他们如今的平均年龄只有22岁，经验不足也使得这支球队多次饱尝与辉煌失之交臂的痛苦。在对手嘲讽、媒体指责，球迷质疑的同时，人们惊奇地发现，阿森纳的这些小伙子很快在一时的悲哀与沮丧后恢复常态，依然努力地训练，顽强地奔跑在赛场上，不到全场结束的哨声响起，他们决不放弃，就如队中20岁的中场核心法布雷加斯那绽开的青春笑脸，他们在用自己的汗水去撰写自己的梦想，去创造足以载入史册的奇迹。无论成功路上有多少的不解，多少的艰辛，他们依然坚定不移地向梦想奋进。

球迷被感动了，媒体被感动了，只因为他们的信念！

一直很奇怪自己为什么在阿森纳战无不胜，攻无不克，名震四海，风光无限的时候并不关注它，而在它近几年状态低迷，战绩不佳，队伍不稳，饱受责难时却如此的痴迷。直到此时我才恍然大悟：足球需要梦想者，人生也需要梦想者。

当一个人心存梦想时，最坚定的信念就在他心中扎下了根。无论一路走来会遇到多少的艰难险阻，他都会义无反顾地披荆斩棘；无论求道途中会碰上多少的大风大浪，他都能一往无前地咬牙挺过。挫折的痛苦，失败的感伤都击不倒他，因为信念一直在告诉他："不经历风雨，怎能见彩虹"，只有走过泥泞与坎坷，才能见到梦中那一道最美丽的彩虹！

从阿森纳的身上，我看到了自己，也找到了动力，因为我们都是追梦者。顶着严寒酷暑，走向梦想的远方。无论中间会经历多少困境，心中永远清澄透亮，因为我们知道，最终一定能够成功。

人生需要梦想，世界也尊敬有梦想的人！

这世界没有奇迹

那一刻，本来喧闹的球场突然变得鸦雀无声了。裁判的哨子含在口里，边裁的旗子举在空中，双方队员都待在草地上，几千双眼睛紧张地凝视着边裁的旗子，只有三秒，对于球员与球迷而言，却就如三小时般漫长。终于，旗子举起，哨声响起，欢呼声也此起彼落……

这就是2007/2008赛季英格兰足球超级联赛的焦点之战——曼联对阿森纳。这两大豪门兼死对头之战异常的激烈，在补时赛的最后一分钟时阿森纳还落后于曼联，虽然阿森纳的队员仍然意气风发，不断地在狂攻，但现场观众以及像我这样的在电视机前观战的所有阿森纳球迷都认为这场球阿森纳已与夺胜无缘，以失望且不抱任何希望的心态，用自己的继续观战安慰球场上的阿森纳队员。还有最后一分钟，裁判已在看表了，阿森纳的队员也在进行最后的拼杀：右路起球，几次精妙的传球配合，头球攻门，球进了！可对方门将拼死守卫，将球扑出。一切在这最后的关头仿佛都已注定，阿森纳队的球在遗憾中开始向后走时，边裁举起了旗子，旗子准确无误地裁决：球已整体越过门线，进球有效。于是，喜出望外的欢呼响彻整个球场……

这是奇迹，这是惊诧，这是意想不到的结果！

在兴奋之余，在激动之时，不禁想到曾经学过的一句英语："God help those who help themselves."（"上帝只救自救者。"）

是呀，看是奇迹的事，实际上都不完全是奇迹的存在，更多的是永不放弃精神下拼搏的结果。辩证法中早就清楚地论述道：内因是事物变化发展的根据，是事物发展的根本原因。事物的变化发展，主要是由事物的内部矛盾引起的。事物内部矛盾的双方既相互依赖又相互斗争，由此使矛盾双方的力量和地位发生变化，推动着事物的运动、变化和发展。事物的内部矛盾是事物发展的源泉，决定着事物的性质和发展方向。外因是变化的条件，内因是变化的根据，外因通过内因而起作用，再强大的外因也只能起推动的作用，而不能起主宰事物发展的作用。所以如果没有了自救的精神与动力，就算上帝也救不了，更不用说凡人了。

而现实社会中人们会惊叹奇迹，会羡慕拥有奇迹的人，但却很少去检讨为什么奇迹不是发生在自己的身上？其实答案很简单，那就是你在100次的失败后不愿意再坚持下去，失望的放弃，可你是否知道，也许第101次就是成功，也许第101次就会有奇迹，然而你放弃了，你让奇迹与你擦肩而过，你让成功与你失之交臂。要

情迷「枪手」

知道，奇迹与成功总是喜欢考验人们的意志，总是喜欢把最后幸福的时刻留给最有韧性的人，所以，几乎所有的诺贝尔奖获得者都是几年、十几年甚至几十年的潜心研究才拥有最后的幸福与震撼的。

要做到这点很难，因为要学会忍耐，学会面对失败，学会笑看冷漠与讥讽，学会享受孤独。但如果你在羡慕别人创造奇迹的时候也希望幸运能光顾自己的话，那就把握住生命里的每一分钟，全力以赴去实现心中的梦。

阿森纳如此，诺贝尔奖获得者如此，你和我也是如此！

和"枪手"一起长大

他们，或许堪称 21 世纪以来最悲情的球队。

他们的球迷，或许也是近十年来最悲情的球迷。

其中，2004 年后开始支持他们的球迷，或许更怀有悲情中的悲情。

对于一个球迷，冠军和胜利就像喝醇酒，一旦经历过，那种喜悦与幸福就会让人上瘾，无法摆脱。

站在领奖台上，高举奖杯，痛饮香槟，那种无法言述的感觉，让人"但愿长醉不复醒"。

可是……

"2004 一代"的球迷因为冠军支持上他们，却从此目睹了他们阔别联赛冠军五个赛季。

2004/2005 足总杯，是"枪手"最近的一次夺冠；而 2008/2009，又是一个四大皆空的赛季，一如既往。

或许，你们并不知道，做你们的拥趸有多难。

每每许多球迷聚在一起时，我们总是沉默的那一部分；每每听到其他人的高谈阔论时，我们总是微笑的那一部分；每每看到胜利的球迷热情高呼时，我们总是静默的那一部分。我们用自己的安静与耐心在等待奇迹的发生。

我想不会有一个"枪迷"没有抱怨过，就连我这样一旦喜欢上了就不再改变的人都有微词，那还不知世间有多少失落乃至愤怒的"枪迷"。

知道吗？从之前的每场必看到现在时常看，只因有个"曼联"球迷告诉我，是因为我用了家中厅里的大电视看球，你们才会输；是因为我看了现场的实况转播，你们才会输。于是，傻傻地不再看电视了，可噩耗还是不断传来……可是，我还是舍不得，才会痴痴地在论坛上说"一定还会起来"，才会在所有周围的人都不相信你们时，固守着一份希望，一直坚持，5 年了。

知道吗？因为支持你们，我每年都写了无数篇关于实力与成绩不成正比的文章，宣泄自己的情绪，强化支持你们的信念。当然也因为你们，无言中，我懂得了世间的残酷，也学会了冷对一切贬损。

知道吗？最大的痛苦绝不是没有水平，而是有水平没有成绩；最大的折磨不是看不到自己喜欢的球队夺冠，而是看到他们眼睁睁地失去到手的冠军。很悲情，但也知道了，世间很多事不是有心者事竟成，机会与运气也常常左右人生。

有时，真的很希望你们球技再差一些，身体再弱些，就好让自己彻底地放弃，因为那种伤心与失望是扯心扯肺的疼，是心灵深处的伤。可是，我总是做不到，于是就在一次次的伤神后寄希望于下一次。

一天又一天，一次又一次。

5年过去了！

自己也很奇怪，向来容易控制不住自己眼泪的我居然在这几年中几乎没有为你们流过泪。应该是，2006年那场欧冠决赛，在巴黎的雨夜后，我已经哭干了我所有的泪水。从此，我学会了坚强与忍耐，无论是再大的失败，再悲壮的结局，我都可以轻轻地说一句"下次再来"。

或许，这就叫缘分。

缘分是由天注定，我不后悔！因为在悲情中，我和"枪手"一起长大。

只是，突然间，很惊讶的是，这样的你们，为什么在世界上会拥有这么多如我般的球迷？仅在肯尼亚，几乎80%的球迷都属于你们。

2009年半决赛失利后，在官方网站的论坛上，看到了许多"枪迷"的留言。很惊讶的是，没有一个人谩骂，没有一个人指责，"枪迷"说得最多的就是"'曼联'配得上胜利，我们一定会回来！"

这就是"枪迷"，很悲壮，但也很自信。

"枪迷"会与对手球迷一起熬夜看球聊天；会赞扬对手的精湛球艺；也会批评自己的所爱，但唯一不会做的就是：放弃支持，哪怕是"枪手"一败涂地。

这一切，只因为，"枪迷"有一个共同的名字：The Gooners！

"枪迷"，或许是"枪手"的"最佳第十二人"。

看看2009半决赛后一位"枪迷"的留言吧：

"所有的'枪迷'们……越和你们接触就越觉得你们好可爱……越和你们接触就越喜欢这个又一年什么都没有的队伍……你们有人说，一日为'枪迷'，终身为'枪迷'……有人说爱永远不会淡漠……眼睛肿得完全不能直视手机的我真的很感动……我们一起说呀……We love Arsenal we do"。

大大的"枪手"队徽还在电脑桌面晃动，那是我选定的背景图案，还有那句："We love you forever！"

是的，永远，"枪手"和我，还有"枪迷"。

——写于2009年欧冠半决赛次回合后

一个中国"枪迷"的七年

附中五年多，第一本拿到的校刊就是《红秋千》，第一个关注到的栏目就是Arena。后来，机缘巧合，进入《红秋千》编辑部后，负责的版块也是Arena。只可惜，这么些年来，一期期杂志的Arena关注下来，写红军、红魔、蓝军的文章都有出现，唯独少了个写枪手的。作为一个一直以来的体育迷和Arena的前版主，在结束附中生涯也只是倒计时的时刻，希望能以此文了却看到写枪手的文章出现在《红秋千》上的夙愿。

谨以此文，献给我深爱七年的阿森纳，献给我关注五年的《红秋千》。

——题记

不知什么时候开始听说，七是一个很奇妙的数字。也许吧，什么七年之痒，什么人体内的细胞每七年就会更新一次，好像还有些其他的宗教上的意义。我本是无心这些话的，听过，微笑，转身之后，早已忘记刚才听到的到底是神秘的传说还是某处的美食。即使是听得太多之后有"三人成虎"之嫌地略微记住了一点，也只停留于"啊？好像在哪听说过有关七的什么故事呢……"

对于这个年纪的我们来说，时光的流逝好像永远都只是纸上的名词吧。直到看着同龄人们陆续跨入了成年的门槛，直到目睹长辈们越来越花白的鬓角，直到初一时刚刚转校进来时的情景还历历在目，却恍然发现自己已身处高二散伙饭之地，才悠悠地发出"少年不识愁滋味"般"啊，这么快就到了……的时候了"的感慨。

也只有彼时，才意识到，我与他们的交集，不经意间，已是七年了吧。

七年间一直萦绕心际挥不去的红白之梦，始于还是懵懵懂懂的那个夏天。

我的看球启蒙年龄早得让我都很惊讶，每每听爸爸很骄傲地说起，在我只是两三岁大别说未谙世事了连这个词都没听说过的时候带我去看球，然后忆起深圳的骄阳，彼时还很流行的小喇叭，偌大的球场，球迷俱乐部整齐的助威声，然后止于此。原谅我吧，我已经忘了那个偌大的体育场的名字，恐怕我当时从来就没分清楚场上穿哪种颜色队服的才是主队，那时的经历唯一带给我的只有在多年之后我对深圳队的记忆还停留在平安时代，他们夺得中超元年冠军，而主教练还是朱广沪。哪怕我已经不知多少年没看过他们一场比赛，哪怕发现昔日的王者已经濒临降级边缘，哪怕上网一看发现如今深圳队的队员我已经一个都不认识了，依旧固执地把他们当成我在中超唯一的主队并因此在迁居上海之后再也没看过一场现场中超比赛。

不过那毕竟是启蒙，即使再让人无语。

于是就有了2004年那个夏天我第一次真正关注的国家队大赛——欧洲杯，有了

情迷「枪手」

我不知从哪得来了 RP 居然在淘汰赛伊始就猜中了希腊夺冠的诡异经历——对于那时的我，恐怕希腊和诸欧洲传统豪强对我根本没有任何差别。于是就有了那种好歹也算自己支持的队夺冠了的兴奋，由此开始以从未有过的热情天天关注体育新闻。

于是这么知道了这个名字——阿森纳。

其实我至今也不知道当时到底发生了什么事，会让我在英超赛季已经结束许久以后再把上赛季夺冠的球队拿出来报道，更不知道在诸多奇奇怪怪各式各样的报道中我为什么偏偏就看到了这篇，还偏偏就记住了这个名字。

然后还在这样一个人都不认识、一场比赛都没看过、除了这个名字对其一无所知的情况下，莫名地发现有一天自己已经成了他们的球迷。

也许这就是宿命吧。

有时候，涉及爱恨喜恶，人还真的不得不信命。

不过很明显，我在看体育方面的 RP 在 2004 欧洲杯之后就跌到了近乎零点并且再也没有上升过。

之后的事情，我想每个这些年一直在看英超的人都清楚吧。

五年的习惯性无冠，眼睁睁地看着 49 Unbeatem 的功臣一个个离开直到一个不剩，看着每年 Transfer 中转进的那些"无名小卒"在接下来的日子里在枪手成名，然后以各种理由离开。

其实无冠真的不纠结，纠结的是年年把希望保留到最后一刻，然后最终梦碎得让人欲哭无泪。

2006 年欧冠决赛，2007 年联赛杯决赛，2008 年距离英超冠军曾经咫尺之遥。"枪迷"们曾经无数次讨论过也许这些冠军中拿到一个就会改变历史的进程，但现实总是现实——现实总是残酷。

英格兰顶级联赛传统三强中唯一依旧保持本土化的球队，即使面对新贵切尔西和曼城如此冲击依旧坚守自己的信念——很有意思，英格兰在阵容方面最不"英格兰"的球队却是将英国人的那种保守坚持得最久的球队。

即使这种坚持已经摇摇欲坠，但毕竟还是未改。

人们往往只看到保守者似乎是不懂变通的一面，可保守背后何尝不需巨大的决心？

可惜世事难料。

谁会想到在俱乐部打算靠海布里公寓贴补部分修建新球场所欠的债务时，金融危机却爆发了？

也许这些都是命。

也许这就是这支创造了英格兰顶级联赛最长时间不降级纪录（1919 年至今）的球队的命。

也是我们这些执着不改的死忠球迷的命。

其实做"枪迷"真的很累。

习惯了看着他们在整场比赛的大部分时间在对方半场做攻防演练却被对方的最后一击击败，习惯了看他们极有耐心的短传渗透看到自己都没耐心然后被对方断球，习惯了看他们完美主义式的进攻结果到最后进攻机会变成了对方的反击机会。

看过他们6比1大胜曾是英超五强之一的埃弗顿，看过他们出现以上所述各种场景然后0比1不敌一支中下游球队，看过他们最后一分钟扳平2比2曼联，看过他们最后一分钟被别人扳平2-2伯明翰，看过他们先进一球然后最终1比4惨败巴萨，看过他们2比0成为第一支攻克圣西罗的英格兰球队。

在看各种各样的出乎意料到无奈之后，曾经无数次让自己发誓：再也不看他们的比赛了！我不想那么早得心脏病！

然后在下一场比赛的时间准时盯着电脑屏幕、电视屏幕、手机屏幕。

以上情景重复的次数多到后来我都懒得发誓了。

而后，我发现在每场输或平的比分让人心存不甘咬牙切齿却又无可奈何的比赛之后一边看球一边在网上交流的众"枪迷"中总有不少类似以上的言论，下次比赛积极发言的人数却丝毫不见少。

恐怕这是天下"枪迷"的通病了吧。

但那有什么办法呢。

只因为是自己支持的球队，这就够了。

好像每个人喜欢上一支球队都有一个很诡异的原因。但那又怎么样呢。久而久之，最初的原因已经渐渐淡去，而这支队伍，也就慢慢地变得在生命中不可或缺。仿佛是很久以前，自己的记忆里就有了这么一个存在，那种坚持不灭的爱，仿佛也早已经融于血液中。

就像枪手惨败巴萨的那夜，虽然几乎已近彻夜不眠，依旧是默默地坐在电脑前。刷新着，看着满屏的"Gooner till I die"闪过。

真正的热爱并不代表任何时候都坚信他们必胜，也不代表如某篇英语文章中说的几十年如一日奔赴客场的支持，更不代表看球时大喊大叫的狂热。

真正的热爱只需要在他们陷入低谷时的一句，"无论战绩如何，我永远是他们的球迷。"

一日为"枪迷"，终身为"枪迷"。

Gunners, I love you, forever.

成长启示

每一个孩子都是一个世界，

每个世界都有其独特的轨迹，

决不可千篇一律、生搬硬套。

但人的成长过程总会有些共通之处，

这或许可以借鉴，

超码值得参考。

因此当阅读过本书初稿的朋友强烈要求我们写一组启示时，

我们犹豫再三，

最后写下了这一部分的文字，

以期抛砖引玉，与读者朋友们交流、切磋。

——余明阳 薛 可

兴趣是最有效的动力

有道是"千金难买是愿意"。只要是愿意做的事情，做着就觉得有意思，不嫌累。孩子自制力比较差，经常凭着兴趣做事。因此，培养孩子的兴趣就是给孩子自我成长、自我进步的动力。让家长们往往犯愁的是怎么让孩子变"要他（她）做"为"他（她）想做"？这方面最重要的就是培养他（她）的兴趣。

首先是发现他（她）的兴趣。孩子从识字开始就会表现出其阅读、倾听、关注的兴趣取向，这种取向只要是积极的、有益的，不论是否与其眼前的功课、考试有直接的关系，都应当鼓励他（她）们。事实上科学之间有着非常密切的关系，一种兴趣延续下去，就会触类旁通、举一反三，打通其完整的知识结构。

其次是引导他（她）的兴趣。小学、初中、高中的孩子不宜过于偏科，让他（她）有广博的兴趣比较好。因此，要有意识地引导他（她）将兴趣延伸。只有地基宽厚，方能筑成高楼。

最后是激励他（她）的兴趣。让他（她）对兴趣产生成功感，从而使兴趣持久，产生深远的影响。

雪尔自幼喜欢历史，我们鼓励她阅读历史书籍。事实上历史学好了，对文学、逻辑、自然、地理都有很大的帮助。我们还建议她写随笔，并向各种媒体投稿，参加各种兴趣团体，并发表自己的见解。各种认同感推动她更喜欢历史。可以说，对历史的爱好和兴趣，对于她整体人文素养的提高都有非常积极的意义。

眼界决定境界

　　带孩子旅游是很好的学习手段。许多家长误以为旅游耽误功课，把孩子的心玩野了；孩子太小，旅游回来也记不住什么。然而事实上旅游是非常开阔眼界的活动。

　　我们夫妻均在大学任教，工作非常忙，很少有时间去管孩子的功课，一旦出差、出国，就连平时的交流都谈不上。好在大学每年都有两个假期，我们习惯于带孩子去国内国外旅行，这样不但可以有充分的时间同孩子交流讨论，而且可以和她交流许多人生观、价值观等方面的话题。记得有一次参观大英博物馆后，一家人吃完晚饭在伦敦街头散步，我们与孩子讨论了两个小时有关世界四大博物馆的差异（纽约大都会、巴黎卢浮宫、伦敦大英博物馆、圣彼得堡冬宫）。雪尔对此十分感兴趣，讨论结束后，回到宾馆雪尔就上网查询相关文献，并在回国后继续查阅了很多文献，最后写成文章发表了，也收录在她的第二本文集中。

　　出国旅行更能激发孩子学习外语的兴趣，学习外语的无趣在于无法使用。如果学了可以用，而不学在生活中就很不方便，那么孩子学起来就会很起劲，其实成人也是如此。孩子在国外旅行时充分体会到会讲外语的重要与方便，同时还能提升他（她）的自信，这样的事，不用逼，孩子一定很愿意做。因此，从雪尔初中开始，每次我们全家出国旅行需要买东西、问路时，都鼓励她去处理。有时在路边或商场遇到小朋友，也鼓励她去与外国小朋友聊天、交朋友。有时孩子们一聊就是一两个小时，这对她的语言、眼界、知识面、交际能力以及自信等方面的提升都有很大的帮助。

演讲是思路的整合和心态的锤炼

对于孩子成长来说，演讲的锤炼是非常全面的。不论是大型场合还是小型聚会，鼓励孩子去演讲，定会有意想不到的收获。

第一，演讲迫使自己将知识与见解进行系统的整理。有时读完书以后的确是明白了，但要系统完整地表现出来并不容易，更多时候别人说出来时，自觉都知道了，但要说出来却又感到困难。通过让孩子学着演讲，迫使他（她）将自己学过的知识和见解进行整理、整合，按照一定的逻辑关系表达出来，这些知识才是活的，才是自己的。

第二，演讲能充分锤炼孩子的心态，使其更加自信、稳重、外向。一开始演讲，孩子难免怯场，这是非常正常的，多锤炼几次，孩子胆子大了，心态更成熟了，沟通与表达能力会更强，性格会更加外向，这对于孩子身心发育非常有益。

第三，演讲使孩子更加关注听众，提高交流与沟通能力。一开始孩子只是把准备好的东西背完了事，慢慢地他（她）就会注意到听众对什么感兴趣，如何把内容表达得更加清晰、更有感染力，这将大大提升孩子的沟通能力。

雪尔参加过许多演讲，无论大会发言、记者采访、策划论证，还是 Harvard "模联" 辩论赛、头脑风暴，她都非常积极、踊跃地参加，这对她的思路整合、心态锤炼，都有着重要的意义。

喜欢一种貌似无聊的活动

　　每个人都会有一些爱好，尽管有些爱好与学业无关，甚至看起来很无聊，但这些爱好能让孩子悟到许多道理。

　　因为雪尔的爸爸喜欢足球，还在电视台做过解说嘉宾，所以常常带雪尔去看足球比赛，给她讲解足球，雪尔因此爱上足球。此外，她还在收看电视转播的 F1 比赛时爱上 F1 赛车。从小学五年级开始，雪尔就喜欢英超的阿森纳队和雷诺车队。不幸的是她投入地追捧他们的几年，正是球队成绩最差的几年。阿森纳球队近几年可以说是"四大皆空、颗粒无收"，但雪尔依然不离不弃地喜欢他们。阿森纳球队主教练温格很有性格，这位经济学硕士有"教授"之誉，他偏爱年轻球员，同时总是喜欢将大牌明星卖掉赚来巨额的转会费来培养年轻人。阿森纳队在关键场次的失利，每每让雪尔非常纠结，她写了不下 20 篇文章来分析阿森纳的战略与战术，并写下了近10 万字的足球小说。她能如数家珍地讲出阿森纳所有位置的主力、替补及他们的踢球风格，每次球队输球后她都极其地沮丧。

　　一开始，我们也觉得雪尔对阿森纳喜欢得有些过分。但后来发现她在阿森纳失利后总结出许多人生哲理。比如实力才是硬道理；主教练的性格决定球队的命运与风格；球队观赏性靠进攻，而赢球则靠防守；高手过招成败在细节等。同时，阿森纳的屡屡失利，尤其是她喜爱的雷诺车队的小皮奎特含恨离开 F1，更让她知道了在失败与挫折中坚强起来，世界不是理想的，人生不可能是完美的。在人生与社会的风风雨雨中，失利和委屈是谁也无法避免的。

　　世事万物的原理是相通的。看似无聊的爱好中常常能悟出深刻的道理。

养成有条不紊的习惯

　　雪尔的房间里最整洁、最有序的永远是她的书架。雪尔的爸爸对雪尔有一个要求，就是要求她在10秒钟之内一定要在她的书架中找到任何一本书。他们从雪尔10岁开始打赌，至今她都没有输过。

　　规整好自己的书架，就首先要让孩子懂得图书的分类和学科的门类，这对于孩子知识结构的形成很有好处。她的阅读范围很广，但对侦探小说、科普书籍、历史典籍、文学名著情有独钟。在她的书架中这些书籍占的面积很大，重要的是她对学科体系的驾驭能力比较强，上高中以后又对哲学产生了浓厚的兴趣（这或许与她爸爸是哲学科班出身有关）。她在复旦大学自招考试中就被哲学系录取［后来还是放弃，选择去了 Washington University in St. Louis（圣路易斯华盛顿大学），主修心理学和经济学，辅修商学］。哲学强调思维的缜密，这对孩子处理各学科的关系，对于其养成系统缜密的思考习惯和行为习惯也有很大好处。

　　规整好自己的书架，也能大大减少无效劳动，不必因为找一本书而劳神费力。孩子每个月都会整理一次书架，看起来很花时间，但在使用时极为方便。

　　推而广之，她把所有文具、电池、本子、考卷、作业题都整理得有条不紊。更重要的是每次外出、参加考试、学校活动等理包工作一律由她自己负责，连去美国大学学习的行李也是她自己整理。一般她会提早两天列出清单，逐一放置到位，甚至连钢笔、计算器、数据线等都一一检查清楚。每一天工作有清晰的计划，每一周完成情况自己总结。这是一个良好的习惯，不但工作学习效率高，而且还可以养成关注细节、思维缜密的行为习惯。

成长启示

尽可能早地学会识字

我们的家庭是个知识分子之家，雪尔的爷爷和奶奶是高级教师，外公和外婆是高级工程师。我们父母也是上海交通大学的教授、博导。所以教孩子识字的条件自然比较容易达到。孩子1周岁开始学识字，3岁就可以自己看报纸了。这样她吸取信息的方法就非常多，看得懂便乐意看，看多了就培养出兴趣来了。记得她3岁时摔了跤，我们带她去医院拍片，到门口她就哭着不肯进去，我们哄她说是去照张相，她说："明明写的是'医院'，不是'照相馆'。医院要打针的。"识字早就真不好"哄骗"了。

也是因为识字早，她年幼时看了许多的书籍，懂得了比同龄孩子更多的知识，能同大人一起讨论一些问题。有一次，7岁的雪尔竟然跟我们讨论"为什么大人喜欢买价格很高的外国品牌？"这让我们非常的吃惊。问其原因，才知是从报纸上看到这样的讨论，她有自己的看法。我们发现因为识字早，可以认知较多的东西，所以到什么地方，无论是听到的还是看到的，她都会非常感兴趣，甚至能参与其中，能体味到其中的许多乐趣。

当然，因为识字早，她会被许多长辈表扬，这又从正面激励来使她继续学习，获得更多的知识。

也是因为识字早，读了许多东西，就开始提笔写下来。尽管一开始她写的东西非常幼稚，但这是将所学的知识慢慢内化为自己理解的过程，这对于知识的处理与消化很有好处。

当同龄人开始广泛阅读时，她就开始大量阅读文言文和古诗词了。古典文学博大精深，文字功夫更是精湛之极，她从初中开始尝试填词、写赋，尽管平仄之间不尽规范，但这种熏陶对孩子的语言精练、用词的韵律与节奏大有裨益。

史鉴使人明智

在很多人眼里，读史在今天的信息时代和科技时代看起来多少有些格格不入，仿佛有些迂腐与落伍，其实不然。今天是昨天的延续，明天同样是昨天的传承，不知晓昨天怎么能很好地认识今天、驾驭明天？

因此，让孩子认认真真地读历史是很有价值的选择。

我们在她刚能阅读文章时，就让她认认真真地阅读了《上下五千年》和《世界五千年》两本书，这两本书文字浅显生动，史实解释清晰规范，对孩子了解中国历史和世界历史帮助巨大，而且此后无论读什么书籍、无论思考什么历史问题或者看历史题材的电视剧，孩子都能在知识结构上予以对接与解读，她因而会对此有更兴趣。

当今社会娱乐化风气甚重，各种戏说与野史尽管能带来娱乐，但难免会对孩子的历史知识产生误导，甚至使他们缺乏对历史的正确认知与判断，而认识历史是人们认知世界、了解事物的基本坐标，这方面一定要让孩子"根正苗红"。

因此，让孩子读些名著是有必要的。名著之所以成为经典绝非浪得虚名，其语言、典籍、谋篇、刻画、意境，无不闪耀着智慧的光芒。孩子在这样的阅读中能从根本上提升自身的涵养，为其人文修养做好坚实的铺垫。

练功的人大概都不会忘记蹲马步，这是基本功，是练功的根本。同样，成才的人也不要忘了读历史与经典，这是理解力、想象力的基础，更是人文修养的必需。

成长启示

见贤思齐，榜样的力量是无穷的

　　孩子的思维往往是很具象的，而我们在课本中为孩子们提供的标杆和偶像往往遥不可及，没有具象的目标，什么名牌大学、大科学家等在孩子心目中全都太过抽象，无法企及。

　　因此，让孩子与身边很优秀的大哥哥、大姐姐交朋友，他（她）便会有非常具象的偶像与标杆。见贤思齐，他（她）便会发现自己与别人的差距，并从比较中找到自己进步的动力。雪尔有好多朋友就是在上海交大学习的哥哥、姐姐。

　　也包括让孩子去名牌大学看看，早早使名牌大学的生活在孩子心中具象化。雪尔在小学时就参观了我们的母校：北京大学、复旦大学、上海交通大学、南开大学、浙江大学等。因为我们在上海交大任职，雪尔在初中、高中的 6 年中，几乎每周都会在交大食堂吃饭，在交大听各种讲座，甚至去交大与国外大学合办的 IMBA 班"蹭课"，这使得她心中的名校非常具象，也有了明确的未来目标。

　　在随我们出国访学、旅游的过程中，她去了 University of Cambridge、Harvard University、MIT、University of Melbourne、University of Tokyo、Waseda University 等名校，还专门写了《东大的钟与早大的钟》随笔，比较了日本两所顶尖名校的风格。尤其是她妈妈在 University of British Columbia 做访问学者的一年中，雪尔在 UBC 图书馆整整泡了一个月，切实感受到国际名校学生们的生活与学习，这种标杆与偶像作用会激励孩子找到自己的差距，为自己的进步增添了许多动力。

　　目标具象化、偶像可及化、榜样现实化，这一切都会转化为孩子努力的方向和学习的内生力。

感恩与敬畏，价值观的主旋律

现在"90后"，甚至"00后"的孩子，受电脑等信息工具影响深远，传统儒家哲学中"忠孝仁爱，礼义廉耻"、"仁义礼智信"仿佛已成为遥远的记忆。实际上中华民族文化源远流长、博大精深，这些中国文化中的DNA必须得以传承并发扬光大。

其实，我们也怀疑过"孔融让梨"式的教育是否会让孩子丧失竞争力，并向许多教育家请教过，最后的结论是"国际化视野、本土化发展"，"中学为本、西学为用"还是主流与正道。

当然，传统文化未必都是精华，需要"扬弃"，我们认为感恩与敬畏当是中国文化的精华所在。

感父母的恩，感老师的恩，感朋友的恩，感社会的恩，感一切帮助过自己的人的恩。我们交友时有一个原则，绝不与对父母不孝的人交朋友，一个人能与父母翻脸，这个人一定能与所有人翻脸；一个人只要是孝子，品格也坏不到哪里去。同样，尊敬是天花板，畏惧是地板，一个人在天花板与地板之间，其行为便不会太离谱。

我们一直培养雪尔的感恩之心、敬畏之情。她每次回深圳，都会看望她的小学老师；每次有任何的进步，都会向小学的班主任汇报。她对小学老师的感激，对小学生活的怀念都溢于文字，收集在她的第二本文集《雪尔的视界》中。雪尔是外公、外婆带大的，她在上海及国外期间，每周都会有固定的时间与两位老人通话。有一次她爸爸在澳大利亚胃疼，她一直在床边安抚了几个小时，把爸爸感动得热泪横流，那时，她才9岁。俗话说："无知者无畏"，只有缺乏知识的人才无所畏惧，培养孩子的尊敬感与让其正视畏惧感同样重要。

有道是"三岁知八十"。价值观的形成当从小做起，养成良好的价值取向，才不至于"剑走偏锋。"

成长启示

适度引导，得其所归

在孩子成长过程中，家长要不要干预与引导，向来有两种观点：一种观点认为，顺其自然最好，一切由着孩子的性子来，许多人经常说自己从小就是生长在父母都是文盲的家庭，不照样成才？另一种观点认为，养不教，父之过。棍棒出孝子，孩子自律能力差，必须严加干预。孟母三迁，岳母刺字，都是最好的佐证。

我们的观点是折中。认为孩子必须加以适当的引导，自然成长的个案不能当作规律，更何况今非昔比，时代与环境早已不同了。同时，引导必须适度，否则必然矫枉过正，适得其反。就像人的头发必须理，疾病必须治，这都是干预与引导，但这种干预必须有度、有理、有节。

雪尔作为一名16岁的大学生，取得过一些小小的成绩，但远远谈不上成功与优秀。她只是一位非常非常普通的孩子，更何况她刚刚上大一，未来的道路漫长又不可预测。古人云"小时了了，大时未必了了"，更何况她也不怎么了了。我们只是把她的成长历程作为一种普通个案予以描述，以期引起同为人父与同为人母的朋友们一起探讨与分享，作为有着十几年、二十几年教龄的我们与天底下几乎所有父母一样，一直在关心和思考着如何培养孩子的问题，这种思考可能永远都没有一致的答案，但思考本身比思考的结果可能更有意义。因此，我们将这些思考拿出来与同道分享，我们所能做的是"适度引导"，我们所接受的结果必定是"得其所归"。

附录：余雪尔简历

余雪尔，女，1994 年 10 月出生于广东深圳，祖籍浙江宁波。毕业于上海外国语大学附属外国语学校，现就读于 Washington University in St.Louis（全美大学排名十三位），主修心理学和经济学，辅修商学。

在高中毕业之时，余雪尔被 New York University、University of California、Los Angeles（UCLA）、University of North Carolina at Chapel Hill 等 9 所美国名校录取，同时也被复旦大学和上海交通大学自主招生预录取，获得北京大学、香港大学提前录取加分。

一、国际及全国级奖（16 项）

1. 第十一届 HiMCM（美国高中生数学建模竞赛）三等奖（2009）。

2. 第十二届 HiMCM（美国高中生数学建模竞赛）二等奖（2010）。

3. 2010 MCM（美国大学生数学建模竞赛）四等奖（2010）。

4. 第三届"少科杯"全国青少年文学作品大赛优秀奖（2001）。

5. 全国少工委表彰的首届中国"明星小记者"（2003）。

6. 第二届全国万校中小学生新作文大赛特等奖（2004）。

7. 两部作品分获全国中小学生文艺作品大赛（赵树理文化奖）一等奖（2004）。

8. 第二届中国优秀小记者评选大赛"十佳小记者"（2005）。

9. 第四届"叶圣陶杯"全国中学生新作文大赛"十佳小作家"（2006）。

10. 第六届中国少年作家杯个人作品集一等奖（2006）。

11. "2005 年度当代青少年优秀作家"（2006）。

12. 全国小学生英语竞赛二等奖（2003）。

13. "3M"杯中国第 16 届头脑奥林匹克创新大赛第二名（2004）。

14. 全国首届青少年外语口语电视大赛银奖（2006）。

15. 2008 WEMUNC（蔚蓝模拟联合国大会）杰出代表团奖（2008）。

16. 中国中学生作文大赛（2008~2009）三等奖（2009）。

二、省、市、区级奖（17 项）

1. 广东省"优秀少先队员"称号（2005）。

2. 第五届深圳读书月征文比赛二等奖（2004）。

3. 首届青少年外语口语电视大赛深圳赛区银奖（2005）。

4. "上海中学生英文报杯"英语竞赛一等奖（2008）。

5. 上海市第十六届高中科普英语竞赛二等奖（2009）。

6. 2008~2009"恒源祥文学之星"中国中学生作文大赛上海赛区特等奖（2009）。

7. 第八届上海市中学生古诗文阅读大赛优胜奖（2010）。

8. 第七届全国中小学信息技术创新与实践活动"复兴杯"上海市竞赛网络中文上海赛三等奖（2010）。

9. 深圳市福田区三好学生（2002）。

10. 深圳市福田区第四届青少年科技节头脑奥林匹克大赛总成绩一等奖（2003）。

11. 深圳市福田区第四届青少年科技节头脑奥林匹克大赛长期题一等奖（2003）。

12. 深圳市福田区中小学生环保诗歌比赛三等奖（2003）。

13. 上海第五届古诗文阅读大赛虹口区二等奖（2006）。

14. 上海市"白猫杯"青少年应用化学与技能大赛虹口赛区二等奖（2007）。

15. 上海第七届古诗文阅读大赛虹口区一等奖（2008）。

16. 上海第八届古诗文阅读大赛虹口区一等奖（2009）。

17. 上海市"白猫杯"青少年应用化学与技能竞赛虹口赛区三等奖（2009）。

三、校级奖

曾获校"三好学生"、"十佳优秀少先队员"、"优秀学生干部"、"文明学生"、"学习标兵"、"成绩优异奖"、"优秀特长生"、"德育标兵"、"读书星"、"学习星"，校社会调查优秀论文奖，校国际文化周英语同声翻译"最佳拍档奖"，校第一届、第二届"素质教育综合知识竞赛"一等奖，校第一届、第二届"十大小摄影家"称号，校硬笔书法二段，校信息技术节活动一等奖，辖区中小学生读书活动作文一等奖等各种奖项33项。

四、社会活动

1. 现担任上海外国语大学附属外国语学校《青青草》校刊主编。

2. 上海虹口区"红领巾"记者团记者。

3. 上海《新闻晨报》学记团记者。

4. 2007年6月经全国少工委、中国记协批准，由《中国小记者报》选为"特奥、奥运小记者"。

5. 曾任深圳园岭小学"晨星文学社"社长。

6. 曾在《中国少年报》、《中学生》、《红树林》、《红蜻蜓》、《深圳青少年报》、《晶报》、《深圳晚报》、《深圳电视报》、《都市天地板》、《特区教育》、《中国校外教育·读书》、《新闻晨报》、《新民晚报》等媒体发表文章102篇，被《中国少年报》、《新闻晨报》、《深圳青少年报》、《中学生》、《红树林》、《特区教育》、《武汉科技报》等报刊聘为小记者、通讯员。

五、媒体报道

曾 38 次被多种报刊媒体采访报道，其中多次作为整版报道。被《深圳青少年报（启蒙版）》推举为"七彩儿童"，被《深圳青少年报（少儿版）》推举为"阳光少年"，被《深圳晚报（校园童话版）》推举为"校园童星"。2004 年 9 月个人文集《雪尔的天空》（25 万字）由安徽人民出版社出版，此书荣登深圳书城少儿书籍销量排行榜的第一，书城总图书销量排行榜第二名。《深圳青少年》、《深圳特区报》、《深圳商报》、《深圳晚报》、《晶报》、《红树林》、《南方都市报》、《红蜻蜓》、《花季雨季》、《中国课外教育》等媒体先后均作过报道，深圳电视台在"深港一线通"栏目（2004）、上海教育频道在"学子"栏目均进行了专题报道（2007）。2007 年 3 月在中国文联出版社出版第二部个人文集《雪尔的视界》。

六、出版的作品

1.《雪尔的天空》25 万字，安徽人民出版社 2004 年 9 月版。

2.《雪尔的视界》20 万字，中国文联出版社 2007 年 3 月版。

七、发表文章（102 篇）

1.《春游》，载《都市天地报》（兰州），2001 年 6 月 4 日，第 B4 版。

2.《一堂有趣的数学课》，载《深圳青少年报》（启蒙周刊），2001 年 6 月 15 日，第 3 版。

3.《回到以前》，载《都市天地报》（兰州），2001 年 6 月 25 日，第 B4 版。

4.《马尔代夫潜水》，载《深圳晚报》，2001 年 10 月 27 日，第 9 版。

5.《观云海》，载《第三届"少科杯"全国青少年文学作品选》，武汉科技报社，2001 年 11 月，第 404 页。

6.《风筝高兴了》，载《深圳青少年报》（启蒙周刊），2001 年 11 月 19 日，第 3 版。

7.《快乐的一天》，载《园岭晨光》（季刊），2002 年第 1 期，第 42 页。

8.《笑话人，不如帮助人》，载《深圳青少年报》（启蒙周刊），2002 年 1 月 4 日，第 3 版。

9.《妈妈的颜色》，载《深圳青少年报》（启蒙周刊），2002 年 3 月 15 日，第 3 版。

10.《惊天动地》，载《深圳晚报》，2002 年 5 月 4 日，第 16~17 版。

11.《打暑期工》，载《深圳晚报》，2002 年 7 月 20 日，第 19 版。

12.《两代三口人，教龄近百年》，载《深圳青少年报》（小学周刊），2002 年 9 月 12 日，第 1 版。

13.《背着相机走欧洲》，载《深圳青少年报》（启蒙周刊），2002 年 9 月 27 日，第 6 版。

14.《澳洲小企鹅》，载《园岭晨光》（季刊），2002 年第 3 期，第 21 页。

15.《欧洲之行游记》，载《园岭晨光》（季刊），2002 年第 3 期，第 22 页。

16.《在澳洲讲英语》，载《园岭晨光》（季刊），2002 年第 3 期，第 39 页。

17.《飘洋过海》，载《深圳晚报》，2002 年 10 月 5 日，第 14 版。

18.《新新移居荷花村》，载《晶报》，2002 年 10 月 18 日，第 50 版。

19.《四舍五入》，载《深圳青少年报》（启蒙周刊），2002 年 11 月 1 日，第 3 版。

20.《意外之"财"》，载《深圳青少年报》（小学周刊），2002 年 11 月 14 日，第 6 版。

21.《垃圾桶的自白》，载《晶报》，2002 年 11 月 15 日，第 50 版。

22.《捧着书本参与生活》，载《深圳青少年报》（小学周刊），2002 年 12 月 19 日，第 8 版。

23.《回到以前》，载《中小学生文艺作品选》，远方出版社 2002 年 12 月版，第 107 页。

24.《垃圾桶的自白》，载《中小学生文艺作品选》，远方出版社 2002 年 12 月版，第 114 页。

25.《垃圾桶的自白》，载《园岭晨光》（季刊）（转载），2003 年第 1 期，第 29 页。

26.《义卖为了"手拉手"》，载《深圳青少年报》（小学周刊），2003 年 3 月 13 日，第 1 版。

27.《春游仙湖》，载《深圳青少年报》（小学周刊），2003 年 3 月 27 日，第 6 版。

28.《森林音乐节》，载《深圳电视报》，2003 年 3 月 27 日，第 33 版。

29.《爱哭的我》，载《深圳电视报》，2003 年 4 月 3 日，第 A6 版。

30.《我的"不要"宣言》，载《深圳青少年报》（小学周刊），2003 年 4 月 17 日，第 6 版。

31.《妈妈，你有时很丑》，载《深圳青少年报》（启蒙周刊），2003 年 5 月 9 日，第 3 版。

32.《我的凶妈妈》，载《深圳晚报》，2003 年 5 月 10 日，第 B15 版。

33.《懒爸爸》，载《红树林》，2003 年第 6 期，第 44 页。

34.《逗鸽子》，载《星之梦》，南海出版公司，2003 年 6 月版，第 39 页。

35.《颜色》，载《星之梦》，南海出版公司，2003 年 6 月版，第 41 页。

36.《园丁之家》，载《星之梦》，南海出版公司，2003 年 6 月版，第 105 页。

37.《我们的快乐一天》，载《特区教育》，2003 年 6 月第 143 期，第 5 页。

38.《做小老师》，载《深圳晚报》，2003 年 7 月 5 日，第 B14 版。

39.《在澳洲讲英语》，载《中国少年报·都市版》，2003 年 7 月 10 日，第 289~295 期，第 23 版。

40.《森林音乐节》，载《深圳青少年报》（小学周刊），2003 年。

41.《我们的班级，我们管》，载《深圳青少年报》（小学周刊），2003 年 9 月 18 日，第 1 版。

42.《一张难忘的比利时"全家福"》，载《深圳晚报》，2003 年 9 月 22 日，第 A3 版。

43."Little Koala Little Penguin Little Kangaroo"，载《特区教育》，2003 年 10 月，

第 47 页。

44.《海浪》，载《园岭晨光》（季刊），2003 年第 10 期，第 40 页。

45.《四森林洲湖喂天鹅》，载《园岭晨光》（季刊），2003 年第 10 期，第 40 页。

46.《澳洲神仙小企鹅》，载《深圳晚报》，2003 年 11 月 5 日，第 B15 版。

47.《唠叨的妈妈》，载《红树林》，2003 年 11 月，第 28 页。

48.《回到以前》，载《中小学生文艺作品选》（转载），远方出版社，2003 年 12 月版，第 107 页。

49.《垃圾桶的自白》，载《中小学生文艺作品选》（转载），远方出版社，2003 年 12 月版，第 114 页。

50.《心存感恩》，载《特区教育》，2004 年 3 月，第 51 页。

51.《给予》，载《深圳青少年报》（小学周刊），2004 年 4 月 15 日，第 6 版。

52.《日本三镜头》，载《园岭晨光》（季刊），2004 年第 4 期，第 30 页。

53.《以"希望"的速度》，载《深圳青少年报》（启蒙周刊），2004 年 4 月 16 日，第 7 版。

54.《这里有个班级裁判庭》，载《深圳青少年报》（小学周刊），2004 年 4 月 21 日第 1 版。

55.《如何对孩子大事把握，小事放开》，载《深圳青少年报》（家教周刊），2004 年 5 月 27 日，第 6 版。

56.《新编小壁虎借尾巴》，载《深圳青少年报》（幼儿周刊），2004 年 6 月 28 日，第 3~6 版。

57.《让我们一起跨过"时代"的河》，载《园岭晨光》，2004 年第 6 期，第 45 页。

58.《卜算子·咏柳》，载《特区教育》，2004 年 7~8 月，第 53 页。

59.《走过日比谷公园》，载《深圳青少年报》（启蒙周刊），2004 年 7 月 16 日，第 30 页。

60.《性格多变的海》，载《深圳青少年报》（启蒙周刊），2004 年 7 月 16 日，第 34 页。

61.《绿色环保在日本》，载《深圳青少年报》（启蒙周刊），2004 年 7 月 16 日，第 37 页。

62.《忠犬八木的故事》，载《中学生》，2004 年第 10 期，第 54 页。

63.《书桌抢占记》，载《深圳青少年报》（家教周刊），2004 年 11 月 2 日，第 8 版。

64.《爸爸不在家的日子，真爽!》，载《园岭晨光》，2004 年第 12 期，第 18 页。

65.《刺激的南湾岛》，载《园岭晨光》，2004 年第 12 期，第 19 页。

66.《东大的钟楼和早大的钟楼》，载《园岭晨光》，2004 年第 12 期，第 20 页。

67.《顾客真的是上帝吗?》，载《园岭晨光》，2004 年第 12 期，第 20 页。

68.《我骄傲，因为我是深圳的孩子》，载《园岭晨光》，2004 年第 12 期，第 21 页。

69.《剑桥，让我们思考些什么》，载《深圳青少年报》（幼儿周刊），2004 年 12 月

3 日，第 7 页。

70.《在北欧吃雪糕》，载《特区教育》，2004 年 12 月，第 57 页。

71.《秋之歌》，载《2004 年度全国少年作家文集》，黑龙江人民出版社，2004 年 12 月版，第三卷，第 489 页。

72.《秋之歌》，载《中国少年作家文集》，黑龙江人民出版社，2004 年 12 月版，第 489 页。

73.《大英博物馆与卢浮宫》，载《深圳青少年报》（启蒙周刊），2005 年 1 月 21 日，第 29 版。

74.《歌德堡狂欢节》，载《深圳青少年报》（启蒙周刊），2005 年 1 月 21 日，第 30 版。

75.《由瑞典森林想到》，载《深圳青少年报》（启蒙周刊），2005 年 1 月 21 日，第 31 版。

76.《爸爸不在家的日子，真爽!》，载《中国课外教育·读书》，2005 年 2 月，第 32 页。

77.《词三首》，载《中学生》，2005 年 2 月版，第 55 页。

78.《人，是需要有目标的》，载《春之语》，海天出版社，2005 年 10 月版，第 1 页。

79.《特别的欧洲》，载《中学生国外生活体验作文大全》，晨光出版社，2005 年 12 月版，第 229 页。

80.《东大的钟楼和早大的钟楼》，载《中学生国外生活体验作文大全》，晨光出版社，2005 年 12 月版，第 334 页。

81.《读书让我"捍卫"了尊严》，载《中国课外教育·读书》，2006 年 4 月，第 34 页。

82.《笔随心动》，载《中学生》，2006 年增刊，第 10 页。

83.《从埃及国家博物馆看埃及的衰落》，载《中学生》，2006 年增刊，第 10 页。

84.《时尚是什么》，载《中学生》，2006 年增刊，第 12 页。

85.《品味孤独》，载《中学生》，2006 年增刊，第 13 页。

86.《无怨无悔的追求》，载《城市消费通》，2006 年 12 月 22 日第 91 期，第 21 页。

87.《施比受更幸福》，载《红秋千》，2007 年总第 14 期，第 11 页。

88.《我们的经典》，载《红秋千》，2007 年总第 14 期刊中刊，第 12 页。

89.《"世博"小记者欢聚萧山、杭州》，载《新闻晨报》，2007 年 8 月 28 日第 C4 版。

90.《我们是呆子和暴徒吗?》，载《新民晚报》，2008 年 6 月 22 日第 B2 版。

91.《没有硝烟的战场》，载《红秋千》，2008 年总第 17 期刊中刊，第 11 页。

92.《永不消逝的蓝》，载《红秋千》，2008 年总第 18 期，第 45 页。

93.《西湖的绿》，载《青青草》，2008 年总第 16 期，第 37 页。

94.《何因落花惹相思》，载《青青草》，2008 年总第 16 期，第 12 页。

95.《同学，一路走好!》，载《青青草》，2008 年总第 17 期，第 36 页。

96.《此时无声胜有声》，载《青青草》，2009 年总第 18 期，第 30 页。

97.《古风·侠客行》，载《青青草》，2009 年总第 18 期，第 34 页。

98.《偶尔停下来》，载《青青草》，2009 年总第 18 期，第 43 页。

99.《品味孤独》，载《青青草》，2010 年总第 19 期，第 1 页。

100.《南乡子·精忠报国》，载《青青草》，2010 年总第 19 期，第 38 页。

101.《飞翔·飞翔》，载《青青草》，2010 总第 20 期，第 1 页。

102.《正确认识自己》，载《青青草》，2010 年总第 20 期，第 6 页。

跋

　　雪尔常说，自己是最幸福的人，也是最痛苦的人。说自己幸福是因为我们家庭非常民主和阳光，可以充分表达自己的不同意见，可以直呼她父母亲的名字，可以本我地选择自己的发展道路，可以与长辈平等地讨论各种学术和社会问题，经常争得面红耳赤，争得废寝忘食，争得有几个人争论便有几种不同的观点。虽然有时始终得不出结论，但总能有一些收获。说自己痛苦是因为她的爸爸、妈妈都是教授、博士、博士生导师，她的爷爷、奶奶都是高级教师，她的外公、外婆都是高级工程师，6 位高级知识分子管一个孩子，都希望把自己的教育理念体现出来、传承下去，难免会让孩子觉得不堪重负、难以承受。

　　其实这样的痛苦我们也有。我们曾经受到正统的儒家思想的熏陶，从小培养孩子谦虚、礼让、温雅的风格。然而，面临愈演愈烈的社会竞争，这种价值合理吗？我们也格外关注素质教育，强调感恩、责任、敬畏，但种种考试、排名、升学又不能不正视，考不上名校又如何去体现素质、践行责任？我们也认为东方文化源远流长、博大精深，但在国际化背景之下，如果不去国外深造留学，又怕孩子输在了起点。这不仅是我们的困扰，很多人都在谈素质教育，但谁都无法回避应试教育这一指挥棒。

　　自然，争议的结果是妥协和折中。学校老师规定的东西都要努力学好、考好，同时充分尊重孩子的爱好与选择。因此，孩子当上海外国语大学附属中学《青青草》主编，我们坚决支持；孩子参加各种校外义工，我们坚决支持；孩子去美国参加哈佛大学全球中学生模拟联合国比赛，我们坚决支持；孩子参加各种国内外大赛，从数模到古诗文大赛，我们坚决支持；孩子高中期间，她妈妈去美国和加拿大访学一年零三个月，孩子完全自主安排自己的时间与活动，我们坚决支持；包括孩子坚持自己的写作爱好，花许多精力来写她爱写的文字，我们同样坚决支持。因而，才有了这本记录她 13~15 岁时写作的《雪尔的心迹》的出版。

　　雪尔在 2004 年 9 月她 9 岁时，出版了《雪尔的天空》（安徽人民出版社，25 万字），该书是其母校广东省重点小学深圳园岭小学 20 周年校庆时，校方组织出版的。2007 年 3 月在 12 岁时，出版了《雪尔的视界》（中国文联出版社，25 万字），该书是雪尔参加"叶圣陶杯"全国十佳小作家比赛获得冠军后，由主办方组织出版的。前两本书出版后社会反响很好，很快售罄，而且不光孩子爱看，成年人看了后都非常喜爱，说勾画了一个孩子心目中的世界，这是一个与成年人视角全然不同的世界，自然、率性、真诚、清纯。深圳市作家协会主席杨宏海教授等专门发表文章，给予很高的评价。

作为教育工作者，尤其在名牌大学任教的教授，见过太多的青年才俊，其实我们知道自己的女儿并没有什么过人的天赋，她只是一个心地善良、爱思考、勤笔耕的有些倔犟的乖女孩。她执着地喜欢阿森纳足球队，喜欢看 F1 赛车，喜欢幽默作品，喜欢推理小说，喜欢读历史和哲学，喜欢跟爸爸辩论甚至"抬杠"。她的作品呈现的是这一年龄段的孩子独有的一些思考与视角，这些想法可能很幼稚、很偏激、很矛盾，甚至有些荒唐，但这正是成年人所缺乏的一种角度，就好像蹲下身子看出来的世界，别有一番景观。

《雪尔的心迹》收录了雪尔 13~15 岁写作的部分文章。如果说《雪尔的天空》是童年的梦幻、《雪尔的视界》是少儿的情怀，那么《雪尔的心迹》则是少年的心路历程。这里面有充满叛逆的思考，有貌似成熟的观察，有似是而非的价值判断，不管是否正确，起码是真实的、坦率的。

雪尔如今已经踏进大学的校门。感谢在雪尔成长过程中给予她帮助过的吴友富教授及上外附中的所有老师们，感谢以前母校的老师和校外的各方老师，感谢为本书出版付出辛勤劳动的高蕙、吕军、陈力等各界朋友，我们也将《雪尔的心迹》作为珍贵的礼物送给雪尔，祝愿她早日成才、报效祖国。

雪尔的父母亲

余明阳（上海交通大学品牌研究中心主任、教授、博士、博导）

薛　可（上海交通大学新闻与传播系主任、教授、博士、博导）

2010 年 10 月 3 日